# शर्ट का तीसरा बटन

(उपन्यास)

# शर्ट का तीसरा बटन

मानव कौल

हिन्द युग्म

ISBN : 978-93-92820-32-8

प्रकाशक :
हिंद युग्म
सी-31, सेक्टर-20, नोएडा (उ.प्र.)-201301
फ़ोन- +91-120-4374046

मुद्रक : थॉमसन प्रेस, दिल्ली
आवरण-डिज़ाइन : राज कुमारी

पहला संस्करण : मार्च 2022
चौथा संस्करण : नवंबर 2025
मूल्य : ₹299



Shirt Ka Teesra Button
A novel by *Manav Kaul*

Published By
Hind Yugm
C-31, Sector-20, Noida (UP)-201301
Phone- +91-120-4374046
Email- sampadak@hindyugm.com
Website- www.hindyugm.com

First Edition: Mar 2022
Fourth Edition: Nov 2025
Price: ₹299

# भूमिका

ऐसा कहते हैं कि एक लड़का हुआ करता था जिसका नाम अतीत था। वो जब ट्रेन में बैठकर, बहुत पहले छूट चुके, अपने घर की तरफ़ जा रहा था तो उसका बार-बार सो जाने का जी कर रहा था। वो आँखें बंद करता और उसे लगता कि वो एक खाई के किनारे खड़ा है। कुछ ही देर में उस खाई में गिर जाने की इच्छा-सा स्वाद उसके मुँह में आता, उसके होंठों के बग़ल से लार टपकने लगती। वो तुरंत अपनी आँखें खोल लेता।

ट्रेन किसी छोटे स्टेशन पर रुकी हुई थी। उसके सामने जो बूढ़े सज्जन बैठे थे वो जा चुके थे। नए यात्रियों के आने का शोर चारों तरफ़ था। उसने फिर अपनी आँखें बंद कर ली। इस बार लार टपकने के ठीक पहले, अपने मुँह पर हाथ फेरते हुए उसने अपनी आँखें खोली।

वो खिड़की वाली सीट पर बैठा था और सामने वाली खिड़की पर उसे एक लड़की बैठी दिखी जो किताब पढ़ रही थी। उसके बग़ल में एक हरे रंग का बैग रखा हुआ था जिसमें से एक मोटी किताब झाँक रही थी। उसकी इच्छा उस किताब को देखने की हुई जिसे वो लड़की इस वक्त पढ़ रही थी। उसने थोड़ा आगे बढ़कर देखने की कोशिश की, पर किताब लड़की ने अपनी गोद में रखी हुई थी और अक्षर बहुत छोटे थे इस वजह से वो पढ़ नहीं पाया। जो मोटी किताब उसके बैग में रखी हुई थी वो दोस्तोयेवस्की का उपन्यास 'अपराध और दंड (क्राइम एंड पनिशमेंट') थी।

पुल पार हो चुका था। ट्रेन की धड़धड़ाहट शांत हो गई थी। वो सोचने लगा कि उसे कितने कम लोग आजकल किताब हाथ में लिए हुए दिखते हैं, उसने स्वयं कब से कोई किताब नहीं पढ़ी। एक वक्त था जब उसके हाथों में किताब नहीं होती थी तो वो नंगा महसूस करता था। उसकी इच्छा हुई कि वो उस लड़की से बैग में रखी उसकी किताब माँगकर उसे सूँघ ले। या वो 'अपराध और दंड' के अपने सबसे पसंदीदा हिस्सों को एक बार फिर से पढ़े। बहुत पहले छूट चुके जिस घर की तरफ़ वो जा रहा था ये उपन्यास उसने वहीं पढ़ा था, और उस वक़्त उसे लगता था कि असल में वो ही रस्कोलनिकोव है। तभी सामने की सीट पर बैठी लड़की ने, अपनी गोद में रखे उपन्यास को थोड़ा ऊपर उठाया और उसे उस उपन्यास का शीर्षक नज़र आया। अनायास ही उसके मुँह से 'चित्रलेखा' निकला।

"जी?" लड़की की आँखें किताब से निकलकर उसकी तरफ़ मुख़ातिब हुईं। जिस तरह लड़की ने 'जी' कहा, अतीत को लगा था मानो उस लड़की का नाम चित्रलेखा है।

"आप 'चित्रलेखा' पढ़ रही हैं?" बेहद शर्मिंदा होते हुए अतीत ने पूछा।

"जी।"

"किस हिस्से पर हैं आप?"

"आपने पढ़ा है ये उपन्यास?" लड़की ने पूछा।

"जी।"

"इस वक़्त चित्रलेखा बहस कर रही है और पूरा दरबार उसे सुन रहा है।"

"ये मेरा सबसे पसंदीदा हिस्सा है उपन्यास का।"

लड़की वापस किताब पढ़ने लगी। वो पूछना चाहता था कि क्या उसने 'अपराध और दंड' पढ़ लिया है। क्या वो उस किताब में ख़ुद का बीता हुआ वापस तलाश सकता है। लेकिन किताब पढ़ती हुई वो लड़की इतनी ख़ूबसूरत लग रही थी कि वो इस चित्र को अपनी फूहड़ बातों से बिगाड़ना नहीं चाहता था।

कुछ देर में वो ट्रेन के दरवाज़े पर जाकर खड़ा हो गया। ट्रेन की यात्राओं में ये जगह उसके लिए हमेशा ख़ास रहती आई थी। यहाँ खड़े हुए उसे लगता

कि वो जीवन में तेज़ी से आगे बढ़ रहा है और दुनिया पीछे छूटती जा रही है। पर अब वो जिस उम्र में था, पीछे छूटी चीज़ों का पहाड़ इतना बड़ा होता जा रहा था कि सूरज की रोशनी उस पहाड़ के पीछे छुपी रहती थी। भविष्य उसे सामने दिखता, पर वो पहाड़ की छाया तले होता। भविष्य को सूरज की रोशनी की ज़रूरत थी, पर सूरज अतीत के पहाड़ के पीछे छिपा रहता। क्या बढ़ती उम्र के साथ हर आदमी का नाम अतीत हो जाता है!

"क्या आपके पास सिगरेट होगी?"

पीछे आवाज़ आई, वो पलटा तो देखा चित्रलेखा खड़ी थी।

"आपको कैसे पता मैं सिगरेट पीता हूँ?" अतीत ने पूछा।

"मैं ट्रेन के दरवाज़ों पर खड़े रहने वाले लड़कों को पहचानती हूँ।"

उसने इस जवाब की उम्मीद नहीं की थी। उसने चित्रलेखा के यहाँ आने की उम्मीद भी नहीं की थी। उसकी उम्मीदें होने वाली घटनाओं से कम ही रहती थीं। उसने अपनी जेब से निकालकर सिगरेट दे दी।

"अरे इसमें तो एक ही सिगरेट है!"

"जी, मैं सिगरेट छोड़ चुका हूँ। इस एक सिगरेट को तसल्ली के लिए पास रखता हूँ।"

सिगरेट जलाते ही वो दरवाज़े पर खड़ी हो गई और अतीत उससे थोड़ा पीछे खड़ा हो गया। उसने दो लंबे कश लिए। जिस दिशा में ट्रेन जा रही थी वो उस दिशा में देखने लगी। उसके बाल हवा में उड़ रहे थे, आँखें बार-बार बंद हो रही थीं। अतीत जब दरवाज़े पर खड़ा था तो वो दूसरी तरफ़ देख रहा था, पीछे छूटते जा रहे दृश्य को।

उसकी सिगरेट ख़त्म हो चुकी थी।

"जब मैं दरवाज़े पर खड़ा था तो मैं रस्कोलनिकोव के बारे में सोच रहा था।" अतीत ने कहा।

"अच्छा! और मैं चित्रलेखा के बारे में सोच रही हूँ।"

उसने एक बार अतीत को पलटकर देखा। अतीत को लगा कि सच में चित्रलेखा ने अपने उपन्यास से झाँककर उसे देखा। रस्कोलनिकोव के साथ-साथ वो अपने अतीत में कूद जाने के बारे में भी सोच रहा था, ये उसने चित्रलेखा को नहीं बताया। फिर उसे लगा कि वो अगले स्टेशन पर उतर जाएगा

और मन में ये टीस रह जाएगी कि उसे चित्रलेखा मिली थी और उसने उससे भी आधा सच ही कहा।

चित्रलेखा दरवाज़े पर बैठ गई और अतीत को इशारे से उसके बग़ल में बैठने के लिए कहा। अतीत उसके बग़ल में बैठ गया।

"सामने देखते हुए ऐसा लगता है जैसे किसी ने जीवन का फ़ास्ट फ़ॉर्वर्ड बटन दबा दिया है। सारा जिया हुआ हमारे सामने से भागता हुआ निकलता जा रहा है और हम किसी भी चीज़ को छू नहीं पा रहे हैं।" अतीत ने कहा।

जब कुछ देर तक चित्रलेखा ने कुछ भी नहीं कहा तो उसे शक होने लगा कि उसने ये कहा था या महज़ सोचा था।

"और मुझे लगता है कि सारा दिलचस्प भागता हुआ हमारी तरफ़ आ रहा है और हम वहीं रुकेंगे जिसे हम जीना चाहते हैं, जिसके लिए हम अपने घर से निकले थे।" चित्रलेखा ने कहा।

"हम किस तरफ़ देख रहे हैं ये बात इस पर निर्भर करती है।" अतीत ने कहा।

"शायद तुम इसलिए ऐसा सोच रहे हो क्योंकि मैंने तुम्हारी तसल्ली छीन ली है।"

"मतलब?"

"तुम्हारी तसल्ली की एक सिगरेट जो पी चुकी हूँ।"

अतीत हँसने लगा।

"मैं ख़ुद को रस्कोलनिकोव मानता था। ऐसा सोचना उसी वक़्त से चिपका हुआ है मेरे साथ।"

तभी एक चिड़िया ने सामने दिख रहे खेतों से उड़ान भरी और वो ट्रेन के साथ-साथ उड़ने लगी। कितनी देर वो इस ट्रेन के साथ उड़ सकती थी! वो दोनों थोड़ी देर तक तो उस चिड़िया का तेज़ी से उड़ना निहारते रहे फिर उन्हें उस चिड़िया का उड़ना त्रासदी-सा लगने लगा। वो अपनी क्षमता के बाहर जाकर पूरी ताक़त से उड़ रही थी। धीरे-धीरे ट्रेन आगे बढ़ती जा रही थी और वो चिड़िया पीछे छूटती जा रही थी। अतीत उठकर खड़ा हो गया। वो उस चिड़िया को आख़िर तक देखते रहना चाहता था। वो यह देखना चाहता था कि चिड़िया

कब हारकर उड़ना त्यागती है। कुछ देर में चित्रलेखा भी खड़ी हो गई और उसने अपना हाथ अतीत की आँखों पर रख दिया। अतीत ने उसे रोका नहीं।

"मैं अपने घर में थी जब मैंने 'अपराध और दंड' पढ़ी थी और घर छोड़ते ही मैंने 'चित्रलेखा' पढ़ना शुरू किया था। बहुत कोशिश के बाद भी मैं 'अपराध और दंड' को छोड़ नहीं पाई। मैंने उसे अपने बैग में रख लिया। बीच-बीच में 'चित्रलेखा' पढ़ते हुए मैं 'अपराध और दंड' के कुछ हिस्सों को टटोलने लगती। और तब कुछ अलग पढ़ने का मन करता, और लगता कि काश अगर चित्रलेखा एक ख़त रस्कोलनिकोव को लिख दे तो मैं इस वक़्त उस ख़त को पढ़ना चाहूँगी। मैं उस पुल पर देर तक टहलना चाहती थी जिससे ये दो अलग दुनिया जुड़ सकती थीं।"

चित्रलेखा पीछे की तरफ़ खड़ी थी और अतीत दरवाज़े पर खड़ा होकर उसे सुन रहा था।

"क्या चित्रलेखा के ख़त का जवाब रस्कोलनिकोव देता?"

"बात पुल की कल्पना की है। एक बार पुल तैयार हो गया तो आवाजाही तो बनी रहेगी।"

"'अपराध और दंड' पढ़ने के बाद मैं बहुत वक़्त तक एक त्रासदी का इंतज़ार करता रहा। एक उम्र होती है जिसमें लगता है कि कोई बहुत बड़ी त्रासदी घटेगी और तब मैं जीवन जीना शुरू करूँगा। उस बड़ी त्रासदी के पहले का जीवन उसकी प्रतीक्षा में घिसट रहा होता है। बड़ी त्रासदियाँ घटती नहीं हैं, और हम छोटी त्रासदियों को, जो हमारे अग़ल-बग़ल में घट रही होती हैं, इतना तुच्छ मानते हैं कि हमें लगता है इनसे जूझना हमें एक साधारण इंसान बना देगा। फिर एक उम्र आती है जब बड़ी त्रासदी का इंतज़ार दम तोड़ चुका होता है और हमें वो सारी छोटी त्रासदियाँ याद आती हैं। हम हमेशा से कितने साधारण थे! तब आप तेज़ रफ़्तार से उन छोटी त्रासदियों को वापस बटोरने की असफल कोशिश में निकल पड़ते हो।"

ट्रेन तेज़ रफ़्तार से अतीत के बहुत पहले छूट चुके घर की तरफ़ बढ़ रही थी। सामने सतपुड़ा के घने जंगलों का विस्तार था।

"क्या तुम अभी पुल पर हो?" चित्रलेखा ने पूछा।

"पुल आने वाला है।" अतीत ने जवाब दिया।

"अगर रस्कोलनिकोव चित्रलेखा को ख़त लिखता तो वो कुछ ऐसा ही सुनाई देता।"

अतीत ने पलटकर चित्रलेखा को देखा। उसे चित्रलेखा के बजाय एक त्रासदी नज़र आई। छोटी त्रासदी जिसे वो बटोरने से कतराता रहा था।

"मेरा गाँव आने वाला है।" अतीत ने उससे कहा और पलटकर बाहर की तरफ़ देखने लगा। चित्रलेखा दरवाज़े के क़रीब आकर खड़ी हो गई थी।

"ठीक इस वक़्त तुम क्या चाहते हो?" चित्रलेखा ने पूछा।

"त्रासदी!" वो फुसफुसाया।

"कैसी त्रासदी?" चित्रलेखा ने उसकी शर्ट को पकड़ते हुए सवाल किया।

अतीत को उसके गाँव की सरहद दिखने लगी थी। ट्रेन घूम रही थी और अब कुछ ही देर में पुल पर चढ़ने वाली थी। अतीत ने चित्रलेखा को देखा और चित्रलेखा उसकी शर्ट छोड़कर कुछ क़दम पीछे हट गई।

पुल पर पहुँचते ही ट्रेन की रफ़्तार तेज़ हो गई थी। नीचे नदी अपने उफान पर बह रही थी। अतीत ने ट्रेन के दरवाज़े पर खड़े होकर दोनों हाथ अपनी जेब में डाल लिए थे और पलटकर चित्रलेखा को देखने लगा था। चित्रलेखा ने उसे धक्का दिया। एक थड़ की आवाज़ आई। चित्रलेखा ने दरवाज़े से बाहर झाँका, पर उसे अतीत कहीं नज़र नहीं आया।

ट्रेन पुल पार करके वर्तमान में दाख़िल हो गई थी।

सुनहरी पीली-सी रोशनी पूरे गाँव पर पड़ रही थी। तेज़ हवा में बरगद और पीपल के पत्ते खेलते हुए नज़र आ रहे थे। उनके खेलने में पत्तों से हँसी की ध्वनि फूट रही थी। मैं बेहद ख़ुश था, बिना किसी कारण के। जब भी मुझे बहुत ख़ुशी होती, ख़ासकर बिना कारण, तो इच्छा जागती कि कैसे इस ख़ुशी को बरक़रार रखा जाए। ऐसे में मैं भागकर नदी किनारे चला जाता। पर नदी किनारे ख़ुशी कभी रुकती नहीं थी। नदी अपने साथ हर चीज़ बहा ले जाती थी। मैं बग़ैर किसी कारण के बेहद ख़ुश था और लगा कि इस ख़ुशी को मैं अपने दोस्तों को बता दूँ तो शायद वो उनके होने में बरक़रार रहे। पर क्या कहूँगा कि मैं बहुत ख़ुश हूँ, पर मेरे पास इसका कोई कारण नहीं है? मेरे पास महज़ एक बेहद ख़ूबसूरत शाम के चित्र थे, ख़ुशबू थी, पत्तों की किलकारियाँ थीं। इन्हें कैसे बयान किया जाता था, मुझे पता नहीं था। इच्छा हुई कि स्कूल जाकर अपनी छठी क्लास की डेस्क में इस ख़ुशी को छुपा दूँ, जहाँ मैं बाक़ी छोटी चीज़ें छुपाया करता था। जब भी इच्छा होगी, इस ख़ुशी को निकालकर इससे थोड़ा खेल लिया करूँगा। पर अगर मुझे इस ख़ुशी की ज़रूरत रात में पड़ी तब? स्कूल तो बंद होंगे। मैं ख़ुद को गाँव की गलियों में दौड़ता हुआ देख सकता था। पर मुझे अपने गाँव में कहीं भी वो जगह नहीं दिख रही थी, जहाँ मैं इस बेवजह की ख़ुशी को सँभालकर रख सकता। मैंने देखा, शाम कुछ ही क्षणों में गहरी रात में तब्दील होने लगी। मैं गाँव की गलियों से निकलकर अपने घर

की तरफ़ भागने लगा। जैसे ही मैं अपने घर की गली में घुसने लगा तो पलटकर देखा, दुख की गहरी परछाई मेरे पीछे भाग रही है। मैंने उस बेवजह की ख़ुशी को अपनी शर्ट की जेब में डाला और अपने घर की तरफ़ भागने की गति बढ़ा दी। मैंने अपने घर के बरामदे की सीढ़ियों पर पैर रखा, पर मैं आगे नहीं बढ़ पा रहा था। मैं बार-बार पीछे दुख की परछाई को अपनी तरफ़ बढ़ता हुआ देख रहा था और भागे जा रहा था, पर मैं अपने घर के दरवाज़े को छू नहीं पा रहा था। तभी दुख की परछाई के लंबे हाथ मेरी तरफ़ बढ़े और उन्होंने मुझे झँझोड़ दिया। मेरी बेवजह की ख़ुशी मेरी शर्ट की जेब से छलककर टूट गई।

मैं अपनी बेवजह की ख़ुशी को अपने घर लाने की कोशिश कर ही रहा था कि मुझे, बहुत सुबह, किसी ने झँझोड़कर उठा दिया। मेरी आँखें जल रही थीं। मैं आधी नींद में बरामदे में बैठा हुआ था। मैंने देखा, गली के दूसरी तरफ़ चोटी और राधे, मेरे पक्के दोस्त, मुझे घूर रहे थे। वो वहाँ क्यों खड़े हैं? और मुझे घूर क्यों रहे हैं? मैं कहाँ हूँ? यह क्या हो रहा है? मेरे घर में इतने सारे लोग क्यों घूम रहे हैं? क्या मैं अभी भी सो रहा हूँ?

चोटी ने दूर से हाथ हिलाया पर राधे ने उसे रोक दिया। तभी भीतर से रोने की आवाज़ें आने लगीं। सारी आवाज़ों के ऊपर माँ की आवाज़ थी। मेरी इच्छा हुई कि मैं अपने कानों पर हाथ रख दूँ, पर मैं ऐसा कर नहीं सकता था। मैं माँ के पास जाना चाहता था, पर भीतर उन्हें इतनी औरतों ने इस वक़्त घेरा हुआ था कि उन तक पहुँचना असंभव था। मैं चोटी को देखकर मुस्कुराने वाला ही था कि मुझे याद आया कि मुझे तो असल में दुखी दिखना है। मैं अपना सिर नीचे करके दुख महसूस करने लगा। मैंने रात का अपना सपना भी याद किया जिसमें दुख की परछाई मेरा पीछा कर रही थी और मैं घर नहीं पहुँच पा रहा था। बहुत कोशिशों के बाद भी मैं उस तीव्रता से दुख महसूस नहीं कर पा रहा था कि वो दिखने लगे। दुखी कैसे दिखा जाता है?

आज बहुत सुबह माताजी (मेरी नानी) नहीं रही थीं। राधे के दादा की जब मृत्यु हुई थी तो वो फूट-फूटकर रोया था। हमारे सारे दोस्तों में उसकी इज़्ज़त बहुत बढ़ गई थी। मैं जानता था कि दुख दोस्तों को क़रीब ले आता है, अगर क़रीब नहीं भी लाता तो भी दुखी रहते वक़्त आपकी इज़्ज़त दोस्तों के बीच काफ़ी बढ़ जाती है। मैं इज़्ज़त के मामले में अपने दोस्तों के बीच आख़िरी

पायदान पर पड़ा हुआ था। मुझे इज़्ज़त की बहुत ज़रूरत थी। मैंने अपनी आँखों को बहुत तेज़ी से दबाया ताकि उनमें कहीं पानी भर जाए, कम-से-कम किनारे से ही कहीं झाँकता हुआ थोड़ा दिख जाए, पर सब कुछ सूखा ही पड़ा रहा। मेरी आँखें इस वक़्त अपनी नींद पूरी करने की गुहार लगा रही थीं, उन्हें आँसुओं में कोई दिलचस्पी नहीं थी। माँ के विलाप में उनके आस-पास बैठी सारी औरतों ने अपने रोने की आवाज़ मिला ली थी। बाहर आते-आते वो आवाज़ें संगीत-सी सुनाई दे रही थीं। मैं डर गया, कहीं मैं रोने के बजाय हँसने न लगूँ। मैं बाहर घूम रहे पुरुषों को देखने लगा, जो मृत्यु बाद की कार्यवाही में ऐसे तेज़-तेज़ चल रहे थे, मानो वो इस दिन का इंतज़ार सालों से कर रहे थे। मेरे करने के लिए कुछ भी नहीं था, पर हर गुज़रता आदमी मुझे एक घड़ी देखता, रुकता और कुछ सोचकर आगे बढ़ जाता। ठीक वक़्त पर रो देना एक कला है और किसी भी तरह की कला से मेरा रिश्ता कभी अच्छा नहीं था। क्योंकि मैं रो नहीं रहा था इसलिए किसी भी व्यक्ति की मुझमें कोई दिलचस्पी नहीं थी। मैं अपनी हँसी से बचने के लिए चोटी और राधे के पास चला गया।

"वो दाढ़ी वाला आदमी कौन है?" चोटी ने पूछा।

"माँ के भाई हैं, टार्ज़न।" मैंने कहा।

यह कहने में मैं भूल गया था कि मुझे अपनी आवाज़ में दुख बनाए रखना था।

"टार्ज़न!" चोटी की हँसी निकल गई। जिस पर राधे ने उसे एक चपत लगा दी। उसकी हँसी में मैं भी शामिल होना चाहता था, पर राधे की वजह से मैं भी चोटी को घूरकर देखने लगा।

"बस एक ही भाई हैं?" इस बार राधे ने पूछा। मैंने हाँ में सिर हिला दिया।

"तेरी आँखें सूजी हुई क्यों हैं?" चोटी ने पूछा।

"रोया होगा बहुत।" राधे ने चोटी की बात का जवाब दिया। मैंने धीरे से कहा, "मैं बाथरूम में जाकर रो लिया था। सबके सामने रोना मुझे छिछला लगता है।"

दोनों ने 'हम्म' कहा। मैं अपनी गर्दन खुजाने लगा। मैं जब भी झूठ बोलता था तो मेरी गर्दन के पीछे के हिस्से में, ठीक बालों के नीचे खुजली होने लगती थी। यह बात सिर्फ़ मेरी माँ को पता थी कि मैं झूठ बोलते ही अपनी गर्दन

खुजाने लगता हूँ। तभी चोटी मेरे पास खिसक आया और उसने अपनी कोहनी के इशारे से मुझे कहा कि उधर देख। मैंने देखा, पीछे की तरफ़ दीवार से सटी हुई ग़ज़ल खड़ी हुई है।

ग़ज़ल हमारे स्कूल की बहुत ख़ूबसूरत लड़कियों में से एक थी। उसके लंबे बाल, बड़ी आँखें, सीधा तना हुआ शरीर और उस शरीर के तराशे हुए सारे उभार, हमारे जैसे साधारण दिखने वाले लड़कों को डरा देते थे। ख़ूबसूरती से अजीब क़िस्म का डर था, पर ख़ूबसूरती के अलावा भी कुछ था ग़ज़ल में, एक रहस्य जैसा कुछ जो हमें उसकी तरफ़ आकर्षित करता था, उसके रहस्य के घेरे के क़रीब से मैं कई बार गुज़रा था, पर वो घेरा कुछ भी ज़ाहिर नहीं होने देता था।

मेरी आँखों में राधे ने ग़ज़ल की तरफ़ बढ़ना देखा। उसने मेरे हाथों को कसकर पकड़ लिया।

"मत जा, अपने बस के बाहर की है वो।" राधे ने कहा और चोटी ने हाँ में सिर हिला दिया।

"कोई मुसलमान लड़की मरे में क्यों आएगी? पूछना तो पड़ेगा न?" मैंने कहा।

"जैसे आई है वैसे ही चली जाएगी। वो बहुत ख़ूबसूरत है भाई, उसका कहीं भी जाने का हक़ है।" चोटी ने कहा।

"अपने को क्या करना! अपने को जितनी देर वो देखने को मिल रही है उतना बहुत है।" राधे ने आगे जोड़ा।

"अरे वो इधर ही देख रही है।" चोटी ने कहा और अपनी आँखें नीचे कर ली।

"इधर नहीं, वो तुझे देख रही है।" राधे ने कहा और वो भी इधर-उधर देखने लगा। मैंने चोटी को देखा, उसकी आँखों में आँसू थे। और वो भरी हुई आँखों से ग़ज़ल को देख रहा था। क्यों चोटी सारी कलाओं में पारंगत था? मुझे चोटी से घनघोर जलन महसूस हुई।

"वो तुझे बुला रही है, जा भई, जल्दी जा।" चोटी ने रुआँसी आवाज़ में कहा।

हम सब फुसफुसा रहे थे। मैंने बहुत हल्के क़दमों से उस फुसफुसाहट को

पीछे छोड़ा और ग़ज़ल के बग़ल में आकर खड़ा हो गया। मैं उसके रहस्यों के घेरे की परिधि पर खड़ा था।

"कब हुआ?" ग़ज़ल ने पूछा।

"आज सुबह।"

"सुबह?"

"नहीं, शायद देर रात!"

"तुम्हें पता नहीं है?" यह उसने मेरी तरफ़ मुड़कर पूछा।

"क्यों नहीं पता, पता है मुझे, पर प्राण कब निकलते हैं–यह ठीक-ठीक कौन कह सकता है?"

"बहुत दुख हुआ।" उसने कहा।

"मैं बाथरूम में जाकर ख़ूब रोया।" मैंने कहा और वो पलटकर वापस घर की तरफ़ देखने लगी।

मैंने तुरंत रोने वाली बात कह दी। कहीं उसे ये न लगे कि मुझे तो इस वक़्त रोना चाहिए था।

मुझे जब बहुत सुबह झँझोड़कर उठाया गया था तब मैं सीधा बाथरूम में चला गया था। मुँह पर पानी मारते वक़्त कोई पीछे माताजी की मृत्यु की बात कह रहा था और दूर से माँ के रोने की आवाज़ तेज़ होती जा रही थी। मैंने अंदाज़ा लगाया कि शायद वो नहीं रहीं। उनकी मृत्यु का इंतज़ार तो कब से चल रहा था। कुछ हफ़्तों से लोगों का घर में ताँता लगा हुआ था। किचन में कौन खाना बना रहा था? घर में कौन सफ़ाई कर रहा था? इसका मुझे कोई अंदाज़ा नहीं था। माँ से बात किए हुए भी बहुत वक़्त हो चुका था। एक दिन, देर रात, पुष्पा की बाई, जो बाड़े में माँ की सबसे अच्छी सहेली थे, ने मुझे माँ के पास बिठा दिया और कहा कि 'यह कुछ खा नहीं रही है, इससे कह कि कुछ तो खा ले, कम-से-कम चाय ही पी ले', और वह चाय बग़ल में रखकर चली गई। मुझे लगा यह बात तो माँ ने भी सुन ली होगी तो मैं अब क्या कहूँ? मैं माँ के इस बग़ल में चुपचाप बैठा रहा और उनके दूसरे बग़ल में चाय रखी रही। सामने माताजी ज़मीन पर बिना किसी हरकत के लेटी हुई थीं। तभी मैंने आँखें उठाईं तो देखा, दरवाज़े से सटी हुई पुष्पा की बाई मुझे इशारा कर रही थीं कि बोल उन्हें! यूँ माँ और मेरे बीच संबंध बहुत सहज था, पर जब से माताजी की

तबीयत बहुत बिगड़ गई थी तब से पता नहीं माँ एक चुप्पी के पिंजरे में जाकर बैठ गई थीं। मैं पिंजरे के बाहर से जब भी उन्हें देखता तो लगता कि ये मेरी माँ जैसी दिखने वाली कोई बेहद चुप महिला है।

"माँ, चाय पी लो।" मैंने बहुत धीरे कहा। इससे कहीं ज़्यादा बुलंद आवाज़ में तो पुष्पा की बाई कह चुकी थी। मैंने गला साफ़ करके फिर कहा। मैं चाहता था कि पुष्पा की बाई भी सुन ले कि मैं कह रहा हूँ माँ से कि चाय पी लो।

"जब तेरी माँ ऐसे पड़ी होगी तो देखती हूँ तू कैसे पी पाता है चाय!"

माँ ने अपने पिंजरे के भीतर से, अपनी गहरी चुप्पी में बने हुए फुँफकारा। मैं सन्न रह गया। वो क्यों पड़ी होंगी ऐसे? मैंने माताजी को देखा। किसी सूख चुके बहुत बूढ़े पेड़ के तने-सी, झुर्रियों से लदी हुईं, बिना हरकत के हम दोनों के सामने पड़ी हुई थीं। मेरी ठीक उसी वक़्त चाय पीने की इच्छा हुई। मुझे चाय चाहिए थी, पर माँ वाली नहीं, दूसरी, शक्कर वाली। गर्म चाय।

"मैं एक बार उन्हें देखना चाहती हूँ।" ग़ज़ल ने कहा।

"किन्हें?" मैंने पूछा।

"माताजी को।"

"तुम मुसलमान हो, तुम अंदर नहीं जा सकती।"

मेरे मुँह से निकल गया। मैं ये कहना नहीं चाह रहा था। मैं ख़ुद को कोसने लगा। इच्छा हुई कि जैसे-तैसे यह वाक्य वापस मेरे भीतर घुस जाए और मैं फिर से कुछ दूसरा कुछ कह सकूँ। दूसरा वाक्य मैं बुदबुदाने ही वाला था कि ग़ज़ल ने पलटकर मेरी तरफ़ देखा।

"मैं समझती हूँ, पर इस वक़्त तुम्हारी माँ हमारे-तुम्हारे धर्म से ज़्यादा महत्त्वपूर्ण हैं।"

"माँ को क्या हुआ है?" मैंने पूछा।

"तुम बताओ।" उसने कहा।

"माँ तो..." मैं नई ग़लती नहीं करना चाहता था तो आधे वाक्य को बाहर गिरने से पहले ही रोक लिया।

ग़ज़ल ने अपना दुपट्टा सिर पर ओढ़ा और भीतर चली गई। मैंने तुरंत चोटी और राधे को देखा, दोनों ने इशारे से पूछा कि क्या हुआ? मैं ग़ज़ल के पीछे

जाना चाहता था, पर राधे और चोटी दोनों ही मुझे उनके पास आने का इशारा कर रहे थे। मैंने ग़ज़ल को जाने दिया और राधे और चोटी के पास चला गया।

"क्या कह रही थी?" चोटी ने पूछा।

"पूछ रही थी क्या मैं अंदर जाऊँ?" मैंने हिचकिचाते हुए बोला।

"तूने क्या बोला?" राधे ने पूछा।

"मैंने बोला, बिल्कुल तुम्हें जाना चाहिए।" मैंने कहा।

"फिर?" चोटी ने पूछा।

"वो कहने लगी कि, पर मैं तो मुसलमान हूँ कैसे जा सकती हूँ?"

"तूने क्या जवाब दिया?" चोटी ने फिर पूछा।

"मैंने कहा, मैं समझता हूँ। पर इस वक़्त मेरी माँ, हमारे-तुम्हारे धर्म से ज़्यादा महत्त्वपूर्ण हैं।" मैंने अपनी गर्दन खुजाते हुए कहा।

"भाई क्या मुँहतोड़ जवाब दिया है!" चोटी ने कहा।

"फिर वो क्या बोली?" राधे ने पूछा।

"क्या बोलती, सकपका गई।" मैंने कहा।

चोटी ने मेरे कंधे पर हाथ रखा, पर राधे मुझे घूरता रहा। उसकी आँखों में मेरे प्रति गहरा अविश्वास था। मैं असहज होने लगा।

"सच बोल?" राधे ने कहा।

"मैं देखकर आता हूँ, वो अंदर क्या कर रही है।" मैंने कहा और वहाँ से खिसक लिया।

भीतर का माहौल बदल चुका था। माताजी को कमरे के बाहर बाड़े में, दो बाँस पर बाँध दिया गया था। वो किसी पेड़ की सूख चुकी एक फाँक लग रही थीं जो अपने पेड़ से जुदा हो चुकी थी। माँ इस वक़्त रो नहीं रही थीं, वो लोगों को इस तरह देख रही थीं, मानो उन्हें किसी ने जबरदस्ती किसी दूसरे के घर में बिठा दिया हो, और उस घर के लोग किसी विदेशी भाषा में बात कर रहे हों। माँ हतप्रभ थीं–अपने आस-पास से। ग़ज़ल उनका हाथ पकड़े उनके बग़ल में बैठी हुई थी। कुछ देर में माँ ग़ज़ल से लिपटकर रोने लगी थीं। मैं भीड़ को अलग करता हुआ माँ के पास पहुँचा और उनकी दूसरी तरफ़ से उनसे लिपट गया, कुछ जबरदस्ती-सा। लग रहा था कि, माँ ग़ज़ल के गले लगी हैं और मैं उनकी पीठ पर एक बोझ-सा लिपटा हुआ हूँ। ग़ज़ल ने अपना चेहरा मेरी तरफ़

घुमाया। मैंने देखा, उसकी आँखों से आँसू की धार बह रही है। वो क्यों रो रही थी? मेरी समझ नहीं आया। उसका चेहरा मेरे चेहरे के बहुत क़रीब था।

"अपनी माँ का ख़याल रखना।" उसने सीधा मुझसे कहा, मैंने दो-तीन बार अपनी आँखें दबाईं कि मुझे रोना आ जाए, पर कुछ नहीं हुआ।

"आंटी, इतना नहीं रोते, मैं हूँ आपके पास। चुप हो जाओ।" माँ से लिपटकर उसने कहा।

"हाँ बेटा, हाँ।" माँ ने कहा।

"माँ, इतना नहीं रोते, चुप हो जाओ।" मैंने भी रुआँसी आवाज़ में कहा। माँ चुप रहीं। ग़ज़ल ने इशारे से मुझे चुप रहने को कहा। मैं कहना चाहता था कि माँ मैं भी हूँ आपके पास, पर फिर मैं चुप ही रहा।

कुछ देर में ग़ज़ल उठकर चली गई। मैं माँ के बग़ल में ठंडी पड़ गई चाय-सा पड़ा रहा। माताजी को उठाते वक़्त माँ चीख़ रही थीं, लेकिन मैं बस उनके बग़ल में पड़ा रहा। उस वक़्त अपनी ही माँ को छूने की मेरी हिम्मत नहीं हुई।

माताजी को घाट ले जाते वक़्त मेरे भीतर ग़ुस्सा भरता जा रहा था कि ग़ज़ल कौन होती है–मुझे कहने वाली कि अपनी माँ का ख़याल रखो! मेरी नानी मरी थीं, उसे मेरी माँ से लिपटकर रोने की क्या ज़रूरत थी? माताजी की अर्थी के पीछे लगभग पूरा गाँव था। राधे के पिता, ग़ज़ल के अब्बू, चोटी के अब्बू, राजू पान वाला और उसकी टपरी पर टल्ले खाते सारे लोग। उस भीड़ और घाट की चिलचिलाती धूप में मैं अपने दिमाग़ में ग़ज़ल से ही लड़ रहा था। तभी मैंने देखा कि माताजी को लकड़ियों पर रख दिया गया है और टार्ज़न दादा उन्हें अग्नि देने जा रहे हैं। यह कैसे हो सकता है? मैंने तो ठीक से माताजी का चेहरा भी नहीं देखा था। मुझे उन्हें एक बार जी भरकर देखना था। मैं टार्ज़न दादा को रोकने भागा, पर तब तक मुझे लोगों ने पकड़ लिया। मैं चिल्ला रहा था, मैं टार्ज़न दादा को रोकने की कोशिश कर रहा था, पर मेरी बात किसी ने नहीं सुनी। आग के भभकों के बीच मुझे मेरी नानी का जर्जर शरीर जलता हुआ दिखाई दिया।

तीन दिनों तक घर में लोगों का आना-जाना लगा रहा। मैं बीच-बीच में माँ के पास जाकर बैठ जाता, पर अभी भी उन्हें छूने की हिम्मत नहीं थी। मैं माँ से पूछना चाहता था कि जब नानी को जलाया जा रहा था तो वह वहाँ क्यों नहीं

थीं? अगर वो वहाँ होतीं तो शायद मैं नानी को एक बार अच्छे से देख पाता। तभी टार्ज़न दादा बरामदे में बैठे हुए लोगों को बता रहे थे कि मैं उन्हें रोकते हुए क्या कह रहा था। मुझे लगा टार्ज़न दादा झूठ बोल रहे हैं। मैं तो बस एक बार माताजी का चेहरा देखना चाहता था, पर टार्ज़न दादा लोगों से कह रहे थे कि मैं चिल्ला-चिल्लाकर कह रहा था, "धूप बहुत तेज़ है, इसमें आग क्यों जलाना? हम बाद में, शाम को ठंड में भी आग लगा सकते हैं। इतनी तेज़ धूप में माताजी को क्यों जलाना?"

मैं माँ के बग़ल में बैठे हुए रोना चाह रहा था, पर ठीक उसी वक़्त मेरी गर्दन के पिछले हिस्से में खुजली होने लगी। मैं माँ के बग़ल में बैठे हुए अपनी गर्दन नहीं खुजाना चाहता था। पर खुजली क्यों आ रही थी? क्या आपका सोचना भी झूठ हो सकता है?

तभी पूरे घर में एक खलबली-सी मच गई। हर आदमी धीरे-धीरे सरकता हुआ बरामदे की तरफ़ बढ़ रहा था। किसी ने माँ के कान में आकर कुछ कहा और वो भी रेंगती हुई बाहर की तरफ़ चली गईं। मैं जब तक बाहर आया तो एक घेरा बना हुआ था जिसके बीच में साफ़ सफ़ेद कपड़े पहने हुए एक बहुत बूढ़े आदमी बैठे थे। सभी उनके आस-पास चुपचाप खड़े थे। उन्होंने गहरे अधिकार से टार्ज़न दादा से कहा कि पानी ले आओ। वह भागते हुए गए और एक गिलास पानी भर लाए। पुष्पा की बाई ने माँ का हाथ पकड़कर उन्हें उस बूढ़े आदमी के बग़ल में खड़ा कर दिया और कहा, "ये आशा है, पता है आपको?" उस बूढ़े आदमी ने हाँ में सिर हिलाया, पर माँ की तरफ़ देखा नहीं। तभी पता नहीं क्या हुआ पुष्पा की बाई को, वह उस बूढ़े आदमी पर बरस पड़ी।

"कहाँ थे आप आज तक? और ये टार्ज़न भी भाग लिया था। ये अकेली थी और तुम सबने कभी सुध तक नहीं ली?"

मुझे, टार्ज़न दादा भाग लिए थे, सुनते ही हँसी आने लगी। मैं उन्हें छोटी-सी चड्ढी पहने पेड़ों पर उछलते-कूदते-भागते हुए देख सकता था। और ऊपर से पुष्पा की बाई के मुँह से टार्ज़न शब्द अजीब-सा सुनाई दिया, मानो उन्होंने 'गर्जन' कहा हो। काश चोटी और राधे होते तो हम तीनों अभी सबके सामने फूट पड़ते। मैंने अपना सिर नीचे कर लिया। पुष्पा की बाई की बातों में सभी हाँ में हाँ मिला रहे थे, पर उस बूढ़े आदमी पर इसका कोई असर नहीं हो रहा था। बीच

डाँट में उन्होंने चाय माँगी जो फिर टार्ज़न दादा तुरंत जाकर बना लाए। बीच में उन्होंने कुछ लोगों को नमस्कार भी किया, लोगों ने उसका जवाब भी नमस्कार में दिया। मुझे शक हुआ कि शायद उन्हें पता नहीं है कि डाँट असल में उन्हें ही पड़ रही है। पुष्पा की बाई एक तरह का नुक्कड़ नाटक वाला अभिनय कर रही थी जिसमें सभी लोगों की दिलचस्पी उस बूढ़े में थी जो बीच में बैठा था और जो बेमन से नाटक देखने आए दर्शकों जैसा बरताव कर रहा था। तभी माँ उनके सामने से हटीं और घेरा तोड़ती हुई सड़क की तरफ़ चल दीं। पुष्पा की बाई ने उन्हें रोकना चाहा, पर वो नहीं रुकीं। पुष्पा की बाई ने मुझे इशारा किया कि मैं उनके साथ जाऊँ। मैं ऐसी भागीदारी से बहुत घबराता था, मैं मना करना चाहता था, पर पुष्पा की बाई की आँखें लाल थीं। मैंने पहली बार उन्हें इतना ग़ुस्से में देखा था, सो मैं चुपचाप माँ के पीछे हो लिया।

मुझे हमेशा लगता था कि मैं पूरा नहीं हूँ। मेरे भीतर का वो पक्ष हमेशा नदारद रहता था जिसे होना चाहिए कि कौन-सी स्थिति में क्या करना है? जैसे ग़ज़ल को पता था कि कब माँ के पास जाना है, कब रोना है। मैं हर स्थिति में किसी तरह के आदेश की प्रतीक्षा में ख़ुद को पाता था। शायद सन्न हो जाना इसे ही कहते हैं। मैं इंतज़ार करता था कि कोई मुझे बता दे कि इस वक़्त मुझे क्या करना है और मैं चुपचाप उस काम को अंजाम दे दूँ। पर मेरे इंतज़ार में भी मैं पूरा नहीं था। इंतज़ार कितनी देर किया जा सकता है, इसे भी बताने वाला मेरा दूसरा हिस्सा हमेशा ग़ायब ही रहता था।

मैं माँ के पीछे-पीछे चल रहा था। उनका पल्लू बार-बार गिरे जा रहा था। उनकी साड़ी में इतनी सलवटें थीं कि लग रहा था उन्होंने कई दिनों से कपड़े नहीं बदले हैं। मैं उनका पल्लू सँभालने उनके पास जाने ही वाला था कि माँ ने अपने पल्लू को अपने चारों तरफ़ कसकर लपेट लिया। वो सहम गई थीं क्योंकि हम अपनी गली से निकलकर गाँव की मुख्य सड़क पर चलने लगे थे। माँ बाज़ार में पानी की टपरी के सामने से गुज़र रही थीं। उस टपरी पर खड़े लोग उन्हें घूर रहे थे, पर किसी ने उनसे कुछ कहा नहीं। तभी माँ गाँव की मुख्य सड़क से मुड़ीं और मेरे स्कूल की तरफ़ जाने लगीं। मैं माँ के क़रीब आ गया था, फिर भी एक क़दम पीछे ही था। माँ जिस ग़ुस्से और विश्वास से घर से निकली थीं, अभी वो उतनी ही असहज लग रही थीं। उनकी चाल में रास्ते के

जल्दी से ख़त्म हो जाने की गुहार थी। मुझे लगा कि यह कितनी अजीब बात है कि मैंने अभी तक अपनी माँ को कभी घर से बाहर यूँ अकेले चलते नहीं देखा था। वह सड़क पर अकेले कैसी दिखती होंगी इसकी कभी मैंने कल्पना भी नहीं की थी। उनकी चाल को देखकर लग रहा था कि जैसे वह बिना कपड़ों के चल रही हों। मैं एक क़दम पीछे से उछलकर उनके साथ चलने लगा। मैं चाहता था उन्हें पता चले कि मैं उनके साथ हूँ। मैंने धीरे से उनका हाथ पकड़ा। उन्होंने मेरे हाथ को इतनी जल्दी थाम लिया, मानो उनके हाथ कब से कुछ पकड़ना चाह रहे थे। धीरे-धीरे माँ अपनी सहजता पर आने लगी थीं। उनके हाथ की पकड़ भी कुछ हल्की होती जा रही थी। हम हमारे स्कूल के सामने से निकले जो एक मंदिर में लगा करता था। विवेकानंद उच्चतर माध्यमिक विद्यालय। मेरी छठवीं कक्षा की परीक्षाएँ शुरू होने वाली थीं और घर में किसी को इसकी कोई चिंता नहीं थी। शायद इसीलिए पहली बार परीक्षा को लेकर मेरी चिंता बढ़ती जा रही थी। इसी स्कूल की आठवीं कक्षा में ग़ज़ल पढ़ती थी।

मैं और माँ खिड़किया घाट की टूटी हुई सीढ़ी पर बैठे थे। मैं नदी के पानी में मछली के दिख जाने के आश्चर्य का इंतज़ार कर रहा था और माँ नदी के दूसरे किनारे पर बने बिना देवता के मंदिर को ताक रही थीं। हम दोनों की परछाइयाँ नदी के ऊपर तैर रही थीं। कुछ देर में मैंने अपना सिर उनकी गोदी में रख लिया। माँ की उँगलियाँ उनके बिना जाने मेरे बालों से खेलने लगीं। माँ के पास से एक ख़ुशबू आती थी जिसे मैं कभी ठीक-ठीक समझ नहीं पाया कि ये क्या ख़ुशबू है? उनकी साड़ियों में भी वो हमेशा बसी रहती थी। मैं हर बार उस ख़ुशबू को सूँघता और मेरा दिमाग़ उस शब्द को तलाशने में व्यस्त हो जाता कि मैं इस बेहद अपनेपन की ख़ुशबू को क्या कहूँ? ठीक इस वक़्त एक इच्छा भी भीतर फड़क रही थी कि काश अभी ग़ज़ल हमें देख ले। उसे पता चले कि मैं इस वक़्त अपनी माँ के कितने क़रीब हूँ।

"तुझे पता है कि वो बूढ़े आदमी कौन हैं?" माँ ने मेरे सिर पर हाथ फेरते हुए कहा।

"नहीं।"

"वो मेरे पिता हैं।" माँ ने कहा।

मैं अचानक उनकी गोदी से उठ बैठा, "आपके पापा?"

"हाँ, वो कभी हमारे साथ नहीं रहे।"

"तो अभी कैसे आए? उन्हें किसने बुलाया?" मैंने पूछा।

माँ चुप हो गईं। उन्होंने नदी के पानी से अपने मुँह पर छींटे मार लिए। फिर अपने पल्लू से अपने चेहरे को पोंछा। मैं अपने जवाब के इंतज़ार में उन्हें ताकता रहा। वो वापस अपनी जगह पर बैठ गईं।

"वो नदी के उस पार मंदिर देख रहे हो। माँ हमेशा मुझे वहाँ ले जाती थी, जब भी उसे अपने मन की बात कहनी होती थी। मैं सोच रही थी कि अगर अभी माँ होती तो उनके आने पर क्या करती? वो ज़रूर मुझसे कहती कि चलो बिना देवता के मंदिर होकर आते हैं। वो क्या कहती मुझसे?"

माँ बिना देवता के मंदिर को ताक रही थीं। मेरी इच्छा हुई कि मैं उनसे अपने पिता के बारे में पूछूँ। क्यों उनकी एक भी तस्वीर घर में नहीं है? वो कौन थे? क्या हमारा पूरा परिवार छूटे हुए लोगों से बना है?

"उस मंदिर तक कैसे जाते हैं?" मैंने पूछा।

"जब कोई बात नदी के इस तरफ़ रहकर नहीं की जा सकती तो डोंगी (छोटी नाव) में मैं और माँ उस पार चले जाते थे। तुम्हें पता है उस मंदिर में कोई मूर्ति भी नहीं है, न ही कोई उसका पुजारी है। मैंने माताजी को किसी दूसरे मंदिर में जाते नहीं देखा कभी।"

माँ की आवाज़ इस वक़्त बदली हुई थी। यह वो माँ नहीं थीं जिन्हें मैं जानता था। उनके पास से वो ख़ुशबू भी नहीं आ रही थी जिसके शब्द मैं कभी पकड़ नहीं पाया था।

"माताजी कितना थक गई थीं–अंत-अंत में। उन्होंने मुझसे कहा था कि मैं अब जाना चाहती हूँ, पर ये मुआ शरीर अभी भी जीना चाहता है। मैंने उनसे पूछा, क्या अंत में ही सही आप वह जीवन जी पाईं जिसकी उम्मीद आपने मेरी उमर में कभी की थी?"

माँ चुप हो गईं। वो इस वक़्त मंदिर को भी नहीं देख रही थीं। उनकी आँखें पानी की चंचलता में कुछ खोज रही थीं।

"तो क्या बोली थीं माताजी?"

मेरे सवाल पर माँ ने मुझे देखा। उनकी आँखों में मेरे प्रति दया थी। उन्होंने

धीरे से मेरे सिर को सहलाया और वापस नदी के पानी के छींटे अपने मुँह पर मारने लगीं। ज़िम्मेदारी से जिया हुआ जीवन किसी को खो जाने पर कितना ख़ाली लगता है! मृत्यु का ज़िम्मेदार कौन होता है? कौन तय करता है कि अब माताजी कभी भी माँ और मेरे बीच नहीं होंगी? इतनी गहरी चुप्पी में माँ क्या सोच रही होंगी? क्या वो उन दिनों को याद कर रही होंगी जब वो माताजी के साथ इस तरह नदी किनारे बैठा करती थीं? क्या जब माँ की मृत्यु होगी तो मैं भी इसी तरह नदी किनारे आकर बैठूँगा? उस वक़्त मेरे बग़ल में कौन बैठा होगा?

जब हम वापस आ रहे थे तो मुझे लगा माँ पता नहीं क्या नदी में सिरा आई थीं कि उनकी चाल में बेहद हल्कापन था। मैं हल्का नहीं था। मुझे अपना होना इस वक़्त बहुत भारी लग रहा था। क्योंकि मेरे दिमाग़ में माँ की बातें गूँज रही थीं। इसलिए मैं हमेशा से बिदकता था कुछ भी जानने से। क्योंकि आप कितना भी जान लें, हमेशा उससे कहीं ज़्यादा जानना बचा रह जाता है। मैं जितना जानता था उसका क्या करूँ, मुझे यही समझ नहीं आता था। और वैसे भी सब कुछ कैसे जाना जा सकता है? और सारा कुछ कैसे बताया भी जा सकता है? मैं एक सवाल अपने दिमाग़ में रखकर भूगोल की किताब खोलता हूँ। कुछ देर में उसका जवाब तो मिल जाता है, पर जाने कितने और सवाल उस जवाब के साथ चिपके चले आते हैं। इसका कोई अंत नहीं है। क्या बिना कुछ जाने आगे नहीं बढ़ा जा सकता है? क्या बिना पढ़े छठवीं कक्षा से सातवीं कक्षा में छलाँग नहीं लगाई जा सकती? क्या पूरा जीवन छठवीं कक्षा में ही नहीं गुज़ारा जा सकता है? क्यों जीवन की हर परीक्षा में पास होते रहना ज़रूरी है, वो भी अच्छे नंबरों से?

चलते-चलते मेरी निगाह बार-बार माँ की गर्दन पर चली जाती, भीतर एक रिरियाती-सी इच्छा जागती कि काश इस वक़्त माँ अपनी गर्दन खुजाना शुरू कर दें और मुझे पता चले कि जो भी बातें उन्होंने नदी किनारे कही थीं, वो सब की सब झूठ थीं।

कुछ ही दिनों में दीवार पर माताजी की माला टँगी तस्वीर लटक गई थी। वो इस तस्वीर में बेहद चुप दिखाई दे रही थीं। मतलब वो जितना चुप रहती थीं, उससे कहीं ज़्यादा चुप नज़र आ रही थीं। गाँव में तस्वीरें खिंचवाना एक प्रयास

हुआ करता था जो हमारे घर में किसी ने कभी नहीं किया। फिर यह तस्वीर कहाँ से आई? कब माताजी तस्वीर वाली दुकान पर गई होंगी और उन्होंने कहा होगा कि मेरी एक तस्वीर खींच दो? क्या एक तस्वीर हर आदमी की हर घर में होती है? क्या इसे ख़ुद खिंचवाना होता है? या कोई आपको ले जाता है ताकि मरने के बाद वो तस्वीर टाँगी जा सके? क्या माँ की भी कोई तस्वीर है कहीं? इसी घर में छुपी हुई? मेरी अभी तक कोई तस्वीर नहीं खिंची थी।

माताजी का नाम सावित्री था, उनकी तस्वीर के नीचे की तरफ़ लिखा हुआ था। उनका नाम सावित्री है, यह बात मुझे पता थी और नहीं भी पता थी। दिमाग़ में शायद एक कोना होता है, जहाँ सारा कुछ धुँधला-सा पड़ा रहता है। सावित्री नाम उसी जगह कहीं रखा हुआ था अभी तक। मैं उनके नाम को देर तक देखता रहा। हर नाम अपने साथ एक चेहरा घसीट लाता है। सावित्री कहते ही मुझे माताजी की शक्ल नहीं दिख रही थी। मैंने फिर कहा–सावित्री। एक लड़की की धुँधली-सी आकृति दिखी। मैं उस लड़की का चेहरा देखने की लालसा में लगातार सावित्री नाम बुदबुदाता रहा। तभी उस धुँधलके से एक चेहरा उभरा जिसकी शक्ल ग़ज़ल से मिलती थी। मैंने नाम लेना बंद कर दिया।

बाथरूम जाकर मैं देर तक आईने के सामने खड़े होकर चेहरे बनाता रहा। मैं अपने उस चेहरे को पकड़ना चाहता था जिसकी तस्वीर मेरी मृत्यु के बाद घर में लगाई जा सके। मृत्यु के बाद की तस्वीरें अजीब-सी निर्जीव होती हैं। मैं निर्जीव चेहरा बनाते-बनाते रह जा रहा था। हारकर मैंने अपने मुँह पर पानी मारा और बाथरूम से बाहर आ गया।

चोटी के अब्बू की आँखें बेहद छोटी थीं। लगता था कि उनकी आँखों पर दो काजू रखे हुए हैं। उनका क़द छोटा था, वो बहुत गोरे थे और अभी भी उनकी पूरी दाढ़ी नहीं आती थी। चेहरे से सफ़ेद बाल यहाँ-वहाँ ऐसे झाँकते, मानो शरमा रहे हों। मुझे लगता था कि जब वो खुलकर हँसते होंगे तो उन्हें दिखना बंद हो जाता होगा। बाज़ार में उनकी टेलरिंग की दुकान थी। वह किसी भी कपड़े को पलक झपकते ही पैंट और शर्ट में तब्दील कर देते थे। उनके गले में हमेशा एक इंची-टेप लटका होता और हाथों में नीले रंग की चाक का टुकड़ा। पान की उपस्थिति उनके मुँह में हमेशा रहती थी, इसलिए उनका मुँह हमेशा लाल रहता था और उनके पास से हमेशा क़िमाम की ख़ुशबू आती रहती। उनकी दुकान की छत पर हमारा अड्डा था। राधे, मैं और चोटी वहीं बैठा करते थे। उस छत के बड़े फ़ायदे थे, यहाँ से पूरा बाज़ार दिखता था; पर सामने लगे पेड़ की वजह से लोग बाज़ार से हमें नहीं देख पाते थे। कभी-कभी जब चोटी के अब्बू बहुत ख़ुश होते तो हम तीनों के लिए ऊपर चाय भी भिजवा दिया करते थे। चोटी के ऊपर दुकान की एक ज़िम्मेदारी थी। उसे स्कूल के अलावा दिन में दो शर्ट सिलनी होती थी। हमारी बातचीत के बीच कब वो नीचे जाता और अपना काम पूरा कर लेता, हमें इसकी कभी भनक भी नहीं लगती थी। चोटी कपड़े से शर्ट बना लेता है, इस बात पर मुझे बहुत आश्चर्य होता था।

"तूने बाल नहीं दिए?" राधे ने पूछा।

माताजी की मृत्यु के बाद ये हमारी पहली मुलाक़ात थी। हम तीनों अभी दुकान की छत पर बैठे ही थे कि राधे ने पूछ लिया।

"माँ ने मना कर दिया।" मैंने कहा।

"अबे देना चाहिए था, बहुत सवाब मिलता है।" चोटी ने कहा।

"अरे मैं कैसे कहता कि बाल उड़ा दो! घर में इतनी भीड़ थी, कुछ समझ

नहीं आ रहा था मुझे।"

जब तक तेरह दिन नहीं बीत जाते आप किसी बाहर वाले से नहीं मिल सकते, ऐसा टार्ज़न दादा ने कहा था। पर यह दोनों मेरे दोस्त थे, इन्होंने कहा कि चल बुड्ढों की बात कौन सुनता है। मैं भागकर इनसे मिलने चला आया था।

"सब लोग चले गए?" राधे ने पूछा।

"कल तेरहवीं है।" मैंने कहा।

"ग़ज़ल क्या कह रही थी?" चोटी ने पूछा।

"कुछ नहीं।" मैंने तपाक से कहा, मानो मुझे पहले ही पता था कि ये सवाल आने वाला है।

"मैं कह रहा था न, यह नहीं बताएगा कुछ भी। अबे लड़की से बात करते ही सब बदल जाता है।" राधे ने कहा।

"अबे कुछ कहा ही नहीं उसने तो..." मैं थोड़ा चिढ़ गया।

"मैंने देखा था दीवार से सटकर बहुत देर खुसुर-फुसुर कर रहे थे, कैसे कुछ नहीं कहा?" राधे बोला।

"अबे जाने दे न, जब वो बोल रहा है कुछ नहीं बोला तो नहीं बोला होगा।" चोटी ये राज़ की बातों का सिलसिला रोकना चाहता था।

"हाँ हमारी आँखें ही ख़राब हैं।" राधे बोलकर चुप हो गया।

एक दिन मैंने माँ की अलमारी से पाँच रुपए चुराए थे। उसे चुराने के बाद कई दिनों तक उसे जेब में रखे-रखे घूमता रहा। ये पाँच का नोट साँप के मुँह में छछुंदर की तरह हो गया था, न निगला जाए न ही उगला जाए। इस गाँव की किसी भी दुकान पर अगर मैंने अकेले जाकर पाँच का नोट दिखाया तो माँ को अगले दिन ही ख़बर लग जानी थी। सो मैंने एक दिन अपनी चोरी की बात चोटी और राधे को बता दी। लेकिन ये राज़ एक राज़ ही रहे इसके लिए राधे ने सुझाया, "हम दोनों भी अपना एक-एक राज़ तुझे बताएँगे ताकि कोई किसी को कभी धोखा नहीं दे पाए।" इस काम के लिए हमने घंटी वाले की कचौरी-समोसे की दुकान चुनी। पूरे पाँच रुपए की जलेबी और कचौरी मँगवाई गई। जलेबी खाते हुए चोटी ने कहा, "हमने अब तेरा चोरी का नमक खाया है, हम क्यों बताएँगे किसी को; ये तो नमकहरामी होगी!"

मैं और राधे नहीं माने। मेरे भीतर माँ की पिटाई का डर था और राधे चाहता

था कि आगे भी इस कचौरी-जलेबी का सिलसिला चलता रहे। अंत में राधे ने पहल की और उसने कहा, "नदी पर नहाते हुए मैंने अपनी गुबरेले टीचर मैडम के स्तन देखे हैं।"

हम दोनों की जलेबी मुँह से गिर पड़ी थी। यह बात साबित करने के लिए राधे ने पेंसिल से पेपर पर गुबरेले मैडम के स्तन बनाए जिसे चोटी और मैंने जी भरकर देखा। बाद में हमने, पकड़े जाने के डर से, उस पेपर के छोटे-छोटे टुकड़े कर दिए थे। अब बारी चोटी की थी। चोटी ने एक गहरी साँस भीतर लेकर कहा, "मैंने पिछली बार कंचे खेलते वक़्त घपला किया था और तुम दोनों से चीटिंग से जीता था।"

हम दोनों ने उसको चपत लगाई। राधे ने कहा, "मैं गुबरेले मैडम के स्तन की बात कर रहा हूँ और हम इसकी चोरी के पैसों से जलेबी चटखा रहे हैं और तेरा ये राज़ है?"

चोटी थोड़ी देर इधर-उधर देखता रहा।

"और वैसे भी ये बात हमें पता है कि तू कंचे में चीटिंग करता है।" मैंने कहा।

फिर उसने एक और गहरी साँस भीतर ली और कहा, "जब मुझे रात में बहुत डर लगता है तो मेरी अम्मी मेरे बग़ल में आकर बैठ जाती हैं, पर रात को उनका चेहरा तवे जैसा हो जाता है।"

"ना, ये तो राज़ नहीं है, ये डरावनी कहानी है।" मैंने कहा। हमें पता था, उसकी अम्मी नहीं थीं।

"हाँ, ये कहानी नहीं चलेगी।" राधे ने जोड़ा।

"मैं कभी-कभी नमाज़ पढ़ते वक़्त लकड़ियों के बारे में सोचता हूँ।"

हम दोनों हँस पड़े, पर माने नहीं। हमें नहीं समझ आ रहा था और चोटी असहज होता जा रहा था। हमारी कचौरी और जलेबी ख़त्म हो चुकी थी और सामने चाय आ चुकी थी। चाय पीने तक का समय अभी भी था हमारे पास। कभी-कभी दोस्ती में हमें पता नहीं चलता कि कब हम एक अच्छी हँसी के लिए क्रूर हो जाते हैं। हम दोनों उसके पीछे पड़े रहे। वो मना करता रहा और हम मानने का नाम नहीं ले रहे थे, तभी अचानक चोटी ने चिल्लाकर कहा, "रात को मेरे चचा मेरी चड्ढी में हाथ डालकर सोते हैं।"

चोटी की आँखों में आँसू थे और पूरी दुकान में सन्नाटा छा गया था। राधे और मैं सकपका गए। कुछ देर बाद, बात को सँभालने के लिए हम दोनों को झूठा हँसना पड़ा। पर चोटी हँस नहीं रहा था। उसके बाद हम अपनी-अपनी चाय की अगली घूँट नहीं पी पाए थे। मैंने उसके बाद कभी चोरी नहीं की और हमने इस बारे में फिर कभी बात नहीं की।

चोटी के अब्बू दुकान की छत पर आए और क़िमाम की ख़ुशबू पूरी छत पर फैल गई।

"क्यों, चाय पीओगे?"

मैं उन्हें देखकर मुस्कुरा दिया। उन्होंने तीन चाय भिजवाई। राधे और चोटी को पता था कि मैं कभी भी बोलना शुरू कर सकता हूँ सो दोनों अपनी-अपनी चाय पर चुप थे। मुझसे भी रहा नहीं गया।

"ग़ज़ल आजकल शाम को स्कूल के बाद सीधा घर आती है और माँ से देर तक बात करती रहती है। मैं जाता हूँ तो दोनों चुप हो जाते हैं। उस दिन वो मुझसे कह रही थी कि अपनी माँ का ख़याल रखना, अरे वो कौन होती है बोलने वाली?" मैं सब कह चुका था।

"अबे बहुत इस्मार्ट बनती है वो, मैंने उसके हाथों में बड़ी-बड़ी किताबें देखी हैं, वह भी अँग्रेज़ी वाली। अबे आठवीं की किताब नहीं, वो अँग्रेज़ी की गंदी किताबें हैं।" राधे बोला।

"मैं तो कह रहा हूँ कि तू बचकर रहना। वो बहुत तेज़ है भाई।" चोटी ने बोला।

"अरे वो पटर-पटर अँग्रेज़ी में बोलकर अपने टीचरों को डरा देती है।" राधे बोला।

"एक दिन वो अपने मास्साब (टीचर) से लड़ गई थी। अब तू बोल I S L A N D क्या होता है?" चोटी ने पूछा।

मैं सोच में पड़ा रहा, चोटी ही खीझकर बोला, "अरे, इजलेंड, IS इज और LAND लैंड, वो मास्साब से बहस करने लगी कि ना सर, ये तो आइलैंड होता है। अरे पूरा स्कूल उस पर हँस रहा था। फिर भाई कुछ महीने बाद वो मास्साब ग़ायब हो गए। कहते हैं बस स्टॉप पर आजकल पकौड़े तलते हैं वो मास्साब।"

"अबे वो सुंदर है तो बच जाती है। यही हम करते तो होटलों में बर्तन माँज रहे होते।" राधे ने कहा।

हम तीनों ग़ज़ल की बुराई करके बहुत ख़ुश थे। मैं चोटी और राधे को बता नहीं पाया कि ग़ज़ल मेरी तरफ़ ठीक से देखती भी नहीं है। मैं उसके लिए वहाँ होता ही नहीं हूँ। जब भी माँ और उसके बीच मैं बैठने जाता हूँ तो माँ मुझे बाज़ार के किसी काम से भेज देती हैं और ग़ज़ल की आँखें नीचे होती हैं। मुझे पूरा यक़ीन था कि ग़ज़ल नहीं चाहती कि मैं वहाँ आस-पास भी कहीं नज़र आऊँ।

तभी हम तीनों ने समय देखा और सामने वाली गली की तरफ़ टकटकी मारकर देखने लगे। ठीक वक़्त पर झरना सामने की गली से प्रगट हुई और बाज़ार की तरफ़ चलने लगी। हम तीनों का मत था कि इतनी सुंदर लड़की हमने कभी नहीं देखी थी। और पूरे गाँव में सिर्फ़ वही ऐसी लड़की थी जो हमें देखती थी। वो जैसे ही दुकान के सामने से गुज़रती, एक बार छत पर देखकर ज़रूर मुस्कुराती और हम तीनों ज़ाया हो चुके होते। आज भी उसने यही किया। वो जैसे ही ओझल हुई, हम तीनों की हृदय गति आसमान छूकर वापस आई थी। उसकी झटके वाली चाल, उसका भरा-पूरा शरीर, उसके बाल, लगता कि सब एक संगीत पर नाचते हुए चल रहे हैं। उसके जाते ही हम तीनों में बहस छिड़ जाती कि उसकी मुस्कुराहट असल में किसके लिए है।

मैं और राधे जानते थे कि हर लड़की असल में चोटी को देख रही होती थी। उसके नाक-नक़्श, घुँघराले बाल, मासूम मुस्कुराहट पर हर लड़की फिसल जाती थी। उसके पास कुछ ऐसा हुनर था कि वो हर लड़की को हँसा सकता था। हम उससे हमेशा पूछते कि भाई क्या कहता है तू कि लड़कियाँ तेरे अगल-बग़ल हँसती रहती हैं। वो कहता कि मैं तुम दोनों की बातें करता हूँ उनसे। मैं और राधे उसके जवाब पर चुप हो जाते। हम तीनों में सिर्फ़ उसके पास ही लड़कियों के लेटर्स आते थे। राधे अपने आपको हम तीनों में सबसे अच्छा दिखने वाला मानता था। वो कपड़े भी हम तीनों से अच्छे पहनता था, पर लड़कियाँ उसे देखते ही अपनी राह बदल लेती थीं। एक बार चोटी के सान्निध्य में ट्यूशन जाती एक लड़की को रोककर राधे ने बात की थी। जब उस लड़की ने अंत में राधे को लेटर लिखा तो उसमें उसने चोटी से मिलने की बात कही थी। चोटी और मैं इस बात पर बहुत हँसे थे। चोटी ख़ूबसूरत नहीं था, पर उसमें

एक अजीब-सा आकर्षण था।

मैंने भी एक बार दोनों से कहा था, "अबे! मैं भी लेटर देना चाहता हूँ यार किसी को।"

मेरी बात सुनते ही सन्नाटा छा गया था। बाद में राधे ने कहा, "अबे जाने दे, तू क्यों फँस रहा इन चक्करों में! तू दूर ही रह।"

घर शब्द मुझे हमेशा से ही बेहद पसंद था। जब भी स्कूल में बैठा होता तो यह बात ही इतना सुख देती कि अंत में मैं घर जाऊँगा। चोटी और राधे की बातों के बीच में भी घर के बारे में सोचना मुझे अच्छा लगता था। घर इतनी कमाल चीज़ थी कि अगर उसकी दीवारों में दरार पड़ जाती या कहीं से प्लास्टर झड़ने लगता तब भी वह अपनी सारी कमी लिए पूरा घर होता। तीन लोगों के लिए बने इस छोटे-से घर में अब दो ही लोग बचे थे, तब भी वो पूरा घर था। इसे अपने होने की पूर्णता पर इतना भरोसा था कि मुझे कभी-कभी लगता कि जब माँ नहीं होगी, मैं भी नहीं होऊँगा; तब भी क्या यह घर, हमारा घर ही कहलाएगा!

घर में वापस तीन लोग हो गए थे। तेरहवीं के बाद सभी लोग चले गए थे, पर नाना रुक गए थे। वह इतना चुप रहते थे कि किसी की उनसे पूछने की हिम्मत नहीं हुई थी कि वो कब जाएँगे? मुझे उनके रहने से कोई दिक़्क़त नहीं थी, क्योंकि घर में तीन लोगों की मुझे आदत थी। तीन से चार होते ही इस छोटे-से घर में मुझे भीड़ दिखने लगती थी। शायद माँ को उनका रहना क़तई पसंद नहीं था। उनके कारण माँ स्कूल से वापस देर से आती थीं। माँ को जब भी उनसे कोई बात करनी होती तो वह मुझे बोलतीं और मैं बस पलटकर नाना की तरफ़ देखता क्योंकि वो भी वहीं खड़े होते। फिर जब नाना मुझे देखते हुए माँ से कुछ कहते तो मुझे हँसी आ रही होती। मैंने ये वाला पैंतरा चोटी और राधे पर भी आज़माया था। जब मैं राधे से बात करता तो चोटी को देखता और जब चोटी से बात करता तो राधे को देखता।

"पगला गया है क्या?" राधे और चोटी मुझसे कहते और मैं देर तक अपने ही करतब पर हँसता रहता।

एक दिन नाना की तबीयत बिगड़ गई सो माँ के कहने पर मैं स्कूल नहीं गया। माँ ने मुझसे कहा कि नाना को कह देना कि मुझे स्कूल से छुट्टी नहीं

मिल रही है। माँ अँग्रेज़ी स्कूल में हिंदी साहित्य की अध्यापिका थीं। माँ मुझे भी उसी अँग्रेज़ी स्कूल में पढ़ाना चाहती थीं, पर मैं कभी दाख़िले की परीक्षा पास नहीं कर पाया था। पुष्पा की बाई के हिसाब से मैं दिमाग़ से बहुत कमज़ोर बच्चा था। वो हमेशा माँ से सांत्वना भरी आवाज़ में कहती कि ये मंदबुद्धि है, अब क्या करें? माँ भी इस बात को मानने लगी थी।

नाना को मेरे हाथों की चाय बहुत पसंद थी। वह हाथों के इशारे से चाय पीने का मूक अभिनय करते तो मैं समझ जाता कि उन्हें चाय चाहिए। एक दिन मैं चाय बना रहा था और मैंने देखा, नाना हल्के क़दमों से किचन में चले आए। वह दीवारों और लकड़ी के खंभों पर टिकी छत का मुआयना करने लगे थे।

"तुम्हें पता है पहले यहाँ, इस कमरे में ताँगा और घोड़ा बँधता था?" उन्होंने पूछा।

मुझे लगा आवाज़ अमीन सयानी की है और रेडियो से आ रही है। मैं थोड़ा सकपका गया। मैं उनके दूसरे वाक्य का इंतज़ार करता रहा, पर वह वाक्य बहुत देर तक नहीं आया। मैं एक छोटे स्टूल पर खड़े होकर चाय बनाता था, क्योंकि मेरे हाथ चायपत्ती और शक्कर के डिब्बों तक नहीं पहुँचते थे। मैं स्टूल पर हल्के से सँभलते हुए पीछे मुड़ा तो देखा वो पीछे की दीवारों को सूँघ रहे थे।

"अभी भी घोड़े की ख़ुशबू दीवारों में है।"

मुझे आश्चर्य, उनकी बातों से ज़्यादा इस बात का हुआ कि जब आवाज़ इतनी अच्छी है तो वो इतना कम क्यों बोलते हैं!

"अगर घोड़े यहाँ थे तो माँ कहाँ रहती थीं? खाना कहाँ बनता था?" मैंने बिना देखे पूछा।

"उस वक़्त तक आशा (मेरी माँ) ग्वालियर में रहती थी। मेरी माँ के पास।"

"और आप कहाँ थे?"

उन्होंने मेरी बात का जवाब नहीं दिया। आशा नाम सुनते ही लगा कि वह किसी दूसरे के बारे में बात कर रहे हैं। माँ का कोई नाम हो सकता है, यह बात मुझे अजीब लगती थी। स्कूल में भी जब माँ का नाम बताना होता था तो आशा नाम के पीछे माँ का चेहरा कभी भी नहीं उभरता था। आशा नाम लेते ही मैं अपनी गर्दन के पीछे वाला हिस्सा खुजाने लगता।

"यह घर तोताराम बाबू का था। उस ज़माने में उन्होंने ख़ुद का ताँगा ख़रीदा

था ताकि घर की औरतें उसी में बैठकर स्कूल जा सकें। जिस कमरे में तुम और आशा सोते हो वहाँ ताँगा चलाने वाला रहता था। सावित्री इसी ताँगे से पढ़ने जाती थी।"

मैं अपने मुँह में 'तोताराम' बुदबुदाने लगा। पता नहीं वो बुदबुदाहट कब उन्होंने सुन ली और उनको हँसी आने लगी। उनकी हँसी में मैं भी हँसने लगा। मैंने देखा, उनकी हँसी मेरी माँ की हँसी से मिलती थी। वो अपने हैं, यह बात मेरे भीतर पता नहीं किस तरह के घुमाव पैदा कर रही थी। मैंने उन्हें चाय का कप पकड़ाया और बाहर के कमरे में अपनी किताबें लेकर बैठ गया। वो चाय लेकर माताजी के कमरे में नहीं गए, वो बाहर वाले कमरे की खिड़की के पास रखी कुर्सी पर बैठ गए।

"मुझे तैरना नहीं आता था। मुझे तरबूज़ बहुत पसंद थे। सावित्री मेरे लिए नदी के उस पार तैरकर तरबूज़ लाया करती थी।"

यह वो किससे कह रहे थे मुझे नहीं पता। उनकी आवाज़ धीमी होते-होते गुम गई थी आख़िर में। मैंने अपना सिर अपनी किताब से नहीं उठाया। मुझे बहुत कुछ पता नहीं था, पर मुझमें और ज़्यादा कुछ भी पता करने की इच्छा नहीं थी। पुष्पा की बाई की सांत्वना पर मुझे यक़ीन था कि मैं मंदबुद्धि हूँ। मुझे महसूस होने लगा था कि मेरे दिमाग़ में दिमाग़ कम है, इसलिए मैं बहुत सारी जानकारियों को भरने से कतराता रहता था, ख़ासकर वो जानकारियाँ जो मुझे परीक्षा में पास होने में कोई मदद न करें।

"सावित्री ने तुमसे कभी मेरा ज़िक्र किया था?" उनकी खनकती आवाज़ आई।

मैंने उन्हें देखा तो वह खिड़की से बाहर देख रहे थे। चाय ख़त्म हो चुकी थी। कप अभी भी उनके हाथों में ऐसे था, मानो उसमें चाय अभी भी हो। मैं उन्हें ताकता रहा, तभी वो पलटकर बोले, "मतलब तुम्हारी नानी, माताजी।"

"नहीं।" मैंने कहा और देखा कि उनके माथे पर बल पड़ने लगे थे। उन्होंने अपना चेहरा नीचे किया जहाँ ख़ाली कप था। वहाँ वो बहुत देर तक नहीं टिक पाए। उन्होंने वापस मुझे देखा।

"वो वापस आएगी, वो ऐसे नहीं जा सकती।"

कुछ बलगम-सा उनके गले में फँस गया था। उन्होंने दो बार खाँसकर

उससे छुटकारा पाना चाहा, पर वो वहीं का वहीं फँसा रहा। वह उठे और कुछ तलाशते हुए-से माताजी के कमरे में चले गए। मैंने एक ठंडी साँस ली। अब कम-से-कम मुझे पढ़ने का नाटक तो नहीं करना पड़ेगा।

रात में जब भी खुले आसमान के नीचे मैं सोता था तब तारों को देखकर आश्चर्य होता था कि इस गहरे अँधेरे को ख़ूबसूरत बनाने के लिए किसी ने कैसे ये चटक चमकते तारे टाँक रखे हैं और उन सारे टाँके हुए के बीच एक चाँद लटका रखा है जो एकदम अवास्तविक लगता है। फिर एक दिन क्लास में तारों, आकाशगंगा और ग्रहों के बारे में विस्तृत जानकारी दी गई। उस वक़्त मैं अपने कान बंद कर लेना चाहता था। मैं नहीं सुनते हुए भी बहुत कुछ सुन गया। तब से मैंने बाहर आसमान के नीचे सोना बंद कर दिया था। अब मैं अंदर कमरे में, माँ के साथ ही सोता था। हर बात का सत्य उस बात को कितना छोटा कर देता है! अब मेरी दिलचस्पी तारों को देखने के बजाय उनके बारे में जानने में ज़्यादा बढ़ गई थी। अब वो तारे मेरी कल्पना का हिस्सा नहीं थे जिसमें एक बूढ़ा आदमी था जो धीरे-धीरे काले आसमान की चादर में तारे सिल रहा होता था। अब सारे तारे ग्रह थे और उन सारे ग्रहों के अपने अलग सूरज थे, उनका हमारे सूरज-चाँद से कोई लेना-देना नहीं था।

बहुत ज़िद करने के बाद माँ ने एटलस दिलाया था। मैं ज़मीन और समुद्र के बीच छलाँग लगाता रहता। कई देशों और उनके कठिन शहरों के नाम बड़बड़ाता रहता। मुझे लोगों के नाम बड़े हास्यास्पद लगते थे, पर शहरों के नामों में मुझे एक रोमांच नज़र आता था। एथेंस, रोम, प्राग, पेरिस, न्यूयॉर्क, वेनिस वग़ैरह। मैं हमेशा कंचे खेलते वक़्त अपने सारे कंचों को अलग-अलग देशों के नाम दे देता था। अपनी सारी हार के बावजूद प्राग नाम का कंचा हमेशा मेरे पास रह जाता था।

"तुम्हें दुनिया देखने का शौक़ है?"

नाना मेरे सिर पर खड़े थे। मैंने एटलस को तुरंत बग़ल में किया और उनको ऐसे टकटकी बाँधे देखने लगा, मानो मैं रँगे हाथों पकड़ा गया हूँ। उन्होंने वापस एटलस उठाकर हमारे बीच रखा और पालथी मारकर मेरे सामने बैठ गए।

"बुडापेस्ट कहाँ है?" उन्होंने बिना एटलस को देखे पूछा और मैंने कुछ देर में हाथ रख दिया।

"लियोन?" उनके मुँह से निकला। उसे खोजने में वक़्त लगा, पर मिल गया। मुझे अचानक गुदगुदी महसूस हुई, अपनी नाभि के आस-पास कहीं। फिर वो शहर, देश बोलते रहे और मैं उन्हें खोजता रहा। कुछ वक़्त बाद उन्होंने एटलस को अपनी गोद में रख लिया।

"अब तुम पूछो।" उन्होंने कहा और मैं झेंप गया। मुझे शब्दों के दिखे में शहर पता थे, पर उनका उच्चारण करना मुझे नहीं आता था। मेरे मुँह से पहला शब्द 'प्राग' निकला, पर वो प्रयाग जैसा सुनाई दिया।

"प्रयाग या प्राग?" उन्होंने पूछा।

"दूसरा वाला!" मैंने कहा और उन्होंने तुरंत अपनी उँगली रख दी।

"ये वाला?" उनके पूछने में उत्साह था। मैंने हाँ में सिर हिला दिया।

"तुम्हें पता है सावित्री प्राग के बारे में कितना जानती थी! मुझे हमेशा आश्चर्य होता था कैसे उसे प्राग के बारे में इतना पता था!"

"कैसे?"

"साहित्य पढ़ती थी। वो कहती थी एक बार बस मैं प्राग देखना चाहती हूँ।"

"आप उनको लेकर गए कभी?" नाना ने जवाब नहीं दिया। "क्या बहुत दूर है?" मैंने आगे जोड़ा।

नाना की उँगलियाँ कुछ देर प्राग और उसके आस-पास के शहरों पर घूमती रहीं। उनके होंठ भी हिले, पर शब्द बाहर नहीं गिरे। जब माताजी की मृत्यु हुई थी तो मुझे लगा कि पूरे गाँव को पता था कि उनके जाने का वक़्त हो गया है। मृत्यु को धीरे-धीरे रेंगते हुए आता देखने से शायद उसका प्रहार उतना असर नहीं करता।

नाना वापस खिड़की के पास रखी कुर्सी पर बैठ गए। पता नहीं उन्हें खिड़की के बाहर ऐसा क्या दिखता था कि वो घंटों बाहर ताक सकते थे। मैंने एटलस उठाया और अपने देश से प्राग की दूरी नापने लगा। इस एटलस में मुझे कुछ भी बहुत दूर नहीं लगता था। खिड़की से बाहर ताकते नाना की मुझसे दूरी, मेरे लिए प्राग से कहीं ज़्यादा थी। प्राग पास था और नाना बहुत दूर!

चोटी, राधे और मैं जब चोटी की दुकान की छत पर बैठते तो हम सड़क पर आते-जाते लोगों का मज़ाक़-सा उड़ाते, ख़ासकर उन लोगों के बारे में जिन्हें हम जानते नहीं थे। कौन-सी चप्पल पहनी है? किस रंग और डिज़ाइन का पैंट है? शर्ट की कॉलर से भी लोगों के बारे में बहुत कुछ जाना जा सकता है, ऐसा चोटी का कहना था। साड़ी के चटकपन से अमीरी-ग़रीबी झलकती है, ऐसा राधे मानता था। सलवार-सूट की बनावट, बालों में तेल का होना या न होना, दाढ़ी का छूट जाना या मूँछ रखने की सलाहियत, यहाँ तक कि हम चाल देखकर भी लोगों के बारे में अनुमान लगाते थे कि वो क्या काम करता होगा या होगी। हमारे लिए ये चलता मनोरंजन था। कई बार हमारा मज़ाक़ सीमा भी लाँघ जाता। पर एक मुक्त हँसी के लिए हम सीमा के दूसरी तरफ़ कुछ देर टहल आते थे। मुझे हमेशा सीमा लाँघने के पहले का उत्साह बहुत मज़ेदार लगता। हम तीनों की आँखें बड़ी हो जातीं और तीनों अपनी बातों में एक घर आगे जाना चाहते। कौन-सी बात कितना हँसा सकती है, इसकी प्रतियोगिता शुरू हो जाती। कई बार सीमा की दूसरी तरफ़ हम इतनी देर तक ठहर जाते कि तीनों असहज हो जाते। असहजता हमें चुप कर देती। हम तीनों के बीच की यह चुप्पी मुझे बहुत आकर्षित करती थी। हम एक-दूसरे के साथ बड़ी सहजता से बहुत देर तक चुप रह सकते थे। इस चुप्पी में कितनी इंसानियत बसी थी! मैंने चोटी और राधे को कभी नहीं बताया कि मुझे लोगों की वेशभूषा से ज़्यादा उनकी थकान दिखती थी। काम की थकान नहीं। यह अजीब-सी थकान, जिसे मैं जब भी देखता था तो लगता था कुछ बीत गया है शरीर से और सारा बीता हुआ कंधे और गर्दन के ऊपर जमा हुआ दिखता था हमेशा। उस थकान की आँखें कुछ देख नहीं रही होतीं। यूँ लगता, मानो वो आँखें किसी सम्मोहन में ख़ाली हैं। आँखें ख़ाली कैसे हो जाती हैं? मतलब ऐसा क्या होता होगा जीवन में कि आँखें अनशन पर बैठ जाती होंगी कि मैं अब अपने देखे

चित्रों को दिमाग़ तक नहीं पहुँचाऊँगी? मैं दिमाग़ से झूठ बोलूँगी कि अब देखने लायक़ इस दुनिया में कुछ भी नहीं बचा है।

कल रात बेमौसम बरसात हुई थी। सुबह उठा तो गीली मिट्टी की ख़ुशबू चारों तरफ़ थी। मैं सीधा किचन में गया, एक कप चाय बनाई और घर के पीछे वाली गली में चला गया। मेरे पास कुछ सवाल थे, ख़ासकर तोताराम के बारे में और जब भी मेरे पास सवाल होते मैं सीधा राधे के पिता से पूछता। राधे के पिता रोज़ सुबह घर के पीछे वाली गली में सोना बीनने आते थे। जब भी मैं उनके लिए सुबह की चाय लेकर जाता तो वो अपने काम से कुछ वक़्त मुझे दे देते। जब तक वो चाय पर बने रहते तब तक मैं उनसे कुछ भी पूछ सकता था। उनके हर जवाब की शुरुआत 'ऐसा कहते हैं' से होती। उनके पास हर चीज़ का जवाब होता था। वो मेरे लिए इस गाँव का चलता-फिरता अख़बार थे। मैं जब चाय लेकर पहुँचा तो वो अपने काम में पूरी तरह घुसे हुए थे। तन्मयता से अपने काम में डूबा हुआ व्यक्ति, इससे संतोषजनक कोई और दृश्य नहीं हो सकता। मैंने चाय चबूतरे पर रख दी और चबूतरे पर उकड़ूँ बैठ गया। जब वो सोना बीन रहे होते तो लगता कि वो एक सफ़ेद पोटली हो गए हैं जो यहाँ-वहाँ लुढ़कती फिरती है। मैं राधे के पिता को घंटों पोटली बने देख सकता था। रात की बारिश की वजह से सोना बहकर नाली में चला गया होगा इसलिए चबूतरे के नीचे वाली नाली से भी वो कीचड़ बटोरकर अपनी तगाड़ी में भर रहे थे। कुछ देर में उन्होंने तगाड़ी बग़ल में रखी, धोती से अपने हाथ पोछे और मेरे बग़ल में, चाय पीने उकड़ूँ बैठ गए। अभी पौ फटने को थी। हमारे चारों तरफ़ चिड़ियों की आवाज़ों का कलरव मचा हुआ था। इस बीच अगर मुझे कोई और आवाज़ आ रही थी तो वो चाय की चुस्की की जिसे वो बड़े चाव से पी रहे थे।

"ये तोताराम क्या नाम है?" मैं कहते ही हँसने लगा। राधे के पिता भी हँस दिए। कुछ देर की चुप्पी के बाद वो बोले, "ऐसा कहते हैं कि तोताराम बाबू इस पूरे विशाल घर में अकेले रहते थे। अपने बुढ़ापे में उन्होंने घर के ज़्यादातर हिस्से को उनके मुनीम हेमू को किराए पर दे दिया था। हेमू उनकी बहुत सेवा करता। हेमू की बीवी एक बेटे, बालू, को पैदा करके चल बसी। हेमू अपनी बीवी का जाना बर्दाश्त नहीं कर सका और कुछ ही सालों में वो भी नहीं रहा।

हेमू के बेटे बालू को तोताराम ने अपने बेटे की तरह पाला। बालू का हाथ सुनारी में बहुत तेज़ था, बड़े होकर उसकी दुकान इस सुनार गली की सबसे मशहूर दुकान थी। फिर एक दिन बालू पुष्पा की बाई को घर ले आया। उनकी शादी नहीं हुई थी, पर तोताराम ने उन दोनों को तोहफ़े के रूप में ये पूरा घर दे दिया था। अब ऐसा कहते हैं कि ये सब मुँह-ज़बानी हुआ था, और ये मुँह-ज़बानी वाली बात भी सबको पुष्पा की बाई ने ही बताई थी। अब लोगों का आपस में विश्वास इतना था कि पहले किसी ने लेखा-जोखा नहीं रखा इसका। तोताराम की उदारता के इस क़िस्से के मशहूर होते ही सबने मान लिया कि यह घर असल में बालू और पुष्पा की बाई का ही है। क़िस्से-कहानी की ताक़त बही-खातों से ज़्यादा मज़बूत होती है। सारे धर्म और उनके सारे पात्र असल में क़िस्सों के कारण ही तो भगवान में तब्दील हुए हैं। पुष्पा की बाई के हिसाब से, बालू ने माताजी को ये कमरे दया खाकर दिए थे क्योंकि सावित्री को उसके पति ने छोड़ दिया था और जब वो यहाँ आई थी तब उसकी गोद में एक छोटी-सी बच्ची थी–आशा।"

मेरे दिमाग़ में सवालों की भीड़ जमा हो चुकी थी, पर मैं अब कुछ भी नहीं पूछ सकता था; क्योंकि उनकी चाय ख़त्म हो चुकी थी। मैंने तय किया कि अगली बार चाय बड़े कप में लेकर आऊँगा। राधे के पिता ने अपनी धोती को वापस अपनी कमर में खोंसी और पोटली बनकर, सुनार गली में लुढ़कने लगे।

मुझे दूसरा कारण मिल गया था–पुष्पा की बाई को नापसंद करने का, पहला कारण अभी भी उनका मुझे मंदबुद्धि कहना था। जबकि मुझे उनकी उल्टे तवे की घी लगी रोटी और पतली दाल बहुत पसंद थी। माँ के बग़ल में रात को लेटे हुए अक्सर मैं सोचता था कि माँ छोटी बच्ची से इतनी बड़ी इसी ताँगा घर में हुई हैं! जब वो छोटी थीं तो क्या उनके भी चोटी और राधे जैसे दोस्त होंगे? क्या वो भी नदी पार करके तरबूज़ चुराने जाती रही होंगी?

राधे के पिता ने मुझे पहले बताया था कि बचपन में बालू को असल में लोग भालू कहते थे, क्योंकि उसके पूरे शरीर पर बहुत बाल थे। फिर भालू, बालू हो गए और सबने इसे स्वीकार भी कर लिया। पुष्पा की बाई अभी भी उन्हें बालू कहती थी और मोहल्ले के बच्चे भी। सफ़ेद चाँदी से बाल, सफ़ेद कुर्ता पहने वो रोज़, साफ़-सुथरे अपनी दुकान पर बैठे दिखते। मैंने उन्हें कभी चलते-फिरते

नहीं देखा था। वो मेरे सपने में भी बैठे हुए ही आते थे। पीछे वाली गली में, बालू के अलावा और भी कई सुनारों की दुकानें थीं। लेकिन राधे के पिता सिर्फ़ बालू की दुकान के नीचे वाले हिस्से में ही सोना बीनते थे, क्योंकि इस पूरी गली में बालू की दुकान सबसे ज़्यादा चलती थी।

"नाना को बहुत सारे देशों के नाम ज़बानी पता हैं।" रात, अँधेरे में लेटे हुए मैंने माँ से कहा। यही वो जगह है जहाँ, माँ और मैं, बिना एक-दूसरे को देखे अपनी बात कह सकते थे। मुझे रात में छत को ताकना अच्छा लगता था। दूर कूड़ेदान के पास लगे बिजली के खंभे की रोशनी, रोशनदान से छनकर घर में प्रवेश करती थी। उस रोशनी से घर की छत पर अजीब-सी आकृतियाँ बनती थीं। मुझे लेटे-लेटे उस रोशनी में चेहरे टटोलने की आदत पड़ी हुई थी। मैं उन बिना नाम के चेहरों को देर तक निहार सकता था।

"कल उनसे पूछना कि वो कब वापस जाएँगे?" माँ यह कहते ही दूसरी तरफ़ पलट गईं। दूसरी तरह करवट मतलब अब वो इस बारे में कोई भी बात नहीं करना चाहती थीं।

अगले दिन माँ जैसे ही अपने स्कूल के लिए निकलीं, मैंने देखा कि पीछे से नाना कुर्ता-पाजामा पहनकर तैयार खड़े हैं।

"चलो नदी होकर आते हैं।"

मैं अवाक्-सा उन्हें ताकता रहा। इस वक़्त उनसे कुछ भी कहने की हिम्मत नहीं हुई। मैंने सोचा, नदी पर मौक़ा पाकर उनसे पूछ लूँगा कि आप कब जाएँगे यहाँ से। हम सीधी सड़क से होते हुए नदी की तरफ़ बढ़ रहे थे। पान की टपरी पर खड़े लोगों के दिखते ही मैंने नाना का हाथ पकड़ लिया, मैं लोगों को दिखाना चाहता था कि हमारे घर में एक पुरुष भी है। वो अब हमारे साथ रहते हैं और वो मेरे नाना हैं।

नाना की चाल में उत्साह था, उन्हें नदी जाने का रास्ता पता था। सीधी सड़क के अंत में नदी दिखने लगी थी, नदी को देखते ही वह रुक गए।

"कितनी ख़ूबसूरत है!" एक आह निकालते हुए उन्होंने कहा और तेज़ क़दमों से नदी की तरफ़ चलने लगे। मैं धीरे-धीरे सीढ़ियाँ उतरते हुए उनके

पीछे हो लिया। उन्होंने नदी के पानी को अपने सिर पर छींटा और दोनों हाथ जोड़कर प्रार्थना करने लगे। मुझे लगा यही सही वक़्त है उनसे पूछने का कि वो कब वापस जा रहे हैं। मैं उनके पास गया तो वह मुझे मुस्कुराकर देखने लगे। मैं भी मुस्कुरा दिया।

"तुम्हें उस जगह को देखना है, जहाँ मैं और सावित्री बैठा करते थे?"

मुझे कोई दिलचस्पी नहीं थी। मैं मना करना चाहता था। मैं बस नाना के साथ ऐसी स्थिति चाहता था, जहाँ मैं अपनी बात कह सकूँ। घाट के अंत में क़िले की टूटी हुई दीवार के नीचे एक छोटा टूटा-फूटा घाट था। उस टूटे-फूटे घाट पर एक ख़ूबसूरत बरगद का पेड़ था, हम उसी पेड़ के नीचे जाकर बैठ गए। मैंने देखा, उस बरगद की जड़ें नदी की तरफ़ ऐसे बढ़ी हुई हैं, मानो बरगद नदी में पैर डालकर खड़ा हो, बरगद की जड़ें पानी को छू रही थीं। मैंने मन में तय किया कि चोटी और राधे के साथ मैं यहाँ आऊँगा। हमारे बैठते ही नाना के चेहरे पर मुस्कुराहट चिपक गई थी। वो पानी को ऐसे देख रहे थे, मानो वो बहुत प्यासे हों। मुझे पता था कि ये सही मौक़ा है उनसे पूछने का, पर मुझे लगा ये इस चुप्पी से धोखा होगा जिसे हम दोनों साझा कर रहे हैं इस वक़्त।

"मैं जब तुम्हारी उम्र का था तो मेरी दोस्ती एक चोर से हुई थी। छरहरा जवान लड़का, मुझसे उम्र में काफ़ी बड़ा था, हमेशा हँसता हुआ दिखता था।" नाना कहने लगे। आज हवा बहुत अच्छी थी। बरगद के पत्तों के हिलने से एक संगीत निकल रहा था। मुझे लग रहा था नाना अमीन सयानी की आवाज़ में अपनी बात कह नहीं रहे हैं, बल्कि उसे गुनगुना रहे हैं।

"मैं इस बात का कभी यक़ीन ही नहीं कर पाया कि वह उतनी ही सहजता से चोरी करता है जिस सहजता से मेरे पिताजी अपनी वकालत। मेरे पिताजी अपने काम में मुझे हमेशा परेशान दिखते थे, पर मैंने उस चोर को कभी परेशान नहीं देखा। वह महीनों ग़ायब रहता। फिर जब मिलता तो कभी जेल से वापस आ रहा होता, तो कभी किसी नए शहर से।"

जेल का नाम सुनते ही मेरी जिज्ञासा नाना की बातों में बढ़ गई।

"एक दिन मैंने उस चोर से पूछा कि तुम्हारे दोस्त कौन हैं? उसने कहा मेरे ज़्यादातर दोस्त जेल में पड़े लोग हैं। ख़ासकर वो लोग जिन्हें आजीवन कारावास की सज़ा मिली है। फिर वो कहने लगा कि सारे जेल एकदम एक

जैसे होते हैं। अगर आप जेल के अंदर हो तो पता नहीं कर सकते कि आप किस शहर की जेल में हो। और देखो मज़े की बात है, जब मैं चोरी करने किसी के घर में घुसता हूँ तो लगभग सारे घर भीतर से एक जैसे होते हैं, भीतर रहकर आप भूल जाते हो कि असल में यह घर किस शहर का हिस्सा है। बस अंतर इतना है कि जेल में आजीवन कारावास काट रहे लोगों से उसकी दोस्ती हो जाती थी जबकि घर में आजीवन कारावास काट रहे लोग सोते रहते थे। मैं फटी हुई आँखों से उसकी बातें सुनता। जैसे इस वक़्त तुम्हारी आँखें हैं, बिल्कुल ऐसे ही।"

नाना हँसने लगे। मैं झेंप गया और अपनी आँखें सामान्य करने की कोशिश करने लगा।

"उन दिनों मेरे घर में मेरा मन विचलित रहता और बाहर लगता कि मैं चोरी से, उस चोर के साथ एक अजीब-सी मुक्ति जी रहा हूँ। क्या हम कभी भी मुक्त हो सकते हैं?"

जब वह चुप हुए तो मुझे यक़ीन था कि वो मुझसे बात नहीं कर रहे हैं। हम दोनों ये चुप्पी साझा नहीं कर रहे हैं, उनकी चुप अलग है। मेरा यहाँ होना बरगद के यहाँ होने जैसा था। मैं अपनी चुप में क्या करूँ, मेरी समझ में नहीं आ रहा था। मैं उस चोर के बारे में सोचने लगा और राधे के पिता को बतौर चोर अपने दिमाग़ में देखने लगा। राधे के पिता जो धूल से सोना चुराते थे। तभी नाना उठे और कुछ क़दम नीचे जाकर नदी में अपना मुँह धोने लगे। जब वापस आकर मेरे पास बैठे तो लगा वो बदल गए हैं। यह वही आदमी नहीं हैं जो क़िस्सा सुना रहे थे। तभी मेरी निगाह नाना के हाथ पर गई, वो हाथ बरगद की जड़ पर पड़ा हुआ था। मैंने इतना बूढ़ा और सूखा हुआ हाथ इस बारीकी से कभी नहीं देखा था। लगा वो हाथ उनके शरीर का नहीं, बल्कि उस पुराने बरगद का हिस्सा है।

"मेरी तबीयत ठीक नहीं लग रही है। चलो वापस चलते हैं।"

वापस घर आते वक़्त नाना की चाल में सुस्ती थी। लगा उनका सारा उत्साह बरगद की जड़ ने अपने भीतर खींच लिया था। हम जब घंटी वाले हलवाई की दुकान के सामने से गुज़रे तो मैं अपनी आँखें जलेबी और कचौरी से हटा ही नहीं पाया। नाना के पास दूसरा कोई चारा नहीं था। कुछ ही देर में हम घंटी वाले की दुकान में बैठे थे। नाना ने जलेबी मँगाई और मैंने कचौरी और जलेबी दोनों।

“अपनी माँ से कहना कि मैं कुछ ही दिनों में चला जाऊँगा। और तुम कल से स्कूल जाओ। अब मैं ठीक महसूस कर रहा हूँ।”

मैंने उनकी तरफ़ देखा तो उनके चेहरे पर कोई भाव नहीं दिखा। वो अपनी जलेबी खाने में मशग़ूल थे, मानो जो बात उन्होंने कही थी, उसका उनसे कोई लेना-देना नहीं था। क्या इसे ही मुक्ति कहते हैं? अपने मुँह से निकले वाक्य के बाद, आपका आपके ही कहे से कोई संबंध न रहना?

नाना मुक्त हो गए थे, पर ये शब्द मेरी ज़बान में चिपक गए थे। वापस घर आते वक़्त मैंने कई बार उसे अपने मुँह में बुदबुदाया–मुक्ति! मुक्ति! मुक्ति!

मैं माँ से नाराज़गी लिए हुए था। ठीक-ठीक नाराज़गी किस बात की थी यह मैं भी नहीं जानता था, पर मुझे पता था कि मैं उनसे नाराज़ हूँ, सो मैंने उन्हें नाना की बात नहीं बताई। अगले दिन से मैं स्कूल जाने लगा। स्कूल में कम-से-कम दिखाई देने के मेरे सारे पैंतरों के बीच जब भी मेरी निगाह ग़ज़ल से मिलती, मैं देखता कि वो मुझे ही देख रही है। ऐसा कभी नहीं हुआ था कि मैं किसी को चोरी से देखूँ और वो मुझे देखता हुआ मुझे दिख जाए। किसी के देखते वक़्त क्या किया जाता है मुझे ये पता नहीं था। सो मैं तुरंत अपनी शर्ट के तीसरे बटन को देखने लगता। स्कूल में मैं हूँ या नहीं हूँ, इससे चोटी और राधे को छोड़कर किसी को फ़र्क़ नहीं पड़ता था। ग़ज़ल मुझे देख रही थी, ये बात चोटी और राधे ने भी दर्ज की। इस बात से राधे और चोटी ज़्यादा आहत थे। उन दोनों ने मुझे चेतावनी दी कि वो शिकारी है और वो अपने शिकार को ताक रही है।

हमारे स्कूल ने हर सुबह की प्रार्थना के बाद एक प्रथा चालू की थी कि कोई भी एक छात्र, जिसे प्रधानाध्यापक चुनेंगे, वो प्रार्थना के बाद 'आज का विचार' कहेगा। मैं दो साल से एक विचार अपने साथ लिए घूम रहा था–'आवश्यकता ही आविष्कार की जननी है।' मुझे लगा था कि जब मैं यह कहूँगा तो अपने दोस्तों के बीच मेरी इज़्ज़त बढ़ जाएगी और सारे टीचर मेरे प्रेम में पड़ जाएँगे। पर ऐसा नहीं हुआ। मैं प्रार्थना की पंक्ति में कभी प्रधानाध्यापक को नज़र ही नहीं आया। 'आवश्यकता ही आविष्कार की जननी है', यह विचार मेरे भीतर ही रेंगता रहा। और सही कहूँ तो, मुझे न तो आवश्यकता के बारे में कुछ पता था और न ही आविष्कार के बारे में। मेरी सारी शिक्षा तुरंत रट लेने में थी। जो भी महत्त्वपूर्ण होता, मैं उसे बिना बुद्धि लगाए रट लेता और वैसा का वैसा सुना देता। अगर उसके बाद कोई मुझसे उसका मतलब पूछता तो मैं अपनी शर्ट के तीसरे बटन से तब तक निगाह नहीं हटाता, जब तक कि लोग मुझसे सवाल

पूछना या मुझे डाँटना बंद न कर दें। मैं लोगों के बीच घुल जाता था। मुझ जैसे साधारण दिखने वाले लड़के ढेरों थे इस दुनिया में, हम सब वो थे जिनकी वजह से कुछ लोग असाधारण दिखते थे। मुझे लगता कि हर साधारण चीज़ का सबसे बड़ा काम यही है कि असाधारण की रोशनी में ग़ायब रहे। मैं उन लोगों में से था जिसका नाम भी लोग नहीं लेते थे। लोग 'ओए' बोलते और मैं पलट जाता था। मेरी उपस्थिति से किसी को कोई फ़र्क़ नहीं पड़ता था। मेरे बाल साधारण थे, साधारण नाक-नक़्श थे, न मैं काला था, न ही गोरा, गेहुँआ रंग जो देश में हर किसी का होता है वही मेरा भी था, और मेरा क़द उसी अनुपात में बढ़ रहा था जिस अनुपात में मेरी बुद्धि। मुझे हर छोटा विचार आश्चर्य में डाल देता और हर बड़े विचार पर मेरा माथा घूमने लगता। अब ऐसी स्थिति में, चाहे किसी भी कारण से, एक लड़की मुझे देख रही थी तो मैं इस बात की ख़ुशी कैसे छुपा सकता था!

मैंने चोटी और राधे से एक दिन कहा, "यार एक अतिसाधारण को असाधारण लड़की देख रही है, मुझे तो अच्छा लग रहा है।"

तब चोटी ने तपाक से कहा, "एक बार वो तेरे को देखने के बाद मुझे भी देर तक देख रही थी, पर मैं तुरंत दूसरी तरफ़ देखने लगा। अपने को नहीं चाहिए ये साधारण-असाधारण का चूतियापा। भाई तू भी पलट लिया कर।"

इस बात पर राधे ने भी हाँ कहा और बोला, "वो मुझे भी देखती है यार, मैंने तो एक बार उसे आँखें दिखा दी थीं कि मुझे ना देखना। तब से उसने देखना बंद कर दिया। अबे यही इलाज है ऐसी लड़कियों का।"

मुझे पता है ग़ज़ल ने चोटी और राधे को, कम-से-कम मेरे सामने तो कभी भी नहीं देखा था।

आधी छुट्टी (लंच-ब्रेक) में हम तीनों मंदिर के पीछे वाली गली में जाकर अपना खाना खाते थे। ये जगह स्कूल परिसर में होकर भी स्कूल परिसर में नहीं थी। इस सँकरी गली में हमेशा नमी बनी रहती थी जिसकी वजह से ये जगह सुंदर ठंडक लिए रहती। हम तीनों को यहाँ बैठकर स्कूल से छुपा हुआ महसूस होता था। एक दिन लंच-ब्रेक में हम तीनों मंदिर के पीछे वाली गली में अपना लंच खा रहे थे कि मेरी आँखें चोटी पर गईं। मैंने देखा, उसका मुँह खुला हुआ था और वो मेरे सिर के ठीक पीछे की तरफ़ किसी को अवाक्-सा देख

रहा था। मैं पलटा तो देखा मेरे पीछे ग़ज़ल खड़ी थी। हम तीनों अपना टिफ़िन छोड़कर खड़े हो गए, मानो प्रधानाध्यापक साक्षात् सामने खड़े हों। तभी चोटी ने अपनी घबराहट में ग़ज़ल को नमस्ते कह दिया, सो हम दोनों को भी नमस्ते कहना पड़ा।

"राजिल, क्या मैं भी तुम्हारे साथ बैठ सकती हूँ?" उसने पूछा।

"ये राजिल कौन है?" बिना सोचे चोटी के मुँह से निकल गया। चोटी अपनी ग़लती पर झेंप गया और मुझे देखने लगा। राधे भी मुझे ही देख रहा था। मुझे लगा दोनों की साँसें रुकी हुई हैं।

"हाँ, बिल्कुल! आओ।" मैंने कहा।

"हमारा तो हो गया है राजिल, फिर क्लास में मिलते हैं।" राधे ने 'राजिल' पर ज़ोर देकर बोला और वो चोटी की कोहनी पकड़कर उसे भी अपने साथ ले गया। उन दोनों को न ही मैंने रोका और न ही ग़ज़ल ने। उनके जाते ही मैं अजीब-सी असहजता में नीचे बिखरे पड़े हमारे टिफ़िन को देखने लगा।

"क्या है खाने में? मुझे बड़ी भूख लगी है।" ग़ज़ल बैठते हुए बोली।

तभी चोटी पीछे से आया और वह अपना और राधे का टिफ़िन हमारे सामने से उठाकर ले गया। ऐसा करते हुए उसने न तो मुझे देखा और न ही ग़ज़ल को, जैसे वो हमें जानता ही न हो। ग़ज़ल की हँसी निकल गई।

"बड़े अच्छे हैं तुम्हारे दोस्त।"

"मेरे अच्छे दोस्त सारा अच्छा खाना ले गए हैं, अब बस ये माँ के हाथों के शक्कर के पराठे बचे हैं।"

मैंने आधा पराठा तोड़कर टिफ़िन के ढक्कन में ग़ज़ल की तरफ़ बढ़ा दिया। ग़ज़ल सच में बहुत भूखी थी। वो तुरंत आधे पराठे पर टूट पड़ी। मैंने पराठे का पहला कौर लिया और उसे देर तक चबाता रहा, ठीक इस वक़्त मेरे गले के नीचे कुछ भी नहीं उतर रहा था। मेरे दोस्तों का वहाँ से चले जाना, ग़ज़ल का मेरे साथ लंच-ब्रेक में अकेले बैठना, और मेरा इन सबमें, बाहरी रूप से, सहज बने रहना। मैंने जबरदस्ती अपने चबाए हुए को गले के नीचे उतारने की कोशिश की।

"माँ कैसी हैं?" ग़ज़ल ने पूछा।

"ठीक हैं।" मुझे पानी चाहिए था। सूखे गले में मेरे शब्द फँस रहे थे।

"मेरे अब्बू जब छोटे थे तो माताजी ने उन्हें पढ़ाया था। वो बजरिया स्कूल में ही जाते थे। पर उनकी असल पढ़ाई तुम्हारे घर में हुई थी। इस गाँव में बहुत ही कम घर थे, जहाँ 'धर्मयुग' आता था।"

"ये 'धर्मयुग' क्या है ?" मैंने पूछा।

"तुम्हें 'धर्मयुग' नहीं पता ! हाँ कैसे पता होगा, तुम्हारे यहाँ के सारे 'धर्मयुग' तो मेरे घर पड़े हुए हैं। वो एक साहित्यिक पत्रिका थी। मेरे अब्बू का उसके बिना खाना नहीं उतरता था। तुम्हें पता है, तुम्हारी माताजी ने कितनी पुरानी किताबों को लेकर उनके घर में..."

वह अचानक चुप हो गई। शायद उसे मेरे चेहरे के भाव ठीक नहीं लगे। मैं सुन रहा था, पर मुझे इस वक़्त पानी चाहिए था।

"मैं भी क्यों तुम्हें बता रही हूँ, तुम्हें तो सब पता ही है।" यह कहकर उसने आधे पराठे का आख़िरी कौर ख़त्म किया। जबकि मेरा आधा पराठा अभी भी मेरे हाथों में ही रखा था।

"हाँ मुझे पता है।" यह कहते ही मैं अपनी गर्दन का पिछला हिस्सा खुजाने लगा। तभी मुझे ठसका लगा। ग़ज़ल ने अपने बैग से पानी की बोतल निकालकर मुझे पकड़ा दी। मैं एक झटके में लगभग आधी बोतल पानी गटक गया।

"तुम बहुत प्यासे थे ?" उसने मुस्कुराते हुए पूछा।

"हाँ, बहुत।" पानी पीते ही मुझे लगा कि अब मेरे गले से सब नीचे उतर रहा है। मैं इस वक़्त ग़ज़ल के साथ बैठा हूँ, वह भी अकेले। मैं नहीं गया उसके पास, वो मुझसे बात करने आई है, जिसके गवाह मेरे दोस्त थे।

"तुम हँस क्यों रहे हो ?" ग़ज़ल ने पूछा।

"मैं कहाँ हँस रहा हूँ !" यह बात मैंने उसे हँसते हुए कही थी। मैं ख़ुद को रोक नहीं पा रहा था।

"पागल हो तुम !"

उसने कहा और मेरे हाथ से पानी की बोतल लेकर बाक़ी बचा पानी वो पीने लगी। मैंने देखा, उसके होंठों के बग़ल से पानी की एक पतली धार, बोतल और होंठों को चकमा देती हुई उसकी गर्दन से लुढ़कती हुई उसके वक्षों के बीच से होती हुई ग़ायब हो रही थी। काश मैं इस पानी की धार में छलाँग लगा सकता। उसकी स्कूल की शर्ट का सामने का भाग गीला हो रहा था। मैंने सोचा, उसे

बताऊँ पर मेरी नज़र उस धार से हट ही नहीं रही थी। जैसे ही उसने पानी की बोतल अपने होंठों से अलग की उसे अपनी ग़लती का एहसास हुआ। पर तब तक देर हो चुकी थी। शर्ट अपने बटन के इर्द-गर्द गीली होना शुरू हो चुकी थी और उसका गीलापन फैल रहा था। ग़ज़ल का बोतल होंठों से लगाना और उसकी शर्ट का गीला होना बहुत तेज़ी से घटा था, पर मेरी आँखों के सामने ये इतने धीमे घट रहा था कि मुझे लगा मैं अगर चित्रकारी जानता तो इसके हर एक क्षण को वैसा का वैसा काग़ज़ पर उतार सकता था। उसने तुरंत अपना बैग शर्ट के ऊपर रख दिया। हम दोनों कुछ देर ख़ामोश बैठे रहे। वह बार-बार बैग हटाकर अपनी शर्ट की हालत देखती रही।

"मैं ऐसे क्लास में नहीं जा सकती, इसे धूप दिखाना पड़ेगा वरना यह जल्दी सूखेगी नहीं।" उसने कहा और मैंने अपना सिर हिला दिया। तभी स्कूल की घंटी बजी और उसने मेरी तरफ़ ऐसे देखा, मानो मुझे पता हो कि ऐसे वक़्त में क्या करना है।

मैं कुछ देर के लिए जड़ हो गया। मैंने आज तक जीवन में कभी कोई निर्णय नहीं लिया था। मैं दूसरों के निर्णयों के पीछे हो लेता था। मैं किस स्कूल में जाऊँ का निर्णय माँ का था। मुझे चाय अच्छी लगती है का फ़ैसला मेरा नहीं था। जब मैंने चाय की चुस्की लेते वक़्त चोटी के पिता के चेहरे पर उभरे सुख को देखा तो मुझे चाय पसंद आने लगी। मेरे बाल कैसे कटने चाहिए, यह हमेशा राजू नाई की उस वक़्त की मनःस्थिति पर निर्भर करता था। खाना माँ तय करती थी। पढ़ने में किस विषय में कितनी मेहनत करनी है यह उस विषय के अध्यापक की क्रूरता तय करती थी। मैं बस धकेल दिया जाता था और हर धक्के के बाद ख़ुद को जहाँ भी पाता था, मुझे वहाँ ठीक ही लगने लगता था।

"कुछ करो।" उसने फिर गुहार लगाई।

मैं तुरंत खड़ा हुआ और मंदिर के पीछे वाली गली में झाँककर देखा तो कोने से मुझे दो सिर झाँकते हुए नज़र आए। मैं समझ गया चोटी और राधे गली के आख़िर में खड़े हैं।

"मैं अभी आया।"

मुझे पता था मैं उनसे पूछूँगा कि इस वक़्त मुझे क्या करना चाहिए। मैं उनके पास पहुँचा तो दोनों की आँखें चमक रही थीं, सारा कुछ जानने की लालसा से

भरी हुई। मैंने कहा, "सुनो, मेरा स्कूल-बैग देखना मैं एक पीरियड की गुठली मार रहा हूँ, सँभाल लेना।"

मैंने यह बात दोनों से ऐसे कही, मानो किसी एक से कह रहा हूँ। मैं जब पलटा तो चोटी ने मेरी शर्ट पकड़ ली, "अरे सुन तो!"

मैंने अपनी शर्ट छुड़ाई और तुरंत वापस आ गया।

ग़ज़ल अपने बैग से लिपटी हुई एक कोने में खड़ी थी। वो इस वक़्त बहुत सुंदर लग रही थी।

"चलो बाहर धूप में चलते हैं।"

यह कहते ही मैं फिर जड़ हो गया। मैं अपने लगातार ले रहे निर्णयों की क्षमता से हतप्रभ था–यह मैं नहीं हो सकता हूँ, यह कोई और है! मेरे पैर काँपने लगे थे। मैं बहुत असहज था। मैं चाहता था कि ग़ज़ल मुझे एक थप्पड़ मार दे और उठकर चली जाए। मैं चाहता था कि कोई मुझे हिला दे, झँझोड़ दे और वापस उसी धक्का-मुक्की में मुझे धकेल दे जहाँ मैं कुछ भी तय नहीं कर रहा होता था, जहाँ-जिधर धक्का लगता था मैं उस तरफ़ मुड़ जाता था। ग़ज़ल ने कहा, "चलो जल्दी।"

मुझे हमेशा से लगता रहा था कि मुझे पाप लगेगा और उसकी सज़ा से मैं बच नहीं सकता हूँ। मैं कहीं भी छुपूँ, पाप की सज़ा मुझे ढूँढ़ ही लेगी। हर पाप का हिसाब चित्रगुप्त रखता है और चित्रगुप्त की नज़र बहुत टेढ़ी होती है। कभी-कभी मैं ख़ुद को बहुत भाग्यशाली समझता कि मैं जैन धर्म में पैदा नहीं हुआ, क्योंकि उनका चित्रगुप्त तो हमारे संस्कृत टीचर से भी ज़्यादा क्रूर था। वहाँ तो सोचा गया विचार और किया गया कर्म एक ही है। अगर मेरे सोचे गए विचार पर मुझे सज़ा मिलने लगे तो मैं बहुत पहले नरक के गर्म तेल में तला जा चुका होता। मैंने एक बार आसमान में देखकर चित्रगुप्त से माफ़ी माँगी, क्योंकि जो पाप मैं इस वक़्त कर रहा था; उसकी सज़ा नरक में इक्कीस कोड़े से कम नहीं थी। ग़ज़ल की शर्ट के तीन बटन खुले हुए थे, भीतर एक पतली बनियान थी जो गीली होने की वजह से उसके शरीर से चिपकी हुई थी। मैं उसकी साँसों के उतार-चढ़ाव में उसके स्तन की गोलाई पूरी तरह देख सकता था। अब यह पाप था–मैं जानता था, पर मैं ख़ुद को यह पाप करने से रोक नहीं पा रहा था। हम

घाट पर एक गुर्जे की दीवार की आड़ में बैठे थे, जहाँ सीधी धूप हमें मिल रही थी और कोई हमें देख भी नहीं सकता था। उसने अपना स्कूल बैग ऊपर वाली सीढ़ी पर रखा था और बैग पर सिर रखकर वो आँखें बंद किए लेटी हुई थी। मैंने एक बार आसमान में फिर चित्रगुप्त को देखा और मन में प्रार्थना की कि इक्कीस के बजाय तीस कोड़े मार लेना, बस देखना ये पानी जल्दी न सूख जाए।

"तुम अपने नाना जैसे दिखते हो।" उसने कहा, उसकी आँखें अभी भी बंद थीं।

"नहीं मैं मेरी माँ जैसा दिखता हूँ।" मैंने कहा।

"नहीं, तुम्हारी माँ बहुत ख़ूबसूरत हैं।"

मैं चुप हो गया। उसने अपनी आँखें खोल ली।

"तुम भी अच्छे दिखते हो, पर अपनी माँ जैसे नहीं।"

माँ ख़ूबसूरत थीं, मैं जानता था। ख़ासकर जब वो पीली साड़ी पहनकर स्कूल जाती थीं तो बहुत सुंदर लगती थीं। तभी मैंने सोचा कि कितना वक़्त हो गया है, मैंने उन्हें पीली साड़ी पहने हुए नहीं देखा था।

"मैं कभी-कभी सोचती हूँ कि अगर मेरे अब्बू के बजाय मेरी अम्मी होतीं तो हम दोनों कैसे रहते? अब्बू के साथ फिर भी एक दूरी बनी रहती है, पर माँ कितनी निजी होती है न?"

मुझे नहीं पता कि यह सवाल था या उसने बस अपनी बात कही थी। मैंने बस एक धीमी-सी आवाज़ अपने मुँह से निकाली जो न 'हाँ' कहती थी और न ही 'ना'। मैंने देखा, उसकी शर्ट लगभग सूख गई थी। हवा की वजह से उसकी शर्ट फड़फड़ाने लगती और उसकी बनियान ऊपर की तरफ़ उठने लगती थी। बीच-बीच में मुझे उसके बेहद ख़ूबसूरत वक्षों की झलक दिख जाती थी। उसके दाएँ स्तन के ऊपरी उभार पर एक तिल था। मुझे लगा मेरे पाप का घड़ा अब भरता ही जा रहा है। मुझे अब अपनी आँखों पर बस नहीं था, सो मैं ग़ज़ल के बग़ल में लेट गया, बिल्कुल वैसे ही जैसे वो लेटी हुई थी। मैं अब और पाप नहीं कर सकता था। लेटे हुए मुझे आसमान दिख रहा था। मैंने चित्रगुप्त से कहा कि इस पाप की सज़ा मैं झेलने में कभी कोई बहस नहीं करूँगा, वो इसका पूरा ब्योरा अपनी बही में अच्छे से लिख सकता है। मेरे स्वीकारते ही मुझे आसमान सुंदर दिखने लगा। अथाह नीले विशाल में सफ़ेद फ़ाहे-से बादल। दूर ऊपर एक

चील उड़ रही थी, पर धूप आँखों पर पड़ने की वजह से मेरी आँखें उस चील को देखने में थोड़ी चौंधिया रही थीं। तभी ग़ज़ल ने मेरी तरफ़ करवट ली और पूछा, "तुम्हारे पिता क्या बहुत गोरे थे?"

"मुझे उनकी बहुत कम याद है, शायद गोरे हों!"

"क्योंकि तुम्हारी माँ साँवली हैं, माताजी साँवली थीं; तुम्हारे नाना साँवले से थोड़े ज़्यादा काले होने की तरफ़ हैं तो फिर तुम गोरे कैसे हो?"

"मैं तेज़ धूप में गोरा लगता हूँ, पर अगर तुम मुझे छाँव में देखोगी तो मैं गेहुँआ ही हूँ, जैसे सब हैं।"

मेरे कहते ही ग़ज़ल अपना सिर मेरे सिर के ऊपर ले आई। उसके चेहरे से सूरज छुप गया था।

"हम्म, तुम गोरे होते-होते रह गए हो।" उसने कहा और कुछ देर वैसे ही मुझे देखती रही। अचानक मुझे लगा कि मैं अपने शरीर के बाहर आ गया हूँ और हम दोनों को इस तरह साथ लेटे हुए देख रहा हूँ। मुझे यक़ीन नहीं था कि यह मेरे साथ घट रहा है अभी। मैं इस घटना के भीतर था और प्रार्थना कर रहा था कि काश यह सच में घटित हो रहा हो। ये जो भी हो रहा था मेरे लिए बहुत था, सो मैंने अपनी आँखें बंद कर ली। मैं ग़ज़ल के इतने क़रीब होने को ठीक से जज़्ब कर लेना चाहता था। बंद आँखों से भी मैं ग़ज़ल के चेहरे की उपस्थिति महसूस कर सकता था, वह अभी भी वहीं थी। तभी मुझे अपने सीने पर उसके स्तनों का दबाव महसूस हुआ। वो मेरे चेहरे के और क़रीब आ रही थी। मेरी इच्छा हुई कि मैं अपनी आँखें खोलकर देख लूँ कि कहीं ये मेरी कल्पना तो नहीं है, पर मैं बुत बने, आँखें बंद किए लेटा रहा। मैं उसकी साँसों की आहट अपनी नाक के पास महसूस कर रहा था। उसकी साँसें इतनी गर्म क्यों हैं? मैं सोच ही रहा था कि उसके होंठों को मैंने अपने होंठों पर चिपका हुआ पाया। मुझे लगा किसी ने मेरे कानों के पास मंदिर का घंटा ज़ोर से बजा दिया है और मेरे कान में उस घंटे की प्रतिध्वनि गूँज रही है। उसके होंठ जो भी हरकत कर रहे थे उसकी वजह से मेरे भीतर सुख की मरोड़ें उठ रही थीं। उस घंटे की प्रतिध्वनि अब उसकी पहली चोट से भी ज़्यादा तेज़ गूँज रही थी। कुछ देर या बहुत देर बाद, मुझे ठीक-ठीक पता नहीं चल रहा था। ग़ज़ल उठी और उसने अपनी शर्ट के बटन बंद किए। मैंने बीच में कभी उसके स्तनों को छुआ था, पर ठीक से

याद नहीं कब! मैंने अपने हाथों को देखा शायद वो मुझे बता दें, पर वो मुझे मेरे हाथ नहीं लग रहे थे। फिर मैंने देखा कि मैं असल में ग़ज़ल के हाथों को देख रहा हूँ। वो मुस्कुरा रही थी और कुछ पूछ रही थी। मैंने उसके हाथों को छोड़ दिया। ठीक उस वक़्त मुझे क्या महसूस हो रहा था? मैंने बहुत कोशिश की कुछ कहने की, पर मेरे मुँह से निकला–'आवश्यकता ही आविष्कार की जननी है।'

मैंने देखा, ग़ज़ल ज़ोर-ज़ोर से हँस रही है; पर उसकी आवाज़ ग़ायब है। मैं गिरते-पड़ते खड़ा हुआ। हम किस तरफ़ चल रहे थे मुझे याद नहीं, पर मुझे एक मंदिर दिखा और फिर एक बोर्ड जिस पर लिखा था–विवेकानंद उच्चतर माध्यमिक विद्यालय। मेरे कान अभी भी उसी तीव्रता से बज रहे थे। मुझे ग़ज़ल हर जगह दिख रही थी। फिर वो स्कूल के भीतर पहुँचते ही ग़ायब हो गई। मैं अपनी क्लास के दरवाज़े पर खड़ा था। सब लोग मुझे ऐसे देख रहे थे, जैसे पहली बार देख रहे हों। संस्कृत के अध्यापक ने मुझे अंदर आने को कहा। मुझे पहली बार लगा कि असल में हमारे संस्कृत के जो टीचर हैं, वो कितने कोमल और सुंदर हैं, ये स्कूल कितना सुंदर है, मेरी क्लास कितनी कमाल है! मैं बहुत देर तक घुटने टेके खड़ा रहा ब्लैकबोर्ड के पास। फिर टीचर ने मेरे कान मरोड़े, पर मुझे लग रहा था कि आज वो कान इतनी कोमलता से क्यों मरोड़ रहे हैं! मुझे गुदगुदी हो रही थी। राधे और चोटी को छोड़कर सारे बच्चे हँस रहे थे। फिर कई बार स्कूल की घंटी बजी। मैंने ख़ुद को हर बार चोटी और राधे के बीच में पाया। स्कूल ख़त्म होने पर मैं वापस घाट की तरफ़ मुड़ने लगा, लेकिन राधे और चोटी मुझे बाज़ार की तरफ़ ले गए। वो दोनों मुझसे कुछ पूछे जा रहे थे जिस पर मेरी हँसी निकल रही थी। फिर चोटी और राधे ग़ायब हो गए। मैं अपने घर की गली में अकेला चल रहा था। जैसे-जैसे मैं अपने घर की तरफ़ पहुँच रहा था उस घंटे की प्रतिध्वनि कम होती जा रही थी और किसी के चिल्लाने की आवाज़ बढ़ती जा रही थी।

मैं अपने घर के सामने खड़ा था। मुझे लगा माँ किसी को बेहद बुरी तरह डाँट रही हैं। घर में घुसते ही माँ नहीं दिखीं। प्रतिध्वनि पूरी तरह मृत थी और वो आवाज़ नाना के कमरे से आ रही थी। मैं नाना के कमरे के दरवाज़े पर गया तो देखा नाना पलंग पर बैठे हैं–अपना सिर नीचा किए हुए और पुष्पा की बाई उन्हें बुरी तरह डाँट रही है। तभी पुष्पा की बाई की निगाह मुझ पर पड़ी और वह

चुप हो गई। जाते-जाते उन्होंने नाना के यहाँ से चले जाने पर ज़ोर दिया और मेरे बग़ल से ऐसे निकल गई, मानो वो मुझे भी यहाँ से चले जाने को कह रही हो। जैसे ही नाना की आँखें मुझसे मिलीं वो तुरंत उठे और उन्होंने अपने कमरे का दरवाज़ा मेरे मुँह पर बंद कर दिया। मुझे लगा यह डाँट उन्हें मेरे कारण ही पड़ी है। मैंने ही माँ को नहीं बताया था कि वो जल्द ही चले जाएँगे। माँ ने ज़रूर पुष्पा की बाई से कहा होगा बात करने को और पुष्पा की बाई का किसी से बात करने का यही तरीक़ा था। मेरी इच्छा हुई कि नाना से अभी इसी वक़्त माफ़ी माँग लूँ, पर तभी मैंने अपने होंठों को चाटा और मैंने देखा कि मैं अभी भी ग़ज़ल के होंठों की हरकत अपने होंठों पर चख सकता था। मैंने माफ़ी के बजाय ग़ज़ल को चुना और दरवाज़े से हट गया।

रात भर मैं करवटें बदलता रहा। नींद मेरी आँखों को छूने को राज़ी नहीं थी। जब आँखें बंद करता तब ग़ज़ल नज़र आती और कुछ ही देर में उसके बग़ल में मुझे नाना बैठे देखते। मैं सिर्फ़ और सिर्फ़ ग़ज़ल के बारे में सोचना चाहता था। माँ के धीमे ख़र्राटे भी बीच में दख़ल दे रहे थे। मैं पेशाब करने उठा ही था कि मुझे नाना के कमरे से कुछ आहट सुनाई दी। मुझे लगा कि अगर वो सोए नहीं होंगे तो जल्दी से मैं उनसे माफ़ी माँग लूँगा और उनसे छुटकारा पाकर ग़ज़ल के सपनों में समा जाऊँगा। मैं धीमे क़दमों से चलता हुआ उनके दरवाज़े के पास जाकर खड़ा हो गया, मैं बस एक आहट चाहता था जिससे यह पता चले कि वो जागे हुए हैं। तभी उनके कमरे से एक बहुत बारीक-सी आवाज़ आई, मैंने अपने कान दरवाज़े पर लगा दिए। मुझे लगा, मानो कोई सूअर नदी के उस पार रो रहा हो। मुझे डर लगने लगा, पर मैं जानने को उत्सुक था कि क्या यह आवाज़ सच में नाना की है! मैं एक स्टूल ले आया और उसे खिड़की के नीचे रखकर उस पर चढ़ गया। भीतर झाँका तो देखा, नाना ने माताजी की साड़ी पहन रखी थी और वो दोनों हाथ ऊपर उठाकर कराह रहे थे। फिर लगा कि वो कराह नहीं रहे, वो असल में नाच रहे हैं, और अपने नाचने में अजीब-सा गाना गाने की कोशिश कर रहे हैं। बीच-बीच में वो अपना पैर पटकते, दोनों हाथों को जोड़ लेते जिससे ताली की धीमी-सी आहट होती। मुझे अपनी आँखों पर विश्वास नहीं हुआ कि मैं ये क्या देख रहा हूँ। उनके नृत्य में जितना दुख था

उतनी ही ख़ुशी भी भरी हुई थी। सूअर की पतली-सी आवाज़ और उनके हिलने में एक सामंजस्य था। तभी नाना ने झटके से खिड़की की तरफ़ देखा और मैं लड़खड़ाकर स्टूल से नीचे गिर गया। मेरे गिरते ही सूअर की आवाज़ आनी बंद हो गई। मैं तुरंत भागकर माँ के बग़ल में लेट गया।

कुछ देर में मैंने दरवाज़ा खुलने की आवाज़ सुनी, नाना चलते हुए हमारे कमरे में आए, हमें सोता देखकर वो वापस अपनी खिड़की की तरफ़ गए। उनके स्टूल उठाने की आवाज़ आई जिसे उन्होंने वापस अपनी जगह पर रख दिया। मैं मन-ही-मन चित्रगुप्त से प्रार्थना करने लगा कि इसकी भी सज़ा लिख लेना, पर नाना मुझे उठाएँ नहीं। क्या उन्होंने अभी भी साड़ी पहन रखी होगी? वह मेरे क़रीब आए। मैं उनकी थकी हुई साँसें अपने कानों के पास सुन सकता था। मैंने अपनी आँखें बहुत तेज़ बंद कर रखी थी और मैं माँ के ख़र्राटों में अपने ख़र्राटे मिलाने की कोशिश करने लगा। कुछ ही देर में मुझे उनकी साँसें सुनाई देनी बंद हो गईं। फिर दरवाज़ा बंद होने की आवाज़ आई और सब कुछ शांत हो गया। उस शांति में भी मैं आँखें बंद किए लेटा रहा। कभी लगता कि मैं सो चुका हूँ तो कभी लगता कि ये असल में आँखें खोल देने का डर है।

स्कूल में जब मैं बारहवीं के लड़के-लड़कियों को देखता था तो विश्वास नहीं होता था कि मैं कुछ सालों में इनके जैसा हो जाऊँगा। मैं इतना बड़ा होकर क्या करूँगा? कितने निर्णय फिर मुझे ही लेने होंगे, वो भी बिना किसी की मदद के! मैं बड़े होने से बहुत घबराता था। गाँव में जो लोग बड़े हुए थे, मैंने उनका हश्र देखा था। वंदना, बंटी, फ़ारूख़, बिक्की, पिंकी, धीरू, सलीम, नादिरा, अतुल, ठेंठा, राकू, वर्षा, नीना... मुझे ये सारे लोग बहुत पसंद थे। हमेशा एक ऊर्जा में दिखते थे। ये लोग पिड्डू खेलते, होली में बढ़-चढ़कर शिरकत करते, नदी में लंबे ग़ोते लगाते, चौक पर खड़े होकर मुक्त हँसते, कबीट खाते हुए रात भर रामलीला देखते, उनकी दीवाली उनकी ईद, और हर त्योहार पर उनके पहने नए कपड़ों में लगता कि पूरा गाँव ख़ुशी में झूम रहा है। फिर पता नहीं क्या हुआ कि सब के सब एक साथ बड़े हो गए। इनके चेहरों पर लगातार भविष्य के निर्णय लेने की थकान घर कर गई। आँखें थकान से भर गईं और अनशन पर बैठ गईं। जिन आँखों ने गाँव से बाहर निकलकर कुछ कर गुज़रने के सपने देखे थे वो अब पूरी तरह से ख़ाली रहतीं।

राधे के पिता कहते थे कि यह गाँव असल में सारे जवानों को बहुत जल्दी बूढ़ा बना देने की मशीन है, जो यहाँ रुक गया वो तुरंत बूढ़ा हो जाता था। बड़े होते ही ज़्यादातर लड़के वकील के कपड़े पहनकर कचहरी के बाहर वकील होने का अभिनय करते नज़र आते। और जो बच गए थे वो सब्ज़ी के ठेले लगाते, कपड़े की दुकान खोलते, एसटीडी-पीसीओ चलाते, गन्ने की चरखी घुमाते या ज़्यादा से ज़्यादा टीचर हो जाते थे। और जो कुछ भी नहीं कर पाते वो अपनी दाढ़ी बढ़ाकर या तो मौलवी हो जाते या पंडित। ये सारे लोग आपस में जब भी मिलते तो उन लोगों की बुराई करते नज़र आते जो यह गाँव छोड़कर चले गए थे। गाँव छोड़कर जाना यानी आपका यहाँ के क़िस्सों में तब्दील हो जाना था।

मैं थोड़े बड़े कप में राधे के पिता के लिए चाय बना चुका था और चबूतरे पर बैठे हुए उनका पोटली बन लुढ़कना निहार रहा था। मैंने आसमान में देखकर अपने दो निर्णय चित्रगुप्त को सुना दिए। पहला, मैं बड़ा कभी नहीं होऊँगा और दूसरा, मैं यह गाँव छोड़कर कभी नहीं जाऊँगा। यह कहते ही मैं उत्तर की प्रतीक्षा में आसमान ताकता रहा, पर जब कोई जवाब नहीं मिला तो मैंने चिल्लाकर कहा, "यह लिख लो, सिर्फ़ पाप लिखते थक जाते होगे।"

आज मौसम साफ़ था। मेरे सामने की दीवार पर दो गिलहरियाँ आपस में लुका-छुपी खेल रही थीं। चिड़ियों की आवाज़ में आलस की गूँज थी। राधे के पिता अपनी धोती से हाथ पोछकर मेरे बग़ल में बैठे। उनकी चाय की पहली चुस्की पर मैंने कहा, "ये पुष्पा की बाई, मतलब वो किसी के भी फटे में टाँग अड़ा देती है?"

"वो शुरू से ऐसी ही है।" उन्होंने चाय की दो चुस्कियों के बीच कहा।

"मतलब?" मैंने पूछा।

"अब ऐसा कहते हैं कि पुष्पा की बाई जिस जात की थी वहाँ औरतों को आदमियों से ज़्यादा हक़ होता है। और बचपन में ही किसी पंडित ने पुष्पा की बाई की कुंडली देखकर कह दिया था कि इसकी तीन शादियाँ होंगी। पुष्पा की बाई के दिमाग़ में ये बात बैठ गई थी। वो अपने क़बीले की सबसे ख़ूबसूरत महिला थी। जवानी में क़दम रखने के ठीक पहले उसने पहली शादी कर ली थी। वो उस क़बीले का धोबी था। अपने से दोगुनी उमर वाले आदमी से उसने इसलिए शादी की थी कि उसने पुष्पा की बाई से वादा किया था कि वो उसे इस क़बीले से निकालकर पास के बड़े गाँव में ले जाएगा। बड़े गाँव की चमक में पुष्पा की बाई बहुत ख़ुश थी कि एक दिन आलू ख़रीदते हुए वो एक जवान लौंडे से भाव-ताव करने लगी। उसी भाव-ताव में उस आलू बेचने वाले से पुष्पा की बाई को प्यार हो गया। वो अपना क़बीला छोड़ चुकी थी, पर उसका ख़ून अभी भी क़बीले वाली का ही था। उसने उस बूढ़े धोबी को छोड़ा और हमारे गाँव के बाहर की झुग्गी में उस आलू वाले के साथ रहने लगी। पहले ही साल में उसे पुष्पा नाम की एक प्यारी बच्ची हुई। अब वो आलू बेचने वाला ग़रीब था और उसे दारू पीने की बुरी लत थी। रोज़ रात में वो पुष्पा की बाई के हाथों

बहुत मार खाता था। फिर एक दिन वो मेला घूमने के लिए अपनी बच्ची और बीवी समेत आया। उसी मेले में बालू अपनी छोटी सुनार की दुकान लगाते थे। जहाँ वो कच्चे सोने का सामान बेचते थे। अपनी बच्ची के लिए सोने का कड़ा लेने की इच्छा से पुष्पा की बाई दुकान में घुसी। उसके पति ने मौक़ा पाकर कहा कि तुम देखो मैं आता हूँ। जब वो एक घंटे में आया तो नशे में धुत था। पुष्पा की बाई ने वहीं, बालू की दुकान में उसकी धुलाई शुरू कर दी। अब ऐसा कहते हैं कि बालू को मार-धाड़ वाली फ़िल्मों का बहुत शौक़ था। पुष्पा की बाई को मारता देख उन्हें उसी वक़्त पुष्पा की बाई से प्यार हो गया। सब्ज़ी वाला अपनी जान बचाकर भागा और पुष्पा की बाई वहीं बालू के पास रुक गई।"

"बस ऐसे ही?" मैंने पूछा।

"हाँ, बस ऐसे ही। ऐसा ही होता था पहले तो।"

मैंने आज तक उस बच्ची पुष्पा को नहीं देखा था। मैं उसके बारे में जानना चाहता था, पर तब तक चाय ख़त्म हो चुकी थी। सो राधे के पिता चबूतरे पर ख़ाली कप रखकर वापस पोटली बन चुके थे। मैंने तय किया कि अगली बार इनके लिए और बड़े कप में चाय लाऊँगा। पर हमारे घर में बड़े कप नहीं थे। चाय के लिए बड़े कप क्यों नहीं बनते हैं?

मैं कभी-कभी सोचता था कि इनको ये सारी बातें पता कहाँ से चलती होंगी! राधे के पिता की पान की दुकान भी थी कचहरी के सामने। वह सुबह सोना बीनते और दिन भर अपनी पान की दुकान पर बैठते। शायद सारे क़िस्सों का दरबार वहीं लगता होगा। कुछ लोग होते हैं जो सारा कुछ जमा करते चलते हैं। जैसे जब मैं चोटी के घर गया था तो उसका पूरा घर पुरानी और नई चीज़ों से अटा पड़ा था, वहाँ बैठने तक की जगह नहीं थी। चोटी के पिता को जो भी बाहर दिलचस्प दिखता है, उसे वो उनके घर का हिस्सा बना लेते। क्या पता कौन-सी चीज़ कब काम आ जाए, वो हमेशा सड़क से कुछ उठा लिया करते और अपनी जेब में रख लेते। राधे के पिता का दिमाग़ चोटी के घर जैसा होगा। उन्हें जो सुनाई देता होगा वो उसे अपने दिमाग़ की जेब में रख लेते होंगे।

मैंने देखा, माँ आज कुछ देर तक सोई थीं। जब उनकी आँखें खुलीं तो वो हड़बड़ाकर उठीं। तुरंत किचन में जाकर उन्होंने शक्कर के पराठे बनाना शुरू कर दिए। दो पराठे मेरे लिए, एक ख़ुद के लिए और एक नाना के लिए। तभी

मेरी निगाह आले में रखे भगवान पर गई। मैंने अपनी माँ को कभी पूजा-पाठ करते नहीं देखा था। मैंने सोचा जब अगली बार राधे के पिता को चाय पिलाऊँगा तो उनसे अपनी माँ के बारे में सवाल करूँगा। तुरंत ही मैंने उस सोच को ख़ारिज किया कि अपनी ही माँ के बारे में सवाल किसी और से करना कितना शर्मनाक है, और कहीं राधे के पिता ने माँ के बारे में पुष्पा की बाई जैसी बातें बताना चालू कर दी तो मैं क्या करूँगा? तभी नाना के कमरे का दरवाज़ा खुला और मैंने ख़ुद को बाथरूम में बंद कर लिया। नाना इतनी सुबह नहीं उठते थे। वो सीधा किचन में आए। मुझे लगा वो मुझे खोज रहे हैं।

"आशा, मैं कुछ दिनों में चला जाऊँगा। और हाँ असल में, मुझे..." पर उन्होंने अपना वाक्य पूरा नहीं किया। मुझे लगा कहीं वो मेरे कारण तो नहीं जा रहे हैं! मैं बाथरूम से निकलकर उनसे कहना चाहता था कि मैं कल रात वाली बात किसी को नहीं बताऊँगा, पर मैं वहीं ख़ामोश खड़ा माँ के जवाब का इंतज़ार करने लगा। माँ ने कुछ नहीं कहा। बहुत देर तक जब कोई आहट नहीं हुई तो मैं बाथरूम से बाहर आ गया। नाना वापस अपने कमरे में चले गए थे।

"माँ!" मैंने कहा।

"क्या है?"

माँ की आवाज़ में ठंडी चुप थी। मैं कहना चाहता था कि नाना के रहने से इतनी दिक़्क़त क्यों है? पहले भी हम तीन थे। और अगर नाना चले जाएँगे तो माताजी का कमरा यूँ भी ख़ाली पड़ा रहेगा। पर मैंने कहा, "आप कभी पूजा क्यों नहीं करती हो?"

"मैं नास्तिक हूँ।" माँ ने कहा और मेरे हाथों में टिफ़िन पकड़ा दिया।

मैंने देखा, आज माँ ने पीली साड़ी पहन रखी है। वो पीली साड़ी तभी पहनती थीं, जब वो बहुत ख़ुश होती थीं। इस चुप्पी में भी वो पीली साड़ी में बहुत ख़ूबसूरत लग रही थीं। मैं माँ का हाथ पकड़ना चाहता था और उनसे कहना चाहता था कि मुझे इस साड़ी में आप बेहद ख़ूबसूरत दिखती हैं, पर मैं नहीं कह पाया। मैं माँ को और उनकी पीली साड़ी को छूकर ही ख़ुश हो गया था। नास्तिक, मुक्ति और आवश्यकता ही आविष्कार की जननी है, मैंने अपने दिमाग़ में इन तीनों का एक संगीत बनाया और उसे गुनगुनाता हुआ स्कूल की तरफ़ निकल गया।

स्कूल दो तरीक़े से पहुँचा जा सकता था। एक सीधी सड़क थी जो तुरंत स्कूल तक पहुँचा देती थी और दूसरी थीं गाँव की सँकरी ठंडी गालियाँ। उन गलियों में घुसते ही भटक जाने जैसी गुदगुदी महसूस होती थी, यूँ लगता कि एक ग़लत मोड़ मुड़ते ही मैं इन्हीं गलियों में फँसकर रह जाऊँगा, और किसी को कभी भी नहीं मिलूँगा। यूँ भी सीधी सड़क पर मैं हमेशा असहज हो जाता था। ज़्यादातर लोग जो गाँव में रह गए थे उनके पास बहुत ख़ाली वक़्त होता था, उनमें से कई लोग चौक पर पान की टपरी के इर्द-गिर्द मँडराते हुए पाए जाते। गाँव इतना छोटा था कि एक कोने से दूसरा कोना पैदल पार किया जा सकता था। यह टपरी पर खड़े लोगों का सारा मनोरंजन सामने सड़क पर चल रहे गाँव वालों का जीवन होता। पता नहीं कैसे उन्हें सबके रहस्य पता थे, मुझे इन रहस्यों को इन तक पहुँचाने में राधे के पिता पर शक था। जो भी उनके बग़ल से गुज़रता उनकी तीखी बातों से सनी पान की पिचकारी के छींटे उस पर पड़ जाते। टपरी पर खड़े लोगों को मुझमें कम और मेरी माँ में ज़्यादा दिलचस्पी थी। मुझे रोककर वो हमेशा मेरी माँ के बारे में कुछ फुसफुसाते और फिर अग़र मैं उनकी हँसी में शिरकत नहीं देता तो वो मुझे जाने नहीं देते थे। उन सारी फुसफुसाहटों में मुझे लगता कि वो किसी और के बारे में बात कर रहे हैं। मैंने माँ से भी कभी इन फुसफुसाहटों का ज़िक्र नहीं किया। इसलिए मैं गाँव की गलियों में भागता-फिरता, ताकि इन लोगों को मैं कम-से-कम दिखूँ। मैं पान की टपरी पर खड़े लोगों को रावण की सेना कहता था क्योंकि मुझे इन लोगों की शक्लें रावण की सेना जैसी लगती थीं–क्रूर, कुरूप, भोंडी।

क्लास में बैठे हुए राधे ने एक पर्ची मेरे हाथ में पकड़ा दी जिस पर लिखा था–'लंच-ब्रेक में बस्ता लेकर आना। हम एक पीरियड गुल करेंगे। हमें सारी बातें सुननी हैं। वो भी पूरी की पूरी। अगर कुछ भी छुपाया तो तुझे पक्के दोस्तों की हाय लगेगी।

पक्के दोस्त

राधे और अरमान'

चोटी का असल नाम अरमान था, पर वह नाम टीचर के अलावा किसी और को नहीं पता था। उसकी टीचर भी क्लास में दो बार अरमान बोलती और तीसरी

बार उसे चोटी बोलना ही पड़ता तब कहीं जाकर चोटी पलटता था।

लंच-ब्रेक के पहले ही मैंने अपने दिमाग़ में एक नई कहानी गढ़ ली थी। उस कहानी के हिसाब से ग़ज़ल और मैं मंदिर में जाकर बैठे थे। वहाँ घंटियाँ बज रही थीं और ज़ोर-ज़ोर से आरती हो रही थी तो हम कुछ भी बात नहीं कर पाए। घंटियाँ इतनी तेज़ बज रही थीं कि उसकी गूँज देर तक मेरे कानों में रही। जब तक घंटियाँ बंद हुईं तब तक उसकी शर्ट सूख गई थी और हम वापस आ गए। जैसे ही मैंने यह कहानी चोटी और राधे को सुनाई तो राधे मुझे घूरकर देखने लगा, पर चोटी की दिलचस्पी कम थी। राधे ने पलटकर चोटी को देखा। जब वहाँ से उसे कोई सहायता नहीं मिली तो वो मुझे वापस घूरने लगा। मैंने तुरंत धरती माता की क़सम खाई फिर भी वो मुझे घूरता रहा, फिर मैंने विद्या माता की क़सम खा ली। इस सारी क़समों के बीच मैं अपनी गर्दन भी खुजा रहा था जो लाल हो चुकी थी। विद्या माता की क़सम पर राधे ने वापस चोटी को देखा।

"देख तू कुछ छुपा तो रहा है। है न चोटी?" राधे बोला।

"हम्म!" चोटी ने कहा।

चोटी कुछ उखड़ा हुआ था। अगर वो राधे के साथ मिल जाता तो मुझे सब सच कहना पड़ता।

"चल माँ क़सम खा!" राधे बोला।

"माँ क़सम नहीं।" चोटी ने मना कर दिया।

माँ की गाली और माँ की क़सम बहुत बड़ी बात थी। मेरी विद्या माता की क़सम और चोटी का उखड़ा हुआ होना मेरे लिए काम कर गया और मैं राधे के पंजे से छूट गया था।

स्कूल की छुट्टी के बाद राधे को अपने पिता की पान की दुकान सँभालने जाना था सो वो चला गया। मैं और चोटी घर की तरफ़ चलने लगे। कुछ ही क़दमों के बाद मैंने देखा चोटी मेरे साथ नहीं है। मैं पलटा तो देखा वो पीछे रुका हुआ था।

"क्या हुआ?" मैंने चोटी के पास आकर पूछा।

"घाट चलना है?" चोटी ने पूछा।

मुझे लगा वो अकेले में मुझसे ग़ज़ल के बारे में पूछना चाहता है। मैं उसे मना करने वाला था कि उसने कहा, "चचा शहर से आए हुए हैं और मैं घर

नहीं जाना चाहता।" मैंने तुरंत हाँ कहा और हम दोनों घाट की तरफ़ चल दिए।

चोटी की चुप्पी बहुत वाचाल थी। पहले चोटी से इधर-उधर की बात करने से उसका ध्यान भटक जाता था, पर आज उसने मेरी किसी भी बात पर कोई प्रतिक्रिया नहीं दी थी। शहर में उसके चचा की बड़ी दुकान थी गारमेंट्स की। वो बीच-बीच में गाँव आते रहते थे। एक दिन वो चोटी के पिता को हज़ारों शर्ट का ऑर्डर देंगे, इसका इंतज़ार चोटी का पूरा घर कर रहा था। मेरी इच्छा थी कि मैं उसे आज रात के लिए अपने यहाँ ले जाऊँ, पर मेरा घर इतना छोटा था कि उसे शायद किचन में सोना पड़ता। मैंने सोचा जब कल-परसों में नाना चले जाएँगे तो मैं उसे माताजी के कमरे में घुसा दूँगा। वहाँ वो आराम से रह सकता था।

"चल आज नई जगह तुझे ले जाता हूँ। क़िले की टूटी दीवार के पीछे। वहाँ बैठेंगे।" मैंने कहा और चोटी बेमन से मेरे साथ हो लिया। वो चुप था और मैं अपनी खाई झूठी क़समों के बारे में सोचने लगा था। मुझे इसकी ख़ुशी थी कि मैं माँ क़सम खाने से बच गया था। माँ की क़सम के ठीक नीचे विद्या माता की क़सम आती थी। अगर माँ की क़सम एटम बम है तो विद्या माता की क़सम उस एटम बम के इस्तेमाल का डर है। वैसे विद्या माता की क़सम के बाद भी सारी बहसें बंद हो जाती थीं। स्कूल में फ़ेल होने का डर बहुत बड़ा डर था।

जहाँ तक धरती माता का सवाल है तो धरती माता की कोई भी चिंता नहीं करता था, इसलिए धरती माता की क़सम झूठ के साथ जाती थी। हर बच्चे ने हमारे स्कूल में जाने कितनी बार धरती माता की झूठी क़सम खाई थी। गाँव के तमाम स्कूलों में भी धरती माता की क़सम खाकर स्टूडेंट्स बचते चले आए हैं। इस देश के बाक़ी स्कूलों के बच्चों का भी यही हाल होगा। मैं कभी-कभी सोचता हूँ कि बच्चों के द्वारा खाई गई इतनी झूठी क़समों के बाद धरती का क्या हाल हो गया होगा!

हम घाट पर चलते हुए, क़िले की टूटी दीवार के पीछे पहुँच गए थे। सामने वो पेड़ दिख रहा था जिसकी जड़ें पानी को छूती थीं। उसके पीछे क़िले की टूटी दीवार दिखाई दे रही थी। मैं अपनी क़समों की दुनिया में उलझा हुआ था। मैंने देखा चोटी फिर मेरे बग़ल में नहीं है, पलटा तो देखा वो फिर पीछे रुक गया था।

"क्या हुआ बे! चल, अच्छी जगह है।" मैंने कहा।

"नहीं, कहीं और बैठते हैं।" उसने कहा।

"क्या हुआ?" मैंने पूछा।

मैंने देखा, वो मुझसे बात करते हुए बार-बार क़िले की तरफ़ देख रहा था। मैं पलटने को हुआ तभी चोटी ने मेरा हाथ पकड़ लिया।

"चल घर चलते हैं। मुझे बहुत काम है।"

मैंने चोटी का हाथ छुड़ाया और पलट गया। मुझे क़िले की टूटी दीवार से झाँकती हुई पीली साड़ी दिखी। मैं धीमे क़दमों से चलता हुआ पीली साड़ी की तरफ़ बढ़ रहा था। पीछे से मुझे चोटी की आवाज़ आ रही थी, पर मैं और क़रीब जाकर देखना चाह रहा था। अंत में मैं उस पेड़ के पीछे छुप गया, जिसकी जड़ें पानी छूती थीं। वहाँ से झाँका तो मुझे क़िले की टूटी दीवार के छोर पर बैठी पीली साड़ी में मेरी माँ की झलक दिखी। वो उकड़ूँ बैठी हुई थीं और उनकी बग़ल में एक आदमी बैठा हुआ था। सफ़ेद शर्ट और कत्थई पैंट पहने।

"चल न वापस चलते हैं।" चोटी ने फुसफुसाते हुए मेरे कान में कहा।

मैं उस आदमी की शक्ल देखना चाहता था जिसके साथ माँ बैठी थीं। वो कौन हो सकता है! उस आदमी ने मेरी माँ का हाथ थामा हुआ था। कुछ देर में उसने पलटकर माँ को देखा तो मैं पहचान गया। वो ग़ज़ल के अब्बू थे। मैंने तुरंत अपनी आँखें बंद कर लीं और पेड़ पर अपनी पीठ टिकाकर खड़ा हो गया। नहीं, मैं कुछ भी तुरंत नहीं कर पाया था। मैं देर तक देखता रहा था। पर मैं अपने पूरे देखने में तुरंत आँखें बंद कर लेना चाहता था। मेरा दिमाग़, मेरी आँखों को तुरंत बंद हो जाने का आदेश दे चुका था, पर भीतर सब धीमा हो चुका था और बाहर सारा कुछ तेज़ी से घट रहा था। मैं नहीं देखने में बहुत सारा कुछ देख गया था। कहीं मेरी आँखें वापस न खुल जाएँ के डर से मैंने अपने दोनों हाथों से अपनी आँखों को दबा दिया और जहाँ था वही उकड़ूँ बैठ गया। हाथों के दबाव से अँधेरा छाने लगा था, मुझे ये अँधेरा ठंडक दे रहा था, मैं और गहरे अँधेरे की तरफ़ जाना चाहता था। मेरे हाथों का दबाव बढ़ते ही अँधेरा गीला होने लगा था। कुछ ही देर में उस गीले अँधेरे में मुझे रंग नज़र आने लगे थे–पीले, कत्थई, सफ़ेद। इन तीन रंगों से शक्लें बनने लगी थीं–क्रूर, भोंडी, विकृत-सी। ये तो रावण की सेना थी। वो सब मुँह में पान दबाए हँस रहे थे। जब भी वो थूकते तो ढेर सारा पीला रंग उनके मुँह से मेरी तरफ़ आता हुआ दिखता। तो क्या उन्होंने रोककर, मेरी माँ के बारे में, जितनी भी बातें मुझसे कही थीं, वो

सब सही थीं? मैं अपनी आँखें खोलना चाह रहा था, पर मेरा शरीर मेरे दिमाग़ के सारे आदेश ख़ारिज कर दे रहा था।

"चल, यहाँ से चलते हैं।" चोटी ने मेरे बहुत क़रीब आकर कहा।

मैं अपनी आँखों से अपने हाथ नहीं हटा पा रहा था। चोटी ने मेरे दोनों हाथों को कसकर पकड़ा और उन्हें मेरी आँखों से अलग कर दिया। मुझे नहीं पता, पसीने की वजह से या ये मेरे आँसू थे; पर मेरे हाथ पूरी तरह गीले हो चुके थे।

"राजिल उठ, चल, चल यहाँ से।" चोटी की आवाज़, मुझे उठाने की कशमकश में, अधिकार से भरती जा रही थी। चोटी का चेहरा लाल हो चुका था। मैं लड़खड़ाते हुए उठा और फिर हम उस पेड़ की आड़ लेते हुए वहाँ से निकल गए।

हम दोनों उसकी दुकान की छत पर बैठे हुए थे। चोटी के अब्बू दुकान की छत पर यूँ आए, मानो चोटी से कुछ कहना चाह रहे थे, पर उन्होंने कुछ कहा नहीं। उन्हें शायद कुछ भनक लग गई थी, पर हम दोनों ने ऐसा बरताव किया; मानो कुछ हुआ ही न हो। कुछ देर में उन्होंने हम दोनों के लिए चाय भिजवा दी। आसमान सुर्ख़ हो रखा था। चित्रगुप्त ने मेरे पापों की सज़ा सुना दी थी। मैं ऊपर देखकर चिल्लाना चाहता था कि ये तो चीटिंग है, ऐसा कैसे हो सकता है, चित्रगुप्त तो हमारी तरफ़ था, वो रावण की सेना को कैसे जिता सकता था! सामने की गली से झरना आती हुई दिखी। अपनी तय जगह पर पहुँचकर उसने छत की तरफ़ देखा और मुस्कुरा दी। उसे न मैंने कोई तवज्जो दी, न ही चोटी ने।

"मेरा बड़ा भाई आमिर, शहर में मेरे चचा की दुकान पर काम करता है।" चोटी ने बहुत धीमी आवाज़ में कहना शुरू किया, "उसका निकाह शहर में चचा ने ही करवाया था। मैंने आमिर से चचा की शिकायत की थी। मेरी शिकायत पर आमिर ने मुझे एक ज़ोर की चपत लगाई थी। मैं अब्बू को बताना चाहता हूँ, पर हिम्मत नहीं होती है। अगर उन्होंने भी मुझे चपत लगा दी तो?"

चोटी चुप हो गया। मुझे पता था कि चोटी ये सब क्यों बोल रहा था। वो मुझे बताना चाहता था कि आज जो कुछ भी हमने देखा वो राज़ एक राज़ ही रहेगा, वो किसी को भी इसके बारे में कभी नहीं बताएगा।

"और चचा सिर्फ़ मेरी चड्ढी में हाथ डालकर नहीं सोते हैं, वो और भी बहुत कुछ गंदा-गंदा करते हैं।"

मुझे लगा मेरे भीतर कुछ फट पड़ा, एक भभका-सा उठा और मैं रोने लगा। फूट-फूटकर। मैं अपनी आवाज़ दबा नहीं पा रहा था। जो भी चोटी ने मुझे बताया वो बात भीतर कहीं मुझे पता थी। जो भी भीतर फटा था, वो उस जानकारी को कहीं अपने भीतर दफ़्न किए हुए था। क्या हमें असल में सब कुछ पता होता है? हमारे सारे दुख क्या बस उसके स्वीकारने के इंतज़ार में बैठे रहते हैं कि कब ये स्वीकारें और हम इसकी आँखों से बहने लगें? क्या मुझे अपनी माँ और ग़ज़ल के अब्बू के बारे में भी असल में सारा कुछ पता था? मुझे नहीं पता था कि इस वक़्त मैं किसके लिए रो रहा था, सारी चीज़ें स्वीकार करने की लाचारी के लिए या चोटी के लिए! मैंने चोटी का हाथ पकड़ा, मुझे आश्चर्य हुआ कि वो कितना ठंडा है। चोटी की आँखें ख़ाली थीं। पहली बार मैं चोटी को देखकर डर गया। तभी चोटी के अब्बू चाय के कप वापस लेने के बहाने से ऊपर आए। मैं अपने आँसू छुपा नहीं पाया था। वो हम दोनों के बीच में बैठ गए।

"ऐसे रोते नहीं हैं। अरे नानी जन्नत में हैं और बहुत ख़ुश हैं। ऐसे करोगे तो वह बहुत दुखी होंगी।"

उन्होंने मेरे सिर पर हाथ फेरकर, मुझे अपने सीने से लगा लिया। मैंने कुछ नहीं कहा। मैं अब रो भी नहीं रहा था। मैं बस चोटी को देख रहा था, जो हम दोनों के ठीक बग़ल में बैठे हुए भी हम दोनों से बहुत दूर लग रहा था। मुझे ख़ुद से घृणा होने लगी। इस वक़्त सीने से लगाने की ज़रूरत चोटी को थी, उसे उसके अब्बू की ज़रूरत थी; उसे मेरी ज़रूरत थी। मैंने चोटी का हाथ वापस पकड़ने की कोशिश की, पर वो मेरी पहुँच से दूर था।

चोटी के अब्बू, चोटी के साथ मुझे छोड़ने मेरे घर की गली तक आए थे। बीच में उन्होंने हमें चौक से आइसक्रीम भी खिलाई थी। मैंने मना किया था, पर चोटी ने अजीब-सी कठोर आवाज़ में कहा था कि 'मुझे खाना है'। चोटी घर नहीं जाना चाहता था। हम दोनों ने गहरी चुप्पी में खड़े होकर आइसक्रीम खाई थी। इस बीच चोटी ने मेरी तरफ़ एक बार भी नहीं देखा था। जब चोटी के अब्बू, गली तक मुझे छोड़कर, चोटी के साथ वापस जा रहे थे तो मैं चाहता था कि मैं चोटी को लेकर अपने घर आ जाऊँ। उसे आज रात अपने साथ ही रखूँ। पर मैं चोटी के सामने ख़ुद को इतना छोटा महसूस कर रहा था कि मेरे मुँह से एक भी शब्द नहीं निकला। अपने घर की तरफ़ जाते हुए मैं बार-बार

चोटी को जाता हुआ देख लेता। वो अपने अब्बू से दो क़दम पीछे चल रहा था और उसका सिर झुका हुआ था, मानो वो अपने शर्ट के तीसरे बटन से बात करता हुआ चल रहा हो।

धूल की एक परत, मानो चश्मे पर चढ़ी होती है। जो सामने घट रहा होता है वो दिखाई नहीं देता। नए आश्चर्यों को जीने की आदत आँखें खो चुकी होती हैं। कान वही सुनना चाहते हैं जिसकी ध्वनि पहले से कानों में गूँज रही होती है। तो क्या कुछ नया इतना तकलीफ़देह होता है? तो क्या पूरी ज़िंदगी हम वही जीते चले आएँगे जो जिया जा चुका है? हमारा ही जिया जा चुका, हमें जीने नहीं देगा। माँ वही माँ क्यों नहीं रह सकतीं, जैसी माँएँ होती हैं? चोटी की कहानी में चचा का प्रवेश क्यों ज़रूरी है? सब लोग वैसे के वैसे क्यों नहीं रह सकते? जो भीतर दफ़्न पड़ा था उसे क्यों स्वीकारना ज़रूरी हो जाता है? क्यों धूल भरे चश्मे के साथ जिया नहीं जा सकता? मेरी आँखें जल रही थीं, मेरे कान बजने लगे थे। मैं सारा कुछ स्वीकारने में अभी भी असमर्थ था। लैंपपोस्ट से आती हुई रोशनी, जो रोशनदान के ज़रिए छत पर पड़ती थी, उसमें अब मुझे चेहरों के बजाय ये अजीब से विचार रेंगते नज़र आ रहे थे–मुक्ति, मुक्ति, मुक्ति!

मैं यह शब्द दोहराने लगा। और तभी वह शब्द एक काले गोलाकार में तब्दील हो गया जिसका कोई चेहरा नहीं था, मानो किसी ने लैंपपोस्ट की लाइट बंद कर दी हो। माँ के बग़ल में लेटे उस अँधेरे गोलाकार में मुझे एक शब्द पड़ा दिखा–'रंगरलियाँ'। मैंने यह शब्द पान की टपरी पर, रावण की सेना के मुँह से सुना था–'तेरी माँ बड़ी रंगरलियाँ उड़ा रही है!' अचानक मुझे मेरे कानों के पास से क़िमाम की तेज़ गंध आने लगी थी।

मुझे किसी की ज़रूरत थी। सुबह उठते ही लगा जैसे वो रात का अँधेरा गोला मेरी नाभि में कहीं ठहर गया है और मैं उस अँधेरे में धँसने लगा हूँ। स्वीकारने के दुख कैसे सहन किए जाते हैं, इसका मुझे कोई अंदाज़ा नहीं था।

मुझे किसी की ज़रूरत थी। मैं उठकर किचन में गया और एक गिलास भरकर गैस पर चाय चढ़ा दिया। जब तक चाय बन रही थी, मैं मन को शांत कर रहा था कि इस अँधियारे की दूसरी तरफ़ राधे के पिता नाम की रोशनी है। जब

चाय लेकर मैं राधे के पिता से मिलने पहुँचा तो वो चबूतरे के नीचे की नाली में सोना बीनने में व्यस्त थे। चबूतरे पर बैठकर मैं उनका इंतज़ार करूँ, इतना धैर्य मुझमें नहीं था। मैं नीचे उतरकर चबूतरे के नीचे घुस गया। जैसे-तैसे नाली में घुसकर मैंने उनकी तगाड़ी और लोहे के दाँत वाली झाड़ू के ऊपर अपनी चाय सरका दी। वो मुझे देखते ही सकपका गए, मानो रँगे हाथों पकड़े गए हों। तभी उनकी निगाह चाय के गिलास पर पड़ी, उन्होंने तुरंत अपनी तगाड़ी और लोहे के दाँत वाली झाड़ू छोड़ी और मेरे साथ चबूतरे पर आकर बैठ गए। चाय का गिलास उन्होंने कसकर पकड़ा हुआ था। आज की सुबह में ठंडक थी। चिड़ियाँ भी कम बोल रही थीं। आस-पास एक तरीक़े का सन्नाटा छाया हुआ था।

"ग़ज़ल के अब्बू!" मैंने कहा और चुप हो गया।

राधे के पिता ने चाय का एक लंबा घूँट लिया और बोलना शुरू किया, "वो शुरू से ही अजीब था। पढ़ाकू। अब ऐसा कहते हैं कि तेरी माँ और वो बहुत अच्छे दोस्त थे स्कूल में। कॉलेज भी दोनों ने साथ ही किया था। कॉलेज के आख़िरी वर्ष में ही तेरी माँ की शादी हो गई। वो अपनी पढ़ाई पूरी नहीं कर पाई थी और गाँव से हमेशा के लिए विदा हो गई थी। किसी को ये बात समझ नहीं आई कि इतनी आपा-धापी में शादी क्यों की गई? क्यों आशा अपनी कॉलेज की परीक्षा ख़त्म नहीं कर सकती थी? यहाँ कॉलेज ख़त्म होते ही ग़ज़ल के अब्बू ने भी निकाह कर लिया। अब ऐसा कहते हैं कि उनकी बेगम बहुत ही ख़ूबसूरत थी, वो उसे बड़ा छुपाकर रखते थे। पूरा गाँव उसके बाहर आने का इंतज़ार करता रहता, उनकी एक झलक पाने के लिए गाँव के लोग ग़ज़ल के अब्बू की गली के चक्कर लगाने लगे थे। ग़ज़ल अपनी अम्मी पर गई है, देखा कितनी ख़ूबसूरत है वो?"

यह कहकर राधे के पिता रुक गए। शायद वो मेरे जवाब का इंतज़ार कर रहे थे। मैंने अपने कंधे उचका दिए। उन्होंने मुस्कुराते हुए चाय का एक लंबा घूँट लिया। मुझे लगा उन्हें मेरे और ग़ज़ल के बारे में कुछ पता है। पर कैसे? मैं कुछ झेंप गया।

उन्होंने बात आगे शुरू की, "अब ऐसा कहते हैं कि ग़ज़ल के अब्बू को शादी के बाद पता नहीं क्या हुआ कि वो अपनी ही बेगम की ख़ूबसूरती से जलने लगे। जब वो अपने चूने की दुकान सँभालने जाते तो घर में बाहर से ताला

लगाकर जाते। अब इसमें एक समस्या थी कि उनकी बेगम को फ़िल्म देखने का भयंकर शौक़ था। वह अपने आपको रोक नहीं पाती थीं। कभी खिड़की से, कभी छत से कूदकर, तो कभी, ऐसा कहते हैं कि वो रोशनदान से भी निकलकर फ़िल्म देखने भाग लेती थीं। जैसे ही गाँव में कोई नई फ़िल्म लगती तो पूरा गाँव हरकत में आ जाता, लोगों के बीच शर्तें लगने लगतीं कि बेगम इस बार फ़िल्म देख पाएँगी कि नहीं। वह फ़िल्म कभी नहीं चूकती थीं, पर कई बार, जलन के मारे कोई ग़ज़ल के अब्बू से मुख़बिरी ज़रूर कर देता था। ग़ज़ल के अब्बू उन्हें बहुत फटकार लगाते। वो हर बार क़सम खातीं, पर फ़िल्म देखने के शौक़ पर उनका बस नहीं चलता। फिर एक दिन जब पानी सिर के ऊपर चला गया तो ग़ज़ल के अब्बू सिनेमा हॉल ही चले गए। ऐसा कहते हैं कि उस दिन 'निकाह' फ़िल्म चल रही थी। हसन कमाल के कमाल के लिखे गाने और ऊपर से सलमा आग़ा की दर्द भरी आवाज़, पूरा हॉल खचाखच भरा हुआ था। अब उस अँधेरे में, जहाँ पूरा गाँव सलमा आग़ा के साथ रो रहा था, एक आदमी अपनी बेगम का नाम चिल्ला रहा था। कहते हैं वो जब अपनी सीट से उठीं तो पूरे गाँव की हँसी उस सिनेमा हाल में गूँजी थी। जब वो घर पहुँचीं तो उन्होंने ख़ुद को सीधा किचन में बंद कर लिया। स्टोव से मिट्टी का तेल निकालकर अपने ऊपर डाला और आग लगा दी। जब तक उनके मांस के जलने की बदबू बाहर तक नहीं आने लगी, तब तक किसी को पता ही नहीं चला कि वो भीतर जल रही हैं। ऐसा कहते हैं जब लोगों ने किचन का दरवाज़ा तोड़ा तो ग़ज़ल को किचन के एक कोने में सहमा हुआ खड़ा पाया। वो बच्ची लुका-छुपी के खेल में किचन के एक कोने में, आटे के डब्बों के पीछे छुपी हुई थी। ग़ज़ल के अब्बू ख़ुद को कभी माफ़ नहीं कर पाए। उन्होंने चूने की अपनी दुकान अपने रिश्तेदारों के हवाले की और ख़ुद घर में नज़रबंद हो गए। आजकल वो ग़ज़ल को लेकर हर नई फ़िल्म देखने सिनेमा हॉल जाते हैं।"

राधे के पिता चुप हो गए। मैंने तुरंत पूछा, "ग़ज़ल के अब्बू और मेरी माँ?"

चाय उनके गिलास में अभी भी बची हुई थी। उन्होंने मुझे देखा और एक घूँट में उन्होंने पूरी चाय ख़त्म कर दी। "कुछ चीज़ों का नहीं पता होना ही ज़्यादा ठीक होता है।" मुझे ख़ाली गिलास पकड़ाते हुए राधे के पिता ने कहा और वापस चबूतरे के नीचे, नाली में सोना बीनने लगे।

मैं रेंगते हुए स्कूल की तरफ़ चल रहा था। मेरा बस्ता मुझे आज कुछ ज़्यादा ही भारी लग रहा था। मैं गाँव की गलियों में छुपते हुए नहीं गया, मैं जान-बूझकर गाँव की सीधी सड़क से स्कूल जा रहा था। पान की टपरी पर रावण की सेना सुबह के अपने शिकार को देख रही थी। मैं उनके सामने से गुज़रा तो अपनी चाल धीमी कर दी, पर किसी ने मुझे रोका नहीं। मैं रावण की सेना के सामने से गुज़र गया और किसी ने मुझे नहीं रोका! क्यों? मैं वापस पलटा और सीधा जाकर उनके सामने खड़ा हो गया। पप्पू पानवाला मुझे देखकर अपनी भौंह उचकाने लगा। बाक़ी रावण की सेना भी मुझसे पूछने लगी कि क्या चाहिए? मैं ख़ुद को बुरी तरह रोक रहा था रोने से। मैंने धीरे से बुदबुदाया, "क्रूर, कुरूप, भोंडे।"

और वहाँ से रेंगते हुए निकल लिया। पीछे मुझे उनके हँसने की आवाज़ देर तक आती रही। मुझे नहीं लगता कि उन्होंने सुना भी होगा कि मैंने क्या बोला। मैं असल में चीख़ना चाहता था, पर मुझे डर था कि मेरी चीख़ में उन्हें 'रंगरलियाँ' जैसा शब्द सुनाई दे जाएगा। मैं ख़ुद को कोस रहा था, क्योंकि वे सारे लोग अपने क्रूर, कुरूप और भोंडेपन में सही थे; और हम उनकी दूसरी तरफ़ राम बनने की जद्दोजहद में झूठे।

प्रार्थना की लाइन में मैं चोटी के पीछे खड़ा था। वह अपने पैरों को देख रहा था। उसके दाएँ जूते का फ़ीता खुला हुआ था और वो अपने बाएँ पैर से उसके साथ खेल रहा था। मैं अपने जूतों को देखने लगा जिसके फ़ीते एकदम कसे हुए थे। तभी प्रधानाध्यापक ने 'आज के विचार' के लिए अरमान का नाम लिया। न तो चोटी को और न ही मुझे समझ आया कि वो चोटी का नाम पुकार रहे हैं। जब प्रधानाध्यापक ने अरमान नाम फिर से चिल्लाया और सारे लोग चोटी को देखने लगे तब हम दोनों को समझ आया। मेरी इच्छा हुई कि मैं उसके कानों में फुसफुसा दूँ–'आवश्यकता ही आविष्कार की जननी है', पर तब तक चोटी

बेमन से सामने की तरफ़ चलने लगा था। वह प्रधानाध्यापक के बग़ल में खड़ा होकर अभी भी अपने जूते के फ़ीते को देख रहा था।

"तो क्या है आज का विचार?" प्रधानाध्यापक ने तेज़ आवाज़ में पूछा और सामने खड़े छात्रों को देखने लगे। चोटी अपने होंठों के भीतर कुछ बुदबुदा रहा था। प्रधानाध्यापक ने चोटी की पीठ पर थपथपाने और मारने के बीच के दो प्रहार किए और कहा, "चलो, बोलो, वरना हम सब यहीं खड़े रहेंगे।"

तभी पीछे से मुझे 'शू-शू' की आवाज़ सुनाई दी। मैं पलटा तो राधे मुझसे इशारे से पूछ रहा था कि क्या हुआ चोटी को। मैंने अपने कंधे उचका दिए। मैं प्रधानाध्यापक के चेहरे पर ग़ुस्सा बढ़ता देख सकता था। उन्होंने भूगोल के शिक्षक को इशारा किया, भूगोल का शिक्षक भागकर प्रधानाध्यापक के लिए छड़ी ले आया। प्रधानाध्यापक ने चोटी को छड़ी दिखाई कि वो उसे दंड देंगे अगर उसने 'आज का विचार' नहीं कहा तो। चोटी ने अपना बायाँ हाथ आगे कर दिया। इस सारी कार्यवाही में चोटी ने अपने फ़ीतों से आँख नहीं हटाई। मैं चोटी को जानता था, मुझे पता था कि वो एक शब्द भी नहीं बोलेगा। प्रधानाध्यापक ने उसे एक छड़ी मारी। चोटी ने अपना बायाँ हाथ नीचे किया और दायाँ हाथ बढ़ा दिया। मुझे पता नहीं क्या हुआ। मैं दौड़ते हुए चोटी के पास गया और सीधा उसके पैरों के पास बैठकर उसके दाएँ पैर के फ़ीते बाँधने लगा।

प्रधानाध्यापक अपने दूसरे वार के बीच में ही रुक गए। प्रार्थना-सभा के पीछे की तरफ़ खड़े छात्रों की हँसी निकल गई, जबकि आगे खड़े छात्र प्रधानाध्यापक के चेहरे की भंगिमाओं की नक़ल करने में व्यस्त थे। फ़ीता कसने के बाद मेरी समझ नहीं आया कि क्या करूँ सो मैंने सामने खड़े छात्रों को अपना सिर झुकाकर नमस्ते किया, प्रधानाध्यापक को नमस्ते किया, बाक़ी अध्यापकों के सामने अपना सिर झुकाया और चोटी का हाथ पकड़कर वापस अपनी पंक्ति में खड़ा हो गया। कुछ देर के सन्नाटे के बाद कुछ छात्रों ने ताली बजाई और उनकी नक़ल में सभी ताली बजाने लगे। मैंने देखा प्रधानाध्यापक का चेहरा रावण की सेना के चेहरों से मेल खा रहा था। उन्होंने अपनी छड़ी घुमाकर प्रार्थना-सभा स्थगित की।

हम दोनों प्रधानाध्यापक के कमरे के बाहर घुटने टेके खड़े थे। दोनों के हाथ प्रधानाध्यापक की छड़ी की मार से जल रहे थे, पर न तो मैं रो रहा था और न

ही चोटी। मैं अपनी शर्ट के तीसरे बटन को पिछले एक घंटे से ऐसे देख रहा था मानो पहली बार देख रहा हूँ। और चोटी अपने होंठों से थूक के छोटे-छोटे बुलबुले बना रहा था। प्रधानाध्यापक के कमरे के बाहर का गलियारा इतना शांत था कि उन बुलबुलों के फूटने की आवाज़ पूरे गलियारे में गूँज रही थी। तीसरे पीरियड की घंटी बजने के साथ ही चपरासी आता हुआ दिखा। वो हमारी सज़ा ख़त्म होने का संदेश लाया था। हम दोनों ने अपने घुटने झाड़े और एक लंबी अँगड़ाई ली। लंच-ब्रेक के पहले एक पीरियड बचा था, पर हम क्लास में नहीं गए। हम इस बार रेलवे स्टेशन की तरफ़ निकल आए। घाट की उल्टी तरफ़ स्टेशन था। मुझे बड़ा अजीब लगा कि पूरे रास्ते न ही चोटी कुछ बोला, न ही मैं। स्टेशन का प्लेटफ़ॉर्म लंबा था और दूर-दूर तक बेंचें लगी हुई थीं। स्टेशन का छज्जा इतना छोटा था कि जब ट्रेन रुकती थी तो उसके सिर्फ़ दो डिब्बे ही छज्जे के भीतर आ पाते थे। हम दोनों स्टेशन के छज्जे से दूर, एक पेड़ के नीचे लगी बेंच पर जाकर बैठ गए।

मैं कल रात से एक सवाल की टीस अपने भीतर महसूस कर रहा था। क्या मैं, एक रात के लिए ही सही, चोटी को बचा सकता था? मैं क्यों इतना कायर निकला? हम दोनों अभी भी चुप थे। शायद हम दोनों एक-दूसरे की तकलीफ़ों के बारे में सोच रहे थे ताकि ख़ुद की तकलीफ़ों से उठी पीड़ा थोड़ी कम लगे। अंत में मुझसे रहा नहीं गया, सो मैं बोल पड़ा, "तेरे चचा कब वापस जाएँगे?"

"राधे सोच रहा होगा हम कहाँ ग़ायब हो गए!" चोटी मुस्कुराते हुए बोला, मानो उसने मेरा सवाल सुना ही न हो।

"राधे से मैं बात कर लूँगा।" मैंने कहा।

चोटी कुछ देर चुप रहा, मैं कुछ बोलने ही वाला था कि उसने कहा, "रात बत्ती की तरह होनी चाहिए। बटन बंद कर दो तो रात और अगर उसी वक़्त बटन फिर से दबा दिया तो सुबह।" चोटी ने कहा। चोटी किस बारे में बात कर रहा था मेरी समझ नहीं आ रहा था। सो मैं चुप ही रहा।

"तेरी नानी बहुत अच्छी थीं। मेरे अब्बू बताते हैं कि वो उनके पीछे पड़ी रहती थीं कि वो मेरी अम्मी को पढ़ाएँ। मेरे अब्बू ने कोशिश भी की, तेरी नानी हर हफ़्ते घर आती थीं मेरी अम्मी को पढ़ाने। लेकिन मेरी अम्मी को पढ़ने में बहुत शर्म आती थी।"

यह कहते हुए चोटी खड़ा हुआ। वो मेरे सामने कुछ देर टहलता रहा। फिर कुछ सोचकर वापस बैठ गया।

"मुझे आजकल मेरे कपड़ों से बदबू आती है।"

वो मुस्कुरा रहा था अपनी बातों में। पर फिर अगले ही पल वो चुप हो जाता। बेंच पर बैठे हुए उसकी आँखें रेल की पटरी पर कुछ टटोल रही थीं। कभी उसकी आँखें चमक जातीं, मानो उसे कुछ अभी-अभी मिला हो तो कभी वो उन्हें कुछ देर के लिए बंद कर लेता।

"अगर मेरी अम्मी ज़िंदा होतीं तो मैं उन्हें मोटी-मोटी किताबें देता, जो ग़ज़ल लेकर घूमती है, और कहता कि हर रात मेरे सिरहाने बैठकर इन्हें पढ़ा करो, रोज़, बिना रुके जब तक कि मैं गहरी नींद में न चला जाऊँ।" उसकी आँखें फिर कुछ खोजने में व्यस्त हो गईं। कुछ देर में फिर वही चुप्पी, फिर उसकी आँखों को कुछ मिल जाना और फिर सारा कुछ छूट जाना। इन सबमें मैं बस एक मूक गवाह था।

"क्या मैं अपना नाम बदल सकता हूँ?"

"अच्छा तो नाम है तेरा।"

"हाँ, अच्छा ही है।"

"और नाम बदलने से क्या होगा? कौन-सा नाम बदलना है, चोटी या अरमान?" मैंने कहा।

"अगर हम अभी ट्रेन में बैठे तो तू कहाँ जाना चाहेगा?" चोटी ने पूछा।

"प्राग।" मैंने तुरंत कहा।

"वो कहाँ है?"

"दूर है बहुत।"

"ट्रेन रुकती है वहाँ?"

"ट्रेन तो अपने गाँव को छोड़कर हर जगह रुकती है।"

हम दोनों फिर चुप हो गए। पेड़ पर बहुत छोटी दो चिड़ियाँ आकर बैठ गई थीं। वो फुदकती हुई एक जगह से दूसरी जगह कूदती रहीं। मैं सोचने लगा कि क्या चिड़िया कभी बूढ़ी होती होगी? क्या वो कभी थक जाती होगी कि बस बहुत हुआ उछलना। चिड़िया को देखते-देखते मेरी निगाह आसमान पर पड़ी। कब से मैंने चित्रगुप्त से कोई संवाद नहीं किया था। मैं नाराज़ था। सिर्फ़

चित्रगुप्त से नहीं, मैं सबसे नाराज़ था, जानने वालों से और यहाँ तक कि सारे अनजान लोगों से भी। हमारे सामने से एक ट्रेन धड़धड़ाती हुई गुज़र गई। इस गाँव से बहुत कम लोग ही बाहर जाते थे इसलिए बहुत कम लोगों के वापस आने की संभावना थी, शायद यही कारण होगा कि ट्रेनें यहाँ रुककर अपना वक़्त ज़ाया नहीं करना चाहती होंगी। इसलिए सिर्फ़ पैसेंजर ट्रेन रुकती थी। लेकिन वो तो ख़ाली जंगल में भी रुक जाया करती थी।

कुछ देर में हमें एक ट्रेन की सीटी सुनाई दी, जैसा कि हर बार ट्रेन की सीटी के साथ होता है वो जहाँ से सुनाई देती है सिर उस ओर मुड़ जाता है। हम दोनों उस ट्रेन को आता हुआ देखने लगे। हर बार आती हुई ट्रेन को देखकर लगता था ये वो ट्रेन नहीं है जिसे हम आज तक देखते आए हैं, ये उन सबसे अलग है, इसे हम पहली बार देख रहे हैं। चोटी उठकर प्लेटफ़ॉर्म के किनारे जाकर खड़ा हो गया। वो अजीब-सी उत्सुकता में मुस्कुराता हुआ ट्रेन को आता हुआ देख रहा था। कुछ ही देर में उसने प्लेटफ़ॉर्म के किनारे की तरफ़ अपने दो क़दम बढ़ा दिए। अब वो प्लेटफ़ॉर्म के इतना क़रीब था कि जाती हुई ट्रेन उसे छू सकती थी। कुछ बहुत बुरा होने की आहट आते ही अधिकतर मुझे साँप सूँघ जाता है। मैं बुत बने चोटी के पैरों को ताकता रहा। मुझे पूरा विश्वास था कि वो ट्रेन गुज़रने के ठीक पहले उसके सामने कूद जाएगा, पर तभी उसने अपना बस्ता उतारा और ट्रेन के गुज़रने के ठीक पहले उस बस्ते को पटरी पर फेंक दिया। ट्रेन चोटी के बहुत क़रीब से अपनी पूरी रफ़्तार में गुज़र रही थी। मैं कब खड़ा हो गया था मुझे इसका पता नहीं चला था। ट्रेन के जाते ही चोटी मुड़ा और अपने घर की तरफ़ चलने लगा। जब तक वो मेरी आँखों से ओझल नहीं हो गया तब तक मैं खड़ा उसे ताकता रहा। मुझे लगा चोटी ओझल होने से पहले शायद मुड़कर मुझे बता देगा कि इस वक़्त मुझे क्या करना है। उसके जाते ही मुझे कुछ समझ नहीं आया तो मैं वापस उसी बेंच पर बैठ गया। मैं बहुत देर तक वहीं अकेला बैठा रहा। काश कोई बहुत दूर जाने वाली ट्रेन ठीक इस वक़्त मेरे सामने रुकती और मैं अपना सारा कुछ पीछे छोड़कर उसमें चढ़ जाता।

मैं जब घर पहुँचा तो बाहर राधे बैठा दिखा। मुझे देखते ही उसने सवालों की बारिश कर दी। मैं उसे क्या बताता और कहाँ से अपनी बात शुरू करता! अपनी गर्दन खुजाते हुए मैंने सिर्फ़ उससे इतना ही कहा कि चोटी और मुझे

प्रधानाध्यापक ने बहुत मारा तो हम दोनों स्कूल से भाग गए। यह पहली बार था कि राधे हम तीनों के रहस्य के घेरे से बाहर खड़ा था। वह इस बात को सहन नहीं कर पा रहा था। उसे पता था कि मैं कुछ छुपा रहा हूँ। उसने कहा, "चल अभी चोटी से मिलने चलते हैं।" पर मैंने मना कर दिया और उसको भी बोला कि चोटी से अभी कुछ दिन मत मिलना। उसने ये सुनते ही फिर सवालों की बौछार कर दी। मैंने उससे कहा कि मैं वक़्त आने पर सब कुछ बताऊँगा, मैं इतना कहकर घर के अंदर चला गया। मुझे डर था कि मेरे घर चले जाने के बाद भी वो वहीं खड़ा रहेगा। उसे पता था कि सामान्य परिस्थिति में मैं वापस आ जाऊँगा, पर इस समय कुछ भी सामान्य नहीं घट रहा था। मैं बाहर नहीं आया और राधे अपने पूरे विश्वास के साथ देर तक बाहर खड़ा इंतज़ार करता रहा।

मुझे हमेशा से लगता था कि सारा बुरा पड़ोस में कहीं घटता है। हमारे साथ कभी भी कोई बुरा नहीं हो सकता। जब मैं माताजी को देखता था तो लगता था कि वो पूरा जीवन इतनी ही बूढ़ी रहेंगी। एक दिन सभी को मरना है वाली बात सबको पता है, पर माताजी कभी नहीं मरेंगी इसका मुझे यक़ीन था। ये यक़ीन तब भी था जब उन्हें ज़मीन पर लिटा दिया गया था, तब भी जब उनकी उल्टी साँसें चलने लगी थीं, तब भी जब उनके मरने का इंतज़ार सभी लोग कर रहे थे। यहाँ तक कि उनके मरने के बाद भी लगता था कि एक दिन मैं उनके कमरे का दरवाज़ा खोलूँगा और वो मुझे अपने बिस्तर पर हँसती-मुस्कुराती हुई नज़र आएँगी। अब उनके बदले नाना नज़र आते हैं तो लगता है कि कोई मरता नहीं है, असल में किसी के जाने के बाद उसकी जगह कोई दूसरा ले लेता है। मुझे यह बात इतनी डरावनी लगी कि असल में ख़त्म कोई नहीं होता है वो बस बदल दिया जाता है। जैसे पचीस पैसे के सिक्के ने, दस पैसे और पाँच पैसे के सिक्कों को चलन से बाहर कर दिया था। बाज़ार ने अपने आपको पच्चीस पैसे के सिक्के के हिसाब से ढाल लिया था। अब कोई व्यक्ति दस पैसे और पाँच पैसे की बात भी नहीं करता था।

शरीर में कहीं फोड़ा निकल आता था तो डॉक्टर लोहिया कहते थे कि अपना हाथ उस फोड़े से दूर रखना वरना वो पक जाएगा। मुझे पता होता था कि शरीर की सारी तकलीफ़ उस फोड़े से फूट रही है और अगर मैंने अपने हाथों पर क़ाबू रखा तो ये बहुत जल्दी ठीक हो जाएगा। पर उँगलियाँ अपनी शरारत से बाज नहीं आती थीं। वो ठीक फोड़ा नहीं छूतीं, वो अगल-बग़ल देर तक उस फोड़े को खुजाती रहती थीं। वह फोड़ा ठीक होने के बजाय शरीर में अपनी स्थायी जगह बना चुका होता था, जहाँ से पीड़ा की बूँदें टपकती रहती थीं। मैं उसी बरगद के नीचे बैठा था जिसकी जड़ें पानी छूती थीं। पीछे क़िले की वही टूटी दीवार थी, जहाँ मुझे माँ की पीली साड़ी दिखी थी। मेरे बग़ल में नाना बैठे हुए थे। यहाँ कौन किसे लाया था, अब ये कहना मुश्किल था। मेरी आँखें बार-बार क़िले की टूटी दीवार को देखना चाह रही थीं। मेरी आँखें मेरी उँगलियाँ हो चुकी थीं जो पीड़ा के फोड़े को खुजाना चाहती थीं। मैं असल में यहाँ नहीं बैठना चाह रहा था, मेरी इच्छा क़िले की टूटी दीवार पर बैठने की थी जहाँ माँ बैठी थीं। मैं वहाँ से इस बरगद को देखना चाहता था जिसके पीछे छिपकर मैं उन्हें देख रहा था। मैं असल में ख़ुद को उन्हें देखता हुआ देखना चाहता था। ये कैसी इच्छा थी?

"कोई है क्या उधर?" नाना ने पूछा।

"किधर?" मैंने पूछा।

"पीछे की तरफ़?"

"नहीं, वो मुझे टूटा हुआ क़िला बहुत अच्छा लगता है।"

"अच्छा! क्या हुआ है तुम्हें?" नाना ने पूछा।

आज सुबह चाय देते वक़्त मेरे हाथों से कप गिर गया था। मेरे हाथ काँप रहे थे। माँ ने जब शक्कर के पराठे देकर मुझे स्कूल के लिए विदा किया था तो मैं गाँव की दो गलियों में चक्कर काटकर वापस घर आ गया था। मैं स्कूल की

शक्ल नहीं देखना चाहता था।

"कुछ नहीं। तबीयत ठीक नहीं लग रही है।" मैंने कहा।

आज हवा बहुत तेज़ थी। नाना ऊपर बरगद के पत्तों का फड़फड़ाना देख रहे थे। लग रहा था कि बरगद बस उड़ने को है में जाने कितने सालों से वहीं आसन जमाए हुए था। पीछे का क़िला पूरा टूटकर गिर जाने को था, पर कभी टूटकर गिरा नहीं था। एक दिन बाढ़ आएगी और नदी पूरे गाँव को डुबो देगी के डर में नदी देवी हो चली थी और रोज़ पूजी जा रही थी। मैं एक दिन बड़ा हो जाऊँगा में सारे बूढ़े होते लोगों के बीच अपनी बचकानी बातें अपने भीतर ही दबाए रख रहा था। न ही नदी डुबो रही थी और न ही मैं बड़ा हो पा रहा था।

"आप माताजी को छोड़कर क्यों चले गए थे?" मैंने पूछा।

शायद मैं यह सवाल कभी भी नहीं पूछता, न घर के आँगन में, न माताजी के कमरे में, न बाज़ार में, न स्कूल में, कहीं भी नहीं। पर इस जगह में पता नहीं क्या था कि मैं जिस अवस्था में था उसी अवस्था में सबको देखना चाहता था। मैं अपने होने में असहज था और अपने अगल-बग़ल की सारी सहजता से टकराना चाहता था। या ये शायद मेरी उँगलियाँ थीं, जिन्हें खुजाने के लिए दूसरा फोड़ा नज़र आया था। मुझे लगा नाना मुझे थप्पड़ मार देंगे, पर उन्होंने आश्चर्य से मेरी तरफ़ देखा और वापस बरगद को देखने लगे। कुछ देर में अमीन सयानी के ठहराव और सहजता में उन्होंने अपनी बात शुरू की।

"तुम्हें याद है वो चोर जो मेरा दोस्त हो गया था? मेरी आँखें हमेशा सड़कों पर, बाज़ार में, मंदिरों में उसी को खोजती रहतीं। वो जब मिलता मैं सब भूल जाता। मैं उसके शरीर की त्वचा को घंटों ताक सकता था। मुझे लगता उसकी त्वचा काँसे की बनी हुई है। देर तक मैं उसकी त्वचा के पोरों को देखता, फिर उसकी हँसी में दिखते उसके सामने के सफ़ेद छह दाँत, छाती के काले बालों के बीच आए दो सफ़ेद बाल। उसकी उपस्थित में मुझे लगता कि मैं जाग रहा हूँ। वो मज़ाक़ में कहता था कि–पुलिस से ज़्यादा अच्छी चोर की दोस्ती होती है, आपको इस बात का पूरा भरोसा होता है कि वो आपके घर चोरी नहीं करेगा।"

नाना अपनी हँसी रोकते हुए अपनी बात कह रहे थे। हँसी के आने और उसे रोकने के बीच नाना बार-बार शरमा जाते। उन्होंने एक छोटी लकड़ी उठा ली और बरगद की दो ख़ाली जड़ों के बीच की ख़ाली जगह में उस लकड़ी से

टेढ़े-मेढ़े चित्र बनाने लगे। नदी आज तेज़ हवा में अस्थिर थी। लहरों के किनारे से टकराने की आवाज़ कभी बढ़ जाती तो कभी देर तक गुमी रहती।

"सावित्री मेरे जीवन में आ गई थी। टार्ज़न पैदा हो चुका था और मैं अपने पिता के व्यापार को बहुत आगे बढ़ा चुका था। पर इन सबमें मेरी उस चोर से दोस्ती गाढ़ी होती जा रही थी। मेरे जीवन में व्यापार, टार्ज़न और सावित्री से कहीं ज़्यादा जगह चोर घेर चुका था। मैंने उससे एक दिन कहा था कि 'अब तुम चोरी छोड़ दो और मेरे साथ काम करने लगो, तुम्हें किसी चीज़ की कोई कमी नहीं होगी।' मुझे लगा उसे अपने जैसा बना दूँगा तो उससे पीछा छूटेगा। पर उसने कहा कि 'मैं चोरी पैसों के लिए नहीं करता हूँ। मैं चोरी तुम लोगों का मज़ाक़ उड़ाने के लिए करता हूँ।' उसकी दोस्ती के कारण मेरा मज़ाक़ ही बन रहा था हर जगह। मैं उसे अपने जैसा बनाने के पैंतरे आज़मा रहा था, पर धीरे-धीरे मैं बिल्कुल उसके जैसा होता जा रहा था। जब भी वो अपनी लंबी यात्राओं के क़िस्से सुनाता, मैं अपने सपनों में ख़ुद को ट्रेन में बैठा पाता। दूर देश की बातें करने को मैं हमेशा उत्साहित रहता। एक दिन मैंने उससे कहा कि 'मैं चोरी करना चाहता हूँ।' उसने कहा 'ठीक है, पर पहले ये तय कर लो कि चुराना क्या चाहते हो?' मैंने कहा 'कुछ भी चलेगा', तो उसने कहा 'ऐसा तो तुम जी रहे हो, चोरी में पता होना चाहिए कि तुम्हें क्या चाहिए। तो ऐसी क्या एक चीज़ है जो तुम चोरी करना चाहते हो?' मैंने बहुत सोचा, पर मुझे समझ नहीं आया कि मुझे क्या चाहिए। चोर ने फिर पूछा कि 'अच्छा ये बताओ कि ऐसी क्या चीज़ है जो तुम्हें सच की ख़ुशी देती है?' मैंने बहुत धीरे से उससे कहा कि 'मुझे यात्रा करने के सपने आते हैं। और उन सपनों में मैं बहुत ख़ुश होता हूँ।' वो चोर बहुत तेज़ हँसा और उसने कहा कि 'तब तो तुम्हें पता है कि तुम्हें क्या चुराना है।' मैं हतप्रभ-सा उसे देखता रहा।"

नाना लकड़ी से जो आड़ी-तिरछी रेखाएँ खींच रहे थे, उसमें मुझे एक चेहरा नज़र आने लगा था। लंबे बाल और तीखे नाक-नक़्श वाला एक आदमी। नाना ने जैसे ही उसकी आँखें बनाकर ख़त्म की, उन्होंने उस चेहरे को मिटा दिया। कुछ देर में वो उसी जगह में फिर से आड़ी-तिरछी रेखाएँ खींचने लगे।

"मैंने सावित्री से कहा कि 'मैं ख़ुश नहीं हूँ', ये सुनते ही सावित्री मुझ पर हँसने लगी थी, और सही भी था। मैंने उसे हमेशा तकलीफ़ में देखा था। उस

सूखे से चेहरे पर उस दिन उसकी हँसी मुझे बहुत डरावनी लगी थी। आशा उसके पेट में थी और उसके पैर काम करना बंद कर चुके थे। मैं कितना स्वार्थी था कि उससे अपने ख़ुश न रह पाने की बात कर रहा था। मैं चाहता था कि मैं उसे अपने चोर हो जाने के बारे में विस्तार से बताऊँ, पर हमारे बीच कभी उतनी जगह नहीं थी और अगर जगह कभी दिख जाती तो हमारी भाषाएँ अलग हो जातीं। मुझे पता था मैं ख़ुश नहीं हूँ और मैं किसी को अपने आस-पास ख़ुश भी नहीं रहने दूँगा। सो मैं एक दिन सब कुछ छोड़कर बहुत दूर चले जाने के लिए घर से निकल गया।"

नाना देख सकते थे कि जब-जब क़िस्से में चोर शब्द आता था मेरी आँखें बड़ी हो जाती थीं। शायद इसलिए मुझ जैसे मंदबुद्धि बच्चे के सवाल का क़िस्सा इतना विस्तार लिए हुआ था। क्या सच में जो बातें उन्होंने अभी कही थीं, वो वैसी ही घटी थीं या क़िस्से को दिलचस्प बनाने में उन्होंने फेरबदल किए थे! जब से मैं झूठ बोलने लगा था, तब से मुझे हर किसी पर शक होने लगता था; सिवाय राधे के पिता के। उनके क़िस्से बिना किसी स्वार्थ के दिलचस्प थे। मैं कभी भी राधे के क़िस्सों के कंधों पर अपना सिर टिकाकर सो सकता था।

"आप बहुत दूर जाकर क्या करते रहे?"

जब हम वापस घर की तरफ़ चल रहे थे तो मैंने पूछा।

"मैं पानी के जहाज़ पर काम करने लगा था। पहले मज़दूरी की, जहाज़ को धोना, साफ़-सफ़ाई वग़ैरह। फिर धीरे-धीरे कप्तान से दोस्ती हो गई। उसने जहाज़ चलाने की ट्रेनिंग दी तो फिर मैं पानी के मालवाहक जहाज़ चलाने लगा था। किसी देश से शक्कर लेकर किसी देश में पहुँचना, फिर उस देश का अनाज लेकर किसी दूसरे देश में। अगर पिता की मृत्यु की ख़बर नहीं आती तो मैं कभी वापस भी नहीं आता।"

"आपको माताजी की मृत्यु की ख़बर किसने दी थी?" मैंने पूछा।

वह जवाब दें उसके पहले उनकी निगाह ग़ज़ल पर पड़ी जो घर के बाहर बैठी थी। मुझे लगा जो तेज़ हवा नदी किनारे चल रही थी, वह घर तक चली आई थी। उस हवा के करतब में ग़ज़ल के बाल तितर-बितर हो रहे थे। उसने काले रंग की सलवार-क़मीज़ पहन रखी थी। उसने नाना को नमस्ते कहा और मुझे देखते हुए अपनी निगाह नीचे कर ली।

"अगर तुम इनके लिए चाय बनाओ तो मुझे भी देना, मैं अपने कमरे में हूँ।"

नाना कहकर अपने कमरे में चले गए। मैं आश्चर्य से नाना को जाता हुआ देख रहा था। उनका मेरे प्रति बरताव बहुत अलग था, मैं उनके लिए मंदबुद्धि बच्चा नहीं था।

माताजी जब तक ज़िंदा थीं, हमारी ज़िंदगी में ग़ज़ब का संतुलन था। उन्होंने मानो अपने ज़िंदा रहते सब कुछ रोककर रखा था। उनके जाते ही लगा बाँध के सारे फाटक खुल गए थे और नदी में असंतुलन की बाढ़ आ चुकी थी। क्या बड़ा होना इसे ही कहते हैं? क्या मैं बड़ा हो रहा था?

"यूँ ही खड़े रहोगे कि चाय भी चढ़ाओगे?" ग़ज़ल ने कहा।

"हाँ!" मैंने जवाब दिया, पर फिर भी वैसा का वैसा ही खड़ा रहा।

"चाय का बर्तन कहाँ है?" ग़ज़ल ने पूछा।

"वो नीचे, रुको मैं निकालता हूँ।" मैंने हड़बड़ाहट में दो प्लेटें गिरा दीं।

"राजिल, तुम ठीक हो? छोड़ो सब, मैं चाय बनाती हूँ।" ग़ज़ल ने मुझे अलग सरका दिया।

"तुमको चाय बनानी आती है?" मैंने पूछा।

"हाँ।"

"तो बनाओ।"

"पक्का?" ग़ज़ल ने झिझकते हुए पूछा।

"बिल्कुल, मैं तुम्हारे हाथ की चाय पीना चाहता हूँ।"

मैंने अपनी उँगली से शक्कर और चाय पत्ती का डिब्बा उसे दिखा दिया। उसने चाय बनाने का अधिकार अपने हाथों में ले लिया। मैं उसके सामने अपने छोटे स्टूल पर खड़ा नहीं होना चाहता था। ग़ज़ल ने अदरक माँगी। मैं उसके बग़ल में खड़े होकर अदरक कूटने लगा। मैंने देखा, मेरा सिर ग़ज़ल के कंधे तक ही आता है। वो मुझसे काफ़ी लंबी थी। उसके पास से नए कपड़ों की ख़ुशबू आ रही थी। मुझे नए कपड़ों की ख़ुशबू हमेशा त्योहारों की याद दिलाती थी या स्कूल के पहले दिन की। पानी उबल रहा था और अदरक कूटी जा चुकी थी। मैं चोरी से ग़ज़ल को देख लेता। उसने किचन में अपनी माँ को जलते हुए देखा था, इस बात ने मेरा उसकी तरफ़ देखना बदल दिया था। ग़ज़ल का पूरा

शरीर स्थिर था, पर उसके हाथ हरकत में थे। उसके हाथ नहीं, उसकी लंबी-पतली उँगलियाँ। उसका अँगूठा उँगलियों से ऐसे खेल रहा था, मानो उन्हें कहीं पहुँचने की जल्दी है।

"पता नहीं तुम्हारे नाना को मेरे हाथों की चाय कैसी लगेगी!" उसने कहा, वो मेरे जवाब का इंतज़ार कर रही थी। तभी मुझे लगा कि शायद वही है जो मुझे समझ सकती है। ग़ज़ल ने फिर पूछा, लेकिन मैं उसकी उँगलियाँ देखने में व्यस्त था। मैंने कहा, "हाँ!"

"हाँ मतलब क्या?" ग़ज़ल मेरी तरफ़ पलट गई।

"हाँ मतलब..." मुझे पता नहीं चला क्या कहूँ। 'हाँ मतलब' के बाद कुछ भी हो सकता था, मैं इस वाक्य को ख़त्म करने के लिए भटकना नहीं चाहता था। मैं यहीं रहना चाहता था। अंत में मेरे मुँह से एक छोटी आवाज़ निकली जिसे मैं भी नहीं पहचानता था।

"क्या हुआ? तुम रो क्यों रहे हो?"

नहीं, मैं रो नहीं रहा था। मैं रो नहीं सकता था। मैं तो ख़ुश था, नहीं मैं ख़ुश हूँ। मैं क्यों रोऊँगा? मैंने शर्म के मारे अपने चेहरे को हथेलियों से बंद कर लिया। गालों से बह रहे गीलेपन को छूने के बाद मुझे यक़ीन हुआ कि ग़ज़ल सच कह रही थी।

"अरे क्या हुआ, बोलो?"

ग़ज़ल ने कुछ पास आकर कहा और वो मेरे हाथों को मेरे चेहरे से हटाने की कोशिश करने लगी।

"अरे बहुत ताक़त है तुम्हारे पास।"

ग़ज़ल अपनी पूरी ताक़त से मेरे हाथों को अपनी तरफ़ खींचने लगी। मैं लगभग ग़ज़ल से चिपका हुआ अपनी पूरी ताक़त से अपने हाथों को अपने चेहरे से चिपकाए हुए था।

"अरे अब मान भी लो, मैं मान गई कि तुम बहुत ताक़तवर हो।"

मुझे हँसी आने लगी थी। मैंने अपने हाथों को तुरंत हटाया और ग़ज़ल के गले लग गया। मैंने अपना चेहरा ग़ज़ल की छाती के बीच में घुसा दिया था ताकि वो मेरा चेहरा न देख पाए।

"तुम रो क्यों रहे हो? सब ठीक है न?"

सब ठीक था, पर अभी कुछ भी ठीक नहीं है। मैं उसी के अब्बू की शिकायत उससे करना चाहता था, पर मेरे रोने का कारण यह नहीं था। मैं इस वक़्त ग़ज़ल के बारे में ज़्यादा सोच रहा था या चोटी के बारे में! मेरी अपनी कहानी तो बहुत पीछे कहीं पड़ी हुई थी। तभी चाय का पानी उबलकर बाहर गिरने लगा। ग़ज़ल ने मुझे हटाया और तुरंत गैस बंद कर दी। जब वो वापस आई तो मुझे लगा मैं किचन के बीच में नंगा खड़ा हूँ। मेरा सिर नीचे था और मेरी उँगलियाँ शर्ट के तीसरे बटन से खेल रही थीं। ग़ज़ल मेरे क़रीब आई, उसने मेरी ठुड्ढी के नीचे अपनी उँगली रखी और मेरे चेहरे को ऊपर उठा दिया।

"तुम इस वक़्त बहुत सुंदर लग रहे हो!"

मैं शरमा गया और वापस अपनी शर्ट के तीसरे बटन की पनाह में जाने की कोशिश करने लगा, पर ग़ज़ल मेरी ठुड्ढी को पकड़े रही। वो जिस तरह मुझे देख रही थी, मैं अपनी आँखें बहुत देर खुली नहीं रख पाया था। कुछ ही देर में उसने अपने गीले नरम होंठ मेरे होंठों के ऊपर रख दिए थे। इन होंठों का क्या स्वाद है? मैं ग़ज़ल से पूछना चाहता था कि जो स्वाद मुझे आ रहा है क्या वो तुम्हें भी आ रहा है? ये स्वाद क्या है? मैं कुछ देर के लिए किसी ऐसी जगह पहुँच गया, जहाँ समय या तो रुक गया था या बहुत ज़्यादा तेज़ चल रहा था। उस जगह में हर चीज़ चमक रही थी, इतनी कि दिखाई देने के बाहर पहुँच गई थी। ग़ज़ल के दोनों होंठों के बीच की दूरी बढ़ती जा रही थी और वो समर्पण-सा कर चुके थे। मेरी जीभ स्वाद के मूल तक जाना चाहती थी, वो उसके होंठों के बीच से बार-बार ग़ज़ल की जीभ को छूकर वापस आ जाती थी। मेरे हाथ ग़ज़ल के वक्ष की तरफ़ बढ़ने लगे। ग़ज़ल ने उन्हें रोका। उसके रोकने से मेरी इच्छा और प्रबल हो गई। मैंने एक झटके में अपने हाथों से उसके वक्ष पकड़ लिए।

"राजिल क्या कर रहे हो?" ग़ज़ल ने कहा और बहुत देर बाद हम दोनों के होंठ एक-दूसरे से अलग हुए।

"मैं तुम्हें एक बार बिना कपड़ों के देखना चाहता हूँ।"

मैंने ग़ज़ल के वक्षों को दबाते हुए आग्रह किया।

"पागल हो! तुम्हारे नाना आ जाएँगे।"

"वो नहीं आएँगे।"

"आज नहीं, फिर कभी।" ये कहते ही ग़ज़ल ने मेरे हाथ हटाए और गैस

चालू कर दी।

"तुम्हारे नाना चाय का इंतज़ार कर रहे होंगे।"

ग़ज़ल के शरीर में तनाव था। मैंने पीछे से अपने दोनों हाथ ग़ज़ल की कमर में डाल दिए और उसके सलवार का नाड़ा तलाशने लगा। जैसे ही नाड़े का सिरा हाथ लगा ग़ज़ल ने मुझे रोकने की कोशिश की।

"सुनो रुक जाओ, मत करो।" पर जब तक वो मुझे रोक पाती, मैं नाड़ा खोल चुका था। उसकी सलवार उसके पैरों के पास थी। अब मेरा रुकना मेरे बस में नहीं था। मैंने क़मीज़ ऊपर की तरफ़ खींची और फिर वे बचे हुए कपड़े भी, जिन्हें वह पहने हुए थी, एक ही झटके में उसके शरीर से अलग कर दिए। मैं दो क़दम पीछे हटकर खड़ा हो गया। ग़ज़ल का शरीर काँप रहा था।

"मेरी तरफ़ देखो।" मैंने कहा। ग़ज़ल ने ना में अपना सिर हिला दिया।

"तुम्हें मेरी क़सम।"

ग़ज़ल ने फिर अपना सिर हिला दिया।

"तुम्हें मेरी माँ की क़सम।"

ग़ज़ल ने इस बार सिर नहीं हिलाया और वो सकुचाते हुए धीरे-धीरे पलटने लगी। मैं ग़ज़ल से तीन क़दम की दूरी बनाए हुए था। जब वो पलटी तो शर्म के मारे उसने एक हाथ से अपने वक्ष ढके हुए थे और उसका दूसरा हाथ उसकी जाँघों के बीच के हिस्से को छुपाने की कोशिश कर रहा था।

"हाथ हटाओ।" मैंने कहा।

ग़ज़ल ने बहुत हल्के से सिर हिलाया। पीछे चाय के पानी के उबलने की आवाज़ आने लगी थी।

"मुझे फिर क़सम खिलानी पड़ेगी।"

ग़ज़ल कुछ देर सहमी हुई खड़ी रही, फिर उसने धीरे-धीरे अपने हाथ हटाने शुरू किए। मैंने जैसी कल्पना की थी उससे भी कहीं ख़ूबसूरत ये दृश्य था। इसे बयान करने के शब्द मेरे दिमाग़ में पैदा नहीं हुए थे। मैं अपनी जाँघों के बीच में बहुत गर्माहट महसूस कर रहा था। मैंने धीरे-धीरे अपने क़दम ग़ज़ल की ओर बढ़ाए। मेरे घुटने काँप रहे थे, शरीर अजीब तरीक़े से कड़क होता जा रहा था। मैं उसके बहुत क़रीब था, काँपते हाथों से मैंने उसे छूने की कोशिश की कि मेरी कमर में अजीब-सा झटका लगा। मैं ग़ज़ल के सामने उकड़ूँ बैठ गया।

जाँघों के बीच सब कुछ गीला होने लगा था और मुझे करंट-सा लग रहा था। मैं उकड़ूँ ही लेट गया। पहले मुझे लगा कि कहीं मैंने पेशाब तो नहीं कर दिया ? पर ये पेशाब नहीं था। ग़ज़ल की कुछ समझ नहीं आया। तभी पीछे चाय का पानी उबलकर गैस पर छलकने लगा। ग़ज़ल ने जल्दी से गैस कम की और अपने कपड़े पहनने लगी।

"क्या हुआ ? राजिल ? तुम ठीक हो ?"

मैं इस वक़्त यहाँ से ग़ायब हो जाना चाहता था। मैं सरकते हुए किचन के कोने में चला गया। ग़ज़ल मेरे पास आई।

"मैं ठीक हूँ, तुम चाय बनाओ, नाना इंतज़ार कर रहे होंगे।"

मैंने अपने चेहरे को अपने घुटनों में घुसाते हुए बोला। जैसे ही ग़ज़ल चाय बनाने लगी मैं तुरंत भागकर बाथरूम में चला गया।

जब मैं बाथरूम से कपड़े बदलकर बाहर आया तो एक गहरी चुप किचन में थी। मैं नाना की चाय उन्हें दे आया। वापस आया तो ग़ज़ल बाहर के कमरे में थी और मैं अपनी चाय के साथ किचन में खड़ा था। किचन से बाहर जाने की मेरी हिम्मत नहीं हो रही थी।

"मैं जा रही हूँ।" बाहर से ग़ज़ल की आवाज़ आई। मैं कुछ कह नहीं पाया। पर ग़ज़ल गई नहीं। वह वहीं रुकी रही।

"मत जाओ।" मैंने इतनी देर बाद जवाब दिया, मानो यह जवाब किसी दूसरे सवाल से संबंध रखता हो।

"मुझे कुछ बात करनी है।" मैंने आगे जोड़ा।

"तो बाहर आ जाओ।" उसने कहा।

"नहीं ऐसे ही ठीक है, वरना मैं कुछ कह नहीं पाऊँगा।" मैंने कहा।

वो बाहर के कमरे में चुप खड़ी रही और मैं किचन में चाय के अपने कप में कुछ कह देने वाली बात तलाशता रहा।

"बोलो।" वो खिसककर किचन के दरवाज़े के पास आ गई थी।

"चोटी के एक चचा हैं।" मैं बोलकर चुप हो गया। कुछ वक़्त में मैंने फिर कोशिश की। "चोटी मेरा बहुत पक्का दोस्त है। मैं उसके लिए कुछ भी कर सकता हूँ।" यह बात मैंने कभी चोटी से नहीं कही थी। ख़ासकर जब यह बात उसे बेहद सुनने की ज़रूरत थी तब भी नहीं; स्टेशन पर जब हम बैठे थे तब भी

नहीं; अपने घर की तरफ़ से जब मैं उसे बज़ार जाता हुआ देख रहा था तब भी नहीं। फिर मैं ग़ज़ल से क्यों कह रहा था? इसे कहकर क्या हो जाएगा? क्या ग़ज़ल, चोटी पर दया खाकर मुझे माफ़ कर देगी? और वो अभी भी यहाँ क्या कर रही थी? वह अपने घर क्यों नहीं चली गई?

"मेरा एक दोस्त है, वह चोर है।"

"चोटी?" ग़ज़ल ने पूछा।

"नहीं-नहीं, ये दूसरा दोस्त है जिसके बारे में कोई नहीं जानता है। वो चोर है। वो चोर है, यह भी किसी को नहीं पता है। पर अगर कोई चोर कभी पकड़ा नहीं गया तो क्या वो चोर हो सकता है?" पहली बार मेरी गर्दन में, पीछे की तरफ़, खुजली नहीं हुई। मैं इस बात से चकित था।

"अगर उस चोर को और तुम्हें पता है कि वो चोर है तो बाक़ी दुनिया से पूछने की क्या ज़रूरत है?"

"वो दूसरों के घर में नहीं अपने ही घर में चोरी करता है।" मैंने कहा और रुक गया। ग़ज़ल भी चुप खड़ी रही।

"उस पक्के दोस्त चोर ने मुझे एक बात बताई और वो बिल्कुल झूठ नहीं बोलता है।" मैंने कुछ देर बाद कहा।

"मैं भी तुम्हारे चोर दोस्त पर विश्वास करती हूँ। क्या बताया उसने?"

"उसने कहा कि उसने तुम्हारे अब्बू को किसी के साथ देखा है।" मैंने कहा और ग़ज़ल किचन के दरवाज़े के एकदम पास खिसक आई।

"तो उसमें क्या हुआ?"

"नहीं, उसने कहा कि उसने देखा है तुम्हारे अब्बू को किसी के साथ हाथ में हाथ डाले हुए नदी किनारे।"

"जहाँ हम दोनों बैठे थे?"

"नहीं।" मैं चीख़ दिया। "वैसे नहीं, मतलब वहाँ नहीं।"

"तो?" ग़ज़ल ने पूछा।

"क़िले की टूटी दीवार के पास।"

"फिर?" ग़ज़ल ने अब उत्सुकता में पूछा।

"फिर क्या? मतलब वो किसी औरत के हाथों में हाथ डालकर बैठे थे।"

"अच्छा!"

"अरे, बस अच्छा? वो तुम्हारे अब्बू हैं। और अब्बू लोग ऐसा कैसे कर सकते हैं?"

"जब तुम्हारा दोस्त चोरी कर सकता है और फिर भी तुम्हारा वो पक्का दोस्त हो सकता है तो मेरे अब्बू तो बस किसी के साथ हाथ में हाथ डालकर बैठे थे।" उसकी आवाज़ में ठहराव था। वो हर शब्द को धीरे-धीरे जमाकर कह रही थी।

"ये तुम्हारे यहाँ होता होगा, हमारे यहाँ ऐसा नहीं होता।" मैंने कहा। मैं चाहता था कि मैं ग़ज़ल को झँझोड़ दूँ। वो ऐसा कैसे कह सकती है? मुझे लगा था उसे इस बात पर बहुत ग़ुस्सा आएगा और उस तेज़ ग़ुस्से में मैं उससे अपने भीतर की सारी भरी हुई बातें कह दूँगा, फिर हम दोनों इस गहरे दुख में सहभागी होंगे। पर उसके लिए तो ये एकदम सामान्य बात निकली।

"अगर हमें कोई नदी किनारे देख लेता तो तुम क्या करते? तुम्हारे यहाँ ऐसा नहीं होता है न तो तुम परेशान हो जाते?"

ग़ज़ल यह कहते हुए किचन के दरवाज़े पर आकर खड़ी हो गई थी। मैं उसे देख सकने का बल अपने अंदर समेट नहीं पा रहा था। वो मेरे क़रीब आई।

"जैसे तुम आशा जी के बेटे के अलावा भी एक लड़के हो, जिसका नाम राजिल है, जो ये सब कर सकता है जो उसने अभी-अभी किचन में किया है। ठीक उसी तरह आशा जी तुम्हारी माँ होने के पहले एक औरत हैं।"

मैं चीख़ते हुए कहना चाह रहा था कि इसमें माँ कहाँ से आ गई, बात तो तुम्हारे अब्बू की रंगरलियों की हो रही थी।

"मैं जाती हूँ।" वो बाहर के कमरे में गई। उसने अपना बैग उठाया और उसमें से एक किताब निकाली।

"ये तुम्हें देने के लिए लाई थी। जब वक़्त हो पढ़ना, तुम्हें बहुत पसंद आएगी।"

ग़ज़ल का एक बात से दूसरी बात पर पहुँचना कितना हल्के से होता था। मुझे अपने भीतर की हर बात को ख़त्म करके दूसरी बात पर पहुँचने में न जाने कितने दिन गाँव की गलियों में भटकना पड़ता था।

"अगर ठीक न लगे तो किसी और को दे देना। मैं पढ़ चुकी हूँ।" उसने कहा।

"नहीं, मैं पढ़ूँगा इसे।"

मैंने जब तक ये वाक्य अपने मुँह से निकाला, तब तक ग़ज़ल जा चुकी थी। मैंने उस किताब का मुखपृष्ठ देखा। 'चित्रलेखा' ऊपर लिखा हुआ था और नीचे लेखक का नाम था–भगवतीचरण वर्मा।

पता नहीं कैसे, पर मेरे मंदबुद्धि होने का पता सबसे पहले पुष्पा की बाई को चला था। उनके चेहरे पर परेशानियों की लकीरें सबसे पहले उभरना शुरू हुई थीं। लगातार बढ़ रही उनकी चिंता के कारण, माँ ने भी मेरे ऊपर शक करना शुरू कर दिया था। मैं जब भी पुष्पा की बाई या माँ के अगल-बग़ल होता तो बहुत सतर्क रहता था, क्योंकि मेरी तरफ़ सवाल कहीं से भी, कभी भी आ सकता था। मैं मंदबुद्धि ज़रूर था, पर मुझमें इतनी समझ थी कि अगर मैंने शुरुआती सवालों के जवाब सही दे दिए तो सवालों का ये सिलसिला कभी ख़त्म नहीं होगा। मैं जितनी जल्दी हो सके मंदबुद्धि घोषित हो जाना चाहता था, ताकि मुझ पर चल रहे इन सवालों के प्रयोग से मुझे छुटकारा मिले। जब माँ को यक़ीन हो गया कि मैं मंदबुद्धि हूँ तो उन्होंने मुझसे कहा कि इतनी किताबें हैं घर में, तू रोज़ किताब पढ़ा कर। मुझे ये बात ठीक लगी थी, क्योंकि किताब कोई सवाल नहीं करेगी; ये मुझे पता था। लेकिन हर किताब के पहले कुछ पन्ने पलटते ही मैं सो चुका होता था। यूँ भी किताब पढ़ते हुए मुझे इस बात का यक़ीन था कि माँ किताब के संबंध में मुझसे सवाल ज़रूर करेंगी तो मैं किताब पढ़ने के बजाय माँ के काल्पनिक सवालों के जवाब रट रहा होता था। इस रटने की विधा से मैं यूँ भी थका रहता था।

उसी वक़्त कभी पुष्पा की बाई को मेरी मंदबुद्धि का उपचार मिला। वो कहीं से 'शंखपुष्पी' नाम का काढ़ा ख़रीद लाईं और उन्होंने माँ से कहा, "रोज़ इसे एक चम्मच पिला दिया करो, बड़े होने से पहले इसकी बुद्धि आ जाएगी।" 'शंखपुष्पी' का काढ़ा बहुत ही कड़वा था। हर घूँट ज़हर लगता था, पर फिर इस ज़हर की मुझे आदत लग गई थी। अब माँ और पुष्पा की बाई के सवाल हर कुछ महीने में आते थे। मैं उन सवालों को सुनता, थोड़ा सोचता और फिर ग़लत उत्तर दे देता। पुष्पा की बाई को यक़ीन था कि 'शंखपुष्पी' काम कर रही है, क्योंकि मैं हर सवाल के बाद सोचने लगा था।

"कम-से-कम लड़का सोचने तो लगा है।" उन्होंने एक दिन मेरी माँ से कहा था।

स्कूल का सबसे बुद्धिमान छात्र मनीष था। उसका आगे का एक दाँत टूटा था, वो चश्मा पहनता था और उसकी एक नाक से पीला द्रव्य हमेशा बाहर निकलना चाहता था जिसे वो अपनी बातचीत के बीच सुड़ककर भीतर कर लेता था। वो सबसे अच्छे से बात करता, पर उसके साथ बात करते ही दूसरे दुखी महसूस करने लगते। वो दुख बाँटता था। हम तीनों जब मनीष से बात करते तो बस उस पीले द्रव्य का उसकी नाक से झाँकने का इंतज़ार करते। उसके दिखते ही हम तीनों की आँखें चमक जातीं। मुझे लगता कि मनीष के अंदर यह ग़ज़ब की कला है कि वो उस द्रव्य को अपने होंठों तक कभी नहीं पहुँचने देता था। वो द्रव्य जितना होंठों के क़रीब पहुँचता हम तीनों का शरीर उतना ही टेढ़ा-मेढ़ा हो रहा होता। उस द्रव्य के भीतर पहुँचते ही हम सुरक्षित महसूस करते और एक ठंडी साँस लेते, मानो वो द्रव्य नहीं हम तीनों के भीतर बैठा कोई डर हो। अब इसमें मनीष कब दुख बाँट जाता हम तीनों को कभी पता नहीं चलता। मनीष से मिलने के बाद हम बहुत देर तक चुप रहते और क़सम खाते कि अब इससे नहीं मिलेंगे। लेकिन कभी-कभी मैं चोटी को मनीष के साथ बैठा देख लिया करता था। मुझे बहुत आश्चर्य होता कि चोटी क्या बात करता होगा मनीष से और क्यों? चोटी कहता, "अबे बहुत अकेला-अकेला घूमता है, अच्छा नहीं लगता।" चोटी को मैंने ऐसे ही अजीब लोगों से, बड़ी उत्सुकता से, बात करते देखा था। वो मंदिरों में जिस उत्सुकता से घुसता था, वैसे ही मस्जिदों में भी। शायद यह उत्सुकता ही थी जिसके कारण लोग उसे पसंद करते थे। चोटी जैसा होने के लिए बुद्धिमान होना ज़रूरी नहीं था, वरना मनीष चोटी होता और चोटी मनीष। हम तीनों में, पढ़ाई में राधे के सबसे ज़्यादा नंबर आते थे। फिर भी राधे और मैं भीतर ही भीतर चोटी हो जाना चाहते थे।

'चित्रलेखा' को लिए मैं कई दिनों यहाँ-वहाँ घूमता रहा। पहले उचित स्थान तलाशता रहा, फिर उचित समय, फिर जहाँ था वहीं बैठकर पढ़ना शुरू कर दिया। दिन भर पढ़ते रहने के बाद रात के अँधेरे में मैं अपनी माँ के बग़ल में लेटे हुए 'चित्रलेखा' के बारे में सोच रहा था। 'चित्रलेखा' में महाप्रभु रत्नांबर, जो बड़े गुरु हैं, अपने दो शिष्य श्वेतांक और विशालदेव को यह पता लगाने

के लिए कहते हैं कि पाप क्या है? तथा पुण्य किसे कहेंगे? रत्नांबर दोनों से कहते हैं कि तुम एक साल के लिए संसार में जाओ, एक योगी है जिसका नाम कुमारगिरि और दूसरा भोगी है जिसका नाम बीजगुप्त है। श्वेतांक को बीजगुप्त के पास और विशालदेव को योगी कुमारगिरि के पास भेज दिया जाता है। शुरुआत पढ़ते ही मुझे लगा कि श्वेतांक और विशालदेव, दोनों मैं ही हूँ और रत्नांबर, उनके गुरु, वो ग़ज़ल है, जिन्होंने दोनों शिष्यों को पाप और पुण्य जानने के चक्कर में फँसा दिया है। मेरा चित्रगुप्त से पूरा संबंध ही पाप और पुण्य की बुनियाद पर खड़ा है। कहीं-कहीं मुझे ये भी लगा कि ये एक लंबा क़िस्सा है जिसे राधे के पिता मुझे सुना रहे हैं और इसमें कहीं भी उनकी चाय के ख़त्म होने का डर भी नहीं है। क्या ग़ज़ल को पता है कि मैं अपने किए पाप की सज़ा के बारे में हमेशा सोचता रहता हूँ? चित्रगुप्त से किए मेरे संवाद की क्या और लोगों को भी भनक है? मैं ख़ुद जानना चाहता था कि पाप और पुण्य क्या होता है, क्या सच में, अंत में, गर्म तेल में लोगों को तला जाता है? फिर उपन्यास में चित्रलेखा का प्रवेश होता है और उसके प्रवेश करते ही मुझे लगा कि नहीं रत्नांबर नहीं, असल में ग़ज़ल चित्रलेखा है।

"तू सोया नहीं अभी तक?" माँ की आवाज़ आई।

"नींद नहीं आ रही है।"

मैं भूल गया था कि मैं माँ से बात नहीं कर रहा हूँ। मुझे उन्हें जवाब नहीं देना चाहिए था। उन्हें पता चलना चाहिए कि मैं उनसे नाराज़ हूँ। बहुत-बहुत नाराज़ हूँ। लेकिन क्या माँ से नाराज़ होने पर भी पाप लगता है? मगर ये तो बहुत छोटा पाप हुआ। क्या छोटे पापों की भी सज़ा मिलती है? शायद छोटे पापों की सज़ा में लोगों पर गर्म तेल के छींटे मारे जाते होंगे। मुझे चित्रगुप्त से दोस्ती तोड़नी नहीं चाहिए थी। मैंने तय किया कि कल ही उससे बात करूँगा, रात में शायद वो ज़्यादा व्यस्त रहता होगा क्योंकि लोग रात में ज़्यादा पाप करते हैं। ये स्वर्ग के नंबर कैसे बढ़ाए जाएँ?

"क्यों, नींद क्यों नहीं आ रही है?" माँ ने फिर पूछा।

"पता नहीं।" मैं और पाप ख़ुद पर नहीं चढ़ाना चाहता था, सो मैंने तय किया कि बात करूँगा; पर कम-से-कम शब्दों में, जिससे न पाप चढ़े न पुण्य।

"अपने नाना से दूर ही रहना। एक-दो दिन में वो चले जाएँगे, फिर सब

ठीक हो जाएगा।"

"अभी भी सब ठीक ही है।" बात पहले ही ख़त्म हो सकती थी, पर पता नहीं क्यों मैंने जवाब दे दिया। काश मुझे चुप रहने की कला आती।

"तुझे सब ठीक दिख रहा है! तेरे को पता है मैं दिन भर घर के बाहर रहती हूँ ताकि इनका मुँह कम देखना पड़े। रविवार को भी बहाने से बाहर चली जाती हूँ। और तेरे को सब ठीक लगा रहा है!"

मेरी इच्छा हुई कि कह दूँ, मुझे पता है आप बाहर कहाँ जाती हो और किससे मिलती हो। पर मैं चुप रहा। मुझे चुप ही रहना था, पर मेरे पेट में कुछ कह देने के कीड़े उछल रहे थे।

"मुझे नाना अच्छे लगते हैं।"

मेरे कहते ही माँ मेरी तरफ़ पलटीं और मुझे घूरने लगीं। जब उनकी आँखें बहुत देर तक मुझ पर टिकी रहीं तो मुझे उन्हें देखना ही पड़ा। उनकी आँखों में पानी भर रहा था।

"तुझे पता भी है कि मेरा बाप कैसा आदमी है? क्या किया है उसने?"

मुझे लगा वो बहुत कुछ कहना चाहती थीं, पर उनका गला भर गया। उन्होंने अपने पल्लू से अपना चेहरा ढका और पलटकर लेट गईं। मैं उनके शरीर का काँपना देर तक देखता रहा। मैं कहना चाहता था, माफ़ी जैसा कुछ, पर मैं चुप रहा। असल में तो मुझे शुरू से ही चुप रहना था, पर मैं नाराज़ भी तो था। इतना मेरा हक़ बनता है, ये सोचकर मैं भी पलटकर लेट गया। उन्हें भी पता चले कि मैं भी नाराज़ हूँ। उन्हें भी तो मुझसे पूछना चाहिए कि मैं ऐसा क्यों बोल रहा हूँ। या क्या चल रहा है मेरे दिमाग़ में। मैं मंदबुद्धि हूँ तो क्या हुआ, मुझे दुख नहीं हो सकता? मुझे आश्चर्य हुआ कि मेरा चेहरा गीला हो रहा था। मैं मन-ही-मन माँ से बहस कर रहा था, फिर इससे चेहरा क्यों गीला हो गया?

बहुत देर तक मुझे नींद नहीं आई। मुझे नहीं लगा कि माँ भी सो रही होंगी। हम दोनों घर की दो अलग दीवारों को ताक रहे थे और शायद दोनों को ही अपने हिस्से की दीवार ज़्यादा गीली लग रही होगी। यही वक़्त होता है, जब भीतर से हम सुबह होने की प्रार्थना करते हैं, पर सुबह उतनी ही दूर नज़र आती है। अगर ग़ज़ल मुझसे मिलने नहीं आई होती तो अभी तक मैं माँ को पता नहीं क्या-क्या बोल गया होता। ग़ज़ल ने मेरे ग़ुस्से को गाँव की सीधी सड़क से

निकालकर उसकी गलियों में डाल दिया था। मैं इन गलियों में हमेशा ख़ुद को सुरक्षित महसूस करता था। मेरे सामने पता नहीं क्यों देर तक नाना, माताजी की साड़ी पहने नाचते हुए नज़र आते रहे। साड़ी का रंग जब-जब पीला हो जाता, मेरा शरीर एक झटका खाता और सारा कुछ अँधेरे में बदल जाता।

सुबह हल्की बदली छाई हुई थी। कल रात का अँधेरा सुबह में भी पैर पसारे हुए था। मौसम में बारिश होने का धोखा बना हुआ था। मैं गिलास भर गर्म चाय लिए राधे के पिता के साथ बैठा हुआ था।

"तगाड़ी की कीचड़ में कितना सोना होगा?" मैंने पूछा।

"कीचड़ जितनी ज़्यादा होती है, उसमें सोना मिलने की संभावना उतनी ही कम होती है।" उन्होंने कहा।

"तो ज़्यादा कीचड़ क्यों उठाते हो आप?"

"आदतन। हमेशा लगता है कि थोड़ा-सा और समेट लूँ तो शायद वो चमकता हुआ दिखे।"

"मुझे अजीब लगता है कि हमारी गली में, नालियों में सोना पड़ा हुआ है।"

"सोना मिलना चमत्कार है। और चमत्कार तो वहीं होता है, जहाँ उसकी संभावना सबसे कम होती है।"

हमारे सामने गली का कुत्ता आकर बैठ गया था। वो पूँछ हिला रहा था। उसे हम दोनों से कुछ अपेक्षा थी, पर हमारे पास उसे देने के लिए कुछ भी नहीं था। तभी राधे के पिता ने अपनी जेब से रूमाल की गठरी निकाली और उसमें से एक रोटी का टुकड़ा उसे दे दिया। कुत्ते ने उसे सूँघा और बिना रोटी खाए फिर हमें ताकने लगा।

"आज चाय में शक्कर नहीं डाली तुमने ठीक से?"

"ग़लती हो गई।"

वो चाय का दूसरा घूँट लेने को थे कि रुक गए। उन्होंने मुझे देखा, मैं समझ गया वो मेरे सवाल का इंतज़ार कर रहे हैं।

"मेरे नाना अजीब हैं न?" मैंने टेढ़ा-मेढ़ा सवाल बनाया, जबकि मैं सीधे भी पूछ सकता था कि मेरे नाना के बारे में बताओ।

"कबीर दास!" उन्होंने एक गहरी साँस छोड़ते हुए कहा।

“नहीं भगवान दास।” मैंने कहा।

“क्या?”

“उनका नाम कबीर दास नहीं भगवान दास है।”

उन्होंने मुझे मुस्कुराते हुए देखा फिर चाय का एक लंबा घूँट मारा। हम चबूतरे पर हमेशा उकड़ूँ बैठते थे, पर आज वो आलथी-पालथी मारकर बैठ गए थे।

“अब ऐसा कहते हैं कि भगवान दास बड़े ही सज्जन बालक थे। बहुत ही कम उमर में उनकी सारी पोथी-पत्री, ग्रह-नक्षत्र मिलाकर सावित्री से शादी कर दी गई थी। जब तक उन्होंने जवानी में क़दम रखा तब तक टार्ज़न हो चुका था।”

“टार्ज़न कैसा नाम हुआ?” मैंने पूछा।

“मज़ाक़ में पड़ा था। वो इतने चपल-चंचल थे कि कहीं भी फुदककर चढ़ जाते। छोटे रोशनदान से घर से बाहर निकल जाते तो उन्हें प्यार से घर में सब टार्ज़न कहने लगे। उनकी चपलता जवानी तक उनके साथ रही तो लोग उनका असली नाम ही भूल गए।”

“फिर नाना का क्या हुआ?”

“भगवान दास ने व्यापार में बहुत तरक़्क़ी की। समाज में लोग उन्हें आदर्श बालक की तरह देखने लगे थे। पर तभी कहते हैं कि एक दिन उनका माथा घूमा और उनकी दोस्ती अजीब लोगों से होने लगी। उनका उठना-बैठना बदल गया। उनका सबसे क़रीबी दोस्त एक चोर था जो पूरे प्रदेश में मशहूर था। उस चोर के ऊपर पाँच सौ रुपए का इनाम था। ऐसा कहते हैं कि अगर वो चोर आपके घर में घुसा है और आपने उसे रँगे हाथों पकड़ने की कोशिश में लाइट का बटन दबाया तो बल्ब बाद में जलता था, पहले वो ग़ायब हो जाता था।”

“इतना तेज़!” मेरी आँखें फटी हुई थीं।

“हाँ, भगवान दास की उस चोर से दोस्ती जब तक बाहर तक थी तब तक ठीक था, पर वो उस चोर को घर लाने लगे थे। पूरा घर हक्का-बक्का रह गया था। घर में क्लेश बढ़ता गया। भगवान का अब व्यापार में भी दिल नहीं लगता था। भगवान के पिता ने हारकर कारोबार की बागडोर वापस अपने हाथों में ले ली। पानी तब नाक से ऊपर चला गया जब एक दिन भगवान ने सावित्री से

कहा कि वो उस चोर जैसा बनना चाहता है। सावित्री का रो-रोकर बुरा हाल हो गया और पूरा घर पगला गया कि अब क्या भगवान दास चोरी करेगा? सावित्री ग़ुस्से में गुड़ वाले कमरे में रहने लगी थी। उस कमरे में, खेतों से गर्म गुड़ लाकर रखा जाता था। उसकी गर्मी की वजह से सावित्री के पैरों ने धीरे-धीरे काम करना बंद कर दिया था, पर भगवान को इसकी सुध नहीं थी। जब-जब चोर घर में आता लोगों को भगवान के कमरे से ठहाके बाहर तक सुनाई देते। तब तक सावित्री के पेट में आशा आ चुकी थी। लेकिन सावित्री बड़ी ज़िद्दी थी, वो पूरे घर में घिसटते-घिसटते काम करती रहती थी। एक दिन, कमरे से आ रही हँसी की आवाज़ों से परेशान होकर भगवान दास की माँ ने उससे बात करने की ठानी, और वो धड़धड़ाते हुए भगवान के कमरे में घुसीं तो कुछ ऐसा देखा जिसकी उन्होंने कल्पना भी नहीं की थी। वो उसके बाद सँभल नहीं पाईं और अगली ही सुबह वो गर्भवती सावित्री को लेकर अपने मायके चली गईं।"

"ग्वालियर?" मैंने कहा।

"हाँ। गाँव में अटकलें लगने लगीं कि ऐसा क्या देखा भगवान की माँ ने? भगवान के पिता इतना दुखी रहने लगे कि आए दिन उनका भगवान से झगड़ा हो जाता। भगवान के पिता अपने क्षेत्र के बड़े आदमी थे। परेशान होकर उन्होंने पुलिस से चोर की मुख़बिरी कर दी। पुलिस उस चोर को उन्हीं के घर से घसीटती हुई ले गई। उन्होंने इनाम वाले पाँच सौ रुपए पुलिस को दिए और पुलिस से कहा कि वो उस चोर को भगवान के सामने ही मारें ताकि भगवान को सबक़ मिले। अपने दोस्त कबीर को, चोर का नाम कबीर था, बचाने के चक्कर में भगवान पुलिस के पीछे-पीछे पुराने राम मंदिर चौराहे तक भागते रहे। ऐसा कहते हैं कि उस पुराने राम मंदिर चौराहे पर कबीर को एक पेड़ से बाँधा गया और उसे भगवान के सामने इतना पीटा गया कि उसने वहीं दम तोड़ दिया। भगवान इस घटना से बहुत आहत हुआ जो जायज़ भी था। उसने अपने पिता से बदला लेने के लिए अपना नाम बदलकर कबीर दास रख लिया। और गाँव में अपने नए नाम की मुनादी करवा दी। मुनादी के दूसरे ही दिन वो गाँव से ग़ायब हो गए और उसके बाद किसी को भी नहीं दिखे। फिर एक चमत्कार हुआ।"

"क्या?"

"आशा पैदा हुई। जिस रात वो पैदा हुई, दाई को लगा कि सावित्री ये पीड़ा

बर्दाश्त नहीं कर पाएगी। उसका बचना मुश्किल था, पर सावित्री पता नहीं कैसे सब सह गई। और जब दाई ने उसकी सफ़ाई करके उसे उठाकर पलंग पर ले जाने लगी तो देखा वो चलने लगी हैं। उनके पैर ठीक हो गए थे। कीचड़ में सोना मिल गया था।"

राधे के पिता अपनी ही बात पर बहुत हँसे। उनकी चाय लगभग ख़त्म होने को थी और मेरे दिमाग़ में सवालों की बाढ़ आई हुई थी।

"आप चाय थोड़ा धीरे पियो न।" मैंने गुज़ारिश की।

"फिर भगवान दास, जो अब कबीर दास हो चुके थे, जाने कहाँ-कहाँ, देश-विदेश भटकते रहे, पर घर की सुध कभी नहीं ली। आशा के पैदा होने की भी ख़बर उन्हें पहुँचाई गई, पर उनका कोई जवाब नहीं आया। कबीर की माँ फिर कभी उस गाँव और उस घर वापस नहीं जा सकी। सावित्री के पिता तोताराम बाबू को जब ये बात पता चली तो वो सावित्री को आशा समेत यहाँ ले आए। तुम्हारे नाना के माता-पिता पूरा जीवन अलग-अलग शहरों में अंत तक रहे। दोनों के दुख इतने थे कि एक-दूसरे का सामना करने की हिम्मत नहीं हुई उनकी। सावित्री ने कभी कबीर दास का नाम अपनी ज़बान पर नहीं आने दिया। और अगर पुष्पा की बाई कुछ भी भला-बुरा कहती तो वो एकदम तेज़ डाँट लगा देती। भगवान के पिता की मृत्यु की ख़बर के बाद कबीर दास गाँव वापस आए थे। अब उनकी भी उमर हो चुकी थी। पर उस गाँव में उनकी रहने की हिम्मत नहीं हुई। ऐसा कहते हैं कि वो सारा कुछ बेचकर कुछ समय यूँ ही शहर-शहर भटकते फिरे। फिर अंत में फ़ॉरेस्ट में रेंजर हो गए थे और जगह-जगह अपना ट्रांसफ़र करवाते रहते थे। और उसके बाद सीधा वो यहाँ दिखे सावित्री की मृत्यु के चौथे दिन।"

"नाना की माँ ने उस रात कमरे में क्या देखा था?"

मेरे इस सवाल के ख़त्म होते ही राधे के पिता ने चाय के गिलास को उल्टा करके हमारे बीच में रख दिया। मैं समझ गया इस बात का जवाब मुझे नहीं मिलेगा। हमारे सामने जो कुत्ता बैठा था वो कुत्ता अब हमारे साथ चबूतरे पर आकर बैठ गया था। राधे के पिता ने उनकी आधी दी हुई रोटी को उठाया, उसे झाड़ा और अपने रूमाल में वापस लपेटकर रख लिया। फिर उन्होंने तगाड़ी उठाई और सारा कीचड़ वापस नाली में फेंक दिया।

"अरे उसका सोना तो आपने बीना ही नहीं?"

"आज सोना बीनने का मन नहीं है।"

कुत्ता मेरे बग़ल में खिसक आया था और अपनी जीभ से मेरे पैर चाट रहा था। अभी मैं उसका नाम रखने की सोच ही रहा था कि वो उठकर भाग गया।

क्या हमारे परिवार की नियति में अकेला हो जाना लिखा था? परिवार के सभी लोग अपने-अपने कोनों में अंत में अकेले रह गए थे। मैंने क़सम खाई कि मैं ये गाँव और अपनी माँ को कभी भी नहीं छोड़ूँगा। मैं जब नाना के कमरे के सामने से निकला तो विश्वास नहीं हुआ कि वह इतनी अजीब-सी ज़िंदगी काटकर इस वक़्त इस कमरे में अकेले पड़े हुए हैं, जहाँ कुछ ही समय पहले, उनकी पत्नी सावित्री ने अपनी आख़िरी साँसें ली थी। मैंने धीरे से उनके कमरे का दरवाज़ा खोला तो देखा वो अपने बिस्तर पर लेटे हुए हैं और हाथ ऊपर उठाकर छत को छूने की असफल कोशिश कर रहे हैं। मैंने तुरंत दरवाज़ा वापस लगा दिया। ठीक इस वक़्त मेरी कितनी इच्छा थी कि उनके बग़ल में बैठूँ और उनसे पूछूँ कि आपकी माँ ने उस रात आपके कमरे में क्या देखा? मुझे पता है कि अगर मैं उनके बग़ल में बैठ भी जाता, तब भी इतना बड़ा सवाल उनसे करने की मेरी हिम्मत नहीं होती। बार-बार मुझे लगता कि मुझे 'शंखपुष्पी' की ज़रूरत है। इतनी सारी बातों के लिए मेरे दिमाग़ में जगह नहीं बची है, अभी परीक्षा भी आने वाली है। मुझे अपने दिमाग़ को ख़ाली रखना है, ताकि उसमें कुछ काम की चीज़ घुस सके। इन सबके बीच रह-रहकर मुझे चोटी का ख़याल हो आता और मेरा मन बैठ जाता। कहाँ होगा? क्या कर रहा होगा? उसकी रातें कैसी बीत रही होंगी? फिर उपन्यास में अभी-अभी चित्रलेखा का भी प्रवेश हुआ है। मैं बार-बार चित्रलेखा की सुंदरता में ग़ज़ल को तलाशता।

जब माताजी, माँ और मैं रहते थे तो सच में हम तीनों मिलकर कितना संतुलित जीवन जीते थे। एक त्रिभुज था जिसमें तीनों एक-दूसरे से प्रेम के महीन धागे से जुड़े हुए थे जो किसी को दिखता नहीं था। माताजी परियों, राजाओं और रानियों की कहानियों से भरी हुई थीं। माँ के पास साहित्य वाली कहानियाँ होतीं और मैं उन दोनों के बीच दौड़ता-फिरता। हमारी समस्याएँ भी बहुत प्यारी थीं

कि बारिश ज़्यादा हो गई, दो दिन से पानी नहीं आया, दूध का ट्रक पलट गया तो दूध नहीं मिलेगा और ज़्यादा से ज़्यादा बुख़ार का आना, बस। मुझे कभी विश्वास ही नहीं हुआ कि माताजी और माँ का इसके अलावा भी एक जीवन हो सकता है जिसे वो जीकर यहाँ तक पहुँची थीं। माँ ने या माताजी ने कभी भी मुझसे उनके पहले के जीवन का ज़िक्र क्यों नहीं किया? मुझे कभी भनक भी नहीं लगी कि जिस घर में हम रह रहे हैं, वो घर नहीं है, वो ताँगा घर है। मैं राधे के पिता से भी पूछ सकता था, पर तब मैं उन्हें चाय देकर हमेशा दूर दुनिया की बातें करता था। अब पीछे पलटकर देखता हूँ तो लगता है कितना माताजी की परियों की कहानियों-सा था सब कुछ। उनके जाते ही लगा जैसे वो सारी परियाँ अपने साथ ले गईं। मन किया अभी मैं नाना से कह दूँगा कि आप वापस चले जाओ, जहाँ से भी आए हो। हमें नहीं मतलब कुछ भी, साफ़ बात।

मैं जब किचन में पहुँचा तो माँ पराठे बना रही थीं। मैं जाकर उनके गले लग गया।

"अरे क्या हुआ?"

"कुछ नहीं।"

"तो इतना प्यार क्यों आ रहा है?" उन्होंने मेरे बालों को चूमते हुए पूछा।

"प्यार नहीं है ग़ुस्सा है बहुत।" मुझे नहीं कहना था, पर मैं इस वक़्त कुछ भी भीतर नहीं रख पा रहा था।

"ओह बाबा! किस बात का इतना ग़ुस्सा?" उन्होंने मुझे चिढ़ाते हुए पूछा।

"क्योंकि आप बहुत सुंदर हो, आप माँ हो; माँ को इतना सुंदर नहीं होना चाहिए।"

"चल हट!"

उन्होंने मुझे हटा दिया और मैं देर तक उन्हें घर के कामों में व्यस्त देखता रहा।

प्रार्थना की पंक्ति में खड़े होकर मैं चित्रलेखा को देख रहा था। बीच में जब उसने पलटकर मेरी तरफ़ देखा तो एक टीस भीतर महसूस हुई और मुझे लगा कि मेरे हृदय ने कुछ क्षण के लिए धड़कना बंद कर दिया है। मैं उपन्यास जल्दी ख़त्म करना चाह रहा था ताकि मैं ग़ज़ल को उसके चित्रलेखा होने के बारे में बता सकूँ। तभी पीछे से राधे की आवाज़ आई, "चोटी कहाँ है आजकल? वो कुछ दिनों से स्कूल में दिखाई नहीं दे रहा है।"

"मुझे नहीं पता।" मैंने बात ख़त्म करनी चाही।

"मैं उससे मिलने घर भी गया था, पर वहाँ भी वो नहीं था। वो दुकान भी नहीं जा रहा है।"

राधे ने फुसफुसाते हुए मेरे कानों में बोला। मैं चुप रहा। मेरे पास कोई भी जवाब नहीं था। जब तक चोटी ख़ुद राधे को सारी बात नहीं बताता, मैं उससे कुछ भी नहीं कह सकता था, दोस्ती का यही नियम था।

मैं पहली बार क्लास में सबसे पीछे वाली बेंच पर बैठा था। पीछे की तरफ़ बैठने वाले छात्रों को मास्साब क्लास का हिस्सा ही नहीं मानते थे। राधे बार-बार पलटकर मेरी तरफ़ देख रहा था। उसकी समझ में नहीं आ रहा था कि मैं पीछे क्यों बैठा हूँ। मैंने अपना स्कूल-बैग सामने की बेंच पर रखा और उसके ऊपर एक किताब खोलकर रख दी, और नीचे, अपनी गोदी में मैंने 'चित्रलेखा' खोल रखी थी। 'चित्रलेखा' के संसार का विन्यास मुझे अपने में फँसा चुका था और मैं अपनी निजी उलझनों से, बहुत आसानी से पल्ला झाड़ पा रहा था।

चित्रलेखा नर्तकी थी, पर वेश्या नहीं थी। वह इतनी सुंदर और आकर्षक थी कि पाटलिपुत्र का जनसमुदाय उसके क़दमों पर लेटा करता था, मैं ख़ुद को उस जनसमुदाय के बीच चित्त पड़ा हुआ देख सकता था। बीजगुप्त पाटलिपुत्र के सुंदर पुरुषों में से एक था।

सुंदर पुरुष का नाम आते ही मेरे दिमाग़ में एक पुरुष आता था जो असल

में चोटी था, पर ठीक चोटी नहीं, चोटी जब जवान होता तो ऐसा कुछ सुंदर पुरुष दिखता।

चित्रलेखा और बीजगुप्त के बीच प्रेम हुआ और वो दोनों मादकता और भोग-विलास में लिप्त हो गए और इसे ही संसार का सुख समझने लगे।

मैं जवान चोटी और ग़ज़ल को साथ देख सकता था। पर मुझे इस दृश्य से क़तई तकलीफ़ नहीं हुई, क्योंकि वो चोटी के साथ थी और मुझे ग़ज़ल के चोटी के साथ होने में कोई भी समस्या नहीं थी।

श्वेतांक, बीजगुप्त का सेवक हो गया था। बीजगुप्त ने श्वेतांक से कहा, "ध्यान रखो, तुम मेरे सेवक हो और चित्रलेखा मेरी पत्नी के समान है तो उस हिसाब से यह तुम्हारी स्वामिनी हुई।" चित्रलेखा के मादक सौंदर्य को देखकर श्वेतांक की आँखें चौंधियाँ गई थीं। श्वेतांक ने जब बीजगुप्त के कहने पर चित्रलेखा को मदिरा का पात्र थमाया तो उसका हाथ चित्रलेखा के हाथ से स्पर्श हो गया, जिससे श्वेतांक का पूरा शरीर काँप गया था।

मैं श्वेतांक का काँप जाना पूरी तरह महसूस कर सकता था।

दूसरी ओर कुमारगिरि जो बहुत बड़ा योगी था, उसने विशालदेव को पाप का पता लगाने के लिए अपने शिष्य के रूप में स्वीकार कर लिया था। विशालदेव अपने गुरु कुमारगिरि के बताए गए सिद्धांत, नियम और संयम के साथ तपस्या करने लगा था।

कुमारगिरि मुझे राधे की तरह लग रहा था। एक तरह से सिद्धांतों पर चलने वाला आदमी। इस उपन्यास में पाप और पुण्य का खेल बहुत अच्छी तरह जम गया था। पाप और पुण्य यूँ भी चित्रगुप्त से मेरे संबंध की वजह से मेरे आस-पास की चीज़ मुझे जान पड़ती थी। मैं पाप से कैसे बचता चलूँ और कैसे पुण्य बटोरता रहूँ, मुझे इसकी कला सीखनी थी। क्योंकि अंत में सारा खेल तो स्वर्ग के प्वॉइंट्स बटोरने का ही है।

"क्या कर रहा है तू?" राधे ने पूछा, वो दूसरे पीरियड में कब मेरे बग़ल में आकर बैठ गया था, मुझे पता नहीं चला।

"किताब पढ़ रहा हूँ।" मैंने कहा।

"अबे तुझसे कोर्स की किताब तो पढ़ी नहीं जाती। ये क्या है?"

"चित्रलेखा।"

"साहित्य! वाह! वाह! चोटी को पता लगेगा तो वो विश्वास नहीं करेगा। कुछ पल्ले पड़ रहा है?" राधे ने कहा और मुझसे किताब छीनने की कोशिश की, पर मैंने उसे नहीं दी।

"साहित्य जैसा नहीं है रे, कहानी है, मतलब, दो अपने जैसे लोग हैं जो पाप और पुण्य पता करने शहर गए हैं और मज़ेदार है।"

मुझे पता था कि राधे को मेरी बातों पर क़तई विश्वास नहीं होगा। मैं साहित्य की किताब पढ़ रहा हूँ, इस बात पर मुझे भी विश्वास कम ही था। राधे को लग रहा था कि मैं उससे चोटी की बात नहीं करना चाहता हूँ, इसलिए ये बहाने बना रहा हूँ। कुछ हद तक राधे सही भी था, पर मेरा पढ़ना बहाना नहीं था, वो इस वक़्त मेरी ज़रूरत थी। मैं राधे की इस वक़्त बिल्कुल भी चिंता नहीं कर रहा था, क्योंकि मैं इस वक़्त उपन्यास के बहुत ही दिलचस्प हिस्से में था।

सम्राट चंद्रगुप्त के महल में बहस चल रही थी। पहले महामंत्री चाणक्य द्वारा तर्क-वितर्क होता है। उनके तर्कों को पढ़कर मुझे लगा कि वो चाणक्य हैं, वो सब जानते हैं, और क्या ही ग़ज़ब की सही बात कह रहे हैं। लेकिन फिर कुमारगिरि अपने योग और साधना को समूह के समक्ष सिद्ध करते हैं, और मैं हक्का-बक्का रह जाता हूँ। वो सबको साक्षात् शिव के दर्शन करवा देते हैं। सच में कुमारगिरि ज्ञानी हैं, मैंने मन-ही-मन कहा। कुमारगिरि का तर्क मुझे चाणक्य के तर्क से बेहतर लगा था।

फिर चित्रलेखा बोलना शुरू करती है और मैं पढ़ते वक़्त हतप्रभ रह जाता हूँ। वो कुमारगिरि के योग और संयम को समूह के समक्ष पलटकर लोगों में उसके प्रति संशय उत्पन्न कर देती है। वह ऐसी बातें कहती है जिसकी दोनों पुरुषों ने कल्पना भी नहीं की थी।

मुझे लगा कि यह बहस मेरे किचन में हो रही है। जिस तरह मैंने ग़ज़ल के अब्बू के बारे में ग़ज़ल को बताया और गर्व कर रहा था कि अब ग़ज़ल और मैं, मेरी माँ और उसके अब्बू की मिलकर बुराई करेंगे, और इसके ज़रिए दोनों और क़रीब आ जाएँगे! लेकिन ग़ज़ल के तर्क एकदम ही अलग निकले। वो जिस तरह की बातें कर रही थी, मैंने वैसा कभी सोचा ही नहीं था। उसने मेरे भीतर, मेरे ही ग़ुस्से को लेकर, गहरा संशय पैदा कर दिया था।

चित्रलेखा की जिरह सुनकर कुमारगिरि आहत हो जाता है। फिर एक

विचित्र बात होती है, कुमारगिरि के आहत होने के बाद चित्रलेखा कुमारगिरि पर पूरी तरह से मोहित हो जाती है।

मैं देर तक इस वाक्य पर अटका रहा। ग़ज़ल जैसी असाधारण लड़की का मेरे जैसे साधारण लड़के के साथ होने के जवाब कहीं इसी वाक्य में तो नहीं अटके हुए हैं?

"ओए पगले, तू सच में ही पढ़ रहा है क्या?" राधे बोल पड़ा।

लंच-ब्रेक में मैं बाहर नहीं गया और किताब पढ़ता रहा और जैसे ही लंच-ब्रेक ख़त्म हुआ मैं मंदिर के पीछे वाली गली में अपनी किताब लेकर बैठ गया। जिस तरह खाने का एक निवाला गले में अटक जाता है और आपको लगता है कि जब तब आप बहुत पानी पीकर उस निवाले को अंदर नहीं डाल देंगे, तब तक आप ठीक से साँस नहीं ले पाएँगे; इस किताब के साथ मेरा वही हाल था। मंदिर के पीछे की गली के बारे में बहुत कम लोगों को पता था। मैंने अपना स्कूल-बैग अपने बग़ल में दबाया और विष्णु जी की तरह लेटे हुए किताब पढ़ने लगा।

चित्रलेखा का अब तक बीजगुप्त से प्रेम चल रहा था, पर अब वो कुमारगिरि पर मोहित हो चुकी थी। अब वो क्या करेगी से ज़्यादा महत्त्वपूर्ण सवाल मेरे सामने था कि मैं इस वक़्त किसकी तरफ़ हूँ? यूँ मुझे माँ की तरफ़ होना चाहिए। मैं ये क्या सोच रहा हूँ? मैंने अपने सिर को झटका दिया। चित्रलेखा माँ नहीं है और मैं बीजगुप्त नहीं हूँ।

पाटलिपुत्र के सामंत आर्यश्रेष्ठ मृत्युंजय की इकलौती कन्या यशोधरा का प्रवेश होता है। मृत्युंजय उसका विवाह बीजगुप्त से करना चाह रहे थे, पर बीजगुप्त कहता है कि वह चित्रलेखा के प्रेम में है, वह उससे विवाह नहीं कर सकता। जब यह बात चित्रलेखा को पता चलती है तो वो बीजगुप्त का विवाह यशोधरा से करवाने का निश्चय कर लेती है। और मन-ही-मन, विवाह के बाद, कुमारगिरि के आश्रम जाकर रहने का सपना देखने लगती है।

मेरे भीतर चित्रलेखा को लेकर संघर्ष चलने लगा कि क्यों? ऐसे कैसे? चित्रलेखा ऐसे कैसे कर सकती है? लेकिन फिर कहानी-क़िस्सों से जीवन कहीं ज़्यादा विचित्र है। मुझे कभी चित्रलेखा में माँ दिखती तो कभी ग़ज़ल, मैं तुरंत

अपने सिर को झटक देता। कभी कोई पात्र मुझे राधे लगता तो कभी चोटी। इन सबमें मैं कहा था? मुझे मैं कहीं दिख नहीं रहा था। फिर मुझे लगा कि शायद छोटे-छोटे अंशों में मैं सभी पात्रों में बँटा हुआ हूँ। जो पात्र बहुत दुखी दिखता, मुझे वह अपने क़रीब लगने लगता; जबकि उसके दुख का मुझसे कोई सीधा संबंध नहीं था। जब भी कोई पात्र कुछ ग़लत करता, मैं तुरंत उससे दूर छिटक जाता और गाँव के किसी आदमी का चेहरा उसके चेहरे पर चिपका देता। कई बार तो मुझे बहुत से रावण की सेना के लोग दिखने लगते। ठीक इस वक़्त ये पूरा उपन्यास मेरे गाँव में बिछा पड़ा था। कचहरी से लेकर मरघट तक और रेलवे स्टेशन से नदी के उस पार दिख रहे मंदिर तक इस उपन्यास का विस्तार था। गाँव की सीधी सड़क अब मुझे उतनी नहीं अखरती थी। वो मुझे किताब का महज़ एक ख़राब पैराग्राफ़ लगने लगी थी। मैं किसी भी बात को उपन्यास से जोड़ लेता और उसे एक नई दृष्टि से देखने का सुख बटोर लेता। तो क्या, जो मोटी-मोटी किताबें माँ पढ़ा करती हैं; वो भी इसी तरीक़े की होती होंगी? मुझे इस बात पर शक था। अगर ऐसा होता तो हर आदमी किताबें हाथ में लिए घूमता दिखता। पर मैंने देखा था लोगों को मेरी तरह किताबों से दूर भागते हुए। मैं जानता था कि किताबों की दुनिया के दरवाज़े पर अभी मैंने क़दम भी नहीं रखा था, पर फिर भी मैंने क़सम खाई कि इस किताब के ख़त्म होते ही मैं किताबों की इस दुनिया को विदा कहूँगा। मुझसे नहीं होगा। ना, मैं नहीं कर पाऊँगा।

चित्रलेखा बीजगुप्त को समझाने का पूरा प्रयत्न करती है कि वो यशोधरा से विवाह कर ले और वो तो यूँ भी कुमारगिरि के आश्रम में रहने जा रही है, पर बीजगुप्त मना कर देता है। चित्रलेखा कुमारगिरि के आश्रम में चली जाती है और बीजगुप्त यशोधरा से शादी नहीं करता है। इस बीच बीजगुप्त के संदेश यशोधरा तक पहुँचाने में श्वेतांक, यशोधरा की ओर आकर्षित होने लगता है। बीजगुप्त इन सारी दुविधाओं से निकलना चाहता था, इसलिए वो तय करता है कि वो काशी जाकर कुछ वक़्त एकांत में बिताएगा। यशोधरा भी बीजगुप्त के साथ काशी जाने की मंशा जताती है। श्वेतांक नहीं चाहता कि यशोधरा बीजगुप्त के साथ अकेले काशी जाए, पर वो अपनी सीमा नहीं लाँघ सकता था। काशी में समय बिताते वक़्त बीजगुप्त यशोधरा की तरफ़ आकर्षित होता है और मन-ही-मन उससे विवाह करने की बात स्वीकारने लगता है। वो सोचता है कि यूँ

भी चित्रलेखा ने मुझे छोड़ा है, मैंने चित्रलेखा को नहीं। जब अपने विवाह का प्रस्ताव वह श्वेतांक द्वारा यशोधरा तक भिजवाना चाहता है तो श्वेतांक उसे बताता है कि वो यशोधरा से प्रेम करता है और वह स्वयं उससे विवाह करना चाहता है। पहले बीजगुप्त को ग़ुस्सा आता है, पर बाद में श्वेतांक के मन की पीड़ा जानकर वह स्वयं श्वेतांक का प्रस्ताव लेकर मृत्युंजय के पास जाता है और उसकी तारीफ़ करते हुए यशोधरा से उसके विवाह का प्रस्ताव रखता है।

मैंने किताब बंद कर दी, क्योंकि मेरा सिर भारी हो चुका था। तभी मुझे लगा कि मैं पूरी दोपहर इस मंदिर के पीछे वाली गली में बैठा रहा था। मेरी कमर अकड़ गई थी। मैं भागकर वापस स्कूल गया। हिंदी की आख़िरी क्लास अभी भी बची थी। मैं क्लास में पीछे के दरवाज़े से घुसा और सबसे पहले राधे को क्लास में तलाशने लगा, पर राधे कहीं भी नज़र नहीं आया। मेरा मन अजीब-सा विचलित होने लगा। मैंने अपना बैग उठाया और वापस पीछे के दरवाज़े से निकलने ही वाला था कि मास्साब ने देख लिया।

"किधर भाग रहा है?"

मैंने एक हाथ से पेट की तरफ़ इशारा किया और दूसरा हाथ अपने पिछवाड़े पर रख लिया। मास्साब ने अपनी नाक सिकोड़ी और इशारे से मुझे चले जाने को कहा।

घर पहुँचा तो नाना मेरा इंतज़ार कर रहे थे। उन्होंने हड़बड़ाते हुए मुझसे पेन और काग़ज़ माँगा। मैं उनकी साँसों की आवाज़ सुन सकता था। मुझे लगा उनके गले में बलगम अटका हुआ है। मैंने उन्हें काग़ज़ दिया। उन्होंने तीन दवाइयों के नाम उस पर लिखे और मुझसे कहा कि जल्दी ले आओ। वह खिड़की वाली कुर्सी पर बैठे थे और कुर्ते की जेब से पैसे निकालने में उन्हें बहुत मुश्किल हो रही थी।

"मैं मदद करूँ?" मैंने पूछा।

"मैं कर लूँगा।" उन्होंने खाँसते हुए कहा।

मुझे लगा खाँसने के बाद बलगम निकल गया होगा, पर अगर बलगम निकला है तो वो थूक क्यों नहीं रहे हैं? मुझे लगा बलगम मेरे गले में अटका हुआ है। मैंने अपना गला साफ़ किया। क्या वो अभी उनके मुँह में होगा? किस तरफ़ होगा दाएँ या बाएँ? या जीभ के ऊपर थरथरा रहा होगा। अगर उन्हें थूकना है तो बाथरूम तक कैसे जाएँगे? उनके शरीर में ताक़त तो दिख नहीं रही थी।

"आपको बाथरूम जाना है क्या? मैं ले चलता हूँ।"

"नहीं मैं ठीक हूँ, तुम बस ये दवाइयाँ ले आओ।"

बलगम अभी भी उनके गले में ही फँसा हुआ था।

चौराहे पर दवाइयों की दुकान बंद थी। मैं अस्पताल वाली दवाइयों की दुकान की तरफ़ चल दिया।

मैं गाँव के बाज़ार से जब भी गुज़रता तो वहाँ यूँ ही बैठे हुए लोगों को देखना मुझे बहुत अच्छा लगता। बाज़ार की इस हलचल में दरअसल यही लोग थे जो मुझे गाँव के मुख्य पात्र लगते थे। ये कुछ भी नहीं करते। ये न कुछ ख़रीद रहे होते, न ही इनकी कुछ बेचने में दिलचस्पी रहती। ये बस चौराहों पर अँगड़ाइयाँ लेते हुए दुकान के चबूतरे पर दुकानदार का मनोरंजन करते और यहाँ-वहाँ मुँह

से गुटके की पिचकारी थूकते। जिन देशों के नामों का ठीक उच्चारण भी नहीं पता, उन देशों में हो रहे राजनीतिक परिवर्तन पर घंटों बहस करते हुए इन्हें देखा जा सकता था। मैं हमेशा से सोचता था कि यही वो लोग हैं जो हमारे इस गाँव को गाँव बनाते हैं। ये गाँव के होने में इतने घुले-मिले होते कि ये कभी बीजगुप्त, यशोधरा, कुमारगिरि या चित्रलेखा नहीं हो सकते थे; इनकी ऐसा कुछ बनने में कोई दिलचस्पी भी नहीं थी। तभी मुझे समझ आया कि मैं 'चित्रलेखा' उपन्यास में कौन हूँ, मैं इस उपन्यास में चबूतरे पर बैठा हुआ नाकारा आदमी हूँ; जिसका ज़िक्र भगवतीचरण वर्मा अपने उपन्यास में करना भूल गए थे।

दवाइयाँ लेकर जब मैं वापस आया तो नाना खिड़की के पास वाली कुर्सी पर नहीं थे। उनके कमरे का दरवाज़ा बंद था।

"नाना!" मैंने धीरे से दरवाज़ा खोलकर टोह लेने की कोशिश की।

"हाँ, ले आया... एक गिलास पानी भी ले आ।"

वह बिस्तर पर लेटे हुए थे और उनकी आँखें छत पर कहीं अटकी हुई थीं, मानो मैं उन्हें छत पर उल्टा लटकता हुआ दिख रहा हूँ।

मैं पानी ले आया। उन्होंने जैसे-तैसे उठकर दवाई खाई और तीन घूँट पानी अंदर किया। बलगम ने उनके गले को छोड़ा नहीं था। उनकी आवाज़ ऐसे सुनाई दे रही थी, जैसे देर रात हवा से कैलेंडर फड़फड़ाते हैं। वो वापस लेट गए थे और मैं गिलास रखकर वहीं बैठ गया था। उन्हें इस तरह अकेले छोड़कर जाने की इच्छा नहीं हुई।

यह कमरा हमेशा मुझे काटने को दौड़ता था। इस कमरे में मुझे हमेशा से पसीने, पेशाब और सीलन की मिली-जुली बदबू आती थी। माताजी जब इस कमरे में रहती थीं तो मैं कमरे में घुसते ही इस कोशिश में लग जाता कि जितनी जल्दी हो सके इस कमरे से निकल जाऊँ। पर जितनी भी जल्दी निकलता मुझे मेरे शरीर से दिन भर पसीने, पेशाब और सीलन की बदबू आती रहती। इसलिए मैं नहाने के ठीक पहले माताजी से मिला करता था। उसके बाद मैं अपनी पूरी कोशिश करता कि मैं इस कमरे से दूर ही रहूँ। जब माताजी की तबीयत बहुत बिगड़ गई थी तो एक रात माँ ने मुझसे कहा था, "जब माँ नहीं रहेगी, तब मैं उस कमरे में सोया करूँगी। तुम्हें तुम्हारा अपना कमरा मिल जाएगा।"

मैं यह सुनते ही रोने लगा था। मुझे पता था कि उस कमरे में जाते ही पेशाब

और सीलन की बदबू आदमी को जकड़ लेती है। वहाँ से कोई भी ज़िंदा वापस नहीं निकलता। माँ उस रात पूछती रही थीं कि क्या हुआ रो क्यों रहा है, पर मैं उनसे उस रात कुछ भी नहीं कह पाया था। शायद इसीलिए भी मुझे नाना का यहाँ होना ठीक लगता था। जब तक वो इस कमरे में हैं, माँ मेरे साथ ही सोया करेंगी।

"अरे तू अभी तक यहीं है?" नाना बहुत भर्राई-सी आवाज़ में बुदबुदाए।

"हाँ।"

"कब से बैठा है ऐसे?"

"ज़्यादा वक़्त नहीं हुआ।"

"मेरी आँख लग गई थी।" ये कहते हुए उन्होंने उठने की कोशिश की, पर फिर वापस ढेर हो गए।

"बाथरूम जाना है?"

"नहीं।"

"आप सोते हुए कुछ बुदबुदा रहे थे।"

"तुमने कुछ सुना?" वो अचानक सतर्क हो गए।

"नहीं।" मैंने तुरंत जवाब दिया। उनकी आँखें किसी बच्चे-सी दिखने लगी थीं जो चोरी करते हुए पकड़ा जाता है। वो उस कमरे की छत पर अपनी आँखों से कुछ टटोलने लगे। मुझे लगा ऊपर कुछ लिखा हुआ है जिसे वो पढ़ने की कोशिश कर रहे थे। उनकी आवाज़ अब अमीन सयानी की आवाज़ नहीं रही थी। वो बिगड़ गई थी, मानो रेडियो ख़राब हो गया हो।

"जब आशा शादी करके चली गई थी तब मैं, यहीं, इसी घर में, सावित्री से मिलने आया था। कितने सालों बाद उसे देखा था।"

उनकी आँखें एक जगह रुक गईं, मानो उनको वो मिल गया हो जिसे वो खोज रहे थे। मैं उनके थोड़ा क़रीब खिसक आया।

"मैं एक बार उससे माफ़ी माँगना चाहता था। मुझे लगा शायद उसने दूसरी शादी कर ली होगी! काश उसने दूसरी शादी कर ली होती। काश उसका एक पति होता जो मुझे धक्का देकर निकाल देता। काश सावित्री मेरे जैसी स्वार्थी होती। काश वो कह देती कि नहीं मैं तुम्हें माफ़ नहीं कर सकती कभी भी।"

वो ठिठक गए, मानो वो कहीं जाते-जाते रुक गए। आधे रास्ते में, बीच में

कहीं। किसी बंद पड़ गई घड़ी की तरह। उन्हें फिर कुछ दिखा।

"उसके पैर ठीक हो गए थे, जब आशा पैदा हुई थी और उसके भीतर यह डर बैठ गया था कि जैसे ही आशा शादी होकर विदा होगी उसके पैर फिर ख़राब हो जाएँगे। मैं जब उससे मिलने आया था तो उसके पैर ख़राब होना शुरू हो रहे थे। वो एक पैर से घिसटते हुए चल रही थी और दूसरा पैर कमज़ोर होता जा रहा था। कितना सहा था उसने! काश मुझे अपने बारे में थोड़ा पहले पता लग जाता कि मैं अलग हूँ! मैं उसको अंत तक बता नहीं पाया कि मैं उसके लिए नहीं बना था कभी।"

गले में फँसा बलगम गीला हो चुका था। वो बलगम शब्दों को अपने भीतर आटे की तरह गूँथने लगा था। नाना अपना वाक्य पूरा करने के पहले एक गहरी साँस लेते तो लगता कि उनके भीतर कहीं एक मशीन शुरू हुई है और वाक्य के अंत तक आते-आते उस मशीन की बैटरी ख़त्म हो जाती। मशीन धड़धड़ाकर रुक जाती। आख़िरी के शब्द दम तोड़ देते, मानो किसी ऊँची जगह से चीख़ने की इच्छा से गिर रहे हों। वाक्य के ख़त्म होने के बहुत बाद में भी आख़िरी के शब्दों के गिरने की आवाज़ आती रहती। मानो वो पहाड़ से कूदकर आत्महत्या करने में अभी भी गिर ही रहे हैं, नीचे खाई की चट्टानों पर उनका टकराना बाक़ी रह जाता था।

"तो आप किसके लिए बने थे?"

मुझसे रहा नहीं गया सो मैंने पूछ लिया, पर मेरा सवाल उन तक पहुँचा ही नहीं। दवाइयों ने अपना असर दिखाना शुरू कर दिया था। उन्होंने अपनी आँखें फिर बंद कर ली थीं। मैंने पानी का गिलास उठाया और ज्यों ही खड़ा हुआ उनकी आवाज़ आई।

"असल में मैं सब कुछ छोड़कर चला गया था क्योंकि मैं झूठ जी रहा था, मैं सावित्री का पति बनकर नहीं रह सकता था। मुझे पता करना था कि क्या हो रहा था मेरे साथ। मैं कायर था, मैं स्वार्थी था, कि मैं सावित्री को सारा कुछ खुलकर नहीं बता पाया, पर क्या बताता? मुझे ख़ुद नहीं पता था कि बताना क्या है!"

मैं वहीं खड़ा रहा। नाना ये बात ऐसे कह रहे थे कि मुझे लगा मेरा वहाँ होना महज़ एक इत्तेफ़ाक़ था। मैं इन बातों को समझना नहीं चाहता था। कुछ

बातें गणित के किसी कठिन सवाल की तरह होती हैं जिन्हें 'माना कि' से हल करना पड़ता है। मैं इन बातों को 'माना कि वो घटा नहीं' कहकर हल करना चाह रहा था, पर गणित में मैं बहुत कमज़ोर था। इसलिए मेरे सारे सवाल हल करने के पैंतरे अंत में ग़लत ही निकलते थे। तभी मेरी निगाह उनकी त्वचा पर पड़ी, मैं उनके क़रीब जाकर बैठ गया। जब माताजी यूँ कमरे में लेटी रहती थीं तो मैं उनके हाथों और माथे की चमड़ी को बहुत हल्के-हल्के छुआ करता था। मुझे वो इस दुनिया की सबसे मुलायम चीज़ लगती थी। शरीर से छूटता हुआ, लटका पड़ा मांस किस क़दर कोमल होता है! मैं अपनी उँगली से नाना के माथे को छू रहा था और मुझे लगा कि ये कितना माताजी जैसे होते जा रहे हैं! फिर मैं उनके हाथों को छूने लगा। मुझे लगने लगा कि मैं माताजी को छू रहा हूँ। बूढ़े होते ही हम सब कितने एक जैसे हो जाते हैं–पुरुष, स्त्री, अमीर, ग़रीब–सब लाचार, आश्रित, उतने ही अपनी हड्डियों से छूटते हुए।

"तुमने पूछा था न मुझे किसने ख़बर दी थी सावित्री के मरने की?"

बलगम गाढ़ा हो चला था, सो आवाज़ गले के भीतरी कमरों से रिसती हुई बाहर टपक रही थी।

"ख़ुद सावित्री ने, वो मेरे सपने में आई थी। उसने कहा था, 'बस बहुत भटक लिए, आ जाओ वापस', फिर मुझसे रुका नहीं गया। उसने इंतज़ार किया होगा, और मैंने फिर यहाँ आने में देर कर दी।"

बलगम ने उनके गले को जकड़ लिया था। अब उनके शब्द गले से मुँह तक का सफ़र तय नहीं कर पा रहे थे। नाना ने अपनी आँखें बंद कर लीं। बंद आँखों के भीतर उनकी पुतलियाँ भीतर हिल रही थीं। वो बंद आँखों से भी कुछ तलाश रहे थे।

रात को माँ के बग़ल में लेटे हुए मैं देर तक चोटी के बारे में सोचता रहा। रह-रहकर उसका चेहरा आँखों के सामने चला आता था। मुझे उससे मिलना चाहिए मैं जानता था, पर लगता था कि एक बार गहरा सोकर उठूँगा तो सुबह सब ठीक हो चुका होगा ख़ुद-ब-ख़ुद। चोटी के बारे में सोचते ही मुझे उसका मुस्कुराता हुआ चेहरा दिखता। मैं उसकी मुस्कुराहट पर रुके रहना चाहता था, इतनी देर तक कि मैं उसके सहारे अपने सपनों में दाख़िल हो सकूँ, पर बार-बार

मुझे चोटी को कोई छूता हुआ दिख जाता। कोई उसे छू रहा था, उसे झँझोड़ रहा था, पर वो फिर भी मुस्कुराए जा रहा था। मुझसे उसकी मुस्कुराहट बर्दाश्त नहीं हो रही थी। मैं चाहता था कि वो रोए, वो मुझसे कहे कि मुझे बचा ले। मैं चोटी को बचाना चाहता था। मैं उस तक पहुँचना चाहता था, उसे गले से लगा लेना चाहता था, उससे कहना चाहता था कि चोटी मैं हूँ, राधे भी है, तू चिंता मत कर। मैं उसके बारे में इतनी चिंता करना चाह रहा था कि उससे मिलना न पड़े।

मैंने करवट ली तो माँ का चेहरा मेरे सामने था। वो बहुत गहरी नींद में थीं। उन्हें नाना की तबीयत की चिंता थी, उन्हें मेरी चिंता थी, उन्होंने अभी तक अपनी माँ के चले जाने को पूरी तरह स्वीकार नहीं किया था। वो माताजी के जाने के बाद, उनके कमरे में एक बार भी नहीं गई थीं। शायद वहाँ नाना थे इसीलिए। लेकिन जब नाना दिन भर बाहर वाले कमरे की खिड़की पर बैठे रहते थे, तब भी वो माताजी के कमरे में नहीं जाती थीं। माताजी के कमरे की सफ़ाई का ज़िम्मा पुष्पा की बाई का था। शायद माँ इस आस को बचाए रखना चाहती थीं कि एक दिन वो माताजी का कमरा खोलेंगी और उन्हें वो वहाँ पड़ी मिलेंगी।

पुष्पा की बाई माँ को समझती थीं। ग़ज़ल माँ को समझती थी। शायद ग़ज़ल के अब्बू भी माँ को समझते होंगे। पर माँ मेरी समझ से बाहर थीं। जब माताजी थीं तो हम तीनों एक-दूसरे को समझते थे। एक-दूसरे की सारी हरकतों से वाक़िफ़ थे। अभी जो माँ का चेहरा मेरे सामने था, मुझे नहीं पता यह कौन था! ये मेरी माँ जैसी थी, पर माँ नहीं थी। मेरी माँ तो कितनी चंचल थीं, कितनी हँसमुख, कितना दुलार करती थीं। माँ ने मुझे पिछले एक महीने से ठीक से छुआ भी नहीं था। मुझे उनके आस-पास होने से डर लगता था। क्या घर में किसी का मर जाना इसी को कहते हैं? क्या मातम का मतलब यही होता है कि किसी के चले जाने पर वो असल में सबके हिस्से का अच्छा हिस्सा अपने साथ ले जाता है? क्या माँ अब कभी भी पुरानी माँ जैसी नहीं हो पाएँगी? ठीक इस वक़्त वो क्या सोच रही होंगी? क्या सपना देख रही होंगी? क्या उनके सपने में भी मैं ऐसा ही आता होऊँगा जैसे मैं हूँ? उनसे भागता हुआ? या उनके सपने में मैं उनके जैसा सुंदर दिखता होऊँगा? काश मेरी बजाय चोटी मेरी माँ का बेटा होता तो इस वक़्त माँ उसे सपनों में देखकर मुस्कुरा रही होती। और अगर मैं चोटी की जगह होता तो मुझ जैसे सामान्य दिखने वाले लड़के को उसके चचा

भी बख़्श देते। वो मेरी सुंदर माँ का सुंदर बेटा कहलाता। अभी जब लोग मेरी माँ को देखने के बाद मुझे देखते थे तो उनका चेहरा उतर जाता था, उनके चेहरे पर निराशा छा जाती। चोटी होता तो एक सुंदर चित्र पूरा होता।

शायद यही वजह थी कि मुझे मेरी शर्ट के तीसरे बटन से प्रेम था। इसने मुझे हर परिस्थिति में बचाया था। पहले और दूसरे बटन में वो बात नहीं थी। वो दोनों बहुत क़रीब होते और उन्हें देखने पर गर्दन दर्द भी करने लगती। तीसरा बटन अपना लगता, लगता वो मेरे लिए वहाँ लगा हुआ है। वरना दूसरे के बाद सीधा चौथा बटन भी हो सकता था। शर्ट तब भी शर्ट ही दिखती। चौथा बटन इतना दूर होता कि कई बार वो शर्ट की सलवटों में छुप जाता। और उसे देखकर लगता कि वो वहाँ शर्ट के लिए है आपके लिए नहीं। जबकि तीसरा बटन शर्ट के बजाय मुझे मेरे लिए वहाँ पड़ा दिखता। उसके वहाँ होने की सुंदरता सारे बाहर को धुँधला कर देती। उसको देखते ही मुझे एक संगीत सुनाई देने लगता। धीमा संगीत, नदी के उस पार से आता हुआ, जिस संगीत पर मछलियाँ पानी के अंदर तैरती हैं।

नींद का दूर-दूर तक अता-पता नहीं था सो मैं 'चित्रलेखा' को लेकर किचन में आ गया। किचन की रोशनी बाहर के कमरे में बहुत कम ही पहुँचती थी। इस उपन्यास की कहानी में घुसते ही समस्याएँ बदल जाती हैं और कहानी की समस्याएँ जीवन में चल रही उलझनों के बोझ को थोड़ा कम कर देती हैं। क्या इसीलिए इतनी कहानियाँ और किताबें लिखी जाती हैं?

मृत्युंजय डरा हुआ था कि कैसे वो किसी के सेवक से अपनी बेटी का ब्याह करा दे! बीजगुप्त, मृत्युंजय का डर समझ जाता है और वो अपनी सारी संपत्ति और अपना पद श्वेतांक को दान में दे देता है। मृत्युंजय ख़ुश हो जाता है और बड़े धूम-धाम से यशोधरा का विवाह श्वेतांक से करा देता है।

इधर चित्रलेखा कुमारगिरि के आश्रम में आ चुकी थी। चित्रलेखा की उपस्थिति से कुमारगिरि वासना की आग में धधकता रहता। कुमारगिरि का मन ध्यानस्थ हो ही नहीं पाता। वह चित्रलेखा के शरीर को भोगना चाहता था कैसे भी। चित्रलेखा ये भाँप जाती है और उसे कुमारगिरि का योग पूर्णत: आडंबर लगने लगता है, वह इस आडंबरी दुनिया से निकलकर अब वापस बीजगुप्त के पास जाना चाहती है। यह जानकर कुमारगिरि विचलित हो उठता है और चित्रलेखा से झूठ बोलता है कि अब तो बीजगुप्त का विवाह यशोधरा से हो गया है, अब वापस जाकर क्या करोगी? चित्रलेखा के पास अब कोई दूसरा चारा नहीं रहता, सिवाय इसके कि वो कुमारगिरि का प्रस्ताव स्वीकार कर ले। वो अंत में कुमारगिरि की भावनाओं के सामने समर्पण कर देती है।

मैंने कुछ देर के लिए किताब किनारे रखी। मैं किचन में ही बैठा था, जहाँ चाय बनाते वक़्त मैं और ग़ज़ल थे। ग़ज़ल मना कर रही थी और मैं वासना में उसे नंगा करने पर तुला हुआ था।

मैं कुछ गहरी साँस ली, मटके से एक गिलास पानी गटक गया। और ख़ुद को कोसता हुआ वापस पढ़ना शुरू कर दिया।

चित्रलेखा को कुमारगिरि पर विश्वास नहीं होता तो वो विशालदेव को बीजगुप्त के घर भेजती है, जहाँ श्वेतांक उसे सारी सच्चाई बताता है। चित्रलेखा का कुमारगिरि के प्रति क्रोध भड़क उठता है और वो उसे धिक्कारती हुई वहाँ से निकल जाती है, लेकिन सीधा बीजगुप्त के पास चले जाने का साहस उसमें नहीं था। वह बीजगुप्त के बारे में पहले पता करती है तो उसे पता चलता है कि बीजगुप्त सब कुछ छोड़कर भिखारी की तरह देश-भ्रमण पर निकल चुका है। वो बीजगुप्त से मिलना तय करती है और उसकी तलाश में निकल जाती है। जब वो अंत में बीजगुप्त से मिलती है तो उसे अपने भवन पर चलने के लिए निवेदन करती है। बीजगुप्त उससे कहता है, "चलो चित्रलेखा, संसार में एक तुम्हारी ही बात मैं नहीं टाल सकता। मुझे जितना गिराना चाहो, गिराओ; पर यह वचन दे दो कि तुम मुझे कल नहीं रोकोगी।"

चित्रलेखा बीजगुप्त की बात मानती है और भवन जाने पर बीजगुप्त को सारी बातें विस्तार से बताती है। वह अपना दुख बताते हुए बीजगुप्त से कहती है, "मैं कुमारगिरि की वासना का साधन बन चुकी थी, इसलिए तुम्हारे पास आना नहीं चाहती थी। मुझे क्षमा कर दो।"

बीजगुप्त कहता है, "चित्रलेखा! तुमने बहुत बड़ी भूल की। तुमने मुझे समझने में भ्रम किया। तुम मुझसे क्षमा माँगती हो? चित्रलेखा! प्रेम स्वयं एक त्याग है, विस्मृति है, तन्मयता है। प्रेम के प्रांगण में कोई अपराध ही नहीं होता, फिर क्षमा कैसी! फिर भी यदि तुम कहलाना ही चाहती हो तो मैं कहे देता हूँ, मैं तुम्हें क्षमा करता हूँ।"

चित्रलेखा, बीजगुप्त को रोकना चाहती है, पर बीजगुप्त उसे अपने वचन की याद दिलाता है। चित्रलेखा उसे रोक नहीं पाती है, पर फिर उसे विचार आता है कि वो तो बीजगुप्त के साथ जा ही सकती है। सो चित्रलेखा अपनी सारी धनराशि दान में दे देती है और दोनों भिखारी बनकर निकल पड़ते हैं।

मुझे नींद अभी भी नहीं आ रही थी, पर आगे पढ़ने की हिम्मत मुझमें नहीं थी। मैं वापस माँ के बग़ल में लेटकर पाप और पुण्य के बारे में सोचने लगा। क्या चित्रलेखा पापी थी जो कुमारगिरि और बीजगुप्त दोनों के साथ सो गई थी? फिर वो इतनी सच्ची क्यों सुनाई दे रही थी? वो अपने होने में सारे लोगों

से ज़्यादा सच्ची थी। मैं माँ का चेहरा देखता रहा और भीतर इच्छा हुई कि उनसे पूछूँ कि माँ, क्या आप ख़ुश हो?

मुझे लगा माताजी के कमरे में नाना नहीं बल्कि बीजगुप्त पड़े हुए हैं–अपने बुढ़ापे में। वो सब कुछ छोड़कर चले गए थे। अपनी सारी धन-संपत्ति भी। क्या वो सही थे? योगी और भोगी में क्या अंतर है? क्यों बार-बार कुमारगिरि के बारे में सोचते ही, मैं ख़ुद को कोसना शुरू कर देता हूँ? क्यों मैं चित्रलेखा नहीं हो सकता हूँ कभी भी?

मेरे दिन बिखर रहे थे। मैं उन्हें समेटने में असमर्थ था। मैं खाना खा रहा था और स्वाद ग़ायब था। घर में माताजी ग़ायब थीं और स्कूल में चोटी। मैं सारा पुराना वापस चाह रहा था और सब कुछ नया देखने की इच्छा से भरा पड़ा था। मैं किसी ख़ाली जगह पर अटका पड़ा था जिसमें पीछे देखने की लालसा थी और आगे जीने जैसी ग़ज़ल को छूने की इच्छा। रात को टकटकी बाँधे ये खोजने में लगा रहता कि नींद दरअसल आती कहाँ से है! क्या नींद भीतर से ही कहीं पैदा होती है या ये बाहर से भीतर की तरफ़ सफ़र करती है। मैं ठीक उसके आने के पहले उसे पकड़ना चाहता, पर वो हर बार जीत जाती। किसी ने कभी बताया क्यों नहीं कि नींद का उद्‌गम कहाँ से होता है! और क्या जहाँ से नींद पैदा होती है, वहीं से सपने भी फूट रहे होते हैं? मैं अपने बाहर कम और भीतर ज़्यादा विचरने लगा था। घर में डॉक्टर लोहिया आते थे–नाना को देखने। वही डॉक्टर जो माताजी को भी देखने आते थे। वही स्टील के डिब्बे से काँच के इंजेक्शन निकालकर उन्हें गर्म पानी में पहले उबलवाते, फिर इंजेक्शन में शीशी से कुछ भरते और उसे नाना के कमर में घुसा देते। डॉक्टर लोहिया के शरीर से हमेशा दवाइयों की ख़ुशबू आती थी। उनके आते ही लगता था कि अब सब ठीक हो जाएगा। उनके होने में सब कुछ ठीक कर देने का गुण था। माताजी अपने अंतिम दिनों में लोहिया जी के इस गुण को देख नहीं पाई थीं शायद। आजकल मेरी ज़िम्मेदारी में डॉक्टर लोहिया अपनी पूरी संजीदगी से शामिल थे।

दूर कहीं कोयल बोल रही थी। कुछ चिड़ियों का कलरव भी अपनी हिचकिचाहट में शामिल हो रहा था। अँधेरा पसरा पड़ा था, पर सुबह होने के करतब हौले-हौले शुरू हो रहे थे। सारी उलझनें सुबह के होते ही सुलझी हुई लगती थीं। आजकल इन सुबहों का इंतज़ार मुझे रात भर रहता था। मैं आज अपने लिए भी एक गिलास चाय ले आया था। मेरे पास कोई सवाल नहीं था। मैं किसी के बारे में और कुछ भी नहीं जानना चाहता था। सुबह कुछ और हल्की हो जाती थी, जब राधे के पिता को मैं इस गाँव के कीचड़ से सोना बीनते देखता था। सुबह के हल्के अँधेरे में आज उनके शरीर में बहुत फुर्ती थी। वो गोल पोटली बनकर नाली के नीचे और सड़क के दूसरे किनारे पर बहुत तेज़ी से लुढ़क रहे थे। उनकी तगाड़ी भर चुकी थी फिर भी वो उसमें धूल भरते जा रहे थे। तगाड़ी के ऊपर धूल और कीचड़ का पहाड़ खड़ा हो चुका था।

"राधे बड़ा हो रहा है।" अपना काम ख़त्म करके जब वो चाय पीने चबूतरे पर बैठे तो उनकी आवाज़ में तनिक भी थकान नहीं थी।

"कैसे पता चलता है कि वो बड़ा हो रहा है?" मैंने पूछा।

"वो चुप रहने लगा है।"

"क्या मैं बड़ा हो रहा हूँ?"

"दो अच्छे दोस्त कभी एक साथ बड़े नहीं होते।"

पर हम तो तीन थे। क्या तीन दोस्त एक साथ बड़े हो सकते हैं? यह सवाल मैंने नहीं पूछा। मुझे लगा ऐसे सवालों का कोई अंत नहीं है। हम दोनों चुप थे। मुझे लगने लगा कि मैं राधे के पिता के साथ बिताया समय गँवा रहा हूँ। इच्छा हुई कि उनसे चित्रलेखा के बारे में पूछूँ। क्या उन्होंने चित्रलेखा पढ़ी होगी?

"क्या बड़े होकर राधे बदल जाएगा?" मैंने पूछा।

"हाँ, सब बदलते हैं तो वो भी बदलेगा।"

"मैं नहीं बदलूँगा।"

"जो नहीं बदला वो जिया ही नहीं।"

"आप तो बड़े हो चुके हो, क्या आप भी बदलोगे?"

"जब तक मैं ज़िंदा हूँ, मैं बदलता रहना चाहता हूँ।"

मैं नहीं चाहता था कि राधे के पिता बदलें। वो क्यों बदलेंगे? मैं वैसे भी अपने आस-पास के बदलाव से बेज़ार हो चुका था। हमारा घर बदलकर ताँगा घर हो गया था। माताजी अब नहीं हैं, उनकी जगह नाना ने ले ली थी। चोटी को बिना मिले खाना गले से नहीं उतरता था, पर अब उसे देखे जाने कितना वक़्त हो गया था। माँ सिर्फ़ मेरी माँ नहीं रही थीं, वो दूसरों के बीच बँटती ही चली जा रही थीं। अब इन सबमें मैं नहीं चाहता था कि राधे के पिता भी बदल जाएँ और उन्हें चाय के बजाय कॉफ़ी पसंद आने लगे। मुझे कॉफ़ी बनानी नहीं आती थी।

"बहुत पुरानी बात है, ऐसा कहते हैं कि एक बार एक बहुत होनहार युवा चित्रकार था, जिसको उस वक़्त का सबसे बड़ा काम दिया जाता है–जीसस क्राइस्ट की ज़िंदगी को चित्रांकित करने का। वो उस काम के उत्साह में तुरंत उन चेहरों की खोज में निकल जाता है जिन्हें वो नमूने के तौर पर अपनी पेंटिंग के लिए इस्तेमाल कर सके। सबसे पहले वो जीसस की खोज में निकलता है। जीसस के लिए उसे चाहिए था एक ऐसा व्यक्ति जो देवताओं की तरह सुंदर और सौम्य दिखता हो। शहरों और गाँवों की ख़ाक छानने के बाद उसे एक दिन वो मिल जाता है और वो बड़ी ख़ुशी से उसका चित्र बनाता है। अब उसे ज़रूरत थी उन चेहरों की जो जीसस क्राइस्ट के शिष्य जैसे दिखें। वो शिष्यों की खोज में कई नदियों और समुद्रों को लाँघता रहा। अंत में एक-एक करके उसे वो चेहरे दिखने लगे–जेम्स, पीटर, जॉन, टॉमस, मैथ्यू, फ़िलिप, ऐंड्रू वग़ैरह। इन सबको चित्रांकित करने में उसे सालों लग गए। फिर आख़िर में बचा जूडस। उसे जैसा जूडस चाहिए था, वैसा जूडस उसे कहीं भी दिखाई नहीं दे रहा था। क्राइस्ट के जीवन का चित्र जूडस के बिना अधूरा था। उसे चाहिए था जूडस जो ख़ूँख़ार दिखे–डरावना, राक्षस के जैसा।"

"रावण की सेना जैसा?" मैंने कहा।

"हाँ, बिल्कुल वैसा ही भयानक। जूडस की तलाश में उसे इतने साल लग गए थे कि अब उसे याद भी नहीं था कि उसे इस चित्र को बनाने का काम किसने दिया था! उसके जीवन में उसकी एकमात्र यही इच्छा रह गई थी कि

उसे इस चित्र को पूरा करना है। वो चित्रकार बूढ़ा हो गया था और थक चुका था। एक रात जब वो पूरे दिन से निराश होकर अपने घर वापस आ रहा था तो उसे रास्ते में, नशे में चूर, एक आदमी पड़ा हुआ दिखा। जब उसने उस आदमी की शक्ल देखी तो वो ख़ुशी से पागल हो गया। अंत में उसे जूडस मिल गया था। उसने उससे कहा कि मैं तुम्हारा चित्र बनाना चाहता हूँ और उसके एवज़ में तुम्हें जितना चाहिए उतने पैसे दूँगा। वो आदमी तुरंत मान गया।"

मैंने देखा, राधे के पिता की चाय ख़त्म हो चुकी थी, पर वो अभी भी चाय पीने का अभिनय कर रहे थे। वो बहुत हल्के बदल रहे थे।

"जब उस चित्रकार ने उसका चित्र बनाना शुरू किया तो उसने कहा कि पहले पैसे दो फिर चित्र बनाना। चित्रकार ने उसे उसके मुँह माँगे दाम दिए और वह चित्र बनाने में तल्लीन हो गया। कुछ देर बाद उस आदमी ने पूछा कि किसका चित्र बना रहे हो? तो चित्रकार ने जवाब दिया जूडस का। ये सुनते ही वो आदमी फूट-फूटकर रोने लगा।"

"क्यों?" मैंने पूछा।

"यही बात चित्रकार ने भी पूछी। तो उस आदमी ने कहा कि सालों पहले आपने ही मुझे बतौर जीसस क्राइस्ट पेंट किया था।"

मैं ये क़िस्सा सुनकर हतप्रभ रह गया। राधे के पिता ने चाय का गिलास मेरे बग़ल में रखा और ख़ुद तुरंत पोटली बन गए। सूरज अभी तक नहीं निकला था, पर उजाला चारों तरफ़ बराबर मात्रा में बँट चुका था। राधे के पिता के पास सोना बीनने के लिए बहुत कम समय बचा था। सुनारों की दुकान खुलने के पहले उन्हें यहाँ से निकल जाना होता था। बाज़ार सोना बीनने वाले को पसंद नहीं करता था। मुझे चाय पीने की आदत नहीं थी सो मेरे गिलास की चाय में मलाई जम चुकी थे। उस मलाई के ऊपर एक मक्खी अधमरी-सी पड़ी हुई थी। मैंने देखा, मेरी चाय में मक्खी है और राधे के पिता के कीचड़ में सोना।

राधे ने पीछे से मेरी कॉलर पकड़ी और मुझे अपनी तरफ़ खींचकर कहा, "प्रार्थना के बाद चोरी से निकलना है, चोटी से मिलने के लिए।"

उसने मेरी कॉलर छोड़ दी, मेरे जवाब की उसे ज़रूरत नहीं थी। मैं ख़ुद चोटी से मिलना चाहता था। प्रार्थना के बाद आज के विचार के लिए प्रधानाध्यापक ने मनीष को बुलाया। मनीष ने नाक सुड़कते हुए कहा, "जो पानी से नहाएगा वो सिर्फ़ लिबास बदल सकता है, लेकिन जो पसीने से नहाएगा वो इतिहास बदल सकता है।"

सबने ताली बजाई। मैंने सोचा, मैंने इतिहास की किताब कब से नहीं खोली! और पिछले कुछ वक़्त से मैं 'शंखपुष्पी' भी नहीं पी पा रहा था। प्रार्थना-सभा जब बिखरी तो राधे और मैं पीछे की तरफ़ चलने लगे। कुछ ही देर में हम दोनों मंदिर की दीवार के पीछे थे। हम दोनों इंतज़ार कर रहे थे सारे लोगों के स्कूल के अंदर जाने का, ताकि कोई हमें देख न ले। इस इंतज़ार में मैंने देखा, राधे का चेहरा बहुत सख़्त हुआ पड़ा था। मैं समझ गया कि उसे शायद चोटी के बारे में सब कुछ पता चल चुका है। जब स्कूल का परिसर पूरी तरह शांत हो गया तो राधे और मैं मंदिर के पीछे के रास्ते से बाहर निकलने की कोशिश करने लगे कि ग़ज़ल ने हमें सीढ़ियों पर पकड़ लिया।

"कहाँ जा रहे हो?"

"राधे को कुछ काम है।" मैंने कहा।

राधे कुछ क़दम आगे चला गया था ताकि मैं और ग़ज़ल बात कर सकें। ऐसा राधे नहीं था, क्या वो सच में बड़ा हो रहा था?

"तुम्हारी माँ बता रही थीं कि नाना ठीक नहीं हैं!" ग़ज़ल ने पूछा।

"हाँ, वो बलगम उनके गले में अटक गया है।"

"शाम को मुझसे मिलो।"

"शाम को?" राधे मुझे घूरकर देख रहा था, मुझे कुछ समझ में नहीं आ रहा था।

"शाम को क़िले के पास।"

"ठीक है।"

मुझे क़िले के पास उससे नहीं मिलना था, पर इस वक़्त किसी भी तरह मैं राधे के साथ हो जाना चाहता था। जब मैं और राधे चोटी से मिलने के लिए निकले तो मैंने मेरे भीतर एक गुदगुदी महसूस की। मैं किस क़दर बेईमान हूँ। इस वक़्त गुदगुदी जैसे शब्द की कहीं भी जगह नहीं थी। राधे के साथ चलते हुए मेरा दिमाग़ बार-बार क़िले के पास वाली जगह पर चला जा रहा था जहाँ मैं ग़ज़ल से मिलूँगा। इस वक़्त मेरे लिए ये ख़ुशी रेत में नाव दिखने जैसी थी। मुझे आश्चर्य था कि जब जीवन में पानी का नाम-ओ-निशान नहीं है तो इस नाव के दिखने का सबब क्या है? मैंने आसमान में चित्रगुप्त को देखा। कहीं ग़ज़ल के कारण मैं ढोंगी साबित न हो जाऊँ। क्या सच में मैं कुमारगिरि हूँ? मैं चित्रगुप्त से सुलह करना चाहता था, बस वो मुझे कुमारगिरि होने से बचा ले। राधे ने ग़ज़ल के बारे में मुझसे एक शब्द भी नहीं पूछा, मुझे यक़ीन हो गया कि हम तीनों में सबसे पहले राधे बड़ा होगा। कचहरी की तरफ़ जाते हुए हम दोनों की चाल में तेज़ी थी, ज़बान बंद थी। मुझे लगा हम घाट की तरफ़ जाएँगे, पर मेरी हिम्मत नहीं थी राधे से कुछ भी पूछने की।

सुबह-सुबह डॉक्टर लोहिया घर आ चुके थे। माँ और वो दोनों बहुत गंभीर दिख रहे थे। माँ ने मुझे ट्रेन का टिकट दिखाया जो नाना ख़रीद चुके थे, पर उनकी तबीयत इतनी ख़राब हो रही थी कि वो जा नहीं पाएँगे।

"उन्हें ट्रेन में बिठा दो, वो ट्रेन के चलते ही ठीक हो जाएँगे।" मैंने डॉक्टर लोहिया से कहा था जिस पर माँ नाराज़ हो गई थीं और डॉक्टर लोहिया ने अपनी भौंह सिकोड़ ली थी। आजकल माँ हर बात पर नाराज़ हो जाती थीं। मैं आगे कहना चाहता था कि नाना को माताजी के कमरे से बाहर निकाल दो, उस कमरे से कोई भी ज़िंदा वापस नहीं आता। पर मैं माँ को और नाराज़ नहीं करना चाहता था, सो चुप रहा। माँ ने ख़ुद छुट्टी ले रखी थी। उन्होंने कहा कि तू स्कूल जा, परीक्षा सिर पर है; और देख फ़ेल नहीं होना। हर साल मुझे 'देख

फ़ेल नहीं होना' की हिदायत मिलती थी, पर इस बार उस हिदायत में धमकी थी।

हम जैसे ही कचहरी के पास वाली मज़ार पर पहुँचे तो मुझे वहाँ चोटी बैठा हुआ दिखा। मैं चलते-चलते रुक गया। उसकी पीठ हमारी तरफ़ थी। राधे ने धीरे से मेरा हाथ पकड़ा और बहुत हल्के से कहा, "चल, उसी ने बुलाया है मिलने।" हम तीनों की एक-दूसरे से बिना मिले रोटी नहीं उतरती थी गले से और आज हम इस तरह मिल रहे थे। मुझे नहीं पता मैं कैसे चोटी का सामना करूँगा। हमारे आने की आहट सुनकर चोटी पलटा और हम दोनों उसे ऐसे देखने लगे जैसे पहली बार देख रहे हों।

हम तीनों मज़ार की दीवार से पीठ सटाकर बैठे हुए थे। मैं और राधे एक दीवार पर और चोटी हमारे सामने वाली दीवार पर। चोटी के कपड़े बहुत मैले थे, वो बहुत कमज़ोर हो गया था, उसके चेहरे से उसका नूर ग़ायब था। 'कैसा है?' जैसे सवाल पूछना अकल्पनीय था, क्योंकि अगर वो सच में बता दे कि वो कैसा है तो हम दोनों में वो सुनने की क्षमता नहीं होगी। क्या मैं और राधे अभी भी चोटी जैसा होना चाहते थे? मैंने अपने दिमाग़ को झटका दिया।

"मैं ये गाँव छोड़कर जा रहा हूँ।"

चोटी हमें नहीं देख रहा था। वो मज़ार की तरफ़ देख रहा था। उसके कहते ही मुझे एहसास हुआ कि हम तीनों असल में कितनी देर से चुप थे। मेरी इच्छा हुई कि मैं अपने स्कूल-बैग से शक्कर का पराठा निकालकर चोटी को दे दूँ। उसे मेरी माँ के हाथ के पराठे बहुत पसंद थे।

"अभी तो परीक्षा सिर पर है। कैसे जाएगा?" राधे ने पूछा।

"पढ़ाई छोड़ चुका हूँ मैं।" चोटी ने कहा।

"तेरे अब्बू से मैं बात करता हूँ।" मुझे चोटी के अब्बू पर पूरा भरोसा था।

"कोई फ़ायदा नहीं है।" चोटी ने कहा।

"अरे कैसे नहीं है! हम दोनों उनको बोलेंगे कि तेरे साथ क्या हो रहा है।" राधे भावुक हो रहा था।

"उनको सब पता है।" चोटी ने कहा, पर मुझे चोटी की बात पर विश्वास नहीं हुआ।

"तूने वो सब कुछ बताया उन्हें जो तूने हमें बताया है?" राधे की आवाज़

में कराह थी।

चोटी अपनी सूखी आँखों से मज़ार को देख रहा था। वो हल्के हरे रंग की मज़ार थी। उतनी प्रसिद्ध नहीं थी इसलिए बहुत कम लोग ही यहाँ आते थे। शायद लोगों की मनोकामना पूरी करने के इस मज़ार के पास औज़ार कम थे। यहाँ शांति बहुत थी, पर शांति किसे चाहिए होती है!

"मैं तेरे अब्बू से आज ही बात करूँगा।" राधे ने कहा।

"एक दिन फ़जर की नमाज़ के बाद मैंने अपने चचा के सिर पर लोटा फेंककर मार दिया था। पूरा घर वहीं था। सारे लोग मुझे मारने दौड़े और चचा ने मुझे सबसे बचा लिया। उनके माथे से ख़ून आ रहा था और मैं उनकी गोदी में फँसा हुआ था। मैंने बहुत छुड़ाने की कोशिश की, पर उनकी पकड़ बहुत मज़बूत थी। मैं समझ गया कि चचा की जकड़ से निकलना नामुमकिन है। उस रात वो जब छत पर आए तो उन्होंने कान में मुझसे कहा कि मुझे कभी ग़ुस्सा मत दिलाना। उस रात उसने..." चोटी ने मज़ार से आँखें हटा लीं।

"उसके बाद मैं दो दिन दर्द के मारे बिस्तर से नहीं उठा था।"

हम दोनों चाहते थे कि चोटी चुप हो जाए। मैं चाहता था कि मैं अभी चोटी के कसकर गले लग जाऊँ और उससे कहूँ कि कह दे ये सब झूठ है, ऐसे थोड़ी होता है, ऐसा बुरा तो किसी और के साथ होता है, हम तो तीनों दोस्त हैं, हमारे साथ थोड़ी ये सब होगा। मुझे साँस लेने में तकलीफ़ हो रही थी। राधे का सिर उसके घुटनों में फँसा हुआ था। किसी को तो बात करनी ही थी! इसका कुछ तो हल होगा!

"तो गाँव छोड़ने से क्या होगा?" मैंने पूछा।

"चचा मुझे अपने साथ शहर लेकर जा रहे हैं। मेरे भाई की तरह मैं भी उनकी दुकान पर काम करूँगा। और उन्हीं के साथ रहूँगा।"

"तू मत जा चोटी, तू मना कर दे।" राधे ने कहा।

"मैंने तो..."

चोटी आगे कहते-कहते रुक गया फिर थूक निगलने के बाद उसने एक गहरी साँस ली।

"दो-तीन दिनों में चचा आ रहे हैं मुझे लेने। मुझे लग रहा है कि मैं बकरा हूँ।" चोटी ने कहा।

"ऐसा नहीं है। हमारे पास दो-तीन दिन हैं। हम कुछ कर लेंगे। कुछ तो होगा इसका उपाय?"

राधे की आवाज़ में बड़े लोगों जैसा ढाढ़स था। ठीक उसी वक़्त चोटी ने पहली बार हम दोनों की आँखों में देखा। उसकी आँखें अलग थीं। मुझे लगा चोटी की आँखों पर किसी ने नाना की आँखें लगा दी हैं। राधे अभी बड़ा हो रहा था और चोटी बड़ा हो चुका था। मैं चोटी को देख नहीं पा रहा था, मैं चाहता था कि मैं अपनी आँखें हटा लूँ। ये वह चोटी नहीं था, ये कोई और था।

"मैं नहीं जाना चाहता शहर, मुझे स्कूल जाना है; परीक्षा देनी है। अपनी दुकान की छत पर बैठकर झरना को आते-जाते देखना है। मुझे... मुझे नहीं जाना है कहीं।"

चोटी अचानक रोते-रोते खड़ा हुआ और उसने कुछ क़दम हमारी तरफ़ बढ़ाए। हम दोनों खड़े हो गए थे उसे सँभालने, पर वो तुरंत मज़ार की तरफ़ घूम गया। वो बहुत देर तक अपना चेहरा हमसे छुपाए रहा। फिर वो हड़बड़ाकर आगे-पीछे होता रहा। ऐसा लग रहा था कि किसी चिड़िया को कौवों ने चारों तरफ़ से घेर लिया है और उसके बचकर निकलने की सारी जगहें ख़त्म हो चुकी हैं। तभी पता नहीं क्या हुआ कि वो मज़ार से निकला और उसने रोते हुए अपने घर की तरफ़ दौड़ लगा दी। मैं और राधे उसके पीछे भागे। हम चिल्लाते रहे कि रुक जा चोटी, पर वो नहीं रुका। राधे अपनी पूरा ताक़त से दौड़ रहा था, पर वो दौड़ने के साथ-साथ हिचकियाँ भी ले रहा था। मैं उसके ठीक पीछे था। चोटी जैसे ही बाज़ार की तरफ़ मुड़ा हम दोनों रुक गए। राधे बहुत तेज़ हाँफ रहा था, पर वो अपनी हिचकियों में अपने आँसू नहीं रोक पा रहा था।

हम दोनों की जब साँस में साँस आई तो हम सिर कटे मुर्ग़े की तरह एक ही जगह गोल-गोल मँडराते रहे। फिर कुछ समझ नहीं आया तो स्कूल-बैग लेने हम मज़ार पर वापस आ गए। स्कूल-बैग न तो राधे ने उठाया, न ही मैंने। हम कहीं जाने की हालत में नहीं थे। राधे एक जगह बैठ नहीं पा रहा था और मेरे पैरों में जान नहीं थी। मैंने राधे से कहा कि मैं कल उसके अब्बू से बात करने दुकान जाऊँगा, पर उसने मेरी बात का जवाब नहीं दिया। मैं क्यों बड़ा नहीं हो रहा था? क्यों जो मैं कहना चाहता था, लोग उसे अनसुना कर देते थे? मैं बात कर सकता था उसके अब्बू से, मैं सब कुछ ठीक कर सकता था, मैं भी बड़ा

हो सकता था।

हम बिना किसी निष्कर्ष के वापस अपने-अपने घरों की तरफ़ चल रहे थे। गाँव का बाज़ार वैसा ही भरा हुआ था। इस पूरे बाज़ार में जितने भी लोग थे लगभग सब चोटी को जानते थे, पर उसके ऊपर इस वक़्त क्या गुज़र रही है इससे किसी को कोई लेना-देना नहीं था। मैंने सोचा, अगर मैं यहाँ खड़ा होकर चिल्लाऊँ कि चोटी के साथ क्या हो रहा है तो क्या कोई मदद के लिए आएगा? काश ये सब बच्चे होते, पूरा बाज़ार बच्चों से भरा होता तो चोटी के लिए मदद की गुहार कितनी आसान होती! सब मिलकर उसके घर जाते, चीख़ते-चिल्लाते और उसे उसके घर से आज़ाद करा लेते। फिर इन हज़ारों दुकानों में से एक दुकान उसे दे देते, जिसमें वो दिन भर में सिर्फ़ दो शर्ट सिलता।

राधे अपने घर की गली में मुड़ गया और मैं अपनी शर्ट के तीसरे बटन को देखता हुआ अपने घर की तरफ़ चलने लगा।

एक दिन स्कूल में गणित के मास्साब ने मुझे तीन चपत लगाई थी, मैं उस दिन अपनी इसी स्कूल की शर्ट के तीसरे बटन के साथ देर तक खेलता रहा था। शाम तक खेलते-खेलते मैंने इसे तोड़ दिया था। जब चोटी को मेरी शर्ट का तीसरा बटन ग़ायब दिखा तो वो अपनी जेब टटोलने लगा, उसे अपनी जेब में एक गुलाबी बटन पड़ा दिखा। उसने कहा था कि अभी के लिए लगा ले, बाद में जब दुकान पर आएगा तो मैं बदल दूँगा। वो बदलाव कभी नहीं हुआ। सारे सफ़ेद बटनों के बीच, मेरी शर्ट का तीसरा बटन गुलाबी था। मेरी निगाह उस गुलाबी बटन से हट नहीं रही थी। मैं बुदबुदाते हुए उससे बात कर रहा था, मानो चोटी से बात कर रहा हूँ। मेरा सिर झुका हुआ था और मैं चोटी से कह रहा था कि मैं कल सब ठीक कर दूँगा।

मैं कुमारगिरि नहीं होना चाहता था इसलिए मुझे ग़ज़ल के सामने समर्पण करने की ज़रूरत थी।

एक बार स्कूल में प्रार्थना-सभा के बाद राधे को आज के विचार के लिए बुलाया गया था। उसने कहा था– 'जो पेड़ तूफ़ान में झुक जाते हैं वो बच जाते हैं।' मुझे उस वक़्त लगा था ये किसी हिंदी फ़िल्म का नायक अपने सामने खड़े खलनायक को कह रहा है। मुझे इस विचार पर हँसी आई थी, पर पूरा स्कूल इस पर ताली बजा रहा था, क्योंकि ये विचार प्रधानाध्यापक को बहुत पसंद आया था। प्रधानाध्यापक ने उँगली दिखाकर बहुत से बच्चों से कहा था, "झुकना सीखो तो बचे रहोगे।"

मुझे आभास हुआ कि मैं असल में वही 'आज के विचार' वाला पेड़ हूँ। मैं हमेशा तूफ़ान में अपनी शर्ट के तीसरे बटन को देखता पाया जाता हूँ, उस 'आज के विचार' वाले चालाक पेड़ की तरह जो बच जाना चाहता है। मैं मास्साब की मार, माँ की चपत, दोस्तों की लड़ाइयाँ, सबसे 'आज के विचार' वाला पेड़ बनकर बचता आया हूँ। ठीक इस वक़्त भी जो समस्याएँ मेरे चारों तरफ़ उमड़ी पड़ी थीं, इन सारी समस्याओं के तूफ़ान से मुझे मेरा ये शर्ट का तीसरा बटन बचा रहा था। मैं अपनी पूरी कायरता में इसके पीछे छिपा बैठा था।

मैं कुमारगिरि नहीं होना चाहता था इसलिए मुझे ग़ज़ल के सामने समर्पण करने की ज़रूरत थी।

क्या हर पात्र हमारे भीतर ही छिपे रहते हैं? मैं किचन में कुछ दूसरा हो गया था जबकि माँ के सामने मैं बीजगुप्त के क़रीब रहता था, पर ठीक बीजगुप्त नहीं। शायद माँ जब अपनी कहानी कहेंगी तो वो मुझे हारे हुए बीजगुप्त के नाम से पुकारेंगी। मैं नहीं चाहता था कि ग़ज़ल किचन की घटना के बाद मुझे अपनी कहानी का सबसे कमज़ोर और ढोंगी पात्र समझने लगे।

मैं कुमारगिरि नहीं होना चाहता था, इसलिए मुझे ग़ज़ल के सामने समर्पण करने की ज़रूरत थी।

चोटी बहुत जल्दी बड़ा हो चुका था। राधे अपनी उम्र से आगे का दिखने लगा था। मैं अपने दोस्तों से पीछे रह जा रहा था। चोटी के पास उन लड़कियों की कभी कमी नहीं रही थी जो उसे पत्र लिखती थीं। राधे को भी एक लड़की मिल गई थी। मैं पीछे रह जा रहा था। मैं उनसे आगे नहीं जाना चाहता था, प्रथम रहने की ज़िम्मेदारी बहुत ज़्यादा होती है, पर मैं उनके इतना पीछे भी नहीं रहना चाह रहा था कि छूट जाऊँ। मैं भी जल्दी से बड़ा हो जाना चाहता था।

मैं कुमारगिरि नहीं होना चाहता था, इसलिए मुझे ग़ज़ल के सामने समर्पण करने की ज़रूरत थी।

मैंने 'चित्रलेखा' लगभग पढ़ ली थी। मुझे ग़ज़ल से यह पूछना था कि उसने मुझे ये उपन्यास क्यों दिया था पढ़ने को? और इस उपन्यास में मैं कौन-सा पात्र हूँ? काश वो कह दे कि मैं बीजगुप्त हूँ। मैं अगर बीजगुप्त हुआ तो मैं अंत में गाँव नहीं छोड़ूँगा, मैं अपनी चित्रलेखा की बातों को मानकर उसके साथ रहने लगूँगा।

मैं कुमारगिरि नहीं होना चाहता था, इसलिए मुझे ग़ज़ल के सामने समर्पण करने की ज़रूरत थी।

पहली बार मेरे पास मेरा अपना रहस्य था जिसका ज़िक्र मैं राधे और चोटी से भी नहीं कर सकता था। पहली बार मेरे चुप रहने पर भीतर रहस्य का दरवाज़ा खुलता और मुझे उसमें ग़ज़ल बैठी हुई दिखती। उस कमरे के अँधेरे कोनों में अधूरी बातों को लिए बहुत से लोग दिखते, ये वो बातें थीं जिन्हें लोगों ने मुझसे कही थीं, पर मैं उन्हें अनसुना करता गया था। नाना की बातें, रावण की सेना की बातें, माताजी की कोमल त्वचा और चोटी, जो पूरा का पूरा उस अँधेरे में नाना की आँखें लिए खड़ा दिखता। इन सब में मैंने ग़ज़ल को हमेशा बीच उजाले में रखा था। मैं जैसे ही, अपने भीतर, उस उजाले में प्रवेश करता तो लगता पूरा गाँव ख़ाली हो चुका है और इस गाँव में बस मैं और ग़ज़ल ही अकेले विचर रहे हैं।

मैं कुमारगिरि नहीं होना चाहता था, इसलिए मुझे ग़ज़ल के सामने समर्पण करने की ज़रूरत थी।

क्योंकि मैं चोटी की ज़िंदगी के सामने लाचार था। मैं या तो टूट जाना चाह रहा था या सारा कुछ टूटते देखना चाहता था। शर्ट के तीसरे बटन के पीछे छिपे रहने से सारी समस्याएँ ख़ुद सुलझ जाएँगी, इस बात पर मेरा यक़ीन ख़त्म हो चुका था।

मैं कुमारगिरि नहीं होना चाहता था, इसलिए मुझे ग़ज़ल के सामने समर्पण करने की ज़रूरत थी।

क्योंकि मैं माँ को ज़्यादा अच्छे से जानना चाहता था।

मैं कुमारगिरि नहीं होना चाहता था, इसलिए मुझे ग़ज़ल के सामने समर्पण करने की ज़रूरत थी।

क्योंकि मैं चाहता था जब मैं ग़ज़ल से टूटे क़िले की दीवार के पीछे मिलूँ तो बरगद के पेड़ के पीछे उसके अब्बू हमें देखते हुए मुझे दिख जाएँ।

मैं कुमारगिरि नहीं होना चाहता था, इसलिए मुझे ग़ज़ल के सामने समर्पण करने की ज़रूरत थी।

क्योंकि चोटी बड़ा हो चुका था। राधे पीड़ित था। इसमें मैं अच्छे दोस्त की कहानी का नायक बनना चाहता था।

मैं कुमारगिरि नहीं होना चाहता था, इसलिए मुझे ग़ज़ल के सामने समर्पण करने की ज़रूरत थी।

क्योंकि मैं चाहता था कि चित्रगुप्त मेरे पाप की किताब के पहले, मेरे पुण्य की किताब भर दे।

मैं कुमारगिरि नहीं होना चाहता था, इसलिए मुझे ग़ज़ल के सामने समर्पण करने की ज़रूरत थी।

क्योंकि मैं पक्के दोस्त की कहानी में बस 'आज के विचार' का पेड़ था। मैं दोग़ला था, कायर था और मैं कुमारगिरि होता जा रहा था।

क़िले की टूटी हुई दीवार के पीछे, ग़ज़ल के साथ होने के सारे कारण मैं अपनी जेब में रखकर आया था। वरना चोटी से मिलने के बाद यहाँ आना असंभव होता। किस क़दर मैं अपने जीवन में एक व्यक्ति की तलाश में था जो मेरे होने की वजह को पूरा करता दिखे। ग़ज़ल के पास मैं एक अलग आदमी हो जाता था जो ज़्यादा भूखा था। ग़ज़ल ठीक वहीं बैठी थी, जहाँ पीली साड़ी पहने हुए मेरी माँ उस दिन बैठी थीं। मैं उसके अब्बू की जगह बैठा था। और यह महज़ इत्तेफ़ाक़न नहीं हुआ था, ऐसी व्यवस्था मैंने बनाई थी।

"क्या तुम बड़ी होकर बुर्क़ा पहनने लगोगी?" मैंने पूछा। मैं ग़ज़ल का हाथ अपने हाथों में लेना चाहता था, पर अभी इतना सहज नहीं हुआ था मैं।

"तुम्हें क्या लगता है?" उसने कहा।

"मुझे नहीं पता, इसलिए पूछ रहा हूँ।"

"फिर भी, तुम्हें क्या लगता है?"

"तुम्हारे में ऐसा होता है, इसलिए पूछा।"

"तुम धोती पहनोगे बड़े होकर?" उसकी आँखों में शरारत थी।

"नहीं, मैं क्यों पहनूँगा धोती!" मैंने कहा।

"क्यों, तुम्हारे में तो ऐसा होता है।" उसके होंठों पर हल्की मुस्कुराहट थी।

"मुझे पैंट-शर्ट बहुत पसंद हैं।"

"और मुझे जींस।" उसने तपाक से कहा।

"जींस! तुम जींस पहनोगी?" मुझे आश्चर्य हुआ।

"ऐसे पूछ रहे हो जैसे मैं बोल रही हूँ कि मैं नंगी घूमूँगी।" उसके मुँह से हल्की हँसी फूट पड़ी थी।

"तुमने अपने गाँव में किसी लड़की को देखा है आज तक जींस पहने?" मैंने अपनी बात में गंभीरता बढ़ा दी।

"मैं अपने गाँव में पहली लड़की होऊँगी जो जींस पहनेगी।" उसने कहा।

"ओऽऽऽ!" मेरे भाव में हल्का व्यंग्य छुपा था।

"ओऽ क्या?" उसने मेरे व्यंग्य को गले से पकड़ लिया।

"ओ मतलब, तुम्हें डर नहीं लगता?" मैं सकपका गया।

"किस बात का डर?" उसने पूछा।

"कि तुम्हें लोग देखेंगे!"

"तुम्हें क्या लगता है कि लोग बुर्क़े में लड़कियों को देखना बंद कर देते हैं? लड़कों को तो लगता है कि लड़कियों को देखना उनका मौलिक अधिकार है।"

"यूँ लड़के देखते हैं, पर जींस पर तो लोग घूरेंगे।"

"लड़कों के देखने को हम अपनी आदत का हिस्सा बना चुके हैं, तो घूरने को भी बना लेंगे, क्योंकि तुम लोग तो नहीं बदलोगे।"

"अरे मैं वैसा नहीं हूँ।"

"ये कैसे पता तुमको?"

मेरे पास इसका कोई जवाब नहीं था। मेरा दिमाग़ अभी भी ग़ज़ल की जींस में कहीं अटका पड़ा था।

"जींस के साथ क्या पहनोगी, कुर्ता?" मैंने पूछा।

"ना।" वो अब मुझे आश्चर्य से देख रही थी।

"फिर?"

"टी-शर्ट।"

"टी-शर्ट?"

"हाँ, वो भी जींस में खोंसकर।"

"जींस के अंदर खोंसकर?"

"तुम्हें मेरे हर वाक्य को दोहराने की ज़रूरत नहीं है।"

मैं रुकना चाह रहा था। मैं कुछ और बात करना चाह रहा था, पर सही वक़्त पर चुप रहने की कला अभी बहुत दूर थी।

"तुमने अपने अब्बू से पूछा है?" मैंने पूछा।

"किस बारे में?"

"यही, जींस और टी-शर्ट के बारे में?"

"उनसे क्या पूछना, वो ही तो मुझे दिलाएँगे!"

"बाप रे!"

"मुझे फ़र्क़ नहीं पड़ता।"

"कैसे?"

"शायद मैं नास्तिक हूँ इसलिए।"

"ऐसा नहीं कहते।"

"क्यों?"

"पाप लगेगा।"

"कौन चढ़ाएगा पाप?"

"चित्रगुप्त।"

"वो हमारे यहाँ नहीं होता है।"

"पर कोई तो होता होगा जो सब हिसाब रखता होगा?"

मैं देख सकता था कि वो मेरे सवालों पर अपनी हँसी रोक रही है।

"गुप्तचित्र?" ये कहते ही वो ख़ुद को रोक नहीं पाई और ज़ोर-ज़ोर से हँसने लगी।

"मियाँ गुप्तचित्र न, चित्रगुप्त के दूर के चचा लगते हैं!" हँसते-हँसते उसने आगे जोड़ा।

"चित्रगुप्त का मज़ाक़ मत उड़ाओ, मुझे ठीक नहीं लगता।"

"क्यों?"

"वो मेरा पूरा हिसाब रखता है।"

"तुम सच में ऐसे हो या बन रहे हो मेरे सामने?"

"कैसे?"

"ऐसे।"

"ऐसे कैसे?"

"ये, भीड़ जैसे।"

"भीड़?"

"हाँ।"

"भीड़ का जैसा दिमाग़ चलता है, जिसमें कोई भी व्यक्तिगत मत असहनीय होता है।"

मैं ग़ज़ल के जवाबों के सामने चारों खाने चित्त पड़ा हुआ था। क्या मैं उससे

'चित्रलेखा' की बात करूँ? मैं उससे कह सकता हूँ कैसे मुझे अपने गाँव के लोगों में 'चित्रलेखा' के सारे पात्र नज़र आते हैं! कैसे मुझे लगता है कि तुम चित्रलेखा हो! मैं कितना ज़्यादा चाहता हूँ कि चित्रलेखा मुझे ख़त लिखे! पर मैंने कहा, "मैं पैंट-शर्ट पहनना चाहता हूँ।"

वो फिर फूट पड़ी। वो ख़ुद को रोकने की कोशिश करने लगी।

"काश! तुम अपनी माँ पर गए होते।"

"मैं माँ जैसा ही तो हूँ!"

"तुम्हें पता नहीं है कि तुम्हारी माँ क्या चीज़ है! मैं उनके जैसा होना चाहती हूँ।"

"कैसी हैं मेरी माँ?" इस सवाल के पूछने में भी कितनी लाचारी भरी हुई थी।

"तुम्हें वक़्त लगेगा उन्हें जानने में।"

"क्यों?"

"क्योंकि तुम... तुम न... जाने दो।" उसने बात को काटकर मेरा हाथ पकड़ लिया।

"क्योंकि मैं मंदबुद्धि हूँ।" मैंने अपना हाथ अलग कर लिया।

"नहीं, बिल्कुल नहीं।" उसने हाथ वापस पकड़ लिया।

"तो?" मैंने इस बार हाथ नहीं छुड़ाया।

"तुम छोटे हो अभी।" उसने कहा।

मैं नदी के उस पार वाले मंदिर को देखने लगा। इच्छा हुई कि अभी ग़ज़ल को अकेला छोड़कर उस मंदिर पर चला जाऊँ जिसका न कोई पुजारी है और न ही कोई भगवान।

"तुम मेरे साथ क्यों हो?" मैंने पूछा, शायद यह सवाल मुझे बहुत पहले पूछ लेना था।

"सच बताऊँ?" उसने कहा।

"अगर सच बहुत कड़वा है तो रहने देना।" मैं डर गया।

"तुम सह लोगे।" उसने कहा।

"बताओ।" मैंने कहा।

"मुझे तुम्हारी माँ बहुत पसंद हैं और तुम्हारी आँखों में उनकी झलक दिखती

है मुझे।"

"ये तो ठीक है।"

"तुम्हें क्या लगा था?"

"मुझे लगा तुम कुछ ऐसा कहोगी कि मुझे तुम पर दया आ गई थी। क्यों?" मैं 'चित्रलेखा' का ज़िक्र करना चाहता था, पर झेंप गया।

"क्योंकि तुम्हारा सिर हमेशा झुका रहता है, जब तुम खड़े होते हो?" उसने कहा।

"तुम्हें कैसे पता?"

"मैंने देखा है तुम्हें।"

"वो तो मैं अपने शर्ट के तीसरे बटन को देखता हूँ।"

"क्यों?"

"मुझे पसंद है उसे देखना।"

इस बात पर वो मुस्कुरा दी, पर ये मुस्कुराहट उसकी हँसी से अलग थी। इस मुस्कुराहट में पहली बार उत्साह की झलक थी। उसने हल्के से मेरी शर्ट के तीसरे बटन को छुआ। मैं मुस्कुरा दिया। फिर उसने अपना हाथ मेरे गालों पर रखा और अपने हाथ के अँगूठे से मेरी नाक को सहलाने लगी। मैंने उसे अपने क़रीब खींचना चाहा।

"यहाँ नहीं, घाट पर नहा रहे लोग हमें देख सकते हैं। ऊपर चलते हैं।" ग़ज़ल ने कहा।

मैंने ग़ज़ल को रोक दिया और क़िले की टूटी दीवार की हल्की आड़ में उसे खींच लिया। उतनी ही आड़ में जहाँ से मुझे नीचे घाट पर बरगद का पेड़ दिखता रहे।

मेरे लिए ये यक़ीन करना कुछ समय पहले तक नामुमकिन था कि ग़ज़ल जैसी लड़की कभी मुझसे बात भी करेगी या माताजी के जाते ही सारा जमा-जमाया घर बिखर जाएगा। जो भी मेरे जीवन में आस-पास घट रहा था, उसमें अगर मैं ठीक अभी ग़ज़ल से कह देता कि– "नहीं मैं तुम्हें छूना नहीं चाहता हूँ, मैं तुम्हारे अब्बू से कोई बदला भी नहीं चाहता हूँ, मैं बस तुम्हारे सामने समर्पण करना चाहता हूँ, मैं तुम्हें सारा कुछ कह देना चाहता हूँ", तो शायद मैं कुमारगिरि होने से बच सकता था। पर मैंने ऐसा नहीं किया। वासना और बदले

की भावना ने मुझे चारों तरफ़ से घेर लिया था और मैंने स्वीकार कर लिया कि मैं ठीक इस वक़्त कुमारगिरि हूँ। मुझे हैरत इस बात की थी कि कैसे मुझे अपनी कायरता दिख नहीं रही थी! क्या वासना का जाल इतना सघन होता है कि आप उसके बाहर रहकर ख़ुद को देख ही नहीं सकते? ठीक इस वक़्त ग़ज़ल की ख़ूबसूरती के सामने मेरे सारे बटोरे हुए कारण मेरी जेब से कूद-कूदकर आत्महत्या कर रहे थे।

मेरी जाँघों के बीच में गर्मी बढ़ती जा रही थी। मैं अपने पूरे शरीर में एक बार फिर अजीब-सा तनाव महसूस कर सकता था। मैंने एक हाथ से ग़ज़ल की सलवार नीचे की हुई थी और दूसरे हाथ से उसकी क़मीज़ को ऊपर खींच रखा था। मैं उसके नंगे शरीर को अपने दिमाग़ में छाप लेना चाहता था। मैंने धीरे से बरगद के पेड़ की तरफ़ देखा। मुझे ख़ुद पर घिन्न आने लगी। मैंने ग़ज़ल की सलवार और क़मीज़ से अपने हाथ हटा लिए, पर ग़ज़ल मुझे देखे जा रही थी।

"मैं तुम्हारे साथ पता है क्यों हूँ?" मेरे क़रीब आते हुए उसने कहा, "क्योंकि तुम्हारे दिमाग़ में जो भी चलता है वो तुम्हारे चेहरे पर दिखता है, पर वो ठीक क्या है वो मैं समझ नहीं पाती हूँ।"

उसने मुझे अपने पास खींचा और चूमते हुए उसने मुझे ज़मीन पर लिटा दिया। कुछ देर बाद उसके हाथ मेरी पैंट की तरफ़ बढ़े, मैं घबरा गया और उसका हाथ हटाने लगा। उसने मुझे डाँट दिया।

"मुझे गुदगुदी हो रही है।" मैंने ग़ज़ल का हाथ रोकते हुए बोला।

"गुदगुदी?" ग़ज़ल हँसने लगी।

"नहीं गुदगुदी नहीं, मुझे शर्म आ रही है।" मैंने कहा।

"तो अपनी आँखें बंद कर लो।"

वो घूरकर मुझे देखती रही, जब तक मैंने अपनी आँखें बंद नहीं कर लीं। जैसे ही मैंने अपनी आँखें बंद कीं वो मेरा पैंट उतारने की कोशिश करने लगी। मैं अपनी पूरी ताक़त से उसे रोकना चाहता था, पर ग़ज़ल मुझ पर पूरी तरह हावी थी। अंत में हारकर मैंने ग़ज़ल के आगे समर्पण कर दिया।

जब मैं बहुत छोटा था तब माँ मुझे नंगा नहलाती थी। फिर एक समय आया जब मैं पैंट पहनने लगा। चड्ढी छोड़कर पैंट पहनना इस बात की मुनादी थी कि अब मैं बाथरूम में अकेले रहने का अधिकार हासिल कर चुका हूँ। पिछले साल

की बात है, एक दिन पुष्पा की बाई बाथरूम धोने आई थी और मैं नहा रहा था। उन्होंने सीधा दरवाज़ा खोल दिया। मैं एक घंटे तक चीख़-चीख़कर रोया था कि उन्होंने कैसे मुझे बिना कपड़ों के देखा। पुष्पा की बाई हँसते हुए कह रही थीं कि देखने को कुछ था ही नहीं। और इस बात पर मैं और ज़ोर-ज़ोर से रोने लगा था। इसके अलावा मुझे याद नहीं कि किसी ने भी मुझे बिना कपड़ों के देखा था।

मेरा पैंट घुटने तक नीचे था और आँखें अपनी पूरी क्षमता से बंद। ग़ज़ल ने अपनी सलवार घुटने तक नीचे की और मेरे ऊपर बैठ गई। उसका एक हाथ मेरे पैरों के बीच में हरकत कर रहा था। मैं कुछ गीला-गीला और गर्म-गर्म महसूस कर रहा था–अपनी नाभि के नीचे की तरफ़। मैं आँखें खोलकर देखना चाहता था कि वो क्या करना चाह रही है, पर मेरी हिम्मत नहीं हुई। उसने मेरा लिंग पकड़ा और किसी गर्म, नर्म और गीली-सी जगह उसका प्रवेश करा दिया। मैं चीख़ पड़ा तो उसने मेरे मुँह पर अपना हाथ रख दिया। मुझे नहीं पता कि मैं चीख़ा क्यों! मुझे दर्द नहीं हुआ था। मुझे बेहद मीठी-सी झनझनाहट हुई थी जिसका एहसास मेरे शरीर ने पहली बार किया था। शारीरिक तौर पर उसकी प्रतिक्रिया कैसी होनी चाहिए इसका अंदाज़ा दिमाग़ को नहीं था। सो उलझन में मेरे दिमाग़ ने चीख़ने का आदेश दे डाला था। मैंने हल्की-सी आँख खोली तो देखा, ग़ज़ल की आँखें बंद हैं और वो ऊपर की तरफ़ देख रही है। क्या ग़ज़ल मेरी किचन की हरकत का बदला ले रही है मुझसे? क्या अंत में हम एक-दूसरे से बस बदला ले रहे हैं? मेरी इच्छा हुई कि काश इस वक़्त मैं बरगद की तरफ़ देख पाता। तभी ग़ज़ल का चेहरा मेरे चेहरे के क़रीब आ गया। उसकी साँसें, कभी मेरी गर्दन, कभी नाक तो कभी बालों पर गुदगुदा रही थीं।

"तुम आँखें खोल सकते हो।" उसने फुसफुसाते हुए कहा।

मैंने फिर अपनी आँखें थोड़ी-सी खोलीं। ग़ज़ल का चेहरा लाल था और उसकी आँखों में शरारत। मैं उसको हैरत से देख रहा था। और उसका शरीर मेरे शरीर के ऊपर एक धीमी गति से चल रहे संगीत की ताल पर हिल रहा था।

"मैं तुम्हारे साथ क्यों हूँ पता है?"

वो बता चुकी थी, वो हल्का हाँफ रही थी, पर बोलने से ख़ुद को रोक नहीं पा रही थी। मैं अपनी फटी हुई आँखों से सारा दृश्य जज़्ब कर लेना चाह

रहा था।

"हमारी पहली मुलाक़ात को तुमने एक रहस्य रहने दिया, हमारी दूसरी मुलाक़ात, वो किचन वाली, उसकी भी चर्चा तुमने किसी से नहीं की। मुझे ये बात तुम्हारे बारे में सबसे अच्छी लगी।"

"तुम्हें कैसे पता कि मैंने किसी से ये बात नहीं कही?"

"अगर तुमने कही होती तो तुम्हारे दोस्तों की आँखें बदल जातीं।"

मैं मुस्कुरा दिया। उसके भी होंठों पर मुस्कुराहट आ गई।

"क्या मैं तुम्हें चित्रलेखा कह सकता हूँ?" मैंने कहा और उसने मेरे मुँह पर वापस हाथ रख दिया। फिर मैं चुपचाप उसे देखता रहा और उसने अपनी आँखें बंद कर लीं।

वह मेरे ऊपर से उठने के पहले बहुत देर तक मेरे ऊपर पड़ी रही थी। फिर उसने तुरंत अपने कपड़े पहने और टूटे क़िले के नीचे बरगद के पेड़ की तरफ़ जाने लगी। मुझे अपनी पैंट और शर्ट से धूल झाड़ने में वक़्त लग रहा था। मैं जब नीचे, बरगद के पास पहुँचा तो उसने कहा, "मैं यहाँ कुछ देर तक बैठना चाहती हूँ। तुम चाहो तो घर जा सकते हो।"

मैं जाना भी चाहता था और नहीं भी। मैं बैठना भी चाहता था और खड़े रहना भी। मैं ग़ज़ल को देखना भी चाहता था और नहीं भी। कुछ देर बाद मैं उससे कुछ दूरी पर बैठ गया। शाम गहरी हो चली थी। नदी के पानी से छनती हुई ठंडी हवा हम दोनों के चेहरे को सहला रही थी। मुझे अचानक सारा कुछ बहुत हल्का लगने लगा। मैं बस एक ही चीज़ जानना चाहता था कि जो अभी-अभी हमने क़िले की टूटी हुई दीवार के पीछे किया, क्या वो प्रेम था?

"मैंने बहुत ज़्यादा पढ़ रखा था इसके बारे में। साहित्य में जब भी सेक्स का ज़िक्र होता तो मेरा पूरा शरीर उसका अनुभव करना चाहता। जैसे चित्रलेखा, क्यों चित्रलेखा बीजगुप्त को छोड़कर कुमारगिरि के पास जाती है फिर वापस बीजगुप्त के पास आती है? क्या अनुभव रहा होगा उसका उन पुरुषों के साथ? मैं कुछ किताबें फिर से पढ़ना चाहती हूँ। तुमने 'चित्रलेखा' पढ़ ली पूरी?"

मैंने इसका जवाब नहीं दिया, मैं चुप रहना चाहता था। मुझे इस वक़्त अपनी आवाज़ के अलावा सारा कुछ बहुत सुंदर लग रहा था। मुझे इस ठंडी हवा में उसके बालों का उड़ना बहुत सुंदर लग रहा था। ये नदी और उससे आती ठंडी

हवा बहुत नई लग रही थी। क़िले की टूटी दीवार के पीछे क्या हुआ उसका अंदाज़ा नहीं था मुझे, पर ठीक इस वक़्त ग़ज़ल मुझे मेरे घर का आँगन-सी लग रही थी। जहाँ मैं देर तक अकेले बैठे रहना चाहता था।

मेरे पिछले जन्मदिन पर माँ ने गुलगुले बनाए थे। राधे, चोटी, मनीष के साथ-साथ स्कूल के कुछ छुट-पुट दोस्त भी आए थे। मुझे माँ ने नई शर्ट पहनने को दी थी। हम सब लोग कितना हँस रहे थे, हम सब मिलकर मास्साब की नक़ल कर रहे थे। माताजी भी बहुत दिनों बाद अपने कमरे से निकलकर बाहर हम सबके साथ बैठी थीं। उनके हाथ में एक गुलगुला था जिसे वो जाने कब से कुतर-कुतर खा रही थीं। हम सबके लिए माँ किचन से गर्म-गर्म गुलगुले तलकर ला रही थीं। तभी चोटी ने मेरी पीठ पर हाथ मारा, मैं हँसते-हँसते चुप हो गया। मैंने पीछे पलटकर देखा माँ, माताजी के गले लगी हुई थीं और रो रही थीं। हम सब अपने-अपने गुलगुलों को हाथ में लिए चुप हो गए थे। उस वक़्त मुझे समझ नहीं आया था कि जब हम सारे लोग इतने ख़ुश थे, हँस रहे थे, तो ये दुख किस रास्ते से चला आया था? कैसे उसने मेरे जन्मदिन के दिन घर में प्रवेश करना तय किया था? माताजी कुर्सी पर बैठी हुई थीं और माँ ज़मीन पर बैठे हुए उनकी गोदी में सिर रखकर रो रही थीं। जब मैं माँ के पास पहुँचा तो बुदबुदाहट में मुझे बस एक ही वाक्य सुनाई दिया, "माँ मैं थक गई हूँ, बस, बहुत थक गई हूँ।" मुझे पास में देखते ही माँ चुप हो गई थीं। माताजी माँ के बिखरे बालों पर हाथ फिराकर उन्हें सीधा कर रही थीं, मानो उन बालों के सीधा जम जाने से सब ठीक हो जाएगा।

घर में जब कोई सामान आता था तो वो समय रहते घर का हिस्सा हो जाता था। जैसे खिड़की के पास रखी कुर्सी। उसके बिना इस घर की कल्पना करना नामुमकिन था। तो ख़ुशियाँ क्यों घर का हिस्सा नहीं हो पातीं? क्यों वो घर के किसी कोने में, किसी कुर्सी की तरह टिक नहीं सकतीं? मैं कमरे की छत पर, रोशनदान से आती हुई लैंपपोस्ट की रोशनी में ग़ज़ल का शरीर देख सकता था। माँ बग़ल में सो रही थीं। नींद में भी उनके माथे पर बल पड़े हुए थे। मेरे होंठ

सूख चुके थे। मैं बहुत गहरे सोना चाह रहा था, पर मैं भीतर से इतना थका हुआ था कि नींद नहीं आ रही थी। मैं अभी भी प्रेम शब्द के आगे-पीछे दौड़ लगा रहा था। क्या राधे के पिता को प्रेम के बारे में भी सब कुछ पता होगा? क्या वो मुझे उसकी परिभाषा और वाक्य में उसका प्रयोग करके मुझे समझा देंगे उसके सारे अर्थ? काश मैं इस वक़्त चोटी और राधे से मिल पाता! वो दोनों मुझे देखकर कहते कि–'अबे तू झूठ बोल रहा है, तू और ग़ज़ल?' मुझे पूरा विश्वास था कि चोटी मेरी बातें सुनकर बहुत ख़ुश होता। मुझे अपनी थकान से बाहर निकलना है, मुझे अपने पक्के दोस्त चोटी को उस अँधेरे से वापस खींचकर लाना है।

अपनी गहरी थकान में मेरी आँखें लगने ही वाली थीं कि मुझे माताजी के कमरे से कुछ आहट सुनाई दी। मुझे याद आया, नाना के लिए शायद पीने का पानी रखना मैं भूल गया था। माँ गहरी नींद सो रही थीं। मैं किचन से एक लोटा पानी लेकर नाना के कमरे में गया। वो अपने पलंग पर बैठे हुए थे और नीचे फ़र्श पर अपनी आँखें जमाए हुए थे। कमरे में अँधेरा था, मैंने लाइट जलाई, मैं देखना चाहता था कि वो क्या देख रहे हैं।

"लाइट बंद कर दो।"

उनकी आवाज़ आई। मैंने लाइट बंद कर दी। पानी का लोटा उनके पलंग के बग़ल में रखा तो देखा वहाँ पानी का एक ख़ाली गिलास पड़ा हुआ था।

"तुम सोए नहीं अभी तक?"

उनकी आवाज़ में बलगम कम था और अमीन सयानी की झलक वापस आ रही थी।

"आप भी तो जागे हुए हैं।" मैंने कहा।

"ये सावित्री!"

"माताजी?"

"उसे रोको, वो फिर झाड़ू-पोछा करने बैठ गई है।"

फिर वो चुप रहे। पूरे कमरे में सघन चुप-अँधेरा था। मुझे अचानक वही पेशाब, पसीने और सीलन की मिली-जुली गंध आने लगी जो माताजी के वक़्त आया करती थी। मैं उनके पास बैठना चाह रहा था, पर वो सामने की दीवार पर ऐसे देख रहे थे, मानो वहाँ कोई चित्र बना हो जिसे वो समझ नहीं पा रहे हैं। मैं उनके थोड़ा पास खिसक आया, क्योंकि उनका चेहरा मुझे ठीक से दिखाई

नहीं दे रहा था। तभी उन्होंने मुझे देखा। जैसे कोई बच्चा शिकायती आँखों से अपनी माँ को देखता है।

"तुमने देखा?" उन्होंने पूछा।

"क्या?"

मैंने अपने डरों को दोनों हाथों से पकड़े हुए पूछा। उन्होंने अपनी उँगली से सामने की दीवार की तरफ़ इशारा किया। मुझे वहाँ कुछ भी नहीं दिखा। मैंने वापस उन्हें देखा, उनकी उँगली अभी भी उसी दिशा में उठी हुई थी और आँखें मुझे देख रही थीं। उनकी आँखों में शिकायत के बजाय अब एक निवेदन था।

"वो अभी भी घिसट-घिसटकर काम कर रही है। उसे रोको।"

"वहाँ कुछ भी नहीं है।"

मेरी पकड़ मेरे हाथ में रखे ख़ाली गिलास पर तेज़ होती जा रही थी। उन्होंने अपनी उँगली नीचे कर ली और बच्चों की तरह उकड़ूँ लेट गए। मैं पलंग पर बैठ गया और उनके हाथों को अपने हाथों में लिया। उनके हाथ बहुत ठंडे थे–ज़रूरत से ज़्यादा ठंडे। मैं उनके हाथों को घिसने लगा। मैंने ऐसा माँ को करते हुए देखा था। माताजी के अंतिम दिनों में वो माताजी के तलवों को इसी तरह घिसा करती थीं। कुछ ही देर में नाना ने अपने हाथ वापस खींच लिए।

"मुझे यहाँ नहीं आना चाहिए था।" उनके शब्द टूटते हुए उनके मुँह से निकले।

मैंने देखा, माताजी की साड़ी उनके पैरों के पास पड़ी हुई थी।

"सावित्री से मैं कहते-कहते रह गया।" उन्होंने कहा।

"क्या?"

"आज आई वो और मुझे कुछ बोलने नहीं दिया।" उन्होंने अपने घुटनों को अपने पेट से चिपका लिया था।

"उसके पैर अब दर्द नहीं करते हैं। वो काम करते हुए लगातार बोले जा रही थी।"

"क्या बोल रही थीं?"

"एक दिन आएगा कि पूरा घर जम चुका होगा, झाड़ू-पोछा लग चुका होगा, सारे बचे हुए काम ख़त्म हो चुके होंगे, हल्की ठंड होगी जिसमें सूरज की गुलाबी रोशनी खिड़की से घर में प्रवेश कर रही होगी, दूर कहीं पुराने गाने बज रहे होंगे

और वो बिना चिंताओं के अपने घर में, खिड़की से आती सूरज की रोशनी में बैठी हुई स्वेटर बुनेगी, ख़ुद के लिए। हल्के नीले और सफ़ेद रंग का स्वेटर।"

उन्होंने अपने हाथ मेरी तरफ़ बढ़ाए। वो बहुत कमज़ोर लग रहे थे। उन्होंने मेरा हाथ पकड़ा और पूछा, "तुम कब आए?"

"मैं तो बहुत देर से यहाँ हूँ।"

"आशा कहाँ है?"

"माँ सो रही हैं।"

"वो कब गई, वो तो यहीं थी?"

"माँ यहाँ थीं?"

उनके चेहरे पर अचानक गहरी निराशा घिर आई। मैंने उनके पैरों के पास पड़ी माताजी की साड़ी को अलग किया और उनके पैरों को चद्दर से ढाँक दिया।

"उसे बहुत ठंड लगती थी।"

"किसे?"

"मैं उसके लिए स्वेटर नहीं ला पाया। वो फिर घिसटने लगी थी। मैं उसे रोकता रहा, पर वो कहाँ किसी की सुनती है! देखा था न तुमने? कैसे वो ठंड में काँपते हुए दीवार पर चढ़ गई थी और उसके जालों को घिसटते हुए साफ़ कर रही थी!"

मैंने उन्हें छुआ तो उनके हाथ एकदम से गर्म लगे। उनके गले को बलगम ने वापस घेर लिया था। मुझे लगा फ़ैन चालू कर दूँ। पर अंत में मैं वहाँ कुछ देर चुपचाप बैठा रहा। कुछ न कर पाने में मैंने मन-ही-मन बस इतना तय किया कि कल उन्हें नदी किनारे ले जाऊँगा, उन्हें अच्छा लगेगा। क्या कुछ और भी कर सकता हूँ मैं इनके लिए!

बूढ़ा हो जाना क्या यही होता है? किसी कैटरपिलर की तरह अपनी स्मृति के खोल के अंदर ख़ुद को बंद कर लेना! हम उस खोल के पास आकर बैठ सकते हैं, उनके क़रीब बैठे हुए लगता है कि असल में हम उनके कमरे के बाहर बैठे हैं, न वो हमारी उपस्थिति दर्ज कर पा रहे हैं और न ही उन्हें छू सकने के हाथ हमारे पास हैं।

फिर वो एक दिन अपनी स्मृति का खोल तोड़कर उड़ जाते हैं।

कुत्ता रो रहा था कहीं। बहुत झीनी-सी आवाज़ मुझ तक पहुँच रही थी। कहीं ये वही कुत्ता तो नहीं है जिसका नाम मैं रखने की सोच रहा था और वो भाग गया था! पर फिर लगा आवाज़ कहीं बहुत दूर से आ रही है। पर अगले ही क्षण लगा, मानो वो खिड़की के बाहर ही बैठकर रो रहा है। मैं सुबह-सुबह चाय लिए चबूतरे पर बैठा था और राधे के पिता कहीं नज़र नहीं आ रहे थे। चाय को चबूतरे पर रखकर मैं राधे के पिता और उस कुत्ते को खोजने की इच्छा से नाली में घुस गया। दोनों का नामो-निशान नहीं था कहीं। मैंने अपने भीतर राधे के पिता को पुकारना चाहा। काश मैंने उस कुत्ते का नाम रख लिया होता तो अभी मैं उसे उसके नाम से पुकारकर उसे ढूँढ सकता था। मैं हल्की सीटी बजाकर उसे खोजने लगा। तभी नाली के अँधेरे में मुझे वो दिखा। एक कोने में काँपता हुआ। मैं हाथ बढ़ाकर उसे खींचना चाहा, पर वो नाली की दूसरी तरफ़ वाली दीवार के गड्ढे में घुसकर बैठा हुआ था, वहाँ तक मेरा हाथ नहीं पहुँच रहा था। तभी वो चुप हो गया। वो मुझे आश्चर्य से देख रहा था और मैं उसे। मैं वापस ऊपर चबूतरे पर, राधे के पिता की, ठंडी पड़ गई चाय के बग़ल में आकर बैठ गया। मेरे सामने लाल चींटियों की क़तार चली जा रही थी। माताजी कहती थीं कि जब लाल चींटियाँ अपना घर बदलें तो समझ लो कि बारिश होने वाली है। मैंने ऊपर आसमान देखा, न तो वहाँ बादल थे और न ही चित्रगुप्त का कोई नामो-निशान था। तभी उस कुत्ते के रोने की आवाज़ वापस शुरू हो गई। पौ फट रही थी और सुबह की रोशनी हर तरफ़ बिखरना शुरू हो चुकी थी। ऐसा पहले कभी नहीं हुआ कि मैं सुबह आया हूँ और राधे के पिता न दिखे हों। तभी मुझे सहजबोध हुआ कि शायद राधे के पिता की तबीयत ठीक नहीं हो। इस कुत्ते के रोने की वजह से सहजबोध में हल्का डर घुल रहा था। मैंने तय किया कि मैं आज दिन में कचहरी जाऊँगा, वहाँ राधे के पिता की पान की दुकान है, उनका हाल-चाल पूछकर आऊँगा। मैंने राधे के पिता

की चाय ज़मीन पर उड़ेल दी और चींटियों की क़तार का उस चाय की तरफ़ बढ़ना देखता रहा। तभी वो रोता हुआ कुत्ता नाली से निकला और फ़र्श पर पड़ी चाय को चपड़-चपड़ चाटने लगा। चींटियों की क़तार अपनी बारी का इंतज़ार करने में आस-पास बिखर गई थी। चाय पीते वक़्त वो कुत्ता लगातार मुझे घूरे जा रहा था और रोए जा रहा था। मैंने अपने बग़ल से एक पत्थर उठाया और उसे डराने लगा।

"चल अब चींटियों की बारी है, सारी चाय पी जाएगा क्या! हट-हट!" पर वो हटने को राज़ी ही नहीं हुआ। धीरे-धीरे करके वो सारी चाय चाट गया और फिर उसी जगह अपने चारों पैर समेटकर बैठ गया। मैं तितर-बितर हुई चींटियों-सा उस कुत्ते को घूरता रहा।

क्या अपनी परछाई से छुटकारा मिल सकता है? जैसे-जैसे दिन ऊपर चढ़ता मुझे मेरी परछाई मेरी चप्पल खाती हुई दिखती। मैं उसे अपने पैरों तले रौंदता हुआ कचहरी की तरफ़ बढ़ रहा था। मैं बीच में कभी पीछे पलटकर देखता कि कहीं वो सुबह वाला कुत्ता मेरे पीछे-पीछे तो नहीं आ रहा है, क्योंकि उसके रोने की आवाज़ मुझे बीच-बीच में सुनाई दे रही थी। एक-दो बार मैंने अपने माथे को भी झटका दिया, पर उस आवाज़ का आना बंद नहीं हुआ। तभी मुझे सामने से आती हुई झरना दिखी। हम तीनों ने हमेशा एक साथ इसे चोटी की दुकान के ऊपर बैठे हुए देखा था, अकेले अगर सामना हो जाए तो क्या करना है; ये मुझे नहीं पता था। जैसे ही वो मेरे क़रीब से गुजरी, मैं अपनी शर्ट के तीसरे बटन को देखते हुए निकल गया, पर तभी मुझे उसकी आवाज़ आई, "राजिल सुनो!"

मैं जहाँ था वहीं स्थिर खड़ा हो गया। झरना, मेरे सामने आकर खड़ी हो गई।

"चोटी कहाँ है आजकल?" उसने पूछा, मैंने महसूस किया कि मेरे घुटने काँप रहे हैं।

"वो थोड़ा व्यस्त है।"

"किसमें? वो दुकान पर भी नहीं दिखता है।"

"वो घर के निजी काम में व्यस्त है।"

"क्या काम?"

"परीक्षा, पढ़ाई। और घर के काम।"

मैंने देखा मेरी आवाज़ में मेरे घुटनों का कंपन शामिल हो गया था। अगर कुछ देर और उसने कुछ नहीं बोला तो मैं घर की तरफ़ दौड़ लगा जाऊँगा।

"तुम जब चोटी से मिलो तो उसे ये दे देना।" उसने एक छोटा लिफ़ाफ़ा मुझे पकड़ा दिया और चली गई।

उसके जाते ही मेरी साँस में साँस आई। मेरे घुटनों का काँपना थोड़ा शांत हुआ। मैं झरना को उसकी गली में जाता हुआ देख रहा था। झरना पास से बहुत ख़ूबसूरत लगती थी। उसके ओझल होते ही मैंने उसके दिए लिफ़ाफ़े को मोड़कर अपनी जेब में रखा और तभी मेरी निगाह चोटी की दुकान पर पड़ी। चोटी के अब्बू मुझे देख रहे थे। तो क्या उन्होंने सब कुछ देखा होगा ? मेरा झरना के बग़ल से निकलना, उसका मुझे लिफ़ाफ़ा देना ? मैंने उन्हें एक मुस्कुराहट के साथ इशारे से नमस्ते किया। उन्होंने मुझे ऐसे अनदेखा कर दिया, मानो वो मुझे देख ही नहीं रहे थे। चोटी के अब्बू ऐसे नहीं थे। मुझे याद आया, मुझे उनसे बात करनी है। ठीक इस वक़्त मुझे कचहरी की तरफ़ मुड़ जाना चाहिए था, पर लगातार आ रही कुत्ते के रोने की आवाज़ से मैं सीधा सोच नहीं पा रहा था। इससे पहले कि मैं किसी निर्णय पर पहुँचता, मेरे पैर ख़ुद-ब-ख़ुद चोटी की दुकान की तरफ़ बढ़ने लगे। मैं ख़ुद को और उस कुत्ते को कोसते हुए चोटी के अब्बू के सामने खड़ा हो गया। वो अपनी दुकान के काउंटर पर खड़े हुए, दो बड़े कपड़ों पर नीली चाक से निशान लगा रहे थे। पीछे कुछ कारीगर अपना सिर झुकाए कपड़े सिल रहे थे। मुझे बड़ा हास्यास्पद लगा कि मैं चोटी के अब्बू के सामने खड़ा था, पर फिर भी वो मुझे अनदेखा कर रहे थे, मानो काउंटर के दूसरी तरफ़ सीधे सड़क हो, मैं कहीं बीच में नहीं हूँ। मैंने भी तय किया कि जब निगाह मिलेगी, तभी मैं अपना मुँह खोलूँगा।

"चोटी नहीं है।" कुछ देर बाद उनकी आवाज़ आई, वो अभी भी मुझे देख नहीं रहे थे।

"वो होता तो मैं सीधा छत पर नहीं चला जाता।" मैंने बात को अति सामान्य करते हुए कहा। वो अभी भी अपने काम में व्यस्त रहे।

"वो स्कूल क्यों नहीं आ रहा है ?" मैंने जान-बूझकर ये सवाल पूछा ताकि उन्हें जवाब देना पड़े।

"उसका दिमाग़ फिर गया है। पता नहीं स्कूल का बैग भी कहाँ गुमा दिया।

अब कहता है स्कूल नहीं जाऊँगा कभी।"

पहली बार चोटी के अब्बू का चेहरा मैंने इतना विकृत होते देखा था। उन्होंने एक कपड़ा उठाया और उसे पीछे फेंक दिया, फिर दूसरे कपड़े पर ग़ुस्से में बड़े-बड़े नीले निशान लगाने लगे। लोग ग़ुस्से में कितने बदसूरत दिखने लगते हैं! चोटी के अब्बू की काजू जैसी आँखों से पहली बार मुझे डर लग रहा था। लेकिन चोटी को मुझे उसके अँधेरे से बाहर खींचकर लाना ही था और मेरे पास यही मौक़ा था।

"कहीं वो आपसे कुछ छुपा तो नहीं रहा?" मैंने कहा।

"क्या छुपा रहा है?" वो सतर्क हो गए।

"आप उससे अच्छे से बात करो, वो सब बता देगा।" मैंने अपनी आवाज़ दबाते हुए कहा।

"रोज़ दो थप्पड़ खाता है, पर ज़बान से एक शब्द भी नहीं फूटता उसके।"

उनकी आवाज़ थोड़ी ऊँची हो रही थी। अगल-बग़ल के कारीगर की सिलाई मशीन कुछ देर के लिए रुकी और फिर वापस धड़-धड़ आवाज़ करके चलने लगी। उन्होंने अपने हाथ में रखे कपड़े को घड़ी किया और पास में रखे स्टूल पर बैठ गए। मैं जो दुकान के बाहर खड़ा था, कुछ क़दम चढ़कर अंदर आया और उनके एकदम सामने खड़ा हो गया। वो छोटे स्टूल पर बैठे थे। अब उनकी और मेरी ऊँचाई में ज़्यादा अंतर नहीं था।

"वो बहुत परेशान है, मतलब..."

मुझे लगा कि अभी भी मैं ऊँचा बोल रहा हूँ, अगल-बग़ल के कारीगर मेरी आवाज़ सुन सकते हैं। सो मैं एक क़दम और उनके पास चला गया और फुसफुसाते हुए कहा, "उसके चचा उसे बहुत परेशान करते हैं। आप उससे बात करो, वो सब आपको बता देगा। उसके चचा उसे परेशान करते हैं, ख़ासकर रात में। आप रात में चचा की हरकतों को रँगे हाथों पकड़ सकते हो।"

तभी मुझे लगा मेरे कानों के क़रीब किसी ने ज़ोर से मंदिर का घंटा बजा दिया है। मैं अपनी जगह से दो क़दम पीछे हो गया। चोटी के अब्बू मेरे इतने क़रीब थे कि लगा चाँटा किसी और ने मारा है। मुझे उनका हाथ उठते हुए नहीं दिखा था। सारी मशीनों ने काम करना बंद कर दिया था, पर कुछ ही देर के लिए। जैसे-जैसे मशीनों की आवाज़ बढ़ती गई, मेरे गाल और सिर के

बीच में गूँज रही घंटे की आवाज़ कम होती गई। मुझे पता चला कि चाँटे का असर गाल के बजाय घुटनों पर होता है। मेरे घुटनों की ताक़त ख़त्म हो चुकी थी। मैं लड़खड़ाकर जहाँ खड़ा था, वहीं बैठ गया। उसी वक़्त चायवाला चाय लेकर आया। क्योंकि मैं दुकान के बीच में बैठा था तो उसने सबसे पहले चाय मुझे पकड़ा दी। मुझे लगा मेरे गालों पर छोटी-छोटी चींटियाँ काट रही हैं। उस चायवाले ने सबको चाय दी और सीटी बजाता हुआ दुकान से बाहर हो गया। अब मेरे हाथों में चाय थी जिसे ख़त्म किए बग़ैर मैं यहाँ से जा नहीं सकता था। मैंने देखा, सारे लोग अपनी-अपनी चाय पर चुप थे, मशीने बंद हो चुकी थीं और कोई भी मेरी तरफ़ देख नहीं रहा था। मुझे ये ठीक लगा कि कोई भी मुझे इस तरह दुकान के बीच में बैठे, चाय पीता नहीं देख रहा है। मंदिर के घंटे की आवाज़ के शांत होते ही मुझे उस कुत्ते के रोने की आवाज़ वापस सुनाई देने लगी।

"ये कुत्ता क्यों रो रहा है इतना आज? आपको सुनाई दे रहा है?"

मैंने ये सवाल सबसे किया, पर किसी ने मेरे सवाल पर ध्यान नहीं दिया। मुझे मेरी आवाज़ भी कुछ बदली हुई लगी। मुझे लगा पहले मैं दिखाई नहीं दे रहा था, अब मैं किसी को सुनाई भी नहीं दे रहा हूँ। मैंने अपनी चाय ख़त्म की और ख़ाली गिलास को काउंटर पर रख दिया। मैं अभी भी लड़खड़ा रहा था। पहले मेरे गालों पर चींटियाँ काट रही थीं, अब वो महज़ रेंगने लगीं। मैं बार-बार अपना हाथ गालों पर ले जाता, जहाँ हल्का तिरतिरापन रेंग रहा था। मैं लड़खड़ाते हुए कचहरी की तरफ़ मुड़ गया। मुझे राधे के पिता की ज़रूरत थी।

सामने कचहरी के बड़े गेट के बग़ल में पीपल के पेड़ से सटी हुई, राधे के पिता की पान की गुमटी थी। मैं गुमटी से कुछ दूर खड़ा होकर इंतज़ार कर रहा था कि कुछ लोग पान की गुमटी से छट जाएँ तो मैं राधे के पिता से अकेले में संवाद कर सकूँ। मुझे बहुत राहत मिली कि उनकी तबीयत ठीक है और वो काम कर रहे हैं। मेरे पास चोटी के अब्बू को लेकर सवाल थे। मैंने सोचा, चोटी की समस्या का हल जानने के बाद मैं उसके अब्बू के बारे में पूछूँगा। काश राधे मेरे साथ होता तो कम-से-कम हम दोनों आधा-आधा चाँटा खाते और चाँटा खाने का दुख भी बराबर-बराबर बँट जाता। लेकिन अभी मैं इस पीड़ा में अकेला था और मुझे मेरे दोस्तों की सख़्त ज़रूरत थी। लोगों का पान की गुमटी पर आना-जाना बंद ही नहीं हो रहा था। तभी उनकी निगाह मुझ पर पड़ी, "क्यों गुरु इस्कूल नई गए?"

राधे के पिता ने पूछा और मैं स्तब्ध रह गया। ये उनकी आवाज़ नहीं थी। ये उनकी बोली भी नहीं थी। मुझे लगा कि वो पान की गुमटी पर बैठे आदमी का अभिनय कर रहे हैं।

"आपको देखने आ गया, लगा आपकी तबीयत ठीक नहीं है।" मैंने धीरे से कहा।

"क्या हुआ मुझको? मै एकदम टनाटन हूँ।"

"तो आप सुबह क्यों नहीं आए?" मैंने पूछा।

"कहाँ?" एक आदमी को पान और दूसरे को बीड़ी-माचिस देते हुए वो बोले।

"सोना बीनने?"

"सोना?"

"अरे?"

"अरे क्या भई?"

"जहाँ आप रोज़ आते हैं?"

"कहाँ?"

"मेरे घर के पीछे?"

"कसेरे मोहल्ले में?" उनकी आवाज़ में हैरानी थी।

"हाँ, पीछे सुनार गली में।"

"मैं को जाऊँगा वाँ?"

"आप झूठ क्यों बोल रहे हैं?"

"तू पगला गया है क्या?"

"आपका कोई जुड़वा भाई है?"

"राधे भी सरक गया है, पता नहीं क्या बोलता रेता है।"

"यीशू ही असल में जूडस है।"

"तूने भाँग चढ़ा रखी है क्या?"

इस बार राधे के पिता का चेहरा सच में ग़ुस्सा गया था। उनके चेहरे पर मैं ये भाव देख नहीं पा रहा था।

"आप एक चाय मँगवा लीजिए।" मैंने रिरियाते हुए कहा।

"मैं चाय नहीं पीता हूँ, तू निकल वरना तेरी माँ से कह दूँगा।"

मैं पान की गुमटी के क़रीब खिसक आया। मेरे हाथ काँप रहे थे, चेहरा लाल हुआ पड़ा था।

"चोटी अँधेरे में है, उसे निकालना है!"

"ओए तू रो क्यों रिया है? ओए चल धंधा करने दे, निकल ले जल्दी यहाँ से।"

गुमटी पर खड़े लोग अपनी हँसी दबाने की कोशिश कर रहे थे। मैं राधे के पिता के पान की गुमटी के पीछे जाकर बैठ गया। 'आवश्यकता ही आविष्कार की जननी है', ये वाक्य मेरे दिमाग़ में घूम रहा था। मुझे किसी की आवश्यकता थी जो मेरे भीतर से उठ रहे सारे सवालों के जवाब दे और मैंने अपने पक्के दोस्त के पिता जैसे दिखने वाले किसी आदमी का आविष्कार कर लिया था। नहीं, यह संभव नहीं है। अब मैं किसी से भी नहीं कह पाऊँगा कि एक आदमी जो सफ़ेद पोटली बनकर सुबह-सुबह मेरे घर के पीछे लुढ़कता-फिरता है, उसके पास इस दुनिया के सारे सवालों के जवाब हैं। तभी मुझे लगा कोई मेरा पैर चाट

रहा है। मैंने देखा, ये वही कुत्ता था जो दिन भर से रो रहा था। मेरे दिमाग़ में फिर इस कुत्ते के कुछ नाम आए, पर लगा ये फिर भाग जाएगा। वो मेरे पास खिसक आया। मुझे रोने की आवाज़ अभी भी आ रही थी, पर वो इतनी महीन थी कि पता नहीं चल रहा था कि कहाँ से आ रही है। मैं पान की गुमटी के नीचे पड़ा रहा उस कुत्ते के साथ जिसका कोई नाम नहीं था।

मैं हमेशा राधे के पिता से ये सवाल पूछा करता था कि "आप सोना क्यों बीनते हो?" और हर बार उनके जवाब अलग-अलग होते थे।

एक बार उन्होंने कहा था, "तुम्हें याद है जब तुमने पहली बार अपने जीवन में कुर्सी को देखा था? शायद याद नहीं होगा। क्योंकि तुम्हें तब पता नहीं था कि ये जो चीज़ सामने रखी है जिस पर सब आराम से बैठते हैं इसे कुर्सी कहते हैं। उस वक़्त तुम जब भी उस चीज़ को देखते तो उसकी बनावट, उसके मोड़, उसके इस तरह होने का विज्ञान तुम्हें आश्चर्य में डाले रहता। तुम कुर्सी के पहली बार देखने के अनुभव को हमेशा याद रखते। लेकिन तुम्हारे जिए अनुभव के पहले ही तुम्हें किसी ने जानकारी दे दी कि ये कुर्सी है और इसका काम है इंसानों को इस पर बिठाना बस। तुमने उस कुर्सी को देखना बंद कर दिया, वो बस तुम्हारे लिए बैठने की एक चीज़ हो गई। ऐसे ही धीरे-धीरे हम हर चीज़ को देखना बंद कर देते हैं। जो हमारे अगल-बग़ल ही एक बड़े आश्चर्य-सी साथ चलती है। ये सारे पेड़, नदी का बहना, सुबह का होना और रात में तारों का छा जाना। हमें लगता है कि हम जी रहे हैं, हम नहीं जी रहे, हम अर्धनिद्रा की स्थिति में धक्के खा रहे होते हैं। हमें अब हर चीज़ का नाम-पता होता है और हर चीज़ के पता होते ही उसके आश्चर्य वहीं उसी वक़्त ख़त्म हो जाते हैं। मैं सोना इसलिए बीनता हूँ, क्योंकि हर बार कीचड़ में सोना देखने का अनुभव पहली बार सोना दिखने के अनुभव जैसा होता है। मैं उसके ढूँढने में, उसके दिख जाने में हमेशा जाग रहा होता हूँ।"

मैंने घर आकर दो चम्मच 'शंखपुष्पी' पी थी। ये बात एक कान से मेरे भीतर घुसी थी और दूसरे कान से बिना कोई परिवर्तन किए निकल गई थी।

अगली बार जब भी राधे के पिता घर के पीछे वाली गली में मिलेंगे तो मैं पहले तो उनसे बहुत नाराज़ होऊँगा और फिर मैं उनसे पूछूँगा कि "क्या आप सचमुच हो यहाँ?"

मुझे फिर झँझोड़कर उठा दिया गया था। मेरी आँखें जल रही थीं। मैं आधी नींद में बाहर बरामदे में बैठा हुआ था। पीछे माँ के रोने की आवाज़ बहुत हल्के-हल्के आ रही थी। सामने मुझे फिर टार्ज़न दादा नज़र आ रहे थे। उनके साथ ग़ज़ल के अब्बू थे और राधे के पिता कुछ सामान लेकर घर में प्रवेश कर रहे थे। राधे के पिता की आँखों में हमारी कहानियों के चिह्न पूरी तरह नदारद थे। मैं समझ गया था कि ये वो आदमी है जो पान की टपरी पर बैठता है। मैं रोज़ सुबह राधे के पिता के लिए चाय लेकर चबूतरे पर बैठा रहता, पर सिवाय रोते हुए कुत्ते के वहाँ कोई भी नहीं आता था। मैं कुत्ते की कराह का आदी होता जा रहा था। मैं जिससे भी पूछता कि क्या आपको कुत्ते के रोने की आवाज़ आ रही है, तो लोग जवाब नहीं देते थे, मानो मैं कोई ऐसी चीज़ पूछ रहा हूँ जो पूछी नहीं जानी चाहिए। मैं बार-बार अपना माथा झटकता कि कुत्ते का रोना मेरे कानों से टपककर झड़ जाए, पर वो कुत्ता अपनी मौजूदगी छोड़ने को तैयार नहीं था। मैं बरामदे में बैठे-बैठे कुत्ते के रोने की आवाज़ के उद्गम के बारे में सोच ही रहा था कि मेरी निगाह सामने खड़े राधे पर पड़ी। राधे अकेला था। माताजी की मृत्यु के दिन चोटी उसके बग़ल में था। अभी उसके बग़ल की जगह ख़ाली थी। मुझे वो इतना असहाय नज़र आ रहा था कि मैं ख़ुद को रोक नहीं पाया और फूट पड़ा। दूसरी तरफ़ राधे अपनी शर्ट के तीसरे बटन को देखने लगा। उसके कंधे हर कुछ देर में काँप जाते। सिर्फ़ उसे और मुझे पता था कि हम दोनों क्यों रो रहे हैं। तभी कुत्ते के रोने की आवाज़ आनी बंद हो गई। अभी मैं रो रहा था और कुत्ता चुप था। तभी टार्ज़न दादा आए और वो मेरे बग़ल में बैठकर मुझे दिलासा देने लगे। ग़ज़ल के अब्बू भी कुछ देर मेरे पास बैठ गए। अचानक मुझे सभी लोगों से महत्त्व मिलने लगा जिसकी वजह से मुझे ख़ुद से बहुत खीझ महसूस होने लगी। मैं राधे के बग़ल में पड़ी ख़ाली जगह को बर्दाश्त नहीं कर पा रहा था। मैं सबको हटाकर सीधा राधे के बग़ल में जाकर खड़ा हो गया।

"चोटी कहाँ है?" कुछ देर की चुप्पी के बाद मैंने पूछा।

"चोटी गया!" उसने कहा।

राधे ने जिस तरह कहा मैं डर गया। उसकी आँखें लाल हो रही थीं।

"कहाँ गया?"

"बाद में बताता हूँ।"

"अरे पर गया कहाँ?"

वो कुछ बोल नहीं रहा था और मेरी इच्छा हो रही थी कि मैं उसको झँझोड़ दूँ।

"आज सुबह उसके चचा उसे शहर ले गए।" उसने कहा।

"तुझे कैसे पता?"

"मैं अभी स्टेशन से ही आ रहा हूँ।"

"तूने मुझे क्यों नहीं बताया?"

"तेरा कोई अता-पता भी है!"

उसने सही कहा। मुझे सच में अपना पता नहीं था। तभी पुष्पा की बाई ने मुझे आवाज़ लगाई।

"मैं आता हूँ अभी।"

मैंने राधे को दिलासा दिया कि हम साथ हैं इसमें, हम कुछ करेंगे, पर राधे पर मेरे दिलासे का कोई असर मुझे नहीं दिखा।

नाना को आँगन में बाँस के ऊपर लिटाकर उनको रस्सी से बाँधा जा रहा था। माँ वहाँ नहीं थीं। उनके रोने की आवाज़ घर के अंदर से आ रही थी। पुष्पा की बाई ने मुझे नाना की तरफ़ धक्का दे दिया। मैं उनके पास जाकर बैठ गया। उनका चेहरा बहुत सूख चुका था। वो इस वक़्त बिल्कुल माताजी की तरह दिख रहे थे। मैंने उनके माथे पर हाथ रखा तो वो बहुत ठंडा था। इस तरह की ठंडक मुझे पहले कभी महसूस नहीं हुई थी। मैं उनके माथे को सहलाने लगा। फिर अपनी उँगलियों से उनके माथे पर पड़े हुए बलों को ठीक करने लगा, मानो कपड़ों में इस्तरी कर रहा हूँ। जैसे ही एक बल ठीक करता तो दूसरा उभर आता। मैं अपने अँगूठे पर ज़ोर लगाने लगा। कुछ ही समय में मैं अपनी पूरी शक्ति से उनके माथे पर पड़े बलों को सपाट करने की कोशिश करने में लग गया। पुष्पा की बाई पीछे से भागकर आई और उन्होंने मुझे खींचकर उनसे

अलग किया।

जब चार लोगों ने नाना को अपने कंधे पर उठाया तो मुझे घर के दरवाज़े पर खड़ी हुई माँ दिखीं। वो बहुत हल्के-हल्के रो रही थीं। वो एक हाथ से ग़ज़ल के अब्बू का कुर्ता पकड़े हुए थीं। और उनकी दूसरी तरफ़ ग़ज़ल उन्हें सँभालने की कोशिश कर रही थी। मेरे ही घर का दरवाज़ा अचानक मुझे किसी तस्वीर का फ्रेम दिखाई दिया जिसमें एक परिवार का सजीव चित्र हरकत कर रहा था। मुझे लगा अगर मैं वहाँ होता भी तो उस दरवाज़े के फ्रेम में मेरे खड़े रहने के लिए जगह नहीं थी। मैं उस तस्वीर को बिगाड़ देता। अभी वो तस्वीर अपने आप में पूरी लग रही थी।

नाना की श्मशान यात्रा में कुल जमा दस लोग भी नहीं थे। टार्ज़न दादा मटकी लेकर सबसे आगे चल रहे थे। मैं और राधे सबसे पीछे। मैंने देखा, श्मशान यात्रा घाट पहुँचने के ठीक पहले मुड़ गई और घाट के ठीक पहले दाईं तरफ़ एक बरगद के पास रुक गई। कुछ लोग वहाँ पहले ही एक गड्ढा खोद चुके थे। राधे और मैं एक-दूसरे को आश्चर्य से देखने लगे, मैं सीधा टार्ज़न दादा के पास गया।

"नाना को घाट क्यों नहीं ले जा रहे हैं?"

"उन्हें दफ़्न करना है।"

"क्यों?"

मेरी बात का जवाब दिए बिना वो राधे के पिता के साथ बातचीत में व्यस्त हो गए। मैं भागकर राधे के पास चला आया।

"ये लोग नाना को दफ़्न कर रहे हैं।" मैंने कहा।

"क्यों?"

"पता नहीं!"

मुझे लगा था कि नाना को मैं सबसे ज़्यादा जानता हूँ। मैं इस तरह नाना को दफ़्न होते नहीं देखना चाहता था। मुझे पक्का यक़ीन था कि ये सब माँ का किया-धरा है। माँ नाना को बिल्कुल पसंद नहीं करती थीं और वो ग़ज़ल के अब्बू को पसंद करती हैं। इसी कारण वो नाना से बदला लेने के लिए, ठीक घाट पहुँचने के पहले उन्हें दफ़्न कर देना चाहती थीं। मैं अपने इस अंदाज़ से बेहद ख़ुश हो गया। मुझे लगा कि 'शंखपुष्पी' का असर मेरे दिमाग़ पर हो

रहा है। मैं इन दोनों संबंधों को आपस में जोड़कर बड़े ही सटीक निष्कर्ष पर पहुँचा हूँ।

"चल, हम यहाँ से चलते हैं।" मैंने कहा।

"अबे ऐसे जाना ठीक नहीं लगेगा। सब क्या सोचेंगे?" राधे ने कहा।

"भाड़ में जाएँ सब लोग, चल।"

एक जीवन अपने भीतर कितने रहस्य छुपाए हुए होता है! रहस्य और उन रहस्यों की जाने कितनी अनगिनत संभावनाएँ! जब नाना, अपने पक्के दोस्त, चोर के साथ बैठे बातें करते होंगे तो उन्होंने कभी नहीं सोचा होगा कि एक दिन वो घाट के ठीक पहले एक बरगद के नीचे दफ़्न कर दिए जाएँगे। हम शायद पूरा जीवन ढेरों संभावनाओं को टटोलने में गुज़ार देते हैं। एक संभावना के चुनते ही बाक़ी सारे रास्ते रहस्य बन जाते हैं। शायद नाना अगर सावित्री के साथ एक सफल पारिवारिक जीवन गुज़ारते तो मैं किसी अलग ही परिवार का हिस्सा होता। शायद मैं इस गाँव में भी नहीं होता। या अगर मैं राधे के पिता से शुरू में ही पूछ लेता कि आप क्यों मुझ मंदबुद्धि से बातें करते हो? तो शायद मैं ज़्यादा सीधे सवाल उनसे करता और आज इतना उलझन में नहीं घूम रहा होता। मैंने महसूस किया है कि उनके सारे जवाब मेरे सवालों की फ़ेहरिस्त बढ़ा दिया करते थे, उन्हें कम नहीं करते थे। काश मैं उनसे सीधे कह पाता कि मैं गणित में बहुत कमज़ोर हूँ। मुझे आप चीज़ों का सीधा हल बताओ। काश मैं नाना से बातचीत में कह पाता कि यहाँ आपका मरना ठीक नहीं है। या अगर मरना ही था तो मुझसे इतनी बात करने की क्या ज़रूरत थी? और अगर आप अपनी बातों में एक बार मुझसे कह देते कि आप दफ़्न नहीं होना चाहते हो तो मैं आज सबसे लड़ लेता। पर मैं लड़ नहीं सकता हूँ। क्योंकि मैं इस 'चित्रलेखा' की कहानी में कोई भी पात्र नहीं हूँ। भगवतीचरण वर्मा मुझे कोई भी महत्त्वपूर्ण पात्र देने से चूक गए थे। मैं इस कहानी में चबूतरे पर बैठा दर्शक हूँ जो सारी घटनाओं को बस सहता है। मैं इस पूरी कहानी में दर्शक बनने से थक गया था।

मैं और राधे उसी मज़ार पर आ गए, जहाँ हमने आख़िरी बार चोटी से बात की थी। ये मज़ार हमारे रहस्य की गवाह थी। सो यहीं आकर बात करना लाज़मी था। हम दोनों अपनी पिछली बार वाली जगह पर ही सीधा जाकर बैठे

थे। यही जगह मानो हमारे लिए मुक़र्रर की गई है। हमें डर था कि अगर हम किसी और जगह बैठेंगे तो हमारी बातें अपना मानी खो देंगी।

"मैं चोटी से मिलता रहा था।" राधे ने कहा।

"किधर? वो तो न स्कूल आ रहा था और न ही दुकान जा रहा था?" मैंने कहा।

"मैं चोरी से उसके घर की छत पर उससे मिलने जाता था। उसने बड़ी मुश्किल से अपनी मौसी को मना लिया था कि वो चचा के साथ शहर नहीं जाएगा। घर में भी सब लोग मान गए थे। फिर पता नहीं कैसे उसके अब्बू को पता चल गया कि उसने उसके चचा के बारे में उल्टी-सीधी बातें बाहर लोगों से की है। उसके अब्बू ने उसे बहुत मारा और तुरंत चचा को शहर से बुलवा लिया। मैं कुछ कर पाता तब तक उसके चचा आ चुके थे उसे लेने। आज ही सुबह जब मुझे पता चला कि उसके चचा उसे पंजाब मेल से शहर ले जा रहे हैं तो मैं सीधा स्टेशन भागा। स्टेशन पर, तुझे पता है, मैं उन दोनों के पीछे खड़ा था। उसके चचा उसका हाथ पकड़े प्लेटफ़ॉर्म के कोने पर खड़े थे। जैसे ही चोटी ने मुझे देखा वो रोने लगा। चचा ने उसे एक चपत लगाई। मैंने चोटी को इशारे से कहा कि जैसे ही ट्रेन आए वो चचा से हाथ छुड़ा ले, मैं चचा को ट्रेन के सामने धक्का दे दूँगा। पर तू तो चोटी को जानता है वो नहीं माना। मैं आख़िरी तक उसे इशारा करता रहा कि मैं कर लूँगा, तू बस अपना हाथ छुड़ाकर अलग हो जाना। अंत में वो चचा के साथ ट्रेन में चढ़ गया और मैं कुछ नहीं कर पाया।"

जब भगवतीचरण वर्मा ने कहानी में मेरी कोई भूमिका ही नहीं लिखी थी तो क्यों मैंने अपने दर्शक होने की सीमा को लाँघा? क्यों मैं अपना पात्र ख़ुद लिखने गया? क्या ज़रूरत थी मुझे चोटी के अब्बू से बात करने की? मैंने क्यों अभी तक 'चित्रलेखा' का अंत नहीं पढ़ा था? क्या होता है अंत में? क्या अंत में सब सुखी हो जाते हैं? क्यों सुखी होने के लिए अंत तक जाना होता है? क्यों हम कहानी के बीच में ही सुखी नहीं हो सकते ताकि अंत तक बाक़ी सारा जीवन हम सुख से काट सकें? क्यों मैं ख़ुद को कुमारगिरि के क़रीब पाता हूँ जबकि मैं हमेशा से बीजगुप्त होना चाहता था। क्यों कहानी में अपना पात्र ख़ुद चुनने की सज़ा मिलती है?

"किसने बताया होगा उन्हें?" मैंने डरते हुए राधे से पूछा, ये पूछते ही मैं

फिर कुमारगिरि हो चुका था।

"पता नहीं। चोटी भी पूछ रहा था। मैंने कहा कि भाई मैं किसी से मिला ही नहीं और राजिल के जीवन में इतनी भसड़ चल रही है कि उसके पास किसी से बात करने का समय नहीं है।"

"धरती माता की क़सम, विद्या माता की क़सम मैंने नहीं कहा।"

अपनी शर्ट के तीसरे बटन से खेलते हुए मैंने बोला। गर्दन में पीछे की तरफ़ तेज़ खुजली उठी, पर मैंने अपने हाथों को गर्दन तक जाने नहीं दिया। चोटी और राधे मुझसे पहले बड़े हो गए थे। मैं बड़ा होने में बहुत वक़्त ले रहा था। मुझे 'शंखपुष्पी' सुबह-शाम दोनों टाइम पीनी चाहिए। राधे चोटी को बचाने के, अपनी हद के बाहर की तरकीबें बना रहा था। मुझे ख़ुशी इस बात की थी कि मैं उसकी सारी तरकीबों का हिस्सा था।

हम शहर जाकर चोटी को दुकान से भगा लेंगे।

एक तरकीब में चचा को ज़हर खिलाना था।

एक तरकीब में हम तीनों दूर किसी बड़े शहर में जाकर बस जाएँगे।

मैंने देखा, मेरी शर्ट का तीसरा बटन ढीला पड़ चुका था। मुझे हर चीज़ अपना अर्थ खोती हुई दिखाई दे रही थी। मुझे लगा ये हार जाने के बाद की छटपटाहट है। मैं हार चुका था और राधे हार स्वीकार नहीं करना चाह रहा था।

"ऐसा करते हैं, हम शहर जाते हैं। फिर वहीं देखेंगे जो सही लगेगा वो कर लेंगे।" राधे ने कहा।

"ठीक है।"

"कल का दिन मैं पान की दुकान सँभालता हूँ और कुछ पैसे उठा लूँगा। तू अपना देख लेना, अगर कुछ पैसे की व्यवस्था हो सके तो। परसों सुबह पंजाब मेल से निकलते हैं और शाम तक वापस आ जाएँगे। किसी को कुछ पता नहीं लगेगा।"

"ठीक है, परसों सुबह पंजाब मेल से।"

"मुझे लगता है हम कर लेंगे।" राधे ने कहा।

"क्यों तेरे पापा की तबीयत ठीक नहीं है क्या?"

"ठीक है।"

"उनका कोई जुड़वा भाई है?"

"ना, क्यों क्या हुआ? तेरे पास भी कोई तरकीब है क्या?"

"नहीं, तेरी सारी तरकीबें सही हैं।"

घर आते वक़्त मैं आसमान में चित्रगुप्त के चिह्न तलाश रहा था। मैं उससे जिरह करना चाहता था कि 'मेरी नीयत ठीक थी, मुझे लगा था कि मैं चोटी को बचा लूँगा, फिर ये क्यों किया?' पर बहुत तलाशने पर भी आसमान में मुझे कुछ नहीं दिखा। मैंने अपनी शर्ट के तीसरे बटन में शरण ली और बेमन से रेंगते हुए घर आ गया।

मुझे घर शब्द हमेशा से बहुत तसल्ली देने वाला लगता था। जब भी मेरे मुँह से निकला कि मैं घर जा रहा हूँ तो लगता कि एक सुरक्षा का कवच मेरे चारों तरफ़ खड़ा होना शुरू हो गया है। कुछ ही देर में मैं अपने घर में होऊँगा और फिर कोई भी मेरा कुछ भी बिगाड़ नहीं सकता। लेकिन आजकल तसल्ली के बजाय चिंता होने लगती। मैं जब भी घर की तरफ़ जा रहा होता, बाज़ार से, स्कूल से, घाट से तो मुझे लगता कि वो वहाँ नहीं होगा। वो ढह चुका होगा, या वो दूसरे घरों की आड़ में कहीं छुपा बैठा होगा डर के मारे। किसी छोटे बच्चे-सा जिससे अब अपनी ग़लतियाँ छुपाते नहीं बन रही है। आजकल हर बार घर पहुँचने पर मुझे अचरज होता कि ये अभी भी कैसे सीधा खड़ा है, मानो इसे कोई फ़र्क़ नहीं पड़ता हो। इस घर ने माताजी, नाना और ख़ासकर अपने ही दरवाज़े पर जब इसने माँ, ग़ज़ल और उसके अब्बू को एक साथ खड़ा देखा होगा, क्या इस घर की किसी दीवार में कहीं कोई दरार नहीं आई होगी?

मैं घर के सामने बहुत देर से खड़ा था। खिड़की से मुझे टार्ज़न दादा और माँ दिखाई दे रहे थे। बीच-बीच में पुष्पा की बाई किचन से आती-जाती नज़र आ जाती। ये मेरा घर नहीं है। ये मैं नहीं हूँ। मुझे अपने ही घर के भीतर जाने में परायापन महसूस हो रहा था। मैं मुड़ गया। मुझे नहीं पता कि मैं कहाँ जाऊँ? मैं गाँव की गलियों की तरफ़ मुड़ गया। वो मुझे अपने भीतर छुपा लेती थी हमेशा। वहाँ चलते वक़्त लगता था कि कोई भी अगला मोड़ आ सकता है जहाँ से सब ठीक होने की सीधी सड़क मुझे मिल जाएगी।

मैं गलियों से होता हुआ बजरिया, सिंधी मोहल्ला, विजय नगर, मोरछली चौक से बचता हुआ बोहरियों के मोहल्ले में प्रवेश कर चुका था। हर दुख और तकलीफ़ का एक कमीनापन भी होता है। दुख यूँ ही ख़ाली दुखी करके नहीं जाना चाहता, वो अपने होने का गवाह चाहता है। नहीं दुख नहीं, आप, आप अपने दुख का गवाह चाहते हो जिससे उसका फ़ायदा उठाया जा सके। मैं

बोहरियों के मोहल्ले में आते ही ख़ुद को कोसने लगा। मुझे पता है कुमारगिरि जब चित्रलेखा से हार गया था तो चित्रलेखा उसकी तरफ़ आकर्षित होने लगी थी। वो कुमारगिरि के भीतर हार का दुख ही था जिसकी वजह से चित्रलेखा सब कुछ छोड़कर उसके पास जाना चाहती थी। इसी मोहल्ले में ग़ज़ल का घर था। किस घर में वो रहती थी ये मुझे नहीं पता था। मैं उसकी गली से बहुत जल्दी गुज़र गया, पर मेरे क़दम फिर-फिर पलटकर वापस आते रहे। मैं उसके मोहल्ले में अब गोल-गोल चक्कर काट रहा था। कुछ लोग मुझे बार-बार एक ही गली से गुज़रते हुए देख रहे थे, पर मेरी हार के आगे मुझे सारा कुछ धुँधला नज़र आ रहा था।

मेरे भीतर के दुख की आँच कम होती जा रही थी, अगर यह बुझ गई तो मुझे वापस उसी घर में जाना पड़ेगा जो बिना गिरे, बेशर्मों-सा वहीं, वैसा का वैसा खड़ा होगा। मैं इतना दुखी होना चाहता था कि या तो मैं गिर जाऊँ या घर हो जाऊँ। हम दोनों साथ में खड़े नहीं रह सकते थे। मेरी इच्छा थी कि कोई रावण की सेना का आदमी कहीं से निकलकर आए और मुझे बेइज़्ज़त करे। मुझसे पूछे कि मैं इस मोहल्ले में इतनी देर से क्यों घूम रहा हूँ और मैं अपनी शर्ट के तीसरे बटन से निगाह न हटा पाऊँ। मैं चाहता था कि चोटी अचानक दिख जाए। पर बहुत देर तक कुछ भी नहीं हुआ। सारा कुछ निरर्थक-सा शांत था। मेरे होने से असल में किसी को कोई फ़र्क़ नहीं पड़ता था। मैं घर में रहूँ या ग़ज़ल के मोहल्ले में भटकता रहूँ। मैं इस गाँव में रहकर भी अदृश्य था। अगर मैं अभी ग़ायब हो जाऊँ तो क्या कोई मुझे खोजेगा नहीं? किसी को नहीं लगेगा कि एक छठवीं क्लास का लड़का जो घूमा करता था–गाँव की गलियों में वो दिखाई नहीं दे रहा है। मेरा होना न होना कोई मायने नहीं रखता था। मैंने कभी भी ऐसा कोई काम नहीं किया था जिससे कोई बहुत ख़ुश हो जाए या बहुत दुखी हो जाए। मैं वो मदारी था जो रस्सी पर चलने के करतब का एहसास दिलाता था। न उसके पास रस्सी थी और न ही कोई करतब। सो मैं कभी गिरा नहीं, और न ही कभी भी गिर जाऊँगा का कोई डर ही किसी को दिया। मैंने कभी अपना संतुलन नहीं खोया था। मैं बस एक ऊबा देने वाला लड़का ही बना रहा जो अपनी हर असहजता पर शर्ट के तीसरे बटन का सहारा लिए छुपा रहता था।

"राजिल!"

किसी ने पीछे से मुझे आवाज़ दी। मैं पलटा तो वो ग़ज़ल के अब्बू थे। मैं बोहरी मोहल्ले से बाहर निकल चुका था। ग़ज़ल का घर बोहरी मोहल्ले की बाहरी सरहद पर था। ग़ज़ल के अब्बू दरवाज़े पर खड़े मुझे बुला रहे थे। मैंने ऊपर आसमान में चित्रगुप्त को घूरकर देखा। यक़ीन नहीं हुआ कि वो मेरी नाराज़गी के ऐसे बदले निकालने लगेगा। आख़िर चित्रगुप्त को कुछ तो अपने भगवान होने की मर्यादा रखनी चाहिए। हद है!

"नमस्ते अंकिल!"

"यहाँ क्या कर रहे हो?" उन्होंने पूछा।

"राधे को कुछ काम था, वो अभी गया, मैं बस घर जा रहा था।"

"अरे पहली बार इस तरफ़ आए हो, अंदर आओ।"

कोई भी उमर में बड़ा आदमी जब मुझे इज़्ज़त देकर बात करता है तो मेरे कान खड़े हो जाते हैं। मैं जानता था कि इसके पीछे कुछ और बात थी, वरना गाँव में बच्चों से बिना चपत के कौन बात करता था!

"नहीं अंकिल, मैं बाहर ही ठीक हूँ।"

"अरे आ जाओ, अपना ही घर समझो।"

गेरुए रंग में बाहर से रँगा घर था। भीतर सारा कुछ सफ़ेद था। नीचे ज़मीन पर क़ालीन बिछा हुआ था। मैंने अपनी चप्पल देखी जो हद दर्जे तक मैली थी, पर मुझे पूरा यक़ीन था कि चप्पल उतारने पर मेरे पैर चप्पल से कम मैले नहीं होंगे। अब उन्होंने ही ज़िद की है, अंदर आने की, तो वही अपनी क़ालीन के ज़िम्मेदार हैं। मैंने चप्पल बाहर उतारी और दरवाज़े के सबसे पास वाली कुर्सी पर बैठ गया। ग़ज़ल के अब्बू भीतर जाकर रूह-आफ़ज़ा का ठंडा गिलास भर लाए। मैं जितनी जल्दी हो सके उसे गटक गया और गिलास बग़ल वाली टेबल पर रखकर वहाँ से खिसकने लगा।

"वो 'चित्रलेखा' कैसी लगी तुम्हें?" उन्होंने पूछा।

"अच्छी लगी।" मैंने जवाब दिया।

'चित्रलेखा' के बारे में इन्हें कैसे पता है, मैं सतर्क हो गया। इन्हें और क्या-क्या पता है? तभी वो अंदर के कमरे में गए और कुछ देर में एक किताब लेकर वापस आए।

"ये 'चंद्रकांता' है। देवकीनंदन खत्री ने इसे लिखा है। तुम्हें पता है ये

किताब एक वक़्त इतनी प्रसिद्ध थी कि इसे पढ़ने के लिए लोगों ने हिंदी पढ़ना सीखा था।"

उन्होंने 'चंद्रकांता' मुझे पकड़ा दी। मुझे लगा कि अब मैं निकल जाऊँगा यहाँ से।

"आशा और मैं एक वक़्त इतनी किताबें एक साथ पढ़ा करते थे। ये 'चंद्रकांता' की प्रति उसी की है। अंदर आओ, तुम्हें एक चीज़ दिखाता हूँ।"

वो उत्साह में भीतर चले गए। मैं कुछ देर वहीं बैठा रहा। फिर 'चंद्रकांता' को हाथ में लिए उनके पीछे हो लिया। भीतर के कमरे में अँधेरा था। उन्होंने एक लाइट जलाई। कमरे में घुसते ही बाईं तरफ़ ढेरों किताबों से लदी हुई अलमारियाँ दिखाई दीं। ज़मीन से छत तक जाने कितनी किताबें एक-दूसरे से सटी हुईं! जब उन्होंने दूसरी लाइट जलाई तो देखा पूरा कमरा ही किताबों से भरा हुआ है। बग़ल में एक सीढ़ी रखी थी, ऊपर की किताबों को निकालने के लिए। ग़ज़ल के अब्बू बीच वाली शेल्फ़ के सामने खड़े होकर एक तस्वीर देख रहे थे। मैं उनके क़रीब गया और उस श्वेत और श्याम तस्वीर को देखा जिसमें चार लोग खड़े हुए थे। माँ, टार्ज़न दादा, ग़ज़ल के अब्बू और एक चौथा आदमी था जिसकी शक्ल धुँधली थी; मानो किसी ने उँगली से उसे मिटाने की कोशिश की हो। सिर्फ़ वही आदमी था जो सूट पहने हुए था। माँ बीच में खड़ी थी, एक तरफ़ वो सूटवाला आदमी और दूसरी तरफ़ ग़ज़ल के अब्बू और इन तीनों से थोड़ा हटकर टार्ज़न दादा। पीछे एक बोर्ड लगा हुआ था जिस पर लिखा था–'हमारा बुक क्लब'। मैं उस तस्वीर के थोड़ा और क़रीब खिसक आया। माँ की दो चोटी थी जिसे उन्होंने कसकर बाँधा हुई थी, जिसकी वजह से वो गाँव के स्कूल की लड़की लग रही थीं, जिसने जबरदस्ती बड़ी दिखने के लिए साड़ी पहन रखी हो। ग़ज़ल के अब्बू कुर्ता-पाजामा में थे और उनके बाल से उनके दोनों कान ढके हुए थे। टार्ज़न दादा ने बेलबॉटम पैंट और बड़ी कॉलर वाली शर्ट पहन रखी थी। उस सूटवाले आदमी का एक हाथ माँ के कंधे पर रखा हुआ था, पर माँ का शरीर ग़ज़ल के अब्बू के ज़्यादा क़रीब था। टार्ज़न दादा कुछ ऐसे खड़े थे, मानो उनका इन तीनों से कोई संबंध न हो। एक बार को मेरे भीतर विचार आया कि मैं पूछूँ कि ये चौथा आदमी कौन है? पर मेरे अपने भीतर पल रहे डर थे। उन डरों को एक आभास था, उस आदमी के बारे में।

“हम एक बुक क्लब चलाया करते थे। ये सारी किताबें उसी क्लब की हैं। उन दिनों की बस यही एक तस्वीर है।”

“मैं घर जाना चाहता हूँ।” मेरे मुँह से निकला।

ग़ज़ल के अब्बू मुझे देखते रहे। वो भी समझ गए थे कि मैं क्यों अब वहाँ नहीं खड़ा रहना चाहता हूँ। मैंने ‘चंद्रकांता’ उन्हें वापस दी। उन्होंने कुछ भी नहीं कहा, पर मैं वहाँ से जा नहीं रहा था। मुझे जाने क्या कुछ ग़ज़ल के अब्बू की आँखों में घटता हुआ दिख रहा था। राधे के पिता द्वारा सुनाई जाने वाली कहानियों से भी कहीं ज़्यादा उनकी आँखें बोल रही थीं। मैं चाहता था कि वो अपने मुँह से कह दें जो उनकी आँखों में चल रहा था, पर वो चुपचाप मुझे देखते रहे। अंत में उन्होंने आँखें हटा लीं और वो बाहर के कमरे में चले गए। मैं कुछ देर उस श्वेत-श्याम तस्वीर के सामने खड़ा रहा और वो सूटवाला आदमी जिसका चेहरा धुँधला पड़ चुका था, उसे देखता रहा।

हर चीज़ मुझे आधी-अधूरी पता थी। सारी बातें जो राधे के पिता ने मुझसे कहीं थीं वो प्यास शांत नहीं कर पाई थीं, बल्कि उन क़िस्सों ने मेरी प्यास और बढ़ा दी थी। मैं अपने भीतर एक बेचैनी लिए घूम रहा था। मुझे लगने लगा था कि सारा गाँव हमारे घर की छुपी हुई बातों को मुझसे ज़्यादा जानता था। मैं शुरू से ही कुछ भी नहीं जानना चाहता था। मैं भागता-फिरता था–सारी जानकारियों से। पहले मुझे लगता था कि कितना ऊबा देने वाला है–सारी चीज़ों के सत्य का पता लग जाना। लेकिन अब लगता है कि उससे कहीं ज़्यादा तकलीफ़देह है–अधूरी बातों का बोझ। उन अधूरी बातों के जो संभावित डरावने अंत दिमाग़ में चल रहे होते थे, वो रह-रहकर रीढ़ की हड्डी में एक झुरझुरी पैदा करते थे। और ऊपर से इस कुत्ते के रोने से कोई छुटकारा नहीं था। एक चीज़ जो मेरे बस में थी, मैं जिसे पूरा करना चाहता था; वो था ‘चित्रलेखा’ का अंत।

जब मैं घर आया तो माँ घर पर नहीं थीं। टार्ज़न दादा शायद नाना के कमरे में थे। मैं किचन में 'चित्रलेखा' को लेकर बैठ गया।

श्वेतांक और विशालदेव का एक वर्ष समाप्त हो चुका था। जब वो वापस आए तो उनके गुरु रत्नांबर ने सबसे पहले श्वेतांक से पूछा कि बताओ कुमारगिरि और बीजगुप्त में पापी कौन है? तो श्वेतांक ने कहा कि बीजगुप्त त्याग की प्रतिमूर्ति हैं और देवता हैं, उनका हृदय विशाल है जबकि कुमारगिरि पशु है। वह अपने लिए जीवित है, संसार में उसका जीवन व्यर्थ है। वह जीवन के नियमों के प्रतिकूल चल रहा है। अपने सुख के लिए उसने संसार की बाधाओं से मुँह मोड़ लिया है। कुमारगिरि पापी है।

फिर गुरु रत्नांबर विशालदेव के पास गए और उससे भी उन्होंने यही प्रश्न पूछा–तुमने तो योग की दीक्षा भी ले ली है। तुम योगी हो गए हो। अब तुम तो बतलाओ कि कुमारगिरि और बीजगुप्त में से पापी कौन है?

विशालदेव ने कहा कि महाप्रभु, कुमारगिरि अजित हैं। उन्होंने ममत्व को वशीभूत कर लिया है। उनकी साधना, उनका ज्ञान और उनकी शक्ति पूर्ण है। और बीजगुप्त वासना का दास है। उसका जीवन संसार के घृणित भोग-विलास में है। वह पापी है–पापमय संसार का वह मुख्य भाग है।

गुरु रत्नांबर ने दोनों की बात सुनने के बाद अपने शिष्यों से कहा, "संसार में पाप कुछ भी नहीं है, वह केवल मनुष्य के दृष्टिकोण की विषमता का दूसरा नाम है। प्रत्येक व्यक्ति एक विशेष प्रकार की मन:प्रवृत्ति लेकर उत्पन्न होता है। प्रत्येक व्यक्ति इस संसार के रंगमंच पर एक अभिनय करने आता है। अपनी मन:प्रवृत्ति से प्रेरित होकर अपने पाठ को दुहराता है–यही मनुष्य का जीवन है। जो कुछ मनुष्य करता है, वह उसके स्वभाव के अनुकूल होता है और स्वभाव प्राकृतिक है। वह अपना स्वामी नहीं, वह परिस्थितियों का दास है–विवश है। कर्ता नहीं है, वह केवल साधन है। फिर पुण्य और पाप कैसा! संसार में

इसीलिए पाप की परिभाषा नहीं हो सकी और न हो सकती है। हम न पाप करते हैं और न पुण्य करते हैं, हम केवल वह करते हैं जो हमें करना पड़ता है।"

अपनी बात समझा लेने के बाद गुरु रत्नांबर अंत में जोड़ते हैं, "यह मेरा मत है, आपका मानना या न मानना आपके ऊपर निर्भर है।"

ये कहकर वो अपने दोनों शिष्यों को आशीर्वाद देते हैं और वहाँ से चले जाते हैं।

किताब बंद करके मैंने एक गहरी साँस ली। पाप और पुण्य का मेरे सामने एकदम नया रूप था। तो क्या जिन चीज़ों से मैं इतना ज़्यादा डरता था, उनका कोई अर्थ नहीं है? मैं गुरु रत्नांबर की बात को अपने भीतर दोहराने लगा। क्या मैं अपने पुराने पापों से बच सकता हूँ? तो क्या अगर राधे, चोटी के चचा को ट्रेन के सामने धक्का दे देता तो उसमें कोई पाप नहीं होता? मेरा सारा झूठ बोलना भी क्या मेरी परिस्थितियों की क्रीड़ा है? ग़ज़ल से शारीरिक संबंध बनाने का पाप भी क्या चित्रगुप्त मिटा देगा? क्या चित्रगुप्त ने 'चित्रलेखा' पढ़ी होगी? क्या माँ उस दिन क़िले की टूटी दीवार के पीछे कोई पाप नहीं कर रही थीं? वो तो पाप था, एकदम पाप, वो माँ हैं इसलिए वो तो पाप ही कर रही थीं।

मैं देर तक माँ के पापी होने को दोहराता रहा; पर मेरे अपने किए पाप, माँ के किए पाप के पीछे छुप नहीं रहे थे। मैंने 'चित्रलेखा' के अंत को एक बार फिर से पढ़ा। लेकिन दोबारा पढ़ने पर भी मुझे उसमें अपने पाप, माँ के किए पाप से कहीं कम नहीं लगे। अगर मेरे पाप, पाप नहीं हैं; तो माँ के भी पाप, पाप नहीं हैं। मैं ये मानने को तैयार नहीं था।

रोशनदान से आती हुई, बाहर के लैंपपोस्ट की रोशनी, इस बार छत पर एक पोटलीनुमा आकृति बना रही थी। जो हल्की-हल्की हिल रही थी। घर की छत पर राधे के पिता सोना बीन रहे थे। कुत्ते के रोने की आवाज़ रुक-रुककर आ रही थी। जब लगता कि इससे छुटकारा मिल गया है उसका हल्का विलाप सुनाई दे जाता और मैं करवट बदल लेता। माताजी के कमरे में टार्ज़न दादा सो रहे थे। माँ अभी भी मेरे साथ थीं, पर मुझे वो नदी के दूसरी तरफ़ के संसार का हिस्सा लगने लगी थीं।

"आप सो गईं माँ?"

मुझसे रहा नहीं गया सो मैंने अंतरिक्ष में संदेश की तरह ये वाक्य अपने कमरे में फेंक दिया।

"नहीं।" माँ की हल्की आवाज़ आई। मैं कुछ देर उनके कुछ कहने का इंतज़ार करता रहा।

"चोटी गाँव छोड़कर चला गया है।"

यह कहते ही पहली बार मैंने भी महसूस किया कि चोटी अब इस गाँव में नहीं है। वो जा चुका है।

"हाँ मुझे ग़ज़ल ने बताया था।" माँ ने कहा।

"माँ, पापा कैसे थे?" मैंने पूछा।

"मतलब?"

इससे पहले उनकी आवाज़ में नींद का आलस शामिल था, पर अचानक उनकी आवाज़ में सतर्कता आ गई।

"आपने कभी मुझसे पापा की बात नहीं की।" मैंने कहा।

"मैं तेरे बड़े होने का इंतज़ार कर रही थी।" माँ ने कहा।

"मैं बड़ा कब होऊँगा?"

"तेरे ऊपर है।"

"कैसे पता चलता है कि हम बड़े हो गए?"

"पता चल जाता है।"

"कैसे?"

"जैसे मुझे पता चल रहा है अभी।"

"क्या पता चल रहा है?"

"कि तू बड़ा हो रहा है।"

"कैसे?"

"तेरी इन बातों से।"

"मेरी बातें?"

"हाँ ये बदल रही हैं।"

मैं चुप हो गया। मैं अपने शब्दों और वाक्यों को फिर से टटोलने लगा। कहीं ऐसा कोई वाक्य या शब्द मेरे मुँह से न निकल जाए कि मैं वापस छोटा हो जाऊँ। मैं बढ़ते रहना चाहता था। मैं जवाब चाहता था। नहीं मैं जवाब नहीं चाहता था। मुझे असल में कुछ भी नहीं पता कि मैं क्या चाहता था! मैं बस ठीक इस वक़्त रोना नहीं चाहता था, पर मैं रोकर वापस छोटा हो जाऊँगा। मैं अब बड़ा हो रहा था और बड़े लोग रोते नहीं थे।

"क्या मैं बदल रहा हूँ?"

"तू बहुत बदल गया है।" माँ ने कहा।

"कब बदल गया मैं?"

"पता नहीं!" माँ ने कहा।

"क्या आप बदल गई हो?" मैंने पूछा।

"तू बता!"

"आप दूर हो बहुत।"

"मैं तो यहीं हूँ।"

"कहाँ?"

"ये देख तेरे पास।"

माँ ने यह कहते ही करवट ली और वो मुझे देखने लगी। मैं अभी भी छत में राधे के पिता को सोना बीनते हुए देख रहा था।

"नहीं आप नहीं हो मेरे पास।" मैंने कहा।

माँ की साँसें मैं सुन सकता था। उनके पास से एक ख़ुशबू आया करती थी जो इस घर की ख़ुशबू थी। बहुत दिनों बाद ये ख़ुशबू वापस लौटी थी।

"तेरे को पता है, हर चीज़ अपने विस्तार में एक-दूसरे से दूर जा रही होती है। जैसे इस धरती पर सारी ज़मीन एक-दूसरे के क़रीब थी और आस-पास समुद्र था। फिर ज़मीन का विस्तार हुआ और वो टूट-टूटकर अलग-अलग देश में बँट गई। हम सूरज से भी बहुत धीमे-धीमे, पर दूर जा रहे हैं। चाँद पृथ्वी से बहुत धीमे-धीमे दूर जा रहा है। विस्तार का ये नियम है। पहले तू मेरे पेट के अंदर था। फिर तू बाहर आकर मुझसे चिपका रहता था। अब देख तू मेरे बग़ल में लेटे हुए भी मुझसे सवाल कर रहा है कि मैं पास नहीं हूँ तेरे।"

मैं शायद सच में बड़ा हो रहा था। पहली बार माँ की कही हुई बात मुझे पूरी तरह समझ में आ रही थी। पहली बार मैंने बहुत देर तक कोई ऐसी बात नहीं की थी कि डाँट खा जाऊँ। पहली बार मैं और माँ दो बड़े लोगों की तरह बात कर रहे थे।

"क्या सब कुछ पहले जैसा नहीं हो सकता?" मैंने कहा।

"कैसा?"

"पहले जैसा जब हम तीनों थे।"

माँ ने मेरा हाथ अपने हाथों में ले लिया और उसे अपने गालों के पास ले आईं। मैं भी चाहता था कि वो मेरी बात का जवाब न दें। वो चुप रहीं और मुझे देखती रहीं।

"क्या आप मेरे बदले बेटी चाहती थीं?" मैंने पूछा।

"ऐसा क्यों कह रहा है?" माँ ने मेरे हाथों को कसकर दबाया।

"ऐसे ही।"

"तुझे तेरे पिता के बारे में जानना है?"

"नहीं।"

माँ मुझे देखती रही फिर मेरे क़रीब आकर उन्होंने मेरे माथे को चूमा।

"तू सच में बड़ा हो रहा है।" उन्होंने कहा।

शायद मेरे डर को उन्होंने सूँघ लिया था। मैं नहीं चाहता था कि वो और कुछ सूँघ लें, सो मैंने अपना हाथ अलग कर लिया। कुछ देर में मैंने दूसरी तरफ़ करवट ले ली। माँ वैसे ही लेटी हुई थीं। वो अभी भी मुझे देख रही होंगी। मैं

उनकी आँखें अपने ऊपर महसूस कर सकता था।

"माँ!"

"हाँ!"

"एक वादा करो।"

"बोल।"

"आप माताजी के कमरे में नहीं सोओगी कभी!"

"ठीक है।"

उस रात मुझे एक अजीब सपना आया। रोशनदान के रास्ते बहुत से पीले और सफ़ेद फूल घर में प्रवेश कर रहे हैं। बाहर से बहुत तेज़ रोशनी भीतर आ रही है, मानो किसी ने सूरज घर के बाहर टिका दिया हो। मैं नाना की गोदी में सिर रखकर लेट हुआ हूँ। तभी मुझे खिड़की पर कुछ आहट होती है। मुझे मेरी शर्ट का तीसरा बटन खिड़की से झाँकता हुआ नज़र आया। मैं तुरंत उठकर घर के बाहर आता हूँ तो वहाँ मज़ार से आने वाली ख़ुशबू आ रही है। खिड़की के पास पहुँचकर पता चलता है, वहाँ चोटी बैठा हुआ है। वो स्कूल की मेरी शर्ट पहने हुए है, पर उसका गुलाबी तीसरा बटन ग़ायब है।

"तूने बटन गिरा दिया?" चोटी ने मुझसे पूछा।

"नहीं, वो तो था वहीं।"

"नहीं है, वो टूट गया है।"

"किसने तोड़ा?" मैंने कहा।

"तूने और किसने।"

"नहीं।"

"तेरी वजह से ही ये शर्ट का तीसरा बटन टूटा है।" चोटी ये कहते हुए मुस्कुरा रहा था।

"मुझे बहुत ठंड लग रही है।" चोटी ने कहा।

"सूरज तो बहुत पास है। ठंड क्यों लग रही है?"

"मुझे नहाना नहीं चाहिए था।"

"तू बहुत सुंदर लग रहा है, चोटी।"

"मैं वापस आ गया हूँ।" चोटी ने कहा।

"तू आ गया!"

"हाँ, बहुत तेज़ दौड़ लगाना शुरू किया था मैंने अपने गाँव की तरफ़।"

"हाँ, तू दौड़ता तो बहुत तेज़ है।"

तभी वो खड़ा हुआ और मुझे दिखाने लगा कि वो कितनी तेज़ दौड़ सकता है। वो भाग रहा था, पर आगे नहीं बढ़ रहा था। वो स्थिर था और भाग भी रहा था।

"चोटी तू रुका हुआ है और भाग रहा है। तू आगे क्यों नहीं बढ़ रहा?"

"आगे कुछ भी नहीं है।"

तभी उसके पैर बड़े होते गए। मैंने देखा, वो बहुत-बहुत लंबा होता जा रहा था और पूरी ताक़त से पैरों को पटक रहा था। मैंने भी उसके साथ दौड़ना शुरू किया, पर मैं छोटा होता जा रहा था। हमारे आस-पास चारों तरफ़ पीले और सफ़ेद फूल थे।

"ये इतने सारे फूल कहाँ से आए चोटी?"

चोटी ने कुछ जवाब दिया, पर मुझे सुनाई नहीं दिया क्योंकि वो बहुत-बहुत बड़ा हो चुका था। उसका सिर मुझे दिखाई नहीं दे रहा था।

"चोटी, ये फूल कहाँ से आए?" मैंने चीख़ते हुए पूछा। तभी मुझे ठोकर लगी और एक झटके से मेरी नींद खुल गई।

मैंने राधे से किए हुए वादे को तोड़ दिया। मैं पंजाब मेल के समय पर नहीं पहुँचा। स्कूल में जब राधे दिखा तो उसने भी इसका कोई ज़िक्र नहीं किया। मनीष की समझ नहीं आया कि अचानक मैं और राधे उसके पक्के दोस्त कैसे हो गए! अब लंच-ब्रेक में हम उसे अपने साथ अपने अड्डे पर ले जाने लगे। बस उससे ये वादा लिया कि वो हर बार अपनी नाक पूरी साफ़ करने के बाद ही हमारे अड्डे पर आएगा। अगर उसने एक बार भी, खाना खाते वक़्त, नाक सुड़की तो हमारी दोस्ती ख़त्म। मनीष इस बात का बहुत ध्यान रखता था। वो हमारे बीच बैठे हुए कुछ बोलता नहीं था। एक दिन स्कूल की छुट्टी के बाद ग़ज़ल स्कूल के दरवाज़े पर अकेले खड़ी दिखी। वो मेरा ही इंतज़ार कर रही थी। राधे समझ गया, वो मनीष को अपने साथ आगे लेकर चला गया। मैंने अपने बैग से 'चित्रलेखा' निकाली और ग़ज़ल को पकड़ा दी।

"धन्यवाद! बहुत अच्छी लगी मुझे ये।"

"तुम्हें कोई दूसरी किताब बढ़ने की इच्छा है?" उसने पूछा।

"नहीं।"

"क्यों?"

"परीक्षा है, टाइम नहीं है।"

"उसके बाद?"

"हाँ उसके बाद ले लूँगा।"

"अब्बू बता रहे थे, तुम घर आए थे।"

"हाँ।"

"आज शाम को आओगे, साथ पढ़ेंगे?"

"नहीं।"

"क्यों?"

"मैं राधे और मनीष के साथ पढ़ता हूँ।"

"बटन में कुछ लगा है क्या?" ग़ज़ल ने पूछा।

"नहीं तो!"

"जब से देख रही हूँ, तुम उसी को देखे जा रहे हो।"

"आदत है।" मैंने कहा।

"तुम नाराज़ हो मुझसे?"

"मैं क्यों होऊँगा नाराज़!"

"फिर?"

"फिर क्या?"

"फिर मिलना क्यों नहीं चाहते?"

स्कूल से आते-जाते लड़के हमें देख रहे थे। प्रधानाध्यापक भी कुछ देर के लिए दूर खड़े रहकर हमें घूरते रहे फिर अपने बाक़ी शिक्षकों के साथ चले गए। मुझे कनखियों से सब दिख रहा था, पर ग़ज़ल को इससे कोई फ़र्क़ नहीं पड़ता था। शायद इसीलिए मैं ग़ज़ल की तरफ़ ख़ुद को बेहद आकर्षित महसूस करता था। वो अलग थी। वो सच में चित्रलेखा थी। और बीजगुप्त कोई और है, मैं नहीं। मैंने अंत में उसकी आँखों में देखा।

"माँ और तुम्हारे अब्बू बहुत अच्छे दोस्त हैं, तुम जानती हो न?"

"हाँ, वो तो स्कूल-कॉलेज से ही बहुत अच्छे दोस्त हैं।"

"इसलिए हमारी दोस्ती मुझे ग़लत लगती है।"

"तुम क्या पागल हो!" उसने कहा।

जैसे ही उसने मुझे पागल बोला, मेरी उँगलियाँ मेरे शर्ट के तीसरे बटन से खेलने लगीं।

"पता नहीं। पर मुझे ठीक नहीं लगता है ये। और मैं यूँ भी कुमारगिरि हूँ।"

"क्या हो?"

"कुमारगिरि।"

मेरे ये कहते ही ग़ज़ल बहुत ज़ोर से हँसने लगी।

"तुम्हें पता है बीजगुप्त कितने ऊबा देने वाले होते हैं?"

"मतलब?"

"अगर तुम कुमारगिरि होते तो कभी स्वीकार नहीं करते कि तुम कुमारगिरि हो। और अगर तुम बीजगुप्त होते तो मैं तुमसे कभी बात नहीं करती।"

"तो मैं क्या हूँ?"

मेरे हाथ नीचे थे और आँखें ग़ज़ल की आँखों में ख़ुद को तलाश रही थीं।

"तुम..." वो बहुत देर तक सोचती रही। मैं इंतज़ार कर रहा था। अचानक उसकी आँखों में चमक आ गई।

"मुझे ग़लत मत समझना, तुमने किसी का ख़ून नहीं किया है, पर तुम मुझे रस्कोलनिकोव लगते हो।"

"रस्कोल, नि, कोव...! ये कौन है?"

"दोस्तोयेवस्की की एक बेहतरीन किताब है–'क्राइम एंड पनिशमेंट'–उसी का नायक है रस्कोलनिकोव। मैं चाहती हूँ कि तुम यह किताब पढ़ो।"

मुझे दोस्तोयेवस्की नाम में बहुत अपनापन लगा। दोस्त से शुरू होने वाला नाम।

"मैं पढ़ना चाहता हूँ ये किताब।"

"ठीक है, परीक्षा के बाद दे दूँगी।"

"नहीं मुझे अभी चाहिए।"

"ठीक है, कल स्कूल में ले आऊँगी।"

मैंने पलटकर देखा तो राधे जा चुका था, पर मनीष अभी भी मेरे इंतज़ार में सड़क के दूसरी तरफ़ खड़ा था।

"मनीष मेरा इंतज़ार कर रहा है, मैं चलता हूँ।"

"सुनो, मैं तुमसे इसलिए बात नहीं करती हूँ कि तुम आशा आंटी के बेटे हो।"

"मुझे कल सपने में पीले और सफ़ेद फूल दिखे थे। अजीब सपना था।"

"फूल तो अच्छे होते ही हैं।"

"पर उन फूलों को मैंने पहले कभी नहीं देखा था।"

"और क्या देखा सपने में?"

"और... कुछ नहीं, मैं चलता हूँ।"

मैं भागते हुए मनीष के पास गया। मेरे पास पहुँचते ही वो मेरे साथ ऐसे चलने लगा, मानो उसने कुछ भी देखा ही न हो। उसने पूरे रास्ते एक भी सवाल नहीं किया, बल्कि वो मुझे उन प्रश्नों के बारे में आगाह करने लगा जो इस साल परीक्षा में पूछे जा सकते हैं। जब मैं अपनी गली के मोड़ पर पहुँचा तो मैंने मनीष

से कहा, "सुन, तू मेरा अब से एकदम पक्का दोस्त है।"

वो ये सुनकर मुस्कुरा दिया। मुझे उसका मुस्कुराना बहुत अच्छा लगा।

जब घर पहुँचा तो सपने वाला चोटी का चेहरा रह-रहकर दिमाग़ में घूमने लगा। चोटी इस वक़्त शहर में है, क्या कर रहा होगा वो शहर में? क्या उसे हमारी याद आती होगी? क्या उसे भी कोई मनीष जैसा दोस्त वहाँ मिल गया होगा? तभी मुझे ध्यान आया कि झरना ने मुझे लेटर दिया था, चोटी को देने के लिए। मैंने उसे सँभालकर गणित की किताब में रख लिया था, क्योंकि वही एक किताब है जिसे मैं सबसे कम खोलता हूँ, सो किसी भी चीज़ के उसमें से गुम हो जाने का डर सबसे कम रहता है। मैंने लिफ़ाफ़ा खोला तो लेटर गुलाबी पन्ने पर लिखा हुआ था और उसमें से इत्र की तीखी ख़ुशबू आ रही थी। मैंने एक गहरी साँस ली और उस इत्र को मैंने अपनी रगों में दौड़ता हुआ पाया। पता नहीं क्या हुआ, जैसे ही मैं वो लेटर पढ़ने लगा मुझे लगा कि ये ठीक नहीं है। झरना का मेरे पक्के दोस्त के साथ ये एकदम निजी संवाद है, मेरा इस पर कोई अधिकार नहीं है। मैं ये गुनाह नहीं कर सकता था, कम-से-कम चोटी के साथ तो कभी नहीं। लेकिन गुरु रत्नांबर के हिसाब से हम सब परिस्थितियों के ग़ुलाम हैं। इस परिस्थिति में मैं ये ख़त पढ़ना चाहता हूँ, पर पढ़ नहीं सकता हूँ। लेकिन हाँ, मैं इस ख़त की कल्पना तो कर ही सकता हूँ, उसमें तो कोई भी पाप नहीं है। मुझे झरना बहुत पसंद थी। कई बार मुझे लगा था कि वो राधे और चोटी को नहीं, बल्कि सिर्फ़ मुझे देख रही है। मैं अभी भी आँखें बंद करके उसका उसकी गली से निकलना, मेरी तरफ़ उसका देखना और मुस्कुराना, मैं सब कुछ वैसा का वैसा देख सकता था। मैंने एक पेन उठाया और उसी गुलाबी पन्ने के पीछे लिखना शुरू किया।

*अरमान, कैसे हो तुम?*
*इतने दिनों से न तुम दिखे और न ही तुम्हारे दोनों दोस्त!*
*आशा है सब ठीक से होंगे।*

*क्या तुमने मेरा संदेश राजिल तक पहुँचाया था? अभी तक राजिल की तरफ़ से मुझे एक भी जवाब नहीं मिला है। अगर तुम उस तक संदेश नहीं पहुँचा पा*

*रहे हो तो एक दिन मैं ही रोककर उसे लेटर दे दूँगी।*

*उससे कहना कि मेरी ग़लतफ़हमी थी कि मैं उसे अब तक कुमारगिरि समझती आई थी। वो कुमारगिरि नहीं है।*

*अब मत पूछना कि कुमारगिरि कौन है! अरमान, कभी मौक़ा मिले तो 'चित्रलेखा' पढ़ना। राजिल समझ जाएगा कि मैं क्या कहना चाह रही हूँ उससे। वो कुमारगिरि नहीं है, वो तो रस्कोलनिकोव है। अगर कभी 'चित्रलेखा' पढ़ लो तो उसके बाद दोस्तोयेवस्की की 'क्राइम एंड पनिशमेंट' भी पढ़ लेना तो पता लग जाएगा कि रस्कोलनिकोव कौन है!*

*मुझे हमेशा लगता है कि राजिल बहुत पढ़ता होगा। क्या मैं सही सोचती हूँ? उसको बोलना कि वो मेरा रस्कोलनिकोव है, अगर वो मुझे रस्कोलनिकोव बनकर ख़त लिखेगा तो मुझे बहुत अच्छा लगेगा।*

*बाक़ी तुम मुझे बताना कि उसने क्या कहा!*

*और उससे कहना कि उसकी शर्ट का तीसरा गुलाबी बटन मुझे बेहद पसंद है।*

*उसके ख़त के इंतज़ार में*

*झरना*

ख़त ख़त्म करके मैंने उसे कई बार पढ़ा। फूलों वाला चोटी का सपना अब पूरी तरह भीतर कहीं दफ़्न हो चुका था। मैं अपने ही लिखे हुए ख़त के प्रेम में था। मुझे इतना सुख बहुत वक़्त से किसी दूसरी चीज़ ने नहीं दिया था। मैं बार-बार उसे पढ़ता, उसे सिरहाने रखकर सोता। एक ही प्रार्थना करता कि इत्र की ये ख़ुशबू इस काग़ज़ से न चली जाए।

मेरे पिता की चंद धुँधली तस्वीरों के अलावा, मुझे मेरे पिता के बारे में बहुत कुछ नहीं पता था। कभी कोई फुसफुसाता हुआ-सा क़िस्सा जब मेरे कान में पड़ता तो मैं तुरंत सुनना बंद कर देता था। शायद ये ख़ुद को बचाए रखने का मेरा अपना एक तंत्र था। और जिन चीज़ों को मैंने जानने की कोशिश की है वो टटोलने पर अधूरी-सी ही मेरे हाथों में लगी हैं। जैसे नाना की माँ ने उस रात नाना के कमरे में क्या देखा? नाना को दफ़्न क्यों किया गया? चोटी इस वक़्त क्या कर रहा होगा? टार्ज़न दादा अचानक सब कुछ छोड़कर साधु कैसे हो गए? माँ जब शादी करके चली गई थीं तो वापस इस गाँव में क्या कर रही हैं? ग़ज़ल के अब्बू और माँ के बीच ठीक-ठीक क्या संबंध हैं? और इस संबंध के बारे में ग़ज़ल को क्या पता है जो मुझे नहीं पता? पान की टपरी पर खड़ी रावण की सेना को हमारे घर के कौन-कौन से रहस्य पता हैं? राधे के कौन से पिता असल हैं, वो जो सोना बीनते थे या वो जिनकी कचहरी के पास पान की दुकान है? माँ नाना से इतनी नफ़रत क्यों करती थीं? पुष्पा की बाई की बेटी पुष्पा कौन है और कहाँ है? वो मुझे कभी क्यों नहीं दिखी? क्या 'शंखपुष्पी' सच में दिमाग़ तेज़ करती है? और क्या सच में कोई चित्रगुप्त है जो सारी बातों का लेखा-जोखा रख रहा होता है? इस बात पर मुझे पहली बार शक हुआ।

मुझे फिर भी राधे के पिता के जवाब ज़्यादा ठीक लगते थे। उनके जवाब कहानी जैसे होते थे। कुछ वक़्त के बाद मैं भूल जाता था कि वो जिनकी बातें बता रहे हैं, वे असल लोग हैं जिन्हें मैं जानता हूँ। मुझे लगता कि वो मेरे मनोरंजन के लिए काल्पनिक कहानियाँ गढ़ रहे हैं। 'चित्रलेखा' भी एक काल्पनिक उपन्यास है, पर वह किसी घटी हुई घटना से कितना ज़्यादा सच्चा और मनोरंजन से भरा लगता है। मैं भी अपने जिए में पाप और पुण्य की न जाने कितनी घटनाओं से गुज़रता रहा हूँ, पर वे सब कितनी उबाऊ हैं! कितना उबाऊ है हर वर्ष परीक्षा का आना! कितना उबाऊ है रोज़ उठना और पूरे दिन के बीतने

में ख़ुद को घटते हुए देखना! इस पूरे जिए में कुछ पल आते हैं, पानी में उठ रहे बुलबुलों की तरह जो किसी उत्सुकता का भ्रम देते हैं, पर जब तक आप उस उत्सुकता को पकड़ पाओ; वे फूट पड़ते हैं। ये जो झरना का ख़त मेरे हाथ में है, ये कितना कमाल है! झरना अब दूर से देखने वाली कोई लड़की न होकर; एक बहुत ही क़रीबी दोस्त हो गई थी, जिसे मैं सूँघ सकता था। मैं बार-बार अपने ही लिखे लेटर को पढ़ता और लगता कि मैं मेरे मनोरंजन का बुलबुला जब चाहूँ छू सकता हूँ और वो फटेगा भी नहीं। मैं सारे जवाब अपनी मन-मर्ज़ी से बना सकता हूँ और उसे पढ़कर हर बात के पूरा होने का सुख ले सकता हूँ। मैं ख़ुद तय कर सकता हूँ कि मुझे क्या पसंद हैं। सिर्फ़ हल्की कल्पना का तड़का लगाकर इस बासी, बेस्वाद से चल रहे मेरे जीवन को स्वादिष्ट बना सकता हूँ। मैं अब राजिल नहीं हूँ, मैं रस्कोलनिकोव हूँ।

*प्रिय झरना,*

*अरमान ने तुम्हारे सारे पुराने ख़त मुझे दिए थे, पर मुझे अपनी किताबें पढ़ने के बीच वक़्त ही नहीं मिला कि मैं उन्हें पढ़ पाऊँ। बस अभी सारे ख़त पढ़े और ख़ुद को रोक नहीं पाया तुरंत जवाब देने से। माफ़ी चाहता हूँ कि तुम्हें इतना इंतज़ार करना पड़ा।*

*आशा करता हूँ तुम अच्छे से होगी।*

*अरमान, यानी मेरे पक्के दोस्त चोटी को मैं शहर जाने से रोक नहीं पाया, इस बात का मुझे बेहद दुख है। शायद ऐसे ही समय मुझे अखरता है कि मैं बड़ा क्यों नहीं हूँ। बच्चों के पास कितने अधिकार हैं और कितने नहीं, इसकी पढ़ाई स्कूल में होनी चाहिए ताकि कम-से-कम हमें ये पता चले कि बड़ों के इस गड़बड़ संसार में हमारा दख़ल कितना है!*

*पता नहीं कि अरमान ने तुम्हें बताया है कि नहीं, पर तुम मेरे सपने में आई थी। तुमने गुलाबी ड्रेस पहन रखी थी और तुम्हारे पास से वही ख़ुशबू आ रही थी जो इस वक़्त तुम्हारे ख़त से मुझे आ रही है–भीनी-भीनी। मैंने जब उस ख़ुशबू को गहरे सूँघा तो अचानक मेरे मुँह से चित्रलेखा निकला था। मैं चाहता हूँ कि तुम मुझे ख़त चित्रलेखा बनकर लिखो।*

*ये कौन-सा इत्र है मुझे बताना, और कहाँ मिलेगा ये?*

*मैं तुम्हें अपने अगले ख़त में राधे के पिता के बारे में बताऊँगा जो सोना बीनते थे। और बताऊँगा अपने पिता के बारे में जो हमेशा श्वेत और श्याम सूट पहने रहते थे। रात में सोते वक़्त भी। वो उसे कभी भी नहीं उतारते थे।*

*आजकल मनीष से दोस्ती हुई है। मैं उससे नए-नए 'आज के विचार' सीख रहा हूँ। अब जब प्रधानाध्यापक मुझे 'आज का विचार' सुनाने के लिए बुलाएँगे तो मेरे पास इतने सारे 'आज के विचार' होंगे कि लोग थक जाएँगे सुन-सुनकर। मैं 'आज के विचार' में कल-परसों-नरसों के भी विचार कह दूँगा।*

*वैसे तुम्हें 'आवश्यकता ही आविष्कार की जननी होती है', ये कैसा लगता है?*

*इस ख़त को मैं अरमान के द्वारा तुम्हें पहुँचा दूँगा, जैसे ही वो शहर से सब कुछ छोड़कर वापस आएगा।*

*बाक़ी अगले ख़त में*

*तुम्हारा*

*रस्कोलनिकोव*

मैं बार-बार अपने द्वारा लिखे दोनों ख़तों को पढ़ता रहा। अपने जवाब में लगातार संशोधन करता रहा। फिर लगा कि एक ही ख़त में सारा कुछ लिखने की ज़रूरत नहीं है। झरना क्या सोचेगी कितना पागल है! झरना, मेरे दिमाग़ में धीरे-धीरे अपने होने में ज़्यादा चित्रलेखा होती जा रही थी। मैं अब एक अपना अलग संसार रच सकता था जिसमें मुझे 'शंखपुष्पी' की ज़रूरत नहीं थी। उसमें कोई भी चित्रगुप्त आकर पाप और पुण्य का फ़ैसला नहीं कर सकता था। इसके सारे गुनाहों का ज़िम्मेदार मैं था और इसकी सारी सज़ाएँ भी मैं अपनी मर्ज़ी से भोग सकता था। इस संसार का रस्कोलनिकोव था मैं। मैंने तुरंत ख़त में संशोधन करके लिखा–'चित्रलेखा, मैं तुम्हें बता दूँ कि मैंने अभी तक 'क्राइम एंड पनिशमेंट' नहीं पढ़ी है।'

मैं इस संसार को सीधे झूठ से दूर रखना चाहता था। अब दिन भर मैं मेरे आने वाले ख़तों की रूपरेखा तैयार कर रहा होता। कई बार गाँव की सीधी सड़क से निकलते हुए लगता कि एक ख़त में रावण की सेना और मेरे बीच भिड़ंत होनी चाहिए। चित्रलेखा को कितना मज़ा आएगा पढ़कर। फिर मनीष के

साथ चलते हुए लगता कि वो असल में कराटे जानता है और ब्रूस ली का भक्त है। ये सोचते ही मनीष मुझे बहुत आकर्षक दिखने लगता।

मुझे ग़ज़ल से किताब लेने की ज़रूरत नहीं पड़ी, उस किताब की एक पुरानी पीली पड़ गई प्रति मुझे माँ की अलमारी में मिल गई। उस किताब के मिलते ही मैंने सारे काम छोड़े और उसे पढ़ना शुरू किया। जैसे-जैसे मैं 'क्राइम एंड पनिशमेंट' की कहानी में आगे बढ़ता गया, मैंने देखा मेरे लिखे ख़तों से माँ कुछ वक़्त के लिए ग़ायब हो गई थीं। मुझे कोई दुख खाए रहता था जिसका पता लगाने मैं यहाँ-वहाँ भटकता रहता। मेरे ख़तों में राधे के पिता वापस आ गए थे और रोज़ इस गाँव की कीचड़ से सोना बीनते हुए मेरे साथ चाय पीते थे। उनके नए क़िस्सों के अलग ख़त थे। मैं व्यस्त हो चला था, पर मुझे पहले से कहीं ज़्यादा लोगों की ज़रूरत थी। मेरे स्कूल में नए दोस्त बनने लगे और मैं हर एक की एक नई कहानी गढ़ने लगा, जिससे मेरे अगले ख़त का प्रारूप तैयार हो सके।

राधे कई बार मुझसे कह चुका था, "तू बहुत बदल गया है।" तो मैं उसे जवाब में कहता, "मैं अब बड़ा हो गया हूँ।" मैं राधे की कहानी नहीं गढ़ सकता था। मुझे अपनी कल्पना की उड़ान के लिए नए लोगों की ज़रूरत होती, जिनके बारे में मैं कम-से-कम जानता हूँ। अचानक कम जानने का सुख मैं पूरी तरह जी रहा था। इस गाँव में ही मेरा अलग एक गाँव बन चुका था जो ज़्यादा हरा-भरा था, जो थोड़ी-सी सच की ज़मीन में कल्पना का बहुत बड़ा आकाश लिए हुए था।

एक डोंगी में बैठा हुआ मैं नदी पार कर रहा था। मेरी माँ मेरे सामने बैठी थीं। मल्लाह की पीठ पर पसीने की बूँदें, सूरज की रोशनी में चमक रही थीं। हर चप्पू के वार पर उसके भीतर से कहीं एक आवाज़ निकलती। उस कराह को पानी की आवाज़ दफ़्न कर देती। हम नदी के उस पार बने मंदिर में जा रहे थे। परीक्षा शुरू होने के पहले दिन ही चोटी की ख़बर आई कि वो नहीं रहा। उसने शहर में सल्फ़ास खाकर आत्महत्या कर ली थी। राधे के सिसकने की आवाज़ परीक्षा के दिन पूरे कमरे में रह-रहकर गूँज जाती थी। मैंने परीक्षा के दिन क्या किया मुझे याद नहीं था। मुझे सारे अक्षर पानी में तैरते हुए दिख रहे थे। उन अक्षरों के विन्यास को मैं अलग-अलग तरीक़े से लिखने की कोशिश कर रहा था, पर मेरे किसी वाक्य का कोई अर्थ नहीं था। उन वाक्यों में लिखे हर शब्द खोखले थे, इसलिए हल्के-हल्के कॉपी के पन्ने पर तैरने लगते। मैं बार-बार उँगलियों से उन शब्दों को वाक्यों से अलग होने से रोकता। कुछ शब्द तैरते हुए कॉपी से बाहर गिर जाते। राधे ने परीक्षा के बाद मुझे बहुत भला-बुरा कहा। उसने ये भी कहा कि जो भी चोटी के साथ हुआ उसका ज़िम्मेदार मैं हूँ, क्योंकि मैं उस दिन रेलवे स्टेशन, पंजाब मेल ट्रेन के वक़्त नहीं आया था, वरना आज ये सब नहीं होता। मुझे याद नहीं आया कि उस दिन मैं क्या कर रहा था! मैं क्यों नहीं गया?

हम नदी के बीच में थे और डोंगी लहरों के कारण हिल रही थी। माँ डोंगी की जिस पट्टी पर बैठी थीं, उन्होंने उसे कसकर पकड़ रखा था। वो कनखियों से बार-बार मुझे देखतीं। अगर आँखें मिलतीं तो एक दयनीय-सी मुस्कुराहट उनकी आँखों में मुझे दिखती। मेरे पास उस दया के जवाब नहीं थे, सो मैं वापस पानी को देखने लगता जिसे ये छोटी नाव काटकर आगे बढ़ रही थी। मुझे पानी की चंचलता बहुत अच्छी लग रही थी। हमारे चारों तरफ़ फैला पानी, अपने ऊपर तैर रही इस डोंगी से खेल रहा था।

"पकड़कर बैठो, वरना गिर जाओगे।" माँ ने कहा।

मैं गिरना चाहता था, पर मैं पानी में नहीं गिरना चाहता था। मैं किसी ठोस ज़मीन पर गिरकर टकराना चाहता था। मैंने डोंगी की पट्टी को नहीं पकड़ा।

चोटी को सब लोग बहुत पसंद करते थे। इस ख़बर से सभी आहत थे। फिर पता चला कि असल में चोटी ने सल्फ़ास तो शहर पहुँचने के दूसरे दिन ही खा ली थी। मतलब अगर मैं और राधे जिस दिन शहर जाने की सोच रहे थे, उस दिन वो इस दुनिया से विदा ले चुका था। चोटी के अब्बू ने इस बात को छुपाए रखा। ये उसी दिन की बात है, जिस दिन मुझे पीले और सफ़ेद फूलों का सपना आया था। क्या देखा था मैंने! चोटी से कुछ बात भी हुई थी, मुझे मज़ार की ख़ुशबू आई थी। मज़ार पर ही चोटी आख़िरी बार दोनों से मिलने आया था। ये उसका आख़िरी प्रयास था। हम उस प्रयास के मुख्य लोग थे। और हमने कुछ नहीं किया। हमने नहीं मैंने, राधे उससे मिलता रहा था। मैंने चोटी के अब्बू से मिलकर राधे के सारे प्रयास पर पानी फेर दिया था। राधे बिल्कुल ठीक कहता था कि चोटी के इस दुनिया में नहीं होने का ज़िम्मेदार मैं ही हूँ। मैं अपने वो हर दिन याद करने की कोशिश करने लगा जब चोटी नहीं था और मुझे इस बात की कोई ख़बर नहीं थी। कैसे मेरी वजह से वो इस दुनिया से जा चुका था और मैं इतने सामान्य तरीक़े से जिए जा रहा था।

*प्रिय चित्रलेखा,*

*आशा है तुम ठीक होगी।*

*मैं भी ठीक हूँ। असल में मुझे ठीक नहीं होना चाहिए। मुझे इस बात की बहुत तकलीफ़ है कि इन परिस्थितियों में भी मैं ठीक ही हूँ। मैं रोज़ उठ रहा हूँ, चाय लेकर अपने घर की गली के पीछे जाकर राधे के पिता का इंतज़ार करता हूँ, फिर परीक्षा देने जाता हूँ। घर वापस आकर किताब खोलकर बैठा रहता हूँ। खाता हूँ, सोता हूँ।*

*मुझे आजकल हर जगह पीले और सफ़ेद फूल दिखते हैं। क्या तुमने देखा है—कभी अपने गाँव में पीले और सफ़ेद फूलों को?*

*मैं 'क्राइम एंड पनिशमेंट' पढ़ रहा हूँ। मैं कभी भी रस्कोलनिकोव नहीं था। मुझमें उतनी सच्चाई नहीं थी कभी भी, पर अब उसके पढ़ते हुए लग रहा है कि*

*मैं लगातार उसके क़रीब खिसकता जा रहा हूँ। मैं पूरे वक़्त उसी किताब को लिए घूम रहा हूँ।*

*मैं अपने पक्के दोस्त के बार में लिखना चाहता हूँ, पर उसका नाम लिखने के पहले मेरे हाथ काँप जाते हैं।*

*वो अब नहीं है। तो ये ख़त मैं तुम्हें मनीष के हाथों पहुँचाऊँगा। मनीष दोस्त है मेरा, पक्का दोस्त नहीं। अब मेरा कोई भी पक्का दोस्त नहीं हो सकता है। मैं उस क़ाबिल नहीं हूँ।*

*मैं चोटी के अब्बू से बात करना चाहता हूँ। क्या करूँ ? तुम बताना।*

*अभी मेरा सहारा दोस्तोयेवस्की की ये किताब है। काश ये कभी ख़त्म न हो!*

*बाक़ी तुम्हारे ख़त के इंतज़ार में,*

*रस्कोलनिकोव*

हम किनारे आ चुके थे। डोंगी वाले की सहायता से माँ डोंगी से उतरीं। उनकी चप्पलें उनके हाथों में थीं, उनकी साड़ी नीचे से गीली हो चुकी थी। मैंने भी अपनी चप्पल हाथ में ली और डोंगी से कूद गया। हम रेत पर चलते हुए मंदिर की तरफ़ जा रहे थे। माँ की साड़ी पर रेत चिपकती जा रही थी। मंदिर की सीढ़ियों पर माँ ने अपनी साड़ी की रेत देर तक साफ़ की। फिर उन्होंने चप्पल पहनी और हम दोनों ऊपर की तरफ़ चढ़ने लगे। मैं पहली बार इस मंदिर में आया था। भीतर कोई देवता नहीं था और बाहर कोई भी पुजारी नहीं था। जब हम अंदर पहुँचे तो माँ देर तक उस ख़ाली जगह को देखती रही, जहाँ कोई भगवान की मूर्ति होनी चाहिए थी। मुझे लगा हम बिना बुलाए भगवान के घर आए हैं, जिसकी उनको ख़बर नहीं थी। शायद वो टहलने निकले थे। कुछ देर माँ वहाँ खड़ी रही फिर हम मंदिर की मुँडेर पर आकर बैठ गए। हमारे ऊपर पीपल का पेड़ था जो हमें धूप से बचा रहा था और पानी को छूती हुई हवा माँ के बाल उड़ा रही थी। मैं नदी के उस पार के बरगद को देख रहा था जिसकी जड़ें पानी छूती थीं। उस टूटे हुए क़िले को जहाँ माँ और ग़ज़ल के अब्बू मुझे दिखे थे, जहाँ मैं और ग़ज़ल भी थे। मैंने अपनी आँखें हटा लीं और वापस बरगद को देखने लगा। मैं वहाँ नाना के साथ बैठा था। चोटी और मैं भी वहाँ आए थे। सामने की हर चीज़ कितनी छोटी लग रही थी, बरगद अपनी पूरी ख़ूबसूरती में मेरी मुट्ठी में समा सकता था। मैंने अपने हाथ उठाए और बरगद को अपनी मुट्ठी में करने की कोशिश करने लगा।

"क्या कर रहे हो?" माँ ने कहा।

"कुछ नहीं।"

हम फिर चुप हो गए। मैं फ़ेल हो चुका था। परीक्षा में मेरे इतने कम अंक आए थे कि सारे विषय के अंक मिलकर भी मुझे एक विषय में पास नहीं करा सकते थे।

"टार्ज़न दादा तुम्हें कल लेने आ रहे हैं।" माँ ने कहा।

"पता है।"

"तुम चाहो तो नहीं भी जा सकते हो।"

"ठीक है।"

"ठीक है क्या?"

"नहीं जाऊँगा।"

"तुम्हारी क्या इच्छा है?"

"आप चाहती हो मैं जाऊँ?"

"मैं क्या चाहती हूँ वो महत्त्वपूर्ण नहीं है।"

"तो क्या महत्त्वपूर्ण है?"

"तुम।"

"नहीं माँ, आप महत्त्वपूर्ण हो।"

वो मुझे देर तक देखती रहीं। उन्हें यक़ीन नहीं हुआ कि ये वाक्य मैंने उनसे कहा है। फिर उनके होंठों के किनारे से एक बेचारी-सी हँसी छलकने लगी।

"आप क्यों नहीं चल रही हो मेरे साथ?" मैंने पूछा।

"मैं नहीं जा सकती।"

"क्यों?"

"मेरा सब कुछ यहीं है।"

इस बार मैं उन्हें देर तक देखता रहा। मुझे ग़ज़ल की बात याद हो आई। मेरी माँ होने के पहले वो एक औरत हैं जिनका नाम आशा है। इस बार मेरे होंठों के आस-पास से मुस्कुराहट चलने लगी थी।

"तो बताओ?" माँ ने पूछा।

"क्या?"

"तुम चले जाओगे कल?"

माँ ने ये सवाल-जवाब के लिए नहीं पूछा था। उन्होंने मेरे बालों पर हाथ फेरा और हम दोनों ने ठीक इस वक़्त ख़ुद को एक-दूसरे के बहुत क़रीब पाया। मेरी एक आँख दर्द कर रही थी। बाएँ गाल में सूजन मैं अभी भी महसूस कर सकता था। मेरी इच्छा थी कि मैं वो शब्द हो जाऊँ जिन्हें मैंने अपनी परीक्षा के वाक्यों में लिखा था। जो अपने वाक्य से बिछड़कर पूरे काग़ज़ पर फैलने लगे

थे। ख़ासकर वो शब्द जो काग़ज़ से बहते हुए नीचे गिर गए थे, क्योंकि उन शब्दों को भी पता था कि वाक्य का असल में कोई अर्थ नहीं है। किसी भी चीज़ का असल में कोई अर्थ नहीं है।

ग़ज़ल से मैं फिर नहीं मिला। ग़ज़ल ने मुझसे बात करने का एक बार प्रयत्न किया था, जब परीक्षा का दूसरा दिन था। वो जो भी मुझसे कह रही थी, मुझे कुछ सुनाई ही नहीं दे रहा था। वो बार-बार चोटी का नाम ले रही थी। मैंने अंत में उससे कहा, "मुझे इस बारे में कोई बात नहीं करनी है।" उसके बाद से उसने मुझसे कभी बात नहीं की। माँ की किताबों की अलमारी से मैं दूसरी किताबें बटोरने की कोशिश करने लगा, क्योंकि दोस्तोयेवस्की मेरे लिए बहुत भारी हो रहा था। हालाँकि मैं किसी भी किताब को ठीक से पढ़ नहीं पा रहा था। किसी भी किताब को पढ़ते हुए मैं बार-बार रस्कोलनिकोव के बारे में सोचता हुआ पाया जाता। इस दोग़लेपन से बचने के लिए मैंने उन तमाम किताबों को वापस माँ की किताबों की अलमारी में रख दिया। राधे और मैं अलग-अलग रास्तों से स्कूल आने-जाने लगे थे। हम एक-दूसरे की शक्ल भी नहीं देखना चाहते थे। मनीष को हम दोनों में से एक को चुनना पड़ा। उसने मुझे चुना। मुझे मनीष के होने से कोई तकलीफ़ नहीं थी। वो कुछ भी नहीं कहता था। उसका होना मुझे मेरी परछाई के होने जैसा लगता था। शायद यही कारण है कि मेरे आँसू उसके सामने निकलने में झिझकते नहीं थे।

*प्रिय रस्कोलनिकोव,*

*तुम ठीक कहते हो, मैं भी तुम्हारे पक्के दोस्त का नाम नहीं लिख सकती। मैं सोच रही थी कि उसे किसी दूसरे नाम से बुला सकते हैं, 'शर्ट का तीसरा बटन' कैसा रहेगा? बताना।*

*तुम्हें इस वक़्त सिर्फ़ दोस्तोयेवस्की की किताब पढ़नी चाहिए, यही वक़्त है कि रस्कोलनिकोव अपने पूरे सौंदर्य के साथ तुम्हारे सामने तुम्हें दिखेगा।*

*और पीले और सफ़ेद फूलों को मैंने कभी नहीं देखा है। अपने गाँव में कहाँ उगते हैं बताना, मैं उन्हें देखने जाऊँगी।*

*मैंने तुम्हें 'शर्ट के तीसरे बटन' के घर के सामने से कई बार गुज़रते हुए देखा है। कई बार तुम उसके अब्बू की दुकान के सामने भी खड़े हुए दिखे थे*

*मुझे। तुम्हें उसके अब्बू से दूर रहना चाहिए। उनसे बात मत करना।*

*तुम्हें याद है, कैसे तुम तीनों उनकी दुकान के ऊपर बैठे मुझे ताकते रहते थे! मैं हमेशा तुम्हें देखना चाहती थी, पर अभी मैं सच कह रही हूँ कि 'शर्ट के तीसरे बटन' से मेरी निगाह नहीं हटती थी। वो जिस तरह मुस्कुराता था, तुम जानते हो कि तुम कितना उसके जैसा होना चाहते थे। जब मैंने तुम्हें उसके घर के सामने से गुज़रते हुए देखा था तो मुझे तुम्हारी चाल में उसकी चाल की झलक दिखी थी।*

*तुम पुष्पा की बाई से राधे के पिता के बारे में पूछ सकते हो। उन्हें शायद पता हो कि वो क्यों नहीं आ रहे हैं आजकल।*

*बताना उन्होंने क्या कहा।*

*तुम्हारे जवाब के इंतज़ार में,*

*चित्रलेखा*

पुष्पा की बाई के सामने हमेशा एक तनाव रहता। मैं अपनी बात ऐसे कहने की कोशिश कर रहा था कि उन्हें फिर मेरे मंदबुद्धि होने के सबूत न मिल जाएँ।

"वो जो सुबह-सुबह सोना बीनने आते थे, वो आजकल नहीं आ रहे हैं?"

पुष्पा की बाई उल्टे तवे पर रोटियाँ सेंक रही थीं। मैं चूल्हे की आँच से दूर बैठा हुआ था।

"कौन?" उन्होंने पूछा।

"वो थे न, सफ़ेद कुर्ते-पाजामे में रोज़ सुबह आते थे?"

"मैंने नहीं देखा किसी को सुबह सोना बीनते।"

"उन्हें मेरे हाथ की चाय बहुत पसंद थी।" मैं 'राधे के पिता' कहने से डर रहा था।

"तू चाय बना लेता है?"

"हाँ, अच्छी बनाता हूँ। तो आप उन्हें जानती हो?"

"किसे?"

"अरे वो जो सफ़ेद पोटली बनकर सुबह-सुबह लुढ़कते रहते हैं!"

मैंने खीझ में बोल दिया और पुष्पा की बाई ने रोटियाँ सेंकना बंद करके सीधा मुझे देखा।

"तू 'शंखपुष्पी' पी रहा है न रोज़?"

"हाँ, रोज़ एक चम्मच।" मैंने डरते हुए जवाब दिया।

"मुझे लगता है, अब दो चम्मच पिया कर। एक चम्मच का असर नहीं हो रहा है कुछ भी।"

मैं 'शंखपुष्पी' पीना बंद कर चुका था बहुत पहले। मुझे लगता था कि उसका असर मेरे ऊपर ग़लत हो रहा था। मेरा दिमाग़ बिल्कुल ही अलग चीज़ों के पीछे भागने लगता था। एक बार किसी चीज़ के बारे में सोचने लगता तो उस चीज़ को दिमाग़ से निकालने में मुझे सिर को कई बार झटकना पड़ता था। जिस दिन चोटी की मृत्यु की ख़बर आई थी, उसी दिन से 'शंखपुष्पी' और कुत्ते का रोना दोनों बंद थे। लेकिन पिछले कुछ वक़्त से कुत्ते के रोने की आवाज़ की मुझे उसकी आदत पड़ गई थी। अब वो आवाज़ नहीं थी जो अजीब लगती थी। उसके रोने से दिमाग़ का जो एक हिस्सा उसे चुप कराने में व्यस्त रहता था, अब वो हिस्सा भी ख़ाली था। मैं जो भी सोचता, आजकल मुझे लगता वो मेरे ख़ाली दिमाग़ में देर तक गूँजता सुनाई देता है।

रस्कोलनिकोव के सेंट पीटर्सबर्ग में भटकने को मैं अपने गाँव की गलियों में भटकने से जोड़ने लगा। हमारे गाँव में कोई ब्रिज नहीं था, पर एक नदी थी और उसका किनारा था। मैं इस उपन्यास के कारण अपने ही गाँव की नदी को एक नए तरीक़े से देखने लगा था। कभी-कभी रात में यहाँ आकर बैठ जाता तो पानी का कालापन मुझे रस्कोलनिकोव के सेंट पीटर्सबर्ग के क़रीब ले आता। काश मैं अपने गाँव की ट्रेन पकड़कर एक दिन के लिए ही सही सेंट पीटर्सबर्ग जा सकता! क्या वहाँ अभी भी कोई रस्कोलनिकोव घूम रहा होगा या मेरे वहाँ जाने पर अकेला मैं ही रस्कोलनिकोव होऊँगा? पर मैं रस्कोलनिकोव कैसे हो सकता हूँ? उसने शून्यवाद (Nihilism) और सुपरमैन के फ़लसफ़े के आधार पर अल्योना, जो एक बूढ़ी साहूकार थी, का ख़ून किया। ये फ़लसफ़े उस वक़्त रशिया में बहुत प्रचलित थे। शून्यवाद के अनुसार–जीवन का कोई मतलब नहीं है। हम जो भी काम करते हैं, उसका कोई अर्थ नहीं है। तो क्या भगवतीचरण वर्मा ने भी एक तरीक़े का शून्यवाद ही बयान किया है–'चित्रलेखा' के आख़िर में? रस्कोलनिकोव को लगता था कि अपराध और उसके दंड का क़ायदा अजीब है। दंड केवल उन्हीं लोगों को मिलता है, जिनका अपराध दिखाई

देता है; जैसे चोरी या हत्या में पकड़ा गया व्यक्ति। लेकिन उन लोगों का क्या जो अपने बल और पैसे की ताक़त से लोगों को लगातार कुचल रहे होते हैं! उनके कारण समाज के वो लोग जो मेहनत और सच्चाई से जीते हैं, कितने ज़्यादा प्रताड़ित होते हैं। अल्योना के कारण न जाने कितने लोग दुखी हैं। रस्कोलनिकोव सोचता है कि अगर अल्योना नहीं रही तो कितने सारे लोग हैं, जो उसकी दी हुई पीड़ा से मुक्त हो जाएँगे। रस्कोलनिकोव मौक़ा पाकर अल्योना का ख़ून कर देता है, पर उसी वक़्त उसकी बहन आ जाती है और वो उसका भी ख़ून कर देता है। इस घटना के बाद रस्कोलनिकोव का जीवन, बाहरी समाज को ठीक करने के आदर्शवादी तरीक़े के बजाय भीतर अपने किए की ग्लानि की तरफ़ मुड़ जाता है।

मैं रस्कोलनिकोव के मुड़ते ही उसके साथ मुड़ गया था। वो अपनी ग्लानि की गलियों में जहाँ भी जाता, मैं परछाई की तरह उसके साथ था। हम दोनों एक साथ इस अँधेरे से बाहर निकलने की कोशिश कर रहे थे। तभी रस्कोलनिकोव को सोनिया दिखाई देती है। एक अँधेरी सड़क के दूसरी तरफ़ चीख़ रही रोशनी की तरह। रस्कोलनिकोव अपना सारा किया-धरा अपने भीतर ही पाले बैठा था, वो भीतर पल रहे फोड़े की तरह था जो नासूर बनता जा रहा था। उसे कोई चाहिए था जिसके सामने वो अपने भीतर बह रहा सारा कीचड़ बहा दे। वो चाहता था कि कोई तो हो जो उस कीचड़ में पड़ा सोना देख सके। सोनिया को देखते ही वो उसकी तरफ़ सरकने लगता है। मैं वहाँ उसके साथ नहीं जाता। मुझे मेरी सोनिया की तलाश थी। जो मेरी अँधेरी सड़क के दूसरी तरफ़ की रोशनी होगी। क्या मेरे भीतर पल रहे कीचड़ में भी कहीं सोना मिलने की गुंजाइश है? क्या चित्रलेखा ही मेरी सोनिया है? मैंने अपने दिमाग़ को कई झटके दिए, पर उत्तर नहीं मिला।

माँ ने एक गहरी साँस ली। उनकी साड़ी का निचला हिस्सा सूख चुका था, पर नदी के रेत के दाने अभी भी उनकी साड़ी से चिपके हुए थे। उन्होंने अपने दोनों पैर ऊपर कर लिए। मेरे पैर अभी भी लटके हुए थे, पर उनमें कोई हलचल नहीं थी। मुझे याद आया कि मेरे घुटनों पर चोट के निशान अभी ठीक नहीं हुए हैं। उनके हिलते ही मुझे अभी भी दर्द होता है। मेरी एक आँख भी अभी तक हरी थी। पीछे पीठ में पड़े हुए लाल निशान अभी भी दर्द कर रहे थे।

"टार्ज़न दादा के साथ रहने में तुम्हें अच्छा लगेगा। वो पहले बहुत अलग आदमी थे, ख़ासकर कॉलेज में, बाप रे! वो सारी भीड़ में अलग ही नज़र आते थे। ऊँचा-लंबा क़द, बेलबॉटम पैंट और मोटी कॉलर वाली शर्ट पहनते थे वो। तुम्हें पता है वो साधु क्यों हो गए?"

माँ ने इस सवाल पर मुझे कुछ देर देखा। मैं भीतर से पूरी कोशिश कर रहा था उत्सुक दिखने की, पर चेहरे तक आते-आते वो कोशिश अपना दम तोड़ देती थी। मैं उत्सुक शब्द भी अपने मुँह से बाहर गिराना चाहता था, पर मेरे सारे शब्द अपने वाक्य छोड़कर पन्ने पर से गिर जाने में व्यस्त थे। मैं अपनी माँ को ताकता रहा। माँ ने मेरे जवाब की परवाह किए बग़ैर कहना शुरू किया।

"वो गणित में बहुत अच्छे थे।"

"मेरी तरह नहीं थे।" मैंने जैसे-तैसे यह वाक्य अपने मुँह से निकाला।

"बिल्कुल भी नहीं, उन्हें सट्टे (जुए) की लत लग गई थी। उनका गणित का हिसाब-किताब उन्हें सट्टे में बहुत काम आता। रोज़ वो लोगों से उनके जन्मदिन के हिसाब से नंबर पूछा करते थे, और फिर जाने क्या हिसाब करके वो सट्टे पर दो अंकों का नंबर लगाते और शाम तक उनके पास पैसा आ जाता। पुष्पा गणित में बहुत कमज़ोर थी, सो पुष्पा की बाई के कहने पर उन्होंने पुष्पा को पढ़ाना स्वीकार कर लिया था। पुष्पा को पढ़ाने का दूसरा कारण ये भी था कि पुष्पा जब भी उन्हें कोई नंबर बताती, वही नंबर सट्टे में शाम को आ जाता।

हालाँकि पुष्पा उनके पूछने पर उन्हें कभी नंबर नहीं बताती थी। पुष्पा अपनी बातों में कहीं बीच में कुछ अंकों का ज़िक्र करती तो टार्ज़न दादा उन अंकों को दर्ज कर लेते। फिर उन अंकों का गणित घुमाते, उन अंकों को उस वर्ष से, चल रहे महीने से जोड़ते-घटाते, फिर पुष्पा की जन्म तारीख़ से मिलाकर वो एक अंक पर पहुँचते, ज़्यादातर वही अंक उस शाम को सट्टे पर निकलता। अगर कभी वो अंक नहीं आता तो टार्ज़न को अपने गणित की उठा-पटक पर शक होता, पुष्पा पर कभी नहीं।

पुष्पा टार्ज़न दादा को मन-ही-मन बहुत प्रेम करने लगी थी, पर वो टार्ज़न दादा से उमर में बहुत छोटी थी। जब उसने टार्ज़न दादा से अपने मन की बात कही तो टार्ज़न दादा ने उसे पढ़ाना बंद कर दिया। पुष्पा से दूरी का सिला ये हुआ कि टार्ज़न दादा सट्टे में पैसा हारने लगे थे। नौबत यहाँ तक आ गई कि वो महीने के खर्च के भी पैसे नहीं बचा पा रहे थे। हारकर उन्हें पुष्पा के पास सट्टे के अंकों के लिए वापस आना पड़ा। पुष्पा ने सट्टे के अंकों के बदले अपने प्रेम की शर्त रखी और टार्ज़न दादा के हिसाब से वो अपना जीवन उस दिन शर्त में हार गए थे।"

माँ चुप हो गईं। मैं इसके मानी नहीं समझा। मैं कुछ भी पूछना नहीं चाह रहा था, पर मुझे कब से पुष्पा की बाई की बेटी पुष्पा के बारे में जानना था कि उसका क्या हुआ? वो कहाँ गई? उसका कभी कोई ज़िक्र क्यों नहीं करता?

हवा में हल्की ठंडक थी। मंदिर के बरामदे में सूखे पत्तों के उड़ने का शोर बढ़ गया था। पीछे से मल्लाह की आवाज़ आई, "हवा ज़्यादा है, अभी वापस नहीं जा सकते; थोड़ा मौसम शांत होने पर चलेंगे।" ये कहकर वो वापस अपनी डोंगी की तरफ़ बढ़ गया।

"तुम्हें वापस जाने की जल्दी तो नहीं है?" माँ ने पूछा।

मैंने सिर हिला दिया। "पुष्पा का क्या हुआ?" मैंने पूछा और माँ मुझे ऐसे देखने लगी जैसे उन्होंने मेरी आवाज़ कई सालों बाद सुनी हो।

*प्रिय चित्रलेखा,*

*तुम्हारा सोचना कितना सटीक है। बिल्कुल 'शर्ट का तीसरा बटन' नाम एकदम ठीक रहेगा।*

*तुम्हें पता है मैंने अपनी सारी शर्ट के बटन गुलाबी कर लिए हैं। जब तुम मुझे कभी देखोगी तो तुम्हें पता चलेगा कि वो कितने सुंदर दिखते हैं।*

*पीले और सफ़ेद फूल शायद ग़ायब हो चले हैं गाँव से। बहुत वक़्त से नहीं दिखे। अगर दिखेंगे तो ज़रूर बताऊँगा तुम्हें।*

*तुमने सच कहा, ये उपन्यास मुझे मेरे सामने ऐसे खुलता दिख रहा है; मानो मैं पहली बार ख़ुद का गलियों में भटकना पढ़ रहा हूँ। मुझे अपने गाँव से कहीं ज़्यादा सेंट पीटर्सबर्ग के रास्तों पर भटकना सुख देता है। मैं इसे धीरे-धीरे पढ़ रहा हूँ कि कहीं ये ख़त्म न हो जाए।*

*कई बार मेरे साथ ऐसा हुआ है कि मैं चित्रलेखा लिखते-लिखते सोनिया लिखने जा रहा होता हूँ। तुम समझ सकोगी, तुमने दोस्तोयेवस्की का ये उपन्यास पढ़ा है।*

*क्यों रस्कोलनिकोव के लिए सोनिया बहुत ज़रूरी थी?*

*पुष्पा की बाई को राधे के पिता के बारे में कुछ भी नहीं पता।*

*तुम्हें पता है, आजकल मेरे शब्द मेरे गले में कहीं फँसे रह जाते हैं। मैं जब बहुत कुछ कहना चाहता हूँ तो किसी चौराहे पर फँसी गाड़ियों की तरह सारे के सारे शब्द एक साथ बाहर निकलने में अटक जाते हैं। मैं कभी-कभी खाँसता हूँ कि उन्हें बाहर गिरा सकूँ, पर सही वक़्त पर खाँसी भी नहीं आती है। अगल-बग़ल सब लोग मेरी चिंता में दिखते हैं, ख़ासकर माँ। मैं कई बार उनके पास गया कि उनसे कहूँ कि मैं ठीक हूँ, पर उनके पास जाते ही जैसे मुझे साँप सूँघ जाता है। मैं असल में कहना चाहता हूँ कि मेरी दिक़्क़त यही है कि मैं ठीक हूँ। मुझे इस वक़्त ठीक नहीं होना चाहिए। मुझे रस्कोलनिकोव की तरह एक गहरी ग्लानि में भटकना चाहिए, पर मुझे सब ठीक ही लगता है।*

*मैं आजकल 'भटकना' शब्द का इस्तेमाल ज़्यादा करता पाया जाता हूँ।*

*मेरी माँ मुझे डॉक्टर के पास लेकर गई थीं। उन्होंने कहा कि मैं बीमार हूँ, जबकि मुझे बिल्कुल भी बुख़ार नहीं है, पेट दर्द भी नहीं है। मैं जब चाहे तब दौड़ सकता हूँ, मैं बहुत धीरे चलता हूँ आजकल; ये अलग बात है। माँ और डॉक्टर का कहना है कि मुझे बदलाव की ज़रूरत है। मैं समझ नहीं पा रहा हूँ कि कैसा बदलाव! और कौन करेगा ये बदलाव? क्या मैं बदल सकता हूँ? मैं हमेशा से 'शर्ट का तीसरा बटन' होना चाहता था। क्या मैं गुलाबी हो सकता हूँ?*

*तुमने कहा था मेरी चाल 'शर्ट के तीसरे बटन'-सी हो गई है। मैं माँ से ये बात कहने की कोशिश करूँगा कि आप चिंता मत करो, मैं बदल रहा हूँ।*

*कल तुम मुझे फिर काले सूट में दिखी थी। तुम बहुत सुंदर लगती हो काले सूट में और मैं 'शर्ट के तीसरे बटन' के अब्बू से दूर रहूँगा, तुम चिंता मत करो।*

*आजकल मैं 'चिंता' शब्द का भी बहुत इस्तेमाल कर रहा होता हूँ।*

*क्या मैं 'भटकना' और 'चिंता' शब्द को भी किसी दूसरे शब्दों से बदल सकता हूँ? बताना मुझको।*

*तुम्हारे ख़त के इंतज़ार में,*

*रस्कोलनिकोव*

मैं चोटी के अब्बू की दुकान के सामने खड़ा था। दोपहर का वक़्त था। सड़क पर बहुत कम ही लोग थे। मुझे मेरी पीठ पर पसीने की बूँदों का बहना महसूस हो रहा था। मैं जानता था कि चोटी के अब्बू ने मुझे देख लिया था। मैंने भी उनकी काजू जैसी आँखों का झूठ-मूठ व्यस्त होना देख लिया था। जब भी ग़लती से उनसे निगाह मिलती, मैं उन्हें हज़ारों सवाल लिए घूर रहा होता। वो कुछ देर के लिए जड़ हो जाते फिर अपनी आँखें फेर लेते। मैं ऐसा क्यों कर रहा था, मुझे भी नहीं पता था! मैंने देखा, दुकान के दो-तीन कारीगरों ने अपना काम छोड़ा और चोटी के अब्बू के पास आकर खड़े हो गए। वो सब मेरी तरफ़ देखकर आपस में कुछ बात कर रहे थे। मुझे लगा कि मैं 'क्राइम एंड पनिशमेंट' पढ़ रहा हूँ। मैं यहाँ नहीं हूँ, मैं सेंट पीटर्सबर्ग की किसी सड़क पर खड़ा हूँ। तभी चोटी के अब्बू अपने तीन कारीगरों के साथ दुकान के बाहर आकर खड़े हो गए। मैं उन्हें मुझे देखता हुआ देख रहा था, तभी मुझे लगा कि मेरे साथ सेंट पीटर्सबर्ग की गली में राधे के पिता भी खड़े हैं और उनके हाथों में चाय का गिलास है। राधे के पिता चाय की चुस्की के साथ चोटी के अब्बू की दुकान के सामने मेरे खड़े होने का क़िस्सा सुना रहे हैं। वो मुझे इस क़िस्से में रस्कोलनिकोव के नाम से संबोधित कर रहे थे। मेरे होंठों के किनारे से मुस्कुराहट छलकने लगी थी। मुझे क़िस्से में मज़ा आ रहा था, मैं इसे सुनना चाहता था।

"फिर क्या हुआ?" मैंने सेंट पीटर्सबर्ग की गली में खड़े रहकर फुसफुसाया।

"ऐसा कहते हैं कि फिर चोटी के पिता अपने कुछ कारीगरों के साथ सड़क पर खड़े रस्कोलनिकोव की तरफ़ बढ़ने लगे थे। ऐसे में अधिकतर रस्कोलनिकोव भाग जाया करता था, पर वो अपने चरित्र के विरुद्ध वहीं खड़ा रहा। उसकी आँखें चोटी के अब्बू पर टिकी हुई थीं। चोटी के अब्बू की आँखें धूप में आते ही और छोटी हो गईं। रस्कोलनिकोव को लगा कि वो मुस्कुरा रहे हैं, पर जैसे ही वो रस्कोलनिकोव के क़रीब पहुँचे उसे उनका ग़ुस्से से भरा विकृत चेहरा नज़र आया। बाक़ी कारीगर रस्कोलनिकोव के चारों तरफ़, उसे घेरते हुए खड़े हो गए। क्यों आता है बे यहाँ? चोटी के अब्बू ने दाँत भींचते हुए पूछा। रस्कोलनिकोव के चेहरे पर हतप्रभ वाला भाव था।"

'मेरे पास बहुत सवाल थे, उन सवालों को किस सिलसिले से शुरू करूँ इसे तय करने में मुझे वक़्त की ज़रूरत थी'–मैं मन-ही-मन सोच रहा था।

चोटी के अब्बू जल्दी में थे। उन्होंने कहा, "तेरी माँ से मैं तेरी शिकायत कर चुका हूँ। तू चाहता है अभी लेकर जाऊँ तुझे उनके पास?"

'चोटी के अब्बू मेरी माँ से मिल चुके हैं। कहाँ मिले होंगे? घर में या माँ के स्कूल में? या घाट पर? क्या माँ ने चोटी के अब्बू को पिलाई होगी? क्या चोटी के अब्बू ने हम तीनों के उन दिनों की बात की होगी जब हम दुकान की छत पर हँसा करते थे?'–मैंने सोचा।

चोटी के अब्बू रस्कोलनिकोव के जवाब का इंतज़ार कर रहे थे कि पीछे से एक कारीगर बोला, "कुछ बोलेगा?"

"चिंता!" मेरे मुँह से निकला।

"क्या?" चोटी के अब्बू ने पूछा।

"शर्ट का तीसरा बटन टूट गया है।" मैंने कहा।

"तू पगला गया है क्या?"

"वो कहीं गिर गया है। भटक गया है।"

"कौन?"

"मुझे गुलाबी रंग की आवश्यकता है।"

मैं ये कह नहीं रहा था, मैं ये सारा कुछ बुदबुदा रहा था। किस तरीक़े से शब्द बाहर गिर रहे थे मुझे नहीं पता था।

"और आवश्यकता ही तो आविष्कार की जननी है।"

"ये पगला गया है। जाने दे। इसकी माँ से बात करूँगा मैं।" ये कहकर चोटी के अब्बू और सारे कारीगर रस्कोलनिकोव को अकेला छोड़कर पलट गए।

मैंने देखा सेंट पीटर्सबर्ग की गली में राधे के पिता के हाथों में रखी चाय ख़त्म होने को थी। तो क्या ये क़िस्सा यहीं तक था? राधे के पिता ने एक झटके में चाय ख़त्म कर दी। मुझे लगा कि वो मुझसे कह रहे हैं, "कुछ बातों का अंत नहीं जानना ही ज़्यादा ठीक होता है।"

मुझे ठीक शब्द से नफ़रत होती जा रही थी। मैंने राधे के पिता से पूछा, "फिर क्या हुआ?"

उन्होंने अपनी चाय के गिलास की तरफ़ देखा, गिलास की तली में जमी एकदम थोड़ी-सी चाय जमी उन्हें देख रही थी। उन्होंने अनमनेपन से क़िस्सा आगे बढ़ाया।

"फिर ऐसा कहते हैं कि चोटी के पिता अपने कारीगरों के साथ जैसे ही अपनी दुकान की सीढ़ी चढ़ने लगे थे, पीछे से रस्कोलनिकोव ने चिल्लाना शुरू किया–'शर्ट का तीसरा बटन आपके कारण टूटा है। वो चचा के कारण। वो चचा शर्ट के तीसरे बटन के साथ जबरदस्ती करते थे। मैंने कुछ नहीं किया है। मैंने नहीं मारा चोटी को, वो आपके कारण मरा है।'

रस्कोलनिकोव की आवाज़ बीच-बीच में फट रही थी, उसका शरीर अजीब तरीक़े से कड़क होता जा रहा था। रस्कोलनिकोव की इच्छा थी कि काश सोनिया उसका ये रूप देख पाती। लेकिन सोनिया कौन थी? तभी चोटी के अब्बू और सारे कारीगर, रस्कोलनिकोव की तरफ़ भागे।"

मेरी आँखें सेंट पीटर्सबर्ग की गली में राधे के पिता पर पड़ीं, मैंने देखा वो बिना मर्ज़ी के, चाय ख़त्म हो जाने के बाद भी अपना क़िस्सा जारी रख रहे थे।

"वो चचा 'शर्ट के तीसरे बटन' के साथ रात में सोते थे, आपको ये बात पता थी। वो रात में मेरे दोस्त के साथ क्या-क्या करते थे वो भी आपको सब पता था। और एक रात तो..." मेरा चिल्लाना अचानक रुक गया।

रस्कोलनिकोव को चोटी के अब्बू का हाथ हवा में लहराता हुआ दिखा और सब कुछ शांत हो गया। रस्कोलनिकोव इस हाथ को जानता था, इन हाथों ने उसे चाय दी थी, एक वक़्त में सहलाया था, इन्हीं हाथों ने एक बार पहले भी रस्कोलनिकोव को मारा था। जब रस्कोलनिकोव की साँस में साँस आई तो

उसने फिर बोलना शुरू किया, उसे चुप कराना मुश्किल हो रहा था। इस बार दुकान के कारीगरों ने भी अपने हाथों और लातों से रस्कोलनिकोव की मरम्मत की, पर वो चुप होने का नाम ही नहीं ले रहा था।

रस्कोलनिकोव बार-बार पूछ रहा था, "फिर क्या हुआ ? फिर क्या हुआ ?" चोटी के अब्बू अंत में अपने घुटनों पर बैठे और उन्होंने रस्कोलनिकोव के चेहरे को अपने दोनों हाथों से पकड़ा और कहा, "अब इधर दिखा तो समझ लेना।" सूरज चोटी के अब्बू के सिर के ठीक पीछे था, इसलिए रस्कोलनिकोव को वो ठीक से दिखाई नहीं दे रहे थे।

"फिर क्या हुआ ?" मैंने हाँफते हुए पूछा।

"रस्कोलनिकोव बहुत वक़्त तक अकेले सेंट पीटर्सबर्ग की गली में पड़ा रहा।"

"फिर क्या हुआ ?" मैंने फिर पूछा।

"फिर तू बड़ा हो गया।"

जब मैं लड़खड़ाते हुए खड़ा हुआ था तो सेंट पीटर्सबर्ग ग़ायब था। राधे के पिता भी अपनी चाय के साथ नदारद थे। धूप बहुत तेज़ थी और मेरे शरीर के विभिन्न हिस्सों में मुझे दर्द महसूस हो रहा था। मेरे चारों तरफ़ भीड़ थी, पर जो बहुत धीमी आवाज़ में एक-दूसरे से बातें कर रही थी। मैं लड़खड़ाता हुआ वो जगह तुरंत छोड़ना चाह रहा था, पर उस जगह के छूटने में बहुत वक़्त लग रहा था।

जब किसी को बहुत दुख होता है तो उसे नदी के इस पार आ जाना चाहिए। इस पार से, उस पार का सारा कुछ कितना छोटा नज़र आता है। बरगद, नदी का किनारा, गाँव, सारे लोग, जब ये सब इतने छोटे नज़र आते हैं तो दुख भी छोटा ही हो जाता होगा। बस चोटी का न होना ही छोटा नहीं हो पा रहा था। उसके न होने का घेरा दिन-ब-दिन बढ़ता ही जा रहा था। माँ की साड़ी तेज़ हवा में उड़ रही थी, वो उसे बार-बार सँभालकर अपने शरीर पर लपेट लेती थीं। कुछ देर में वो मेरी तरफ़ पलटीं, मेरा प्रश्न 'पुष्पा का क्या हुआ?' का उन्होंने जवाब दिया।

"पुष्पा प्रेगनेंट हो गई थी। इसका पता सबसे पहले पुष्पा की बाई को लगा। पुष्पा की बाई ने तुरंत पुष्पा को अपने पिछले पति, जो सब्ज़ी बेचा करता था, के पास भेज दिया। पुष्पा बच्चा गिरवाना चाहती थी और गाँव में एक बूढ़ी दाई थी जो ये काम कर सकती थी। उसके सब्ज़ी वाले पति के हिसाब से पुष्पा की उमर बहुत कम थी और बच्चा तीन महीने का हो चुका था। बच्चे का इस वक़्त गिरवाना ख़तरनाक हो सकता था। लेकिन पुष्पा की बाई नहीं मानी, उसने कहा कि बच्चा तो गिराना ही पड़ेगा। जब तक बात टार्ज़न दादा को पता चलती, पुष्पा और उसका बच्चा दुनिया छोड़कर चले गए। टार्ज़न दादा दिल के बड़े ही सीधे आदमी थे। उन्हें हमेशा लगता था कि वो सट्टा शौक़ के लिए खेलते थे, उन्हें इसकी लत नहीं। लेकिन पहली बार उन्हें पता चला कि इस जुए की लत की वजह से उन्होंने अपना सारा जीवन नरक कर लिया है। वो पुष्पा की ज़िंदगी और पैदा होते ही मर चुके अपने बच्चे का दुख बर्दाश्त नहीं कर पाए और गाँव छोड़कर चले गए। यूँ भी गाँव में उनका रहना असंभव था। कई सालों बाद जब वो वापस आए तो वह साधु हो चुके थे।"

मुझे लगा अपनी बात ख़त्म करते ही माँ उठेंगी और नदी की रेत से सोना बीनना शुरू कर देंगी। माँ अपनी साड़ी में पोटली बनकर कैसी लगेंगी? शायद

माँ ने क़िस्सा किसी दूसरे तरीक़े से सुनाया होगा, पर मेरे कानों में राधे के पिता के सुर सुनाई देते रहे थे। उनके कहे में एक संगीत था, गा कोई भी रहा हो; मुझे धुन राधे के पिता की ही आती थी। मुझे अब लगने लगा था कि राधे के पिता एक ऐसा कहानी-संग्रह थे, जिसकी कहानियाँ ख़त्म हो चुकी थीं।

मुझे याद है, एक दिन चोटी के अब्बू की दुकान की छत पर हम बैठे हुए थे तो राधे स्कूल के उन लड़कों और लड़कियों की बात कर रहा था जो बिगड़े हुए थे। न जाने कितने लड़कों की बुराई करके हम इस नतीजे पर पहुँचे थे कि हम वो नहीं थे। राधे के हिसाब से बिगड़े हुए बच्चों के माँ-बाप की आँखों के नीचे गहरे काले गड्ढे पड़ जाते हैं। वो अजीब-से भुतहे दिखने लगते हैं। मेरी माँ की आँखों में मुझे जब भी थोड़ी ज़्यादा थकान दिखती, मैं घबरा जाता। मुझे लगता कि मैं उन लोगों में शामिल हो रहा हूँ, जिनकी बुराइयाँ बाक़ी बच्चे और उनके माँ-बाप करते हैं। मैं तुरंत चोटी की तरह बरताव करता। ख़ूब हँसता, घर के काम में हाथ बँटाता, यहाँ-वहाँ की बातें करता, माँ हँस देतीं तो मुझे लगता सब ठीक है।

चोटी के अब्बू की दुकान के सामने जो हुआ था, उसकी चर्चा पूरे गाँव में थी। उस चर्चा में मैं हाथ से छूट चुका लड़का था। माँ की आँखों के नीचे का कालापन अब उनकी हँसी से भी नहीं छुपता था। इन सबमें अगर माँ मुझसे पूछ रही थीं कि तुम क्या चाहते हो, तो उसका मेरे पास क्या जवाब हो सकता था? मैं असल में सब कुछ वापस चाहता था। ख़ासकर वो रविवार की आलस से भरी दोपहरें जब माँ आँगन में चावल बीन रही होती थीं, पुष्पा की बाई धूप में पापड़ सुखा रही होती थीं, माताजी आँगन में पुराने गानों की धुन में आँखें मूँदें पड़ी रहतीं और मैं माँ की गोद में लेटे हुए आवश्यकता और आविष्कार के अपने क़िस्से सुनाकर सबको हँसाता रहता... क्या कुछ भी वापस पलटकर आ सकता है?

मैं कल से शहर जाकर एक साधु के साथ रहने वाला था। उसी शहर में जहाँ से चोटी कभी वापस नहीं आया था। टार्ज़न दादा शहर में कहाँ रहते हैं? क्या करते हैं? इसका मुझे कोई अंदाज़ा नहीं था। मैं अब शहर में रहूँगा, इसका मुझे यक़ीन नहीं था। कुछ ही महीने पहले मैंने इस गाँव को न छोड़ने की क़सम खाई थी, और जब कल स्टेशन पर पंजाब मेल खड़ी होगी तो मैं आख़िरी बार

इस गाँव को विदा कहूँगा।

*प्रिय चित्रलेखा,*

*मुझे नहीं पता कि इस वक़्त मुझे दोस्तोयेवस्की को पढ़ना चाहिए था कि नहीं। रस्कोलनिकोव की ईमानदारी और मेरे छिछलेपन में जो अंतर है मैं उस वीराने में ख़ुद को खड़ा देखता हूँ। मैं चोटी के पिता की दुकान पर नहीं था। मैं तो उस वीराने से भागना चाह रहा था, पर मेरे पैर जड़ हो चुके थे। मैं अपने छिछलेपन में टूटी-फूटी ईमानदारी को कसकर पकड़े हुए था।*

*तुम्हें पता है कि मैं गाँव छोड़कर जा रहा हूँ? तुम्हारे अलावा ये बात मैंने बस मनीष को बताई है। वही हमारे संबंध का साक्षी है। उसे अपने एकमात्र पक्के दोस्त का बिछड़ना ठीक नहीं लग रहा है। मैंने उससे कहा है कि तुम अब मुझसे सिर्फ़ सादी दोस्ती रखो और राधे से पक्की दोस्ती कर लो। क्या ऐसे अपने पक्के दोस्तों को बदला जा सकता है? मैंने किया है, 'शर्ट का तीसरा बटन' के टूटते ही मैंने तुरंत मनीष को पकड़ लिया था। लेकिन मेरे जितना दोग़लापन मनीष के पास नहीं है।*

*मैं शहर से पंजाब मेल में अपने ख़त रख दूँगा, तुम स्टेशन पर जाकर पंजाब मेल से लेटर उठा लेना। क्या ट्रेन को पक्का दोस्त बनाया जा सकता है?*

*मैं जाने से पहले एक बार राधे से और ग़ज़ल से मिलूँगा। क्या मैं तुम्हारे बारे में उन्हें बता सकता हूँ?*

*कल रावण की सेना ने मुझे चौक पर रोका था। पान खाने से उन सबके मुँह लाल थे। सबके मुँह से क़िमाम महक रहा था। उस क़िमाम की गंध से मुझे चक्कर आ रहे थे। जाने दो, मैं उनके बारे में यहाँ बात नहीं करना चाहता हूँ।*

*मैं उपन्यास के आख़िरी हिस्सों पर हूँ। मुझे लगता है कि जैसे ही ये ख़त्म होगा, वैसे ही सब ठीक हो जाएगा।*

*'मुझे तुम्हारी ज़रूरत है सोनिया', ये वाक्य मैं तुमसे कहना चाहता था।*

*मैं अभी भी ठीक हूँ, जबकि सारे लोगों को लगता है कि कुछ गड़बड़ है।*

*मैंने सब गड़बड़ कर दिया है, पर मैं ठीक हूँ। तुम्हें क्या लगता है, बताना।*

*जवाब के इंतज़ार में,*

*रस्कोलनिकोव*

*

*प्रिय रस्कोलनिकोव,*

*तुम्हें सोनिया की नहीं सज़ा की ज़रूरत है!*

*तुम्हारे ख़त मिलने से पहले ही मैं तुम्हें लिखना चाहती थी। मैं थी वहाँ। मैंने सब देखा था। मैं आने वाली थी शर्ट के तीसरे बटन के अब्बू को रोकने के लिए, पर फिर तुम बार-बार चिल्ला रहे थे 'फिर क्या हुआ? फिर क्या हुआ?' तो मैं रुक गई। मुझे लगा तुम चाहते हो ये सब। तुम्हारी इच्छा थी कि तुम्हें दंड मिले। लेकिन क्या तुम्हारे अपराधों के लिए ये दंड काफ़ी है? और मुझे लगता है कि मैं अगर वहाँ आती तो तुम्हें ज़्यादा बुरा लगता।*

*तुम रावण की सेना के पास ख़ुद गए थे। तुम अपनी सज़ा को बढ़ाना चाहते थे, पर उन्होंने तुम्हें नहीं मारा। अगर वो लोग भी तुम्हें मारते तो क्या तुम्हारे किए की सज़ा काफ़ी होती?*

*ये तुम भी मानते हो और मैं भी कि तुम चाहते तो अपने 'शर्ट के तीसरे बटन' को बचा सकते थे, पर तुम ग़ज़ल की वासना में उलझे रहे। तुम माताजी की मृत्यु पर रोए नहीं। नाना तुमसे कितना कुछ कहना चाह रहे थे, पर तुमने वहाँ अपनी गणित की चालाकी का इस्तेमाल किया और 'माना कि उन्होंने कुछ कहा ही नहीं' ये सोचकर अपना पल्ला झाड़ लिया। क्या तुम अपने ज़ेहन से उस रात नाना का साड़ी पहनकर नाचना निकाल सकते हो? जब तुम्हारी माँ को तुम्हारी सबसे ज़्यादा ज़रूरत थी, तुम बाहर अपने दोस्तों के साथ खड़े थे। जब तुमने उन्हें कुछ नहीं दिया तो वो ग़ज़ल और उसके अब्बू के क़रीब गईं और तुम इसका बदला उनसे लेने से बाज़ नहीं आए। अब बताओ, इतनी और इसके अलावा जाने कितनी चीज़ों की ये सज़ा काफ़ी है?*

*तुम्हें सांत्वना बटोरने की आदत पड़ चुकी है। हर घटना का इस्तेमाल तुमने ख़ुद के प्रति सांत्वना बटोरने में किया है।*

*मैं जानती हूँ अभी भी तुम ग़ज़ल से मिलना क्यों चाहते हो। अगर थोड़ी शर्म है तो तुम उससे नहीं मिलोगे। और राधे से भी तुम इसलिए मिलना चाहते हो, क्योंकि तुम नहीं चाहते कि राधे पूरी ज़िंदगी ये सोचे कि तुम्हारे कारण आज 'शर्ट का तीसरा बटन' नहीं है।*

*तुम 'चित्रलेखा' उपन्यास के सार का इस्तेमाल करके, चित्रगुप्त से अपनी सज़ाएँ कम नहीं करा सकते हो।*

*मैं ये सब इसलिए लिख रही हूँ, क्योंकि तुम ये सब सुनना चाहते हो। मैं ये लिखना नहीं चाहती हूँ।*

*तुम्हें सबसे पहले अपनी माँ से मिलना चाहिए। वो माताजी के साथ नदी के उस पार, बिना देवता के मंदिर में जाती थीं। क्या तुम नहीं जाना चाहोगे उनके साथ वहाँ?*

*और जब उनके साथ वहाँ बैठो तो वहाँ सांत्वना मत बटोरना।*

*चित्रलेखा और सोनिया को आपस में मत मिलाओ।*

*पंजाब मेल वाला विचार अच्छा है।*

*तुम्हें पता है दोस्तोयेवस्की के इस उपन्यास की ख़ासियत क्या है? ये उपन्यास कभी ख़त्म नहीं होता। इसे पढ़कर ख़त्म कर देने के बाद भी तुम्हें सेंट पीटर्सबर्ग की सड़कों से बाहर निकलने का रास्ता नहीं मिलेगा।*

*क्या तुम जाने से पहले मुझसे एक बार मिलना चाहोगे? बताना।*

*चित्रलेखा*

मैंने चित्रलेखा के इस ख़त को कई बार पढ़ा और हर बार, कुछ और ग़लतियाँ, कुछ और दोग़लापन, कुछ और दुख जुड़ते गए जिनका ज़िक्र वो इस ख़त में नहीं कर पाई थी। मैं चाहता था कि चित्रगुप्त के बही-खाते की तरह मैं एक सिलसिले से अपनी सारी गड़बड़ियों को तरतीब से एक जगह जमा लूँ। इन्हें पढ़कर लगता कि जो भी मेरे साथ इस वक़्त घट रहा था, वो कम था। चित्रलेखा सोनिया नहीं थी। सोनिया कोई और थी।

रात में माँ की बग़ल में लेटे हुए मैंने उनसे पूछा, "आपका पक्का दोस्त कौन है?"

"पुष्पा की बाई।" उन्होंने जवाब दिया।

"और?"

"ग़ज़ल के अब्बू।"

"हाँ वो मुझे पता है। और?"

"और मैं ख़ुद।"

“आप ख़ुद के पक्के दोस्त कैसे हो सकते हो?”

“सबसे पहले पक्की दोस्ती तो ख़ुद से ही करनी चाहिए, वरना कैसे समझ आएगा कि पक्की दोस्ती क्या होती है?”

“पक्की दोस्ती क्या होती है?”

“तुम बताओ?”

“मैंने आपको और ग़ज़ल के अब्बू को क़िले की टूटी दीवार के पीछे बैठे देखा था, क्या उसे पक्की दोस्ती कहते हैं?”

माँ कुछ देर चुप रही थीं। मैं कमरे के भीतर भारी सन्नाटा महसूस कर सकता था। इस वक़्त किसी भी आवाज़ की कहीं कोई हरकत नहीं थी। मैं ये नहीं पूछना चाह रहा था कभी।

“वो पक्की दोस्ती से भी बढ़कर है।”

“उससे भी बढ़कर कुछ होता है?”

“जब तुम बड़े हो जाओगे, तब समझ आएगा।”

हर चीज़ बड़े होने तक स्थगित रहती है हमेशा। मैं बड़ा हो चुका हूँ–यह मैं चिल्ला-चिल्लाकर कहना चाह रहा था।

“मैं आपके साथ मंदिर जाना चाहता हूँ, नदी के उस पार वाला।”

“मैं भी वहाँ कब से नहीं गई हूँ।”

“कल चलेंगे?”

“कल पता नहीं, पर तुम्हारे जाने से पहले जाएँगे।”

मैं हमेशा से ही अपने गाँव को दूर से देखना चाहता था, पूरा का पूरा। कभी-कभी मुझे सपने आते थे कि मैं बहुत ऊपर उड़ गया हूँ और अपने गाँव और वहाँ से देख रहा हूँ जहाँ से चित्रगुप्त शायद देखता होगा। इस वक़्त नदी के इस पार बैठे हुए मैं अपने पूरे गाँव को देख सकता था, एक तरफ़ से। मुझे लगा जाने से पहले, इससे अच्छी जगह नहीं होगी विदाई के लिए। मैं इस गाँव में बड़ा नहीं हो पाया, मेरा बड़ा होना रह गया था। ये गाँव मेरा वो रूप नहीं देख पाएगा, जब मेरी आँखें शून्य में कहीं ताक रही होंगी और मेरा पूरा शरीर थकान से भर गया होगा। मैं इस गाँव का वो हिस्सा नहीं हो पाया था, जहाँ आपका दिखना अखरता नहीं है। बूढ़े होने पर लगभग सब अदृश्य हो जाते थे, इस गाँव से भी और घरों के अंदर रहते हुए भी।

"माँ, आप बूढ़ी मत होना।"

मैंने माँ से कहा। हवा थोड़ी कम हो चली थी। माँ के बिखरे हुए बाल उनके चेहरे के आस-पास लटके पड़े थे। मेरी बात सुनकर वो मुस्कुराने लगीं। वो इस वक़्त बहुत ख़ूबसूरत लग रही थीं।

"वो सामने पेड़ दिख रहा है तुम्हें पीपल का?" माँ ने नदी के उस पार इशारा करते हुआ पूछा।

"हाँ।"

"वहीं मेरे पिता दफ़्न हैं।"

"हाँ, मैं था उस वक़्त वहाँ।"

"दफ़्न होना कितना अजीब है। मैं वहाँ गई थी और उनके रहते जो सारी शिकायतें उनसे नहीं कर पाई, वो सारी शिकायतें मैंने उनकी क़ब्र पर बैठकर कीं। शायद वो यही चाहते थे कि मैं कह दूँ उनसे सब कुछ। मरने के बाद भी उन्होंने अपनी इच्छा पूरी कर ली।"

"क्या कहा आपने उनसे?" मैंने पूछा।

"वही सारा जो मैं कभी अपनी माँ से भी नहीं कह पाई।"

मुझे लगा मैं माँ के बारे में सच में कुछ भी नहीं जानता हूँ। मैं कभी उन संवादों का भी साक्षी नहीं था जो माँ और माताजी के बीच में होते थे। मेरे कान में पड़ा करते थे कुछ असहज शब्द, पर कभी पता नहीं था कि उन संवादों का कोई मतलब भी है। काश मैं वहाँ होता जब नाना की क़ब्र पर बैठी माँ उनसे अपनी सारी शिकायतें कर रही थीं। मैंने पहली बार महसूस किया कि मैं सवाल कर रहा हूँ, ज़्यादा जानने के लिए। मैं अधूरी बातों को उनके अधूरेपन पर छोड़कर अपना पल्ला नहीं झाड़ रहा था।

"आप नाना से नफ़रत करती थीं?" मैंने पूछा।

"नफ़रत बहुत बड़ा शब्द है। नहीं, नफ़रत नहीं करती थी। मैं कभी ये बात समझ नहीं पाई कि मेरी माँ उनसे नफ़रत क्यों नहीं कर पाई कभी। जिस आदमी ने उनका और मेरा पूरा जीवन बदल दिया, उसके ख़िलाफ़ उनके मन में कोई रंज क्यों नहीं था? माताजी के भीतर, मेरे पिता के लिए हमेशा एक पाक-साफ़ जगह रहती आई थी। मेरे पिता के पास ऐसा कुछ था जिससे लोग कभी उनसे नफ़रत नहीं कर पाए। जब वो यहाँ थे, मुझे एक डर बना रहता कि अगर मैं उनसे बात करने लगूँगी तो मैं भी उन्हें पसंद करने लगूँगी। मैं उनसे कुछ भी नहीं चाहती थी। जिस रात तुमने कहा था कि तुम्हें नाना अच्छे लगते हैं, मैं घबरा गई थी। मैंने कभी ख़ुद को उतना अकेला नहीं पाया था।"

मैं अवाक्-सा माँ को ताकता रहा था। मेरी फ़ालतू-सी बातों का भी कहीं कोई असर होता है, इसका मुझे पहली बार पता चला। मैं ख़ुद वो बात कहकर भूल गया था, पर उनके लिए वो वाक्य अभी भी महत्त्व रखता था। मेरा दिमाग़ तुरंत भागने लगा कि ऐसी रातों में मैंने माँ से न जाने क्या-क्या कहा था! उन सबकी न जाने कितनी तकलीफ़ उनके भीतर पल रही होगी! मैं माँ से कहना चाह रहा था कि मुझे सोनिया मिल गई है। आज आपसे मैं पहली बार ये संवाद कर रहा हूँ, उसका कारण सोनिया है। अगर वो नहीं होती तो मैं कभी अपना जुर्म क़बूल नहीं करता।

"नाना को दफ़्न क्यों किया गया?" मैंने पूछा।

"जब तुम्हारे नाना को बिस्तर से उठाया गया तो ग़ज़ल के अब्बू को उनके तकिए के नीचे बहुत से काग़ज़ मिले। वो कुछ ख़तनुमा थे जो उन्होंने मेरे लिए

लिखे थे। मैंने उन्हें पढ़ने से इनकार कर दिया था। ग़ज़ल के अब्बू ने उन्हें पढ़ा, बहुत-सी बातों के अलावा उसमें लिखा था कि वो दफ़्न होना चाहते हैं। मैंने ग़ज़ल के अब्बू से कहा कि इन सारे काग़ज़ों को उनके साथ ही दफ़्न कर देना। मैं नहीं चाहती थी कि, जाते-जाते, उन्हें उनकी बात कह देने का सुख मिले।"

"क्या लिखा था उन्होंने?"

"मुझे नहीं पता, सिर्फ़ ग़ज़ल के अब्बू ही जानते हैं ये बात।"

मैं इस बात से थोड़ा ख़ुश था कि कुछ वक़्त के लिए ही सही, पर नाना के लिए मैं सोनिया हो पाया था। लेकिन मैं उनके लिए सोनिया नहीं था, वो माँ थीं। मैं पहली बार नाना का दुख समझ सकता था कि उनकी सोनिया उनके इतने क़रीब थी, पर उनकी सोनिया ने उनकी बात कभी नहीं सुनी।

"माँ, आप 'अपना बुक क्लब' वापस खोलना।" मैंने कहा।

"क्या?"

"इतनी सारी किताबें आपके पास पड़ी हैं। ग़ज़ल के अब्बू का एक पूरा कमरा किताबों से भरा पड़ा है। लोगों को पढ़नी चाहिए किताबें।"

काश वो अभी पूछतीं कि क्या तुम पढ़ते हो? और मैं उन्हें दोस्तोयेवस्की के रस्कोलनिकोव की दास्ताँ सुनाता। काश मैं उनसे कह पता कि आपका और ग़ज़ल के अब्बू का क़िले की टूटी दीवार के पीछे बैठना बहुत सुंदर था! अगर रस्कोलनिकोव के जीवन में सोनिया नहीं आती तो मैं कभी वो सुंदरता देख नहीं पाता। नदी सामने पूरी तरह शांत थी। नदी के बहाव के आख़िरी हिस्से में सूरज डूबता हुआ नज़र आ रहा था।

"अगर आप लोगों ने दर्शन कर लिए हों तो हम जा सकते हैं वापस?" पीछे से मल्लाह की आवाज़ आई।

माँ ने पलटकर अपना सिर हिला दिया। मल्लाह वापस अपनी डोंगी के पास चला गया। डूबते सूरज में गाँव बहुत ख़ूबसूरत नज़र आ रहा था। हमारे वापस जाने का वक़्त हो चला था, हम जानते थे, पर हम दोनों वहीं चुप बैठे रहे।

*प्रिय चित्रलेखा,*

*तुमने सही कहा कि ये किताब कभी ख़त्म नहीं होगी।*

*इसे पूरा पढ़ने के बाद इसका विस्तार इतना बड़ा हो गया कि मैं अभी इसके*

बड़े से वृत्त की गूँज के छोटे से हिस्से में ही टहल पाया हूँ, ऐसा लगता है।

अपराध और दंड का क़ायदा कितना सघन है! मैं जिस तरह की बचकानी बहसें चित्रगुप्त से किया करता था अब उन्हें सोचकर शर्म आती है। पाप और पुण्य का संसार भी कितना विशाल है!

तुमने जितने अपराध गिनाए हैं, वो जाने हुए अपराध हैं, उन अपराधों की फ़ेहरिस्त बहुत बड़ी है। लेकिन जो अपराध मैंने अनजाने में किए हैं, उनका क्या? क्या सज़ाएँ उनकी भी मिला करती हैं? फिर कैसे भगवतीचरण वर्मा कहते हैं–'संसार में पाप कुछ भी नहीं है, वह केवल मनुष्य के दृष्टिकोण की विषमता का दूसरा नाम है।' अगर ऐसा है तो फिर 'शर्ट का तीसरा बटन' को किस बात की सज़ा मिली है? मैं ये नहीं समझ सका। क्या वो इसलिए नहीं रहा कि हमें दंड मिल सके? मतलब जो बचे रह जाते हैं वो असल में सज़ा काट रहे होते हैं? जब रस्कोलनिकोव ने अल्योना की हत्या की तो अल्योना तो चली गई, पर जो बच गया वो रस्कोलनिकोव था। तो क्या उसे उसके बचे रहने की सज़ा भुगतनी पड़ी? जो रह जाता है पीछे, क्या उसे ही सारा कुछ सहना पड़ता है?

चित्रलेखा और सोनिया को मिलाना मेरी भूल थी।

मैंने माँ से पूछा है नदी के उस पार वाले मंदिर के लिए। हम जाएँगे वहाँ।

तुम सही कह रही हो मुझे ग़ज़ल से नहीं मिलना चाहिए। उससे मिलने के पीछे मेरा स्वार्थ है, पर राधे से मिलना बहुत ज़रूरी है। मुझे नहीं पता कि उसे पता भी है कि नहीं कि मैं ये गाँव छोड़कर जा रहा हूँ।

और तुमसे मिलने वाली बात को मैं इस ख़त में और नहीं टाल सकता हूँ। मैं तुमसे मिलना चाहता हूँ। और फिर तुम्हीं ने कहा कि चित्रलेखा और सोनिया को मत मिलाओ। मैं नहीं चाहता कि मैं तुम्हारा इस्तेमाल कर लूँ। लेकिन मैं जाने से पहले तुम्हें दूर से एक बार देखना ज़रूर चाहता हूँ। क्या तुम्हारे पास पीली साड़ी है? अगर है तो मेरे लिए ज़रूर पहनना। मैं तुम्हें एक बार पीली साड़ी में देखना चाहता हूँ। मुझे लगता है तुम बहुत ख़ूबसूरत दिखोगी।

कल मैं तुम्हें तुम्हारी गली के बाहर निकलता हुआ देखूँगा।

तुम आओगी पीली साड़ी पहनकर?

तुम्हारा,

रस्कोलनिकोव

राधे को ढूँढना पड़ा। उससे मिलना पहले जितना आसान नहीं था। वो अपने पिता की पान की टपरी सँभालने लगा था। मुझे कचहरी जाना पड़ा, उससे बात करने के लिए। वो बहुत व्यस्त था। उसके हाथ उसके पिता से भी तेज़ चलते थे। वो एक हाथ से बीड़ी दे रहा था, दूसरे से पान बना रहा था और उसी बीच गुटखा भी घिसकर किसी को पकड़ा देता। इन सारे करतबों के बीच वो लगभग सबसे बातचीत भी कर रहा था। उसके सारे ग्राहक उमर में बहुत बड़े थे–वकील, पुलिस, रस्सी से बँधे चोर, घूँघट की हुई कुछ औरतें। सारे लोग उसे छोटू-छोटू कहकर संबोधित कर रहे थे। उसकी निगाह मुझ पर पड़ी, पर मुझे नहीं लगता कि उसने मुझे पहचाना था और मैं उसे पहचान नहीं पा रहा था। मैं देर तक सोचता रहा कि उसे छोटू कहूँ या राधे। उसने अंत में मुझे देखा और अपने काम के बीच कहा, "बोल क्या काम है?" और वापस व्यस्त हो गया। वो मुझे पहचान गया था। उसके नाम और काम के साथ उसकी आँखें भी बदल गई थीं। मैं टपरी के कोने में आ गया, जिससे उसके ग्राहकों को मेरी आवाज़ कम-से-कम सुनाई दे।

"मुझे बात करनी है।" मैंने कहा।

"किस बारे में?" उसने कहा।

ये वाले सवाल हमारे बीच कभी नहीं थे, सो इसके बने-बनाए जवाब भी नहीं थे मेरे पास। मैं टपरी के कोने में खड़ा ये सोच रहा था कि मुझे बात किस बारे में करनी है।

"जल्दी बोल।" राधे ने कहा।

मैं उसे देखता रहा। क्या ये भी अपने पिता की तरह बदल चुका है? उसने मेरी तरफ़ सिर्फ़ एक बार ही देखा था। उसकी उँगलियाँ पान के कत्थे से लाल हुई पड़ी थीं। शर्ट पर पान और गुटखे के दाग़ लगे हुए थे।

"क्या बोलूँ?" मेरे सुर में शिकायत थी।

"वही।"

"वही क्या?"

"जो बात करनी है?"

"यहीं बोलूँ?"

"और नहीं तो कहाँ?"

"मुझे चोटी के बारे में बात करनी है।"

राधे के हाथ थम गए। पता नहीं कितने दिनों बाद मैंने चोटी का नाम अपने मुँह से लिया था। कितना स्नेह और अपनापन है इस नाम में अभी भी। राधे पहली बार मेरी तरफ़ पलटा, "अब बात करनी है, जब वो है नहीं?" ये कहकर वो वापस काम करने लगा। मैं ख़ुश था कि वो राधे ही था। उसका ग़ुस्सा अभी तक पक्के दोस्तों का ग़ुस्सा था। मैं खड़ा रहा वहीं, बिना कुछ कहे।

"तू मज़ार जा, मैं आता हूँ वहाँ।" उसने कहा और मैं मज़ार की तरफ़ चला गया।

*प्रिय रस्कोलनिकोव,*

*मेरी माँ के पास एक पीली साड़ी है। मैं ख़ुद उसे बहुत पसंद करती हूँ। मैं पहनूँगी वो साड़ी।*

*काश मैं चित्रलेखा नहीं सोनिया होती, काश तुम कहते कि जाने से पहले मैं तुमसे मिले बग़ैर नहीं रह सकता।*

*राधे से मिलना तुम्हारा ज़रूरी है और मुझे बताना कि क्या बात हुई तुम्हारी उससे।*

*एक बात ज़रूर कहना चाहती हूँ तुमसे कि तुम रस्कोलनिकोव होने की तरफ़ भाग रहे हो, तुम चाहते हो कि तुम्हारा अंत भी रस्कोलनिकोव के अंत जैसा हो। पर जब तुम रस्कोलनिकोव का अंत पढ़ रहे थे, तब तुम असल में अपनी शुरुआत पर खड़े थे। तुम जब पंजाब मेल में बैठकर जा रहे होगे तो अपने साथ रस्कोलनिकोव को लेकर मत जाना। उसे यहीं छोड़ जाना। तुम बीजगुप्त की तरह जाना। तुम्हारा अभी भी बीजगुप्त होना बचा हुआ है। जिस शिद्दत से तुम कुमारगिरि से दूर भागना चाह रहे थे उसी तेज़ी से तुम उस जैसे हो गए थे। मुझे नहीं पता प्रयास करना कितना काम करता है, इस तरह की चीज़ों में।*

*तुमने सोचा है कि तुम माँ से क्या बात करोगे, जब मंदिर पर जाओगे? क्या तुम उन्हें चित्रलेखा और रस्कोलनिकोव की दोस्ती की कहानी सुनाओगे? क्या तुम उनसे कहोगे कि रस्कोलनिकोव कभी चित्रलेखा से नहीं मिल पाया क्योंकि उसे डर था कि चित्रलेखा उसके मिलते ही सोनिया हो जाएगी?*

*तुम्हारी माँ सोनिया नहीं है। अगर तुमने उन्हें सोनिया बनाया तो पूरा जीवन एक अपराध का भाव लिए घूमोगे। तुम रस्कोलनिकोव होने से बच सकते हो, अगर तुम सोनिया से न मिलो। सोनिया के मिलते ही तुम्हारे बीजगुप्त होने का सपना मर चुका होगा।*

*क्या तुमने कभी मेरे जैसा होने के बारे में सोचा है?*

*चित्रलेखा नहीं, मेरे जैसा?*

*क्या तुम्हें पता भी है कि मैं कैसी हूँ?*

*बताना।*

*चित्रलेखा*

किस तरह हमारे मिलने की जगहें बदल चुकी थीं। इस मज़ार का एक छोटा इतिहास जुड़ गया था मेरे और राधे के बीच। यहाँ मिलने से लगता था कि हम अपनी सारी पुरानी कहानी की कतरनों के बीच में बैठे हुए हैं। अधिकतर मुझे ऐसी स्थिति में कुछ भी कहना निरर्थक लगने लगता था। इस मज़ार से थोड़ी ही दूरी पर नदी थी। मेरी इच्छा हुई कि जब राधे आए तो मैं उससे कहूँ कि चलो नदी पर चलकर किसी नई जगह बैठते हैं। शायद वहाँ जाकर हम वो बातें करें जो हमने पहले कभी नहीं की थीं। नदी किनारे बातें करना बहुत हल्का भी होता है, यूँ लगता है कि नदी सारा कचरा अपने साथ बहा ले जाएगी। बातचीत के अंत में हमारे पास सिर्फ़ साफ़ पानी रह जाएगा, जिसे पीकर हम दोनों की प्यास बुझ सकती थी। मैं बहुत प्यासा था, गर्मी बहुत थी और हवा का नाम-ओ-निशान नहीं था। तभी मेरी निगाह मज़ार पर पड़े फूलों पर पड़ी। पीले और सफ़ेद फूल। ये तो मेरे सपने वाले फूल हैं। मैंने हिचकिचाते हुए एक फूल को छुआ... कोमल–शब्द का स्वाद मेरी जीभ पर फैल गया। माँ की पीली साड़ी का रंग इन पर था। मैंने और बहुत से फूल उठा लिए। ये पीले और सफ़ेद फूल कितने ख़ूबसूरत थे! मुझे कभी फूलों को तोड़ना ठीक नहीं लगता। काश मैं इन्हें जीवित देख पाता–उगे हुए, हवा में लहराते हुए। तभी हल्की हवा चलनी शुरू हुई और मेरे शरीर पर तैर रहे पसीने की वजह से एक ठंडक पूरे शरीर में मुझे महसूस होने लगी। मेरी उँगली शर्ट के तीसरे बटन को टटोलने लगी। मैंने आज स्कूल की वही शर्ट पहनी थी जो चोटी सपने में पहने हुए था। उस शर्ट

के तीसरे बटन का गुलाबी रंग हल्का फीका पड़ गया था, पर उसके फीकेपन की वजह से वह मुझे और भी ज़्यादा ख़ूबसूरत दिखने लगा था। मैंने उन पीले और सफ़ेद फूलों को अपने से दूर रख दिया, ठीक उसी दूरी पर जहाँ उस दिन चोटी बैठा हुआ था। कितने कोमल और असहाय से दिख रहे थे ये फूल अपने मूल से अलग होकर! वो मृत थे पर फिर भी अपने आस-पास की हर चीज़ से कहीं ज़्यादा ख़ूबसूरत।

"तो जा रहे हो तुम यहाँ से?"

मुझे आवाज़ आई, मैं इस आवाज़ को पहचानता था, चोटी यहीं है। मैं देर तक उन निर्जीव पड़े फूलों को देखता रहा। फिर मैंने अपनी शर्ट उतारी और उसे उन फूलों के पास रख दिया। फिर उन पीले और सफ़ेद फूलों को मेरी शर्ट के तीसरे बटन के पास जमाकर अपनी जगह वापस आकर बैठ गया।

"चोटी मुझे माफ़ कर दे।" मैंने कहा। मैंने देखा वहाँ अब फूल नहीं थे। मेरी शर्ट भी नहीं थी और न ही उसका तीसरा बटन था। उन सबके बदले चोटी बैठा हुआ था। वो पीला और सफ़ेद रंग के बीच बेहद सुंदर दिख रहा था।

"नहीं।" चोटी ने कहा।

"नहीं मतलब?"

"नहीं, माफ़ नहीं करूँगा।"

"क्यों?"

वो ये कहते हुए मुस्कुरा रहा था। मुझे लगा वो मेरा मज़ाक़ उड़ा रहा है।

"तू मुझसे छुटकारा चाहता है?"

"नहीं।"

"तो क्यों भागना चाहता है?"

"तुझे कैसे पता मैं भाग रहा हूँ?" मैंने पूछा।

"मुझसे ही भाग रहा है और मुझे नहीं पता होगा?"

"मैं तो उसी तरफ़ जा रहा हूँ, जहाँ तू गया था।"

"इसलिए डर रहा है?"

"मैं डर रहा हूँ?"

"क्या-क्या लेके जा रहा है यहाँ से?"

"कुछ भी नहीं।"

"इसलिए माफ़ी माँग रहा है?"

"मतलब?"

"ताकि यहाँ से कुछ भी ढोकर न ले जाना पड़े।"

"मैं बहुत कोशिश कर रहा हूँ।"

"किस बात की?"

"कि सारा कुछ छूटा रह जाए पीछे जब मैं यहाँ से जाऊँ।"

"तू अगर छोड़ना चाहेगा तो सब छूट जाएगा।"

"क्या मेरे चाहने भर से हो जाएगा?"

"तेरे चाहने भर से ही तो सब हुआ है।"

"नहीं।" मैंने कहा और अपनी आँखें नीचे कर ली।

"तू अभी क्या चाहता है?"

"माफ़ी माँगना।"

"ठीक है, माफ़ किया तुझे।"

"सच में!"

"हाँ।"

मुझे लगा कि जब मैं ऊपर देखूँगा तो चोटी जा चुका होगा और मैं अपनी शर्ट वापस पहनकर फूलों को मज़ार पर वापस रख दूँगा, लेकिन मैंने जैसे ही वापस देखा, चोटी वहीं बैठा हुआ मुझे घूर रहा था।

"यहाँ तक के संवाद तू मुझसे करना चाहता था, सो कर लिए। अब?" चोटी ने कहा।

"अब?"

"मैं अभी भी यहीं हूँ।"

"तो?"

"मैं नहीं जा रहा।"

"राधे आने वाला है।"

"अभी तक तो तू चाह रहा था कि काश राधे न आए, क्योंकि तू असल में उससे बात करना नहीं चाहता है।"

"मैं चाहता हूँ उससे बात करना।"

"क्या बात करेगा?"

"मैं उसे बताना चाहता हूँ कि मैं कल जाने वाला हूँ। उसे पता होना चाहिए।"

"ये बात उसे पता है।"

"हाँ, पर मैं ख़ुद उसे बताना चाहता हूँ।"

"पर तू तो कहके आया है कि तू मेरे बारे में बात करना चाहता है?"

"हाँ।"

"मैं जानना चाहता हूँ कि तू क्या बात करेगा मेरे बारे में?"

"मैं कहूँगा कि..."

मैं चुप हो गया। मैंने इसके आगे सोचा नहीं था। कुछ बातों के लिए हम कभी तैयार नहीं थे। ख़ुद को बचाए रखने में हम इस तरीक़े एवं संवादों से बचना जानते हैं। मैं यूँ भी छुपे रहने में बहुत माहिर था। मैंने लगभग अपनी सारी मुश्किलों को अपनी शर्ट के तीसरे बटन के पीछे छिपकर पार किया था, पर उस तीसरे बटन से एक दिन इस तरीक़े से सामना होगा; इसका अंदाज़ा नहीं था कभी। इससे कैसे बचना है, ये भी मैंने कभी सोचा नहीं था। चोटी उठा और मेरे बग़ल में आकर बैठ गया। मेरे सामने इस वक़्त शर्ट थी और पीले और सफ़ेद फूल थे। अगर मैं चाहता तो अपनी शर्ट पहनकर यहाँ से निकल सकता था।

"तुझे याद है कैसे हम तीनों एक साइकिल पर बैठकर आम चुराने जाते थे?" चोटी ने कहा।

"आम चुराने?" मुझे याद नहीं था कि मैं कभी आम चुराने गया था।

"और वो होली के दिन तू जबरदस्ती मुझे घर से खींचकर ले गया था। मुझे वो दिन अच्छी तरह याद है, उस दिन किसी ने तेरे मुँह पर कीचड़ मल दी थी। मैं और राधे बहुत हँस रहे थे और तूने कई दिनों तक हमसे बात नहीं की थी कि कैसे दोस्त हो, बचाने के बजाय अपने दोस्त पर हँस रहे हो?"

ऐसा कुछ हुआ था, मुझे याद नहीं था; पर मैं चोटी को देखकर मुस्कुरा दिया। वो मुझे देखे जा रहा था। उसकी आँखों में अजीब-सी चमक थी।

"कैसे तू और राधे चोरी से मेरे घर आते थे–अंडे खाने।" चोटी ने कहा।

"मैंने अंडे कभी नहीं खाए, चोटी।" मैंने कहा क्योंकि मुझे ये तो पता था।

"तुझे याद नहीं है, पर तू और राधे आया करते थे।"

"चोटी, सच में मैंने कभी नहीं खाए हैं अंडे।"

"और कैसे जब तुम और राधे बिना टिकट पंजाब मेल से मुझसे मिलने शहर आए। तुझे पता है मैं तुम दोनों को देखकर डर गया था कि कहीं मैं सपना तो नहीं देख रहा। पर तुम दोनों आए थे। कितना मज़ा किया था हम तीनों ने। राधे की आँखें फटी रह गई थीं शहर को देखकर। मैं पूरे वक़्त तुम दोनों की शक्ल देख रहा था। वो तालाब के किनारे राजू चायवाले की कचौरी याद है? बाप रे! चार-चार कचौरी और जाने कितनी चाय पी गए थे हम लोग।"

"चोटी, तू क्या कह रहा है?"

"मैं एक बात पूछना तो भूल ही गया था तुम दोनों से कि इतने सारे पैसे तुम दोनों लाए कहाँ से थे?"

चोटी कुछ देर के लिए कहीं गुम-सा गया था। वो मुझे नहीं मज़ार को देख रहा था।

"और कैसे तू मुझे रात को मेरे घर से निकालकर अपने घर ले जाता था, ताकि मुझे अपने घर पर न सोना पड़े।"

उसके ये कहते ही मैं उठकर खड़ा हो गया, लेकिन मज़ार की चहारदीवारी से बाहर निकलने की हिम्मत नहीं हुई।

"क्या हुआ?" चोटी ने पूछा।

"तू ये सब झूठ-झूठ क्यों कह रहा है? ऐसा कुछ भी नहीं हुआ था।"

"सच में?" चोटी ने मुस्कुराते हुए पूछा।

"क़सम से! विद्या माता की क़सम! धरती माता की क़सम!" मैंने कहा।

"सच कितना सीधा और सपाट होता है! एकदम गाँव की सीधी सड़क जैसा। उस पर चलते हुए सारे किए और नहीं किए का रोज़ सामना करना होता है, पर ज्यों ही हम गाँव की गलियों की तरफ़ मुड़ जाते हैं तो एक ही जगह पहुँचने के कई छोटे सँकरे रास्ते खुल जाते हैं। तूने अपनी गलियाँ चुनी हैं। है न? उनमें झूठ कुछ भी नहीं है।" चोटी ने कहा।

"कौन-सी गलियाँ?"

मैं जानता था वो किसके बारे में बात कर रहा है, पर फिर भी मैंने पूछ लिया।

"झरना कैसी है?" चोटी ने पूछा।

"झरना?"

"वही जिस लड़की को हम तीनों मेरी दुकान की छत से देखा करते थे?"

"वो ठीक ही होगी!"

"और चित्रलेखा?"

"तू क्या बात कर रहा है?"

"तू बीजगुप्त होना चाहता है, इस गाँव को छोड़ने से पहले। कितना संभव है ये? तू सेंट पीटर्सबर्ग की गलियों में घूमते हुए रस्कोलनिकोव नहीं हो सकता।"

मैं स्तब्ध रह गया था। चोटी खड़ा हो गया।

"मुझे माफ़ कर दे चोटी।" मैंने कहा।

"अगर तू रस्कोलनिकोव है तो माफ़ी की इच्छा तू ग़लत व्यक्ति से कर रहा है।"

"अगर तू नहीं तो कौन माफ़ करेगा मुझे?"

"रस्कोलनिकोव को किसने माफ़ किया था?"

"किसने?"

"तू जानता है।" चोटी ने कहा।

"मैं एक बात पूछना चाहता हूँ।"

"पूछ!"

"तू ख़ुश है?"

"तू ये नहीं पूछना चाहता।"

"क्या राधे के पिता जो सोना बीनने आते थे, क्या वो असली में आते थे या वो मेरे दिमाग़ का वहम था?"

चोटी मुस्कुरा दिया। मैं जानता था इस मुस्कुराहट को। मैं हमेशा से चोटी नहीं होना चाहता था, मैं असल में उसके जैसा मुस्कुराना चाहता था, जिसमें सच और झूठ के मानी ख़त्म हो जाते हैं, जिसमें मिले हुए जीवन से कहीं ज़्यादा जीने की ललक-सी गलियाँ हैं, जिनमें घुसते ही मैं सेंट पीटर्सबर्ग में प्रवेश कर सकता हूँ और जहाँ मैं एक गली में रस्कोलनिकोव बनकर चल सकता था तो दूसरी गली के मोड़ पर चोटी हो सकता था। जहाँ, क्या हुआ था उतना महत्त्वपूर्ण नहीं था जितना उसे हमने कैसे याद रखा, ये महत्त्वपूर्ण था। मैं चोटी को उसकी इस मुस्कुराहट के साथ याद रखना चाहता था। मैंने राधे का इंतज़ार स्थगित किया। मज़ार से आती सुगंध को एक गहरी साँस के साथ अपने भीतर प्रवेश करने दिया और अपनी शर्ट को वहीं छोड़कर वहाँ से निकल गया।

नदी पार करते वक़्त मैं और माँ साथ बैठे थे। नदी इतनी शांत थी, मानो किसी ने गहरे रंग का काँच पूरी नदी पर बिछा रखा हो। इस शांति में मैं माँ के बहुत क़रीब था। उनके पास से किताबों-सी गंध आ रही थी। मैंने उनकी गोद में अपना सिर रख दिया।

"आप यहाँ अकेले क्या करोगी माँ?" मैंने पूछा।

"जो तू वहाँ शहर में करेगा।" वो मेरे बालों से खेलते हुए बोलीं।

"क्या?"

"बेहतर जीने की कोशिश।"

"बेहतर कैसे जिया जाता है?"

"काश ये मुझे पता होता!"

"अगर आपको नहीं पता है तो किसे पता है?"

"मुझे जो भी पता था वो सब ग़लत था। अब फिर से सीख रही हूँ।"

"क्या ग़लत था?"

मुझे लगा वो मुझे कहेंगी कि मैं ग़लत था। वो ग़ज़ल जैसी बेटी चाहती थीं और मैं आ गया।

"पहले मुझे लगता था कि जीना एकदम कोमल होना चाहिए। इतना कि आपके जीने से किसी दूसरे का जीना न बदले। मैं कोमल तो जी नहीं पाई, पर बहुत तकलीफ़ इसकी रह गई कि मैं असल में जी ही नहीं पाई। बँटे पड़े जीवन में दूसरे के संदर्भ में अपने जीने के वाक्यों को बदलती गई। ख़ुद अपना कुछ भी लिख नहीं पाई। मैं अब बस अपना लिखना चाहती हूँ।"

जब डोंगी रुकी तो मैंने देखा, माँ बग़ल के बोरों पर सिर रखकर सो रही थीं। मेरी भी आँखें लग गई थीं। डोंगी के किनारे लगने के झटके से मेरी आँख खुली। मल्लाह बहुत धीरे-धीरे चलता हुआ किनारे कूदा और उसने डोंगी को रस्सी से किनारे बाँध दिया।

"माँ, माँ उठो किनारा आ गया।" मैंने बहुत हल्के से उन्हें उठाना चाहा।

"अरे, सोने दो, कोई जल्दी नहीं है। इतनी गहरी नींद से ख़ुद उठेंगी तो अच्छा लगेगा उन्हें।" मल्लाह ने कहा और वो किनारे अपने कामों में व्यस्त हो गया। माँ शायद डोंगी के चलते ही सो गई थीं। मैंने अपना सिर डोंगी के चलते ही उन पर टिका दिया था। माँ की गहरी नींद के ठीक बग़ल में बैठे हुए उनके उठने का इंतज़ार, मेरे अब तक के सारे इंतज़ारों में सबसे ख़ूबसूरत इंतज़ार था।

*प्रिय रस्कोलनिकोव,*

*तुम्हारा ख़त नहीं आया, इंतज़ार किया तो सोचा मैं ही लिख देती हूँ।*

*मैं पीली साड़ी पहनकर निकली थी। माँ भी कह रही थीं कि मैं बहुत सुंदर दिख रही थी। क्या तुमने देखा मुझे?*

*थोड़ा मुश्किल होता है साड़ी में चलना, पर मैं बहुत देर तक अपनी गली के बाहर खड़ी थी। मेरी आँखें तुम्हें तलाश रही थीं, पर तुम दिखे नहीं।*

*मैं जब वापस अपनी गली में मुड़ी तो मुझे राधे मिला। हमने वहीं खड़े हुए बहुत देर तक बात की। राधे बहुत अच्छा लड़का है। उसने मुझसे पूछा कि क्या मैं उससे टूटे क़िले की दीवार के पास मिलना चाहूँगी कल? मैंने उसे अभी तो हाँ कह दिया है, पर मैंने सोचा तुमसे एक बार पूछ लूँ। तुम्हें बुरा तो नहीं लगेगा?*

*क्या तुम राधे से मिले? क्या बात हुई, बताना।*

*मेरे पिछले कुछ ख़तों में मैंने तुम्हें बहुत भला-बुरा कहा है। मुझे अब लगता है कि मैं शायद नाराज़ थी तुमसे, और नाराज़ किस बात पर थी; ये भी मुझे ठीक से पता नहीं था। अब मुझे लगता है कि तुम्हें ग़ज़ल से एक बार मिल लेना चाहिए। अगर तुम मिलो उससे तो मुझे बिना कुछ भी छुपाए सब कुछ बताना। तुम माँ के साथ बिना देवता के मंदिर कब जा रहे हो? बताना।*

*तुम्हारी,*

*चित्रलेखा*

जिस दिन से गाँव छोड़ने का विचार भीतर जज़्ब किया था, ठीक उसी दिन से मैं अपने गाँव से बाहर जा चुका था। शहर में एक नया जीवन शुरू होगा इसकी कल्पना भीतर घर कर गई थी। मैं एक तरीक़े से वो नया जीवन शुरू

भी कर चुका था। मैं जा चुका था, पर शहर पहुँचा नहीं था। मैं यहीं गाँव में था, पर इसे छोड़ चुका था। अब गाँव की गलियों में घूमता तो लगता कि शहर में बैठे हुए गाँव की गलियों में घूमने का सपना देख रहा हूँ। मेरा इस गाँव का होना और गाँव का मुझ पर हक़, दोनों जाता रहा था। परायापन क़तई नहीं था, एक तरीक़े का विषाद घर कर गया था। यहाँ होते हुए भी मैं अब यहाँ का नहीं रह गया था। गाँव की सीधी सड़क पर चलते हुए अब रावण की सेना अच्छी लगने लगी थी। मैं गाँव की गलियों में भी उतना ही घूमना चाह रहा था जितना गाँव की सीधी सड़क पर। मैं कुछ चीज़ों को ज़्यादा छूने लगा था। जैसे माँ, घर की दीवारें, अपना मंदिर में बना स्कूल, पुष्पा की बाई, मनीष, बरगद का पेड़ जिसकी जड़ें पानी छूती थीं। काश मैं चोटी को ज़्यादा छू लेता!

शहर में जब मैं ख़ुद को घूमते हुए देखता तो लगता कि कंधे पर मैं अपना गाँव लिए घूम रहा हूँ। मैं भविष्य में अपना शहर में होना भी किसी पुरानी याद की तरह देखने लगा था। वहाँ मैं पहुँचा नहीं था, पर उसे याद करने पर लगता कि ये भी उसी विषाद का हिस्सा है, जिस विषाद में मेरा गाँव भी शामिल है। मैं गाँव छोड़ चुका था, पर शहर पहुँचा नहीं था; मैं शहर में ख़ुद को देख सकता था–गाँव की याद करते हुए जबकि मैं अभी गाँव में ही था, पर गाँव मुझसे छूटा नहीं था और शहर मैं पहुँचा नहीं था। मैं एक दिन चलते-चलते कचहरी के आगे चला गया और मुझे पता चला गाँव के इन पेड़ों को तो मैंने कभी देखा ही नहीं था। कचहरी के आगे भी गाँव का एक अलग विस्तार था जो मैंने कभी छुआ नहीं। मेरे दिमाग़ में मेरा गाँव एक टापू-सा था जो कचहरी से श्मशान और बिना देवता के मंदिर से रेलवे स्टेशन तक कहीं हवा में तैर रहा होता था। मैं बड़ा होना चाहता था–इस गाँव में। मैं भी रावण की सेना के बराबर खड़ा होकर, मुँह में पान दबाए अट्टहास करना चाहता था। मैं देखना चाहता था कि मनीष बड़ा होकर कैसे दिखेगा, राधे क्या करेगा जब उसकी मूँछें आने लगेंगी? क्या माँ यहीं बूढ़ी हो जाएँगी और कैसे होंगी? उनका कौन-सा हिस्सा होगा जो सबसे पहले बूढ़ा दिखने लगेगा? क्या माँ और ग़ज़ल के अब्बू मेरे जाने के बाद भी टूटे क़िले की दीवार के पीछे मिला करेंगे? क्या उन्हें पता है कि उनका वहाँ बैठना उस बरगद से साफ़ दिखता है जिसकी जड़ें पाने छूती हैं? और ग़ज़ल? क्या वो किसी से टूटे क़िले की दीवार के पीछे मिलेगी? क्या वो जब किसी और के

साथ होगी तो मेरे बारे में सोचेगी? काश मैं अभी ग़ज़ल से मिल सकता। मेरा किसी भी एक जगह मन नहीं था। घर में रहता तो लगता कि मैं कब से घाट नहीं गया और घाट पर बैठते ही लगता कि कचहरी चला जाता हूँ। मुझे लगता कि इस गाँव का एक सत है, जो गाँव के किसी एक जगह मुझे एक दिन पड़ा मिल जाएगा। अगर वो सत मुझे मिल जाए और मैं किसी तरह उसे अपने साथ शहर ले जाऊँ तो मुझे इस गाँव की उतनी याद नहीं आएगी।

*प्रिय रस्कोलनिकोव,*

*मुझे नहीं पता कि तुम क्यों मुझे ख़त नहीं लिख रहे हो! क्या तुम शहर जा चुके हो?*

*अगर गाँव में रहकर भी मुझे लिख नहीं रहे हो तो शहर जाकर कैसे लिखोगे? इस बात पर मुझे यक़ीन थोड़ा कम होता जा रहा है। ख़ैर, मैं तुम्हें बता दूँ कि मैं राधे से मिली थी। जब राधे मुझसे मिलने आया तो मैं आश्चर्यचकित रह गई। वो पैंट और शर्ट पहनकर आया था। मैंने कभी राधे को पैंट और शर्ट में नहीं देखा था। सफ़ेद शर्ट और कत्थई पैंट। वो अपनी उम्र से बड़ा लग रहा था। मैं पीली साड़ी पहनकर गई थी। मुझे लगा कि शायद रास्ते में तुम दिख जाओ और मुझे पीली साड़ी में देख लो। मुझे एक चीज़ बहुत अच्छी लगी राधे की कि उसने बात करते-करते मेरा हाथ पकड़ लिया था। तुम्हें पता है मेरे पूरे शरीर में गुदगुदी हुई थी। हम बहुत देर तक 'शर्ट का तीसरा बटन' की बातें करते रहे थे। राधे कह रहा था कि काश वो होता तो वो हमारी मुलाक़ात के बारे में उसे ज़रूर बताता। वैसे राधे तुमसे मिलने मज़ार गया था, पर तुम उसे वहाँ नहीं मिले। मैंने जब तुम्हारा ज़िक्र छेड़ा तो राधे ने तुम्हारे बारे में बातें करने से इनकार कर दिया। हम बहुत देर तक एक-दूसरे का हाथ पकड़े हुए बैठे थे। मैं और बैठना चाहती थी, पर राधे डरा हुआ था; उसे लग रहा था कि कोई नीचे बरगद के पीछे खड़ा हुआ हमें देख रहा है। सो हम कुछ देर बाद चले गए।*

*क्या तुम्हें पता है कि राधे के पिता सोना बीनने का काम करते हैं? मुझे नहीं पता था। मुझे लगा था कि जो आदमी कचहरी के बाहर पान की दुकान सँभालता है, वही राधे का पिता है।*

*क्या तुम ग़ज़ल से मिले? बताना।*

*तुम्हारे ख़त के इंतज़ार में,*
*चित्रलेखा*

*

*प्रिय चित्रलेखा,*
*मैं तुम्हें क्यों नहीं लिख रहा हूँ, मुझे नहीं पता।*
*मैं ख़ाली खोखला...*

मैं इसके आगे नहीं लिख पाया। मैंने तुरंत पन्ना फाड़कर फेंक दिया।

मैं पूरे गाँव का एक और भ्रमण करके वापस घर आया तो खिड़की से मुझे कोई घर में बैठा दिखा। माँ बाहर थीं और टार्ज़न दादा माताजी के कमरे में थे। मैंने जैसे ही घर में प्रवेश किया तो कमरे में मुझे ग़ज़ल बैठी हुई दिखी। वो वहीं बैठी थी जहाँ नाना बैठा करते थे, खिड़की के पास वाली कुर्सी पर। वो मुझे देखकर बस उतना ही मुस्कुराई जितने में उसकी मुस्कुराहट के पीछे पल रही शिकायत न पकड़ी जाए। उसे देखते ही मुझे लगा कि मैं ग़ज़ल से पहले क्यों नहीं मिला? क्या कर रहा था मैं? मेरा पूरा शरीर उसके भीतर घुल जाने के लिए मरा जा रहा था। वो कितनी ख़ूबसूरत लग रही थी। उसकी आँखों में इस दुनिया के प्रति कितना ज़्यादा स्नेह था। ये आँखें मेरी क्यों नहीं थीं? मैं क्यों इनसे दूर भागता रहा था?

"टार्ज़न दादा ने बताया कि तुम आने वाले हो तो सोचा तुम्हारा इंतज़ार कर लेती हूँ कुछ देर।"

"मैं मिलने की सोच रहा था तुमसे।"

"पता है मुझे।"

ग़ज़ल ने काले रंग की सलवार-क़मीज़ पहन रखी थी जिस पर कत्थई रंग के छोटे फूल बने हुए थे। उसने अपनी आँखों में काजल भी लगाया हुआ था। उसके बाल खुले हुए थे और कान में चाँदी के झुमके चमक रहे थे। मैं उसके पैरों के पास, दीवार पर अपनी पीठ टिकाकर बैठ गया। मेरे कंधे झुके हुए थे।

एक तरीक़े का समर्पण मेरे बैठने में था।

"मैं तुम्हारे लिए बहुत उत्साहित हूँ।"

"क्यों?" मैंने पूछा।

"कल से तुम्हारा जीवन बदलने वाला है। तुम इस बात के लिए उत्साहित नहीं हो?"

"मैं इस वक़्त कुछ भी महसूस नहीं कर पा रहा हूँ।" मैंने कहा।

"मुझे लगता है कि तुम्हारे लिए एक नया जीवन इंतज़ार कर रहा है। कल तुम उस जीवन में अपना पहला क़दम रखोगे। हर क़दम किसी शतरंज के खेल-सा धीरे-धीरे खुलता जाएगा। ये कितना मज़ेदार है! है न?"

ग़ज़ल के शब्दों में उत्साह था, पर उसके कहने में एक उदासी थी। मुझे लग रहा था कि वो मुझसे कुछ और कहना चाहती थी, पर मेरे समर्पण के सामने वो अपने शब्द बदलती जा रही थी।

"मुझे लग रहा है कि मैं शहर से जितनी बार अपने गाँव वापस आऊँगा, ये गाँव मुझसे उतना ही दूर होता जाएगा। ठीक इस वक़्त जिस गाँव का मैं हिस्सा हूँ, वो मुझे ऐसे देखेगा जैसे मैं टार्ज़न दादा को देखता हूँ; जब वो यहाँ आते हैं। उनके आते ही मैं उनके चले जाने का इंतज़ार करने लगता हूँ। क्या मैं वापस वहीं आ पाऊँगा, जहाँ से मैं जा रहा हूँ? अगर बदलेगा तो वो कौन होगा? मैं या ये गाँव?"

मैं ग़ज़ल के पैर देख रहा था। कितने सादे पैर थे! उन पैरों की सादगी मुझे याद आएगी। मैंने कभी ग़ज़ल के पैरों को नहीं छुआ था। उन्हें कभी अच्छे से सहलाया नहीं था। मैं हर चीज़ छूना चाहता था जिससे वो मेरे भीतर कहीं जज़्ब हो जाए। ग़ज़ल ने मेरा चेहरा छुआ और अपने हाथों से मेरे मुँह को ऊपर उठाया। वो कुछ देर मेरे चेहरे को ताकती रही।

"क्या हुआ?" मैंने पूछा।

"देख रही हूँ।"

"क्या?"

"कितना बदले हो तुम!"

"बदला हूँ?" मुझे आश्चर्य हुआ।

"हाँ।"

वो अभी भी मुआयना कर रही थी मेरे चेहरे का।

"शायद बड़ा हो रहा हूँ?" मैंने कहा।

"नहीं, उसमें तो अभी वक़्त है।"

"तो?"

"तुम्हारा चेहरा पहचान में नहीं आ रहा है।"

"शायद सब कुछ गड़बड़ हो गया है इसीलिए।"

"क्या गड़बड़ हो गया है?" उसने पूछा।

कुछ लोग होते हैं, जिनके सामने सारा कुछ कह देने में ओछापन लगता है। सो मैं चुपचाप उसकी आँखों में ताकता रहा।

"सब लोग तुम्हारी चिंता कर रहे हैं।"

"क्योंकि मैं फ़ेल हो गया?"

"नहीं।"

"तो?"

"शायद तुम्हारे चेहरे से उन्हें..." ग़ज़ल ने अपना वाक्य पूरा नहीं किया। मैंने अपने दोनों हाथ उसके घुटनों के आस-पास रख दिए और अपनी ठुड्ढी उसके घुटने पर टिका दी।

"क्या तुम मुझसे मिलने शहर आओगी?"

ये मैंने तब कहा जब उसकी उँगलियाँ मेरी गर्दन और कंधे के बीच के हिस्से में कहीं हरकत करने लगी थीं।

"नहीं आ पाऊँगी।" उसने कहा।

"क्यों?"

"क्योंकि मैं बाहर जा रही हूँ।"

"बाहर कहाँ? शहर?"

"शहर नहीं, प्राग।"

"प्राग?"

प्राग का नाम सुनते ही मेरी आँखों में चमक आ गई।

"तुम इतनी दूर चली जाओगी?"

"प्राग मंगल ग्रह पर नहीं है, वो अपनी ही पृथ्वी का हिस्सा है।"

उसने पृथ्वी को ऐसे अपना बोला जैसे मैं अपने गाँव के बारे में बात करता

हूँ। क्या पूरी पृथ्वी को अपना गाँव मान सकते हैं? काश! मैं कचहरी से श्मशान और बिना देवता के मंदिर से रेलवे स्टेशन के बीच पूरी पृथ्वी पर रोज़ टहल सकता!

"तुमने कभी प्राग का ज़िक्र नहीं किया मुझसे?"

"मुझे भी नहीं लगा था कि मैं चुन ली जाऊँगी। मैंने बहुत पहले प्राग यूनिवर्सिटी में अप्लाई किया था छात्रवृत्ति के लिए और उन्होंने मेरा चयन कर लिया।"

"पर तुम्हें गाँव छोड़ने की क्या ज़रूरत है? तुमने कहाँ कुछ गड़बड़ी की है?"

"क्या कुछ गड़बड़ हो तभी गाँव छोड़कर जाते हैं?" उसके होंठों के आस-पास मुस्कुराहट थी।

"ऐसा ही तो होता है।"

वो हँसने लगी थी। उसकी हँसी में सारा कुछ ठीक लगने लगता। लगता कि ठीक इस वक़्त से सब सही होगा। अगर उसकी हँसी कुछ देर तक बनी रही तो शायद लगने लगेगा कि इसके पहले भी जो बुरा हुआ था, वो बहुत ज़्यादा बुरा नहीं था।

"तुम क्या करोगे शहर में?" उसने अपनी हँसी के ख़त्म होते-होते पूछा।

"पता नहीं।"

"अगर तुम शहर जाकर कुछ गड़बड़ी करोगे तो तुम्हें ये प्रदेश छोड़ना पड़ेगा, फिर और बड़े शहर में जाकर एक बड़ी गड़बड़ी करोगे तो देश छोड़ना पड़ेगा। फिर तुम भी प्राग आ जाना, वहाँ मैं तुम्हें कोई गड़बड़ी नहीं करने दूँगी।"

मेरे चेहरे पर एक थकी-सी मुस्कुराहट आ गई।

"जब तुम प्राग की गलियों में टहल रही होगी तो क्या तुम इस गाँव के बारे में सोचोगी?"

"हाँ।"

"क्या तुम्हारी सोच टहलते-टहलते हमारे मोहल्ले तक भी आएगी?"

"बिल्कुल।"

"क्या तुम, तुम्हारा इस घर में होना भी याद करोगी?"

"शायद!"

"क्या हम दोनों, एक साथ हमारे यहाँ बैठने को याद कर सकते हैं?"

"तुम सच में बदल रहे हो।" उसने कहा।

मैं अभी यहाँ नहीं था पूरी तरह। मैं शहर में था और अपनी ग़ज़ल के साथ यहाँ बैठने के बारे में सोच रहा था। मैं अभी घटते हुए भी इस घटना की याद में था। मैं अपने जीने के कीचड़ से सोना बीन रहा था। तो क्या सारा सोना वही है जो हमें याद रह जाता है? जो भूल गए वो क्या जीने के कीचड़ का हिस्सा हो जाता है? मैं ग़ज़ल को कीचड़ में तब्दील होते नहीं देख सकता था।

"मुझे एक बात बहुत अच्छी लगी।" मैंने कहा।

"क्या?"

"तुमने एक बार भी नहीं पूछा कि चोटी के अब्बू की दुकान पर क्या हुआ? क्यों मेरा चेहरा सूजा हुआ है?"

"चुप हो जाओ, मुझे उस बारे में बात नहीं करनी है।"

हम दोनों चुप बैठे रहे। मैंने इतना सहज कभी महसूस नहीं किया था।

"तुम प्राग में क्या करोगी?" मैंने पूछा।

"शायद वही जो तुम शहर में जाकर करोगे।"

"गड़बड़ी?" मैंने मुस्कुराते हुए पूछा।

"अगर गड़बड़ी की तो मुझे वापस आना पड़ेगा... और मैं वापस आना नहीं चाहती।"

"क्या?"

"मैं ये बात तुमसे पूछूँगी कुछ सालों बाद।" उसने कहा।

"कौन-सा सवाल?"

"कि तुम वापस अपने गाँव क्यों नहीं गए?"

मैं चुप हो गया। क्या जवाब होगा? मैं क्यों चोटी के पास नहीं गया था जब उसे मेरी ज़रूरत थी? मैंने क्यों सोना बीनने वाले राधे के पिता को पूरी शिद्दत से नहीं ढूँढा? मैं क्यों बिना राधे से मिले मज़ार से चला आया?

"अगर भगवतीचरण वर्मा एक और उपन्यास लिखते कुमारगिरि के बारे में, तो उसका जीवन क्या होता?" मैंने पूछा।

"मतलब?"

"बीजगुप्त और चित्रलेखा तो मुस्कुराते हुए अपने जीवन के पथ पर चल

दिए, पर कुमारगिरि अब क्या करेगा?"

"मैंने नहीं सोचा कभी इस बारे में।" उसने कहा।

"कुमारगिरि की कहानी कहाँ ख़त्म हुई है? वो तो जी ही रहा होगा।"

"हाँ।"

"उसकी कहानी का अंत कैसे हुआ होगा?"

"शायद वो बेहतर जीवन की तरफ़ मुड़ा हो।"

"जिस जगह वो था वहाँ से बेहतर जीवन की तरफ़ मुड़ा जा सकता है?"

"मुड़ा तो कभी भी जा सकता है।"

"जैसे तुम अचानक प्राग की तरफ़ मुड़ रही हो।"

"और तुम शहर की तरफ़।"

ग़ज़ल मेरे ऊपर झुकी और उसने अपने होंठ मेरे होंठों पर रख दिए। मुझे लगा मैं जानता था कि वो ये करेगी और मैं जानता था कि मैं उसको चूमते हुए ख़ुद को देखूँगा। मैं शहर में बैठा हुआ ग़ज़ल का चूमना याद कर रहा था। उसने अपने होंठों को थोड़ा खोल दिया था और वो मेरे होंठों को अपने होंठों के भीतर खींचने लगी थी, पर बहुत ही कोमलता से। मैंने महसूस किया कि इस दुनिया में सबसे कोमल होंठ होते हैं। पीले और सफ़ेद फूलों की तरह कोमल। उन होंठों का हल्का गीलापन, सोंधी आँच-सी वो कोमल आवाज़ें जो चूमते हुए दो होंठ नृत्य करते वक़्त करते हैं। इस सारे कीचड़ में ये सोना है।

"मैं एक बात तुमसे पूछूँ?" ग़ज़ल ने पूछा।

मैं दीवार से टिककर बैठा था और ग़ज़ल खिड़की से बाहर देख रही थी।

"हाँ पूछो।" मैंने कहा।

"अगर तुम्हारी माँ नहीं होती और उसके बदले तुम्हारे पिता होते और उनकी दोस्ती मेरी अम्मी से होती तो तुम्हें कैसा लगता?"

"कैसी दोस्ती?"

"जैसी दोस्ती अभी मेरे अब्बू और तुम्हारी माँ के बीच है।"

मैं बहुत देर कल्पना करता रहा, पर मेरे पास कुछ कहने को नहीं था।

"मुझे पता है तुम्हारे पास इसका जवाब नहीं है इस वक़्त। अच्छा ये बताओ कि तुम्हारी नज़र में तुम्हारी माँ, तुम्हारे लिए क्या हैं?"

"माँ हैं वो, और क्या?"

"इसके अलावा, वो क्या चीज़ है जो तुम्हें तुम्हारी माँ के भीतर बहुत अच्छी लगती है या बहुत ख़राब लगती है?"

"मैंने कभी इस तरह से सोचा नहीं।"

"झूठ मत बोलो और सवाल से बचो मत, जवाब दो जो भी तुम्हारे दिमाग़ में आता है।"

"मैं चाहता हूँ माँ, माँ जैसी ही रहें; जब वो मेरी माँ होने से बाहर दिखती हैं तो मुझे अच्छा नहीं लगता।" बहुत बचते हुए मैंने कह दिया। जो भी इस वक़्त था–वैसा का वैसा।

"उनका नाम आशा है और उनका तुम्हारी माँ होना एक छोटा हिस्सा है उनके जीवन का। जो बड़ा हिस्सा है वो है उनका संसार, उनका भविष्य जो अभी भी उनके सामने खुला पड़ा है और उनके ढेरों सपने। तुमने कभी पूछा है अपनी माँ से कि उनके सपने क्या हैं?"

"नहीं।"

"जब प्राग के लिए मेरा चयन हुआ तो अब्बू ने मेरे भविष्य के सपनों के बारे में पूछा। मैंने उन्हें सारा कुछ बताया जो मैं करना चाहती हूँ। फिर मैंने उनके सपनों के बारे में पूछा। वो भी अपने भविष्य को लेकर उतने ही उत्साहित थे, जितना मैं थी। उनके भविष्य के सपनों में मैं भी थी, पर मेरे भविष्य के सपनों में उनका ज़िक्र नहीं था।"

वो चुप हो गई। मुझे मेरे भविष्य के सपनों में कुछ भी नहीं दिखता था, सिवाय इस गाँव के। मैं मेरे भविष्य में भी अपने अतीत को देखता था। ये जो घट रहा है इस वक़्त वो इतना अतीत जैसा लग रहा था कि इसे छूने में हिचक नहीं थी मेरे भीतर। अतीत को छूना कितना आसान होता है और भविष्य कितना परायापन लिए होता है!

"सोनिया!" मैंने कहा।

ग़ज़ल अभी तक खिड़की के बाहर ही देख रही थी। वो पलटकर मेरी तरफ़ देखने लगी। उसने कुछ बोला नहीं।

"सोनिया, मैंने तुम्हारे अब्बू और अपनी माँ को जब टूटे हुए क़िले की दीवार के पीछे देखा तो वो सिर्फ़ एक-दूसरे का हाथ नहीं पकड़े हुए थे। उन दोनों के बीच बहुत कुछ हुआ था, पर मैंने उनके हाथ पकड़ने के बाद माना कि

उसके बाद कुछ भी नहीं हुआ था और मैंने अपनी आँखें उनके हाथ पकड़ते ही बंद कर ली थीं। जबकि ऐसा नहीं था।"

मैं रुक गया। ग़ज़ल मेरे कुछ क़रीब खिसक आई।

"और सोनिया, मेरी वजह से ही चोटी की मृत्यु हुई है।"

"नहीं, ऐसा मत सोचो।" उसने कहा।

"मैं उसे बचा सकता था, बहुत पहले। अगर उस शाम को मैं उसे घर वापस नहीं जाने देता तो आज वो यहीं होता। अगर मैं उसके अब्बू से नहीं मिलता तो वो आज यहीं होता। अगर मैं राधे का साथ देता। वो दोनों मेरे पक्के दोस्त थे, पर अगर मैं उनका पक्का दोस्त होता तो चोटी आज यहीं होता।"

सोनिया ने अपने दोनों हाथ मेरे गले में डाले और कहा, "तुम ये क्या कर रहे हो? क्यों कर रहे हो ये तुम अपने साथ?"

काश! काश के सहारे कितना वक़्त बिताया जा सकता है? मेरे काश की फ़ेहरिस्त बहुत लंबी थी। मुझे इस शब्द से घृणा होती जा रही थी। जब भी काश मेरे आस-पास से निकलता मुझे लगता कि उसके ठीक दूसरी तरफ़ भागना शुरू कर दूँ। मैंने कई बार क़सम खाई है कि काश शब्द का प्रयोग त्याग दूँगा, पर वो मेरे मुँह से कब गिर जाता था मुझे इसका पता ही नहीं चलता था। क्या मैं सच में ये गाँव छोड़कर जा रहा हूँ? ऐसे सवालों को भी मैं काश की ढाल लिए झेल सकता था, पर अब मैंने वो ढाल त्याग दी थी। मैं जो घट रहा था उसी में रहना चाहता था।

सोनिया और रस्कोलनिकोव बहुत देर ख़ामोश बैठे रहे। मैंने शहर में दोस्तोयेवस्की के उपन्यास को अपने हाथों में लिए उन दोनों को याद कर रहा था। सोनिया ने बहुत देर तक बहुत सारी बातें कही थीं, ये वही बातें थीं जो ग़ज़ल से प्रेम करने में उसके शरीर ने मेरे शरीर से कही थी। सोनिया के शब्द भी वही शब्द थे जो मैंने ग़ज़ल के होंठों की गीली कोमलता से बटोरे थे। मेरे दिमाग़ में फिर वही शब्द हरकत करने लगा–'काश!' काश! मैं इन सारे शब्दों को लिख सकता! काश! मैं इन शब्दों का ख़त बनाकर चित्रलेखा तक पहुँचा पाता! काश चित्रलेखा को पता होता कि सोनिया के मिलने का रास्ता उसी के घर से होता हुआ जाता है! काश! मैं चित्रलेखा और सोनिया को एक-दूसरे से संवाद करते देख पाता! काश! मैं प्राग में होता और सोनिया मेरे गाँव से मुझसे

वहाँ मिलने आती! काश! चोटी को मैं बता पाता कि उसके जैसा होना बीजगुप्त और रस्कोलनिकोव के बीच में है कहीं! काश! मैं दोस्तोयेवस्की के उपन्यास में सोनिया पढ़ता और मुझे ग़ज़ल सुनाई देता!

जब ग़ज़ल चली गई तो मैं देर तक उसी कुर्सी पर अपना सिर टिकाए बैठा रहा। यहीं नाना बैठा करते थे। शायद यहीं कभी मेरे पिता भी बैठे होंगे। क्या वो जब खिड़की के बाहर देखते होंगे तो उन्हें वही दिखता होगा जो यहाँ पर बैठकर बाक़ी सबने देखा है? या उन्हें कुछ और दिखता होगा। कुछ देर में मैं उठकर कुर्सी पर बैठ गया और खिड़की के बाहर देखने लगा। मुझे शहर दिखा जहाँ भीड़ थी, ढेरों लोगों के बीच मुझे मैं नहीं दिखा। मुझे राधे के पिता दिखे जो उस भीड़ में लोगों की ठोकरों के बीच शहर के कीचड़ में सोना बीनने की कोशिश कर रहे थे।

बरगद, जिसकी जड़ें पानी छूती थीं वो मेरी कल्पना का हिस्सा था; नदी मेरी कल्पना में थी, बिना देवता का मंदिर और मज़ार काल्पनिक होते चले जा रहे थे। राधे के पिता और उनका सोना बीनना काल्पनिक था। यह पूरा गाँव टुकड़ों-टुकड़ों में काल्पनिक होता जा रहा था। इस गाँव में ऐसा कुछ भी नहीं रह गया था जिसकी एक अलग कहानी मेरे भीतर नहीं चल रही थी। चोटी ने मज़ार पर पूछा था कि क्या-क्या लेके जा रहा है यहाँ से? मुझे नहीं पता कि मैं छोड़ क्या रहा हूँ। मैं सारा कुछ अपने साथ लिए जा रहा हूँ। ये यहाँ था ही नहीं कभी। ये सारा कुछ हमेशा मेरे भीतर कहीं घट रहा था। मैं इस गाँव में बड़ा नहीं हो पाया था, ये गाँव अपने बचकानेपन में मेरे साथ था। इसका भी बड़ा होना रह गया था। मैं शायद शहर में एक दिन बड़ा होऊँगा। क्या ये गाँव जो मेरे भीतर पल रहा है, वो भी मेरे साथ बड़ा होगा या वो अपने बचपने में भीतर ही कहीं हरकत करता रहेगा? गाँव कैसे बड़ा होता है? क्या गाँव बड़ा होकर शहर हो जाता है?

*प्रिय रस्कोलनिकोव,*

*'क्या कर रहे हो तुम, ये तुम क्या कर रहे हो अपने साथ?' ये वाक्य सोनिया ने रस्कोलनिकोव से कहा था। मैं सोनिया नहीं हूँ, पर बार-बार मेरे भीतर ये वाक्य उथल-पुथल मचा रहा है। इन ख़तों का सिलसिला तुमने ही शुरू किया था, मैं इस यात्रा में तुम्हारे कारण शामिल हुई थी। अब तुमने बीच में ही यात्रा*

स्थगित कर दी। मैं क्यों अभी भी यात्रा कर रही हूँ? मुझे मेरी यात्रा तुम स्थगित क्यों नहीं करने दे रहे हो? मैं अकेले यात्रा नहीं करना चाहती।

कुछ दिन पहले मैंने तुम्हें अपने घर की तरफ़ भागते हुए देखा था। तुमने शर्ट नहीं पहनी थी। तुम बिना शर्ट के क्यों भाग रहे थे?

तुम कल जा रहे हो। कल मैं अपनी यात्रा स्थगित कर दूँगी।

कल जब तुम स्टेशन जाओगे तो क्या मेरी गली के सामने से ही निकलोगे? मैं सुबह अपनी गली के मोड़ पर खड़ी मिलूँगी तुम्हें। क्या तुम पलटकर मेरी तरफ़ देखोगे?

मुझे लगता है कि हत्या करने के बाद रस्कोलनिकोव की जब तबीयत ख़राब हुई थी तो वो मर चुका था। उसके बाद जो भी हुआ वो उसकी कल्पना में घटा था। पूरा का पूरा सेंट पीटर्सबर्ग उसके भीतर रह गया था। जगहें कभी मरती नहीं हैं, इसलिए वो उन जगहों में मँडराता रहा था; पर असल में तो वो बहुत पहले मर चुका था। अब इसमें सवाल ये उठा था कि सोनिया कौन थी? क्या तुम्हें तुम्हारी सोनिया मिली?

मैं राधे से फिर मिली थी।

उसके बारे में बाद में बताऊँगी।

क्या तुम जाने से पहले मुझे मेरी यात्रा से आज़ाद कर दोगे? बताना।

तुम्हारे जवाब के इंतज़ार में,

चित्रलेखा

जब माँ की डोंगी पर नींद खुली थी तो उन्होंने चौंककर अपनी आँखें खोली थीं।

"हम कहाँ हैं?"

उन्होंने कसकर मेरा हाथ पकड़ा था और पूछा था। वो अपने सपने में कहीं बहुत दूर निकल गई थीं। मैं उनके सपने के ठीक बग़ल में बैठा उनके सपने से बाहर आने का इंतज़ार कर रहा था। ग़ज़ल ने कहा था कि अपनी माँ से पूछना कि उनके सपने क्या हैं। क्या ये पूछा जा सकता है? कितना ज़्यादा निजी सवाल होगा ये? मैंने माँ से नहीं पूछा था। कुछ देर में उन्हें समझ आया कि वो कहाँ थीं!

"बहुत देर हो गई क्या?" उन्होंने पूछा।

"नहीं माँ, अभी वक़्त है बहुत।"

"वक़्त है?"

"हाँ।"

"किस चीज़ का वक़्त है?"

"वापस घर जाने का।"

रात हो चुकी थी। पीछे मल्लाह बीड़ी पी रहा था और हमारे चले जाने का इंतज़ार कर रहा था। बहुत वक़्त नहीं हुआ था। अभी भी वक़्त था। वापस घर आते हुए माँ ने कहा था।

"एक उमर में ही आदमी गाँव छोड़ सकता है। अगर वो उमर निकल गई तो उससे कुछ भी चीज़ छूटती नहीं है। वो हर चीज़ को पकड़कर रखना चाहता है।"

हम दोनों एक ही घर में रहते थे और हम दोनों के लिए पकड़ने और छोड़ने के मायने कितने अलग थे!

एक दिन जब मैं बरगद के नीचे अकेले बैठा था, उसी बरगद के नीचे

जिसकी जड़ें पानी छूती थीं, मुझे लगा कि मुझे कहीं और होना चाहिए। मैं वहाँ बैठा ग़लत था। मुझे पहली बार ऐसा महसूस हो रहा था। मैं घंटों अकेले बरगद के नीचे बिना किसी वजह के बैठा रह सकता था, पर पहली बार लगा कि मुझे यहाँ नहीं, कहीं और होना चाहिए। मैं उठकर टूटी हुई दीवार के पीछे जाकर बैठ गया। वहाँ भी कहीं और होने वाली अस्थिरता बनी रही। मैंने गाँव की गलियों में अपने बेमक़सद पैर आगे बढ़ा दिए। ये गलियाँ जहाँ मैं अपनी सारी असहजता झाड़ सकता था, मुझे सहज नहीं लग रही थीं। मुझे कहाँ होना चाहिए? किस जगह? एक अजीब से पराएपन की गंध बार-बार मेरे शरीर में प्रवेश करती और मैं जहाँ होता वहाँ से उठ जाता। मैं वापस मज़ार गया, पर वहाँ भी मुझे कुछ ऐसा नहीं दिखा जिसे पकड़कर कुछ देर बैठा जाए। मुझे लगा हर चीज़ थोड़ी-सी दूर हो चली है। जब गाँव की सीधी सड़क पर मैं रावण की सेना के सामने से निकला तो उन्होंने मुझे देखा भी नहीं। मैं रुककर उनके पास गया, पर वो लोग अपनी ही बातों में व्यस्त दिखे। मैं अपने ही गाँव में अदृश्य होता जा रहा था। जैसे पृथ्वी सूरज से दूर होती जा रही थी, चंद्रमा पृथ्वी से, सारे ग्रह आपस में एक-दूसरे से दूर होते जा रहे थे, वैसे ही गाँव की हर चीज़ मुझसे एक बित्ते की दूरी पर थी। वह ठीक वहाँ नहीं थी, जहाँ मैं खड़ा था। मैं भागते हुए घर आ गया। भीतर किचन में जाकर चाय बनाने लगा। ये ताँगा घर उतना दूर नहीं था, जितनी दूरी पर गाँव की बाक़ी जगहें थीं; पर ये मुझसे दूर खिसक रहा था... इसका एहसास मुझे हो रहा था। क्या गाँव की हर जगह को मेरे चले जाने की ख़बर लग गई थी? यहाँ तक कि रावण की सेना को भी मेरे में कोई दिलचस्पी नहीं रह गई थी। मैं जब चाय बनाकर बाहर कमरे में आया था तो खिड़की के बाहर मुझे मनीष खड़ा दिखा था। वो भीतर घर में झाँक रहा था। मैं जब चाय लेकर बाहर आया था तो उसने झेंपते हुए पूछा था, "ये मेरे लिए बनाई है?"

हम दोनों बरामदे में बैठ गए थे। मनीष अव्वल नंबरों से पास हुआ था। रिज़ल्ट आने के बाद गाँव के बहुत से लड़के मनीष के नाम पर अपने घरों में पिटे थे। शायद इसलिए उसके दोस्त नहीं थे।

"सुना है, तू जा रहा है।" उसने कहा।

"हाँ।"

"सुना है, गाँव के लोगों की कमर में दर्द होने लगता है शहर जाकर।"

"कमर में दर्द क्यों होगा?"

"शायद वहाँ के बिस्तर अजीब हैं।"

मनीष की नाक से पीला द्रव्य नहीं निकल रहा था। मेरी इच्छा थी कि उससे पूछूँ कि तूने पीले द्रव्य का क्या किया? उसकी नाक और होंठों के बीच का हिस्सा अभी भी लाल था।

"मुझे कमर दर्द के बारे में नहीं पता, पर मैंने सुना है कि गाँव के लोगों के कंधे झुक जाते हैं शहर जाकर।" मैंने कहा।

"हाँ शायद कंधे झुकने की वजह से ही पीठ में दर्द शुरू होता होगा।" उसने कहा और चाय का एक बड़ा घूँट लिया।

चाय गर्म थी, पर उसे शायद उतनी गर्म नहीं लग रही होगी। मैंने पूछा नहीं। वो इतने दिनों बाद मुझसे मिलने क्यों आया था, मुझे इसके बारे में कोई इल्म नहीं था। शायद वो देखना चाहता हो कि गाँव से जाने वाले लोगों की शक्ल कैसी होती है!

"तू बड़े होकर क्या करेगा?" मैंने पूछा।

"मैं तो बड़ा हो चुका हूँ।"

"तू कब बड़ा हुआ?"

"बहुत पहले।"

"तेरे को कब पता चला कि तू बड़ा हो गया है?"

"तभी पता चल गया था।"

"कब?"

"जब मैं बड़ा हुआ था।"

ऐसा नहीं हो सकता था। मैं बड़े होने में मनीष से भी हार गया था। मुझे लगा कि मैं इस गाँव में इतने वक़्त से कर क्या रहा था! मुझे अपने बड़े होने पर ध्यान देना था। या शायद मैं बड़ा हो चुका था और मुझे पता ही नहीं चला था। कैसे पता चलता है कि आप अब बच्चे नहीं रहे?

"क्या मैं बड़ा हो चुका हूँ?"

"ना।"

"तुझे कैसे पता?"

"पता चल जाता है।"

"कब पता चलता है?"

"जब तू बड़ा होता है, ख़ुद ही पता चल जाता है।" मनीष ये बात कहते हुए सच में बड़ा लग रहा था।

"क्या तेरे को शुरू से पता था कि तू गाँव छोड़कर चला जाएगा एक दिन?"

मनीष ने बीच चाय के घूँट में पूछा, मानो उसको अचानक याद हो आया हो कि वो यहाँ क्यों आया था।

"नहीं तो, ऐसा क्यों पूछा?" मैंने कहा।

"तुझे देखकर हमेशा लगता था कि तू नहीं रहेगा इस गाँव में।"

"मैं नहीं जाना चाहता हूँ। मैं पहले भी कभी नहीं जाना चाहता था। मुझे यहीं बड़ा होना था।" मैं ये तीनों वाक्य चीख़ते हुए कहना चाहता था, और मनीष से मैं कह भी सकता था; पर मेरे तीनों वाक्य बुदबुदाते हुए मेरे मुँह से निकले, मानो कोई चोर अपनी चोरी क़बूल कर रहा हो। मनीष ने चाय ख़त्म कर ली थी। वो बड़ा हो चुका था, शायद इसीलिए अब मुझे उसके साथ बैठे हुए कुछ भी महसूस नहीं हो रहा था। मुझे लगा मैं अकेले ही बैठा हूँ। न वो मुझे कुछ दे रहा था, न ही मैं उसे कुछ। जब वो जा रहा था तो उसने मेरी तरफ़ पलटकर नहीं देखा था। उसने बस चाय का कप बग़ल में रखा और चला गया। शायद बड़े लोग ऐसा ही करते हैं, वो बच्चों की तरफ़ पलटकर नहीं देखते हैं।

*प्रिय रस्कोलनिकोव,*

*मैं तुम्हें लिखना नहीं चाह रही थी, पर फिर तुम जा रहे तो मैं सोचने लगी कि अगर मैं तुम्हें कभी आख़िरी ख़त लिखूँगी तो वो कैसा होगा! मैं ये नहीं कह रही हूँ कि ये मेरा आख़िरी ख़त है तुम्हें, क़तई नहीं। क्योंकि तुम मुझे वापस नहीं लिख रहे हो और ये मुझे एकालाप-सा लग रहा है, तो मैं आख़िरी ख़त लिखने के बारे में सोचने पर मजबूर हो गई।*

*शायद आख़िरी ख़त में मैं तुम्हें एक फूल भेजूँ। पीला और सफ़ेद रंग का और उसमें कुछ भी लिखा न हो।*

*अक्षरों की जगह मैं उस कोरे काग़ज़ को बहुत दिनों तक अपने सिरहाने रखकर सोऊँ, जिससे तुम्हें मेरे सपनों की गंध उस काग़ज़ से आती रहे। और दिन भर उस कोरे काग़ज़ पर अपने हाथ फेरूँ ताकि तुम जब भी उसे छुओ तुम्हें*

लगे तुम मेरे हाथों को छू रहे हो।

फिर लगने लगा कि शायद मेरे आख़िरी ख़त में मैं तुम्हें चित्रलेखा का विलाप लिखूँ, जब वो ठीक बीजगुप्त और कुमारगिरि के बीच में ख़ुद को पाती है। किसी भी तरह का चुनाव, मानो चलती रेल की पटरी बदलने जैसा है। बहुत आवाज़ होती है उसमें। काश! तुम शहर और गाँव दोनों चुन सकते।

फिर कभी लगता है कि मुझे आख़िरी ख़त में तुम्हारे सारे रहस्यों को लिख देना चाहिए और उन्हें तुम्हारे नाना की क़ब्र पर मुझे छोड़कर आ जाना चाहिए, तुम्हारे बाक़ी ख़तों के साथ। ऐसा कहते हैं कि बच्चे अपने नाना या दादा पर जाते हैं। क्या तुम्हें तुम्हारा जीवन तुम्हारे नाना के जीवन की तरफ़ मुड़ता-सा लग रहा है?

अगर मैं इस आख़िरी ख़त में तुम्हारे रहस्यों के बजाय समर्पण-सा सारा कुछ लिख दूँ तो? अपनी शर्ट के तीसरे बटन को देखता हुआ राजिल जैसा कुछ। मुझे लगता है कि इस समर्पण के लिखते ही हमारे सारे ख़त सोनिया हो जाएँगे। असल में ग़ज़ल सोनिया नहीं थी। मैं तो थी ही नहीं कभी। ये ख़त, ये हमेशा से सोनिया थे और इन्हें लिखते हुए तुम हमेशा से रस्कोलनिकोव थे।

तुम्हारा रस्कोलनिकोव होना बाहर नहीं है, वो इन ख़तों में सरकता है। काश तुम मुझे लिखता हुआ देख पाते!

तुमने कभी सोचा है कि अगर तुम कभी अपना आख़िरी ख़त लिखो तो उसमें क्या लिखोगे?

तुम्हारी,

चित्रलेखा

रात में जब माँ के पास लेटा हुआ था तो रोशनदान से रोशनी अंदर नहीं आ रही थी। बाहर बिजली के खंबे का बल्ब ख़राब हो गया था। घर की छत अँधेरे में थी, वहाँ कुछ भी दिखाई नहीं दे रहा था। माँ का शरीर पूरी थकान में बग़ल में पड़ा हुआ था। क्या वो इसलिए इतनी ज़्यादा थकी हुई दिख रही थीं, क्योंकि उन्होंने अपने माँ-बाप दोनों को खो दिया था? क्या अपनों का खो जाना शारीरिक रूप से दिखने लगता है? क्या एक थके हुए शरीर से खोए हुए अपनों की ख़ुशबू आने लगती है? मैं चोटी का न होना राधे के शरीर पर देख सकता था, मानो राधे ने अच्छी शर्ट पहनी हो जिसमें सिर्फ़ उस शर्ट का तीसरा बटन लगा हो और बाक़ी के बटन ग़ायब हों। क्या जब मैं कल शहर में पहुँच चुका होऊँगा तो मैं शहर के लोगों को थका हुआ दिखूँगा? क्या मेरे शरीर से अपने गाँव के खो जाने की ख़ुशबू आती रहेगी? पर गाँव खोया कहाँ है? वो तो यहीं होगा ऐसा का ऐसा। मेरा न होना, बरगद के पेड़ के एक पत्ते का झड़ जाना है बस। क्या इस गाँव को पता है कि उसने पिछले कुछ समय में कितने लोगों को खोया है? क्या गाँव का भी कोई शरीर होगा जिस पर उसके अपनों के न होने की थकान मँडराती दिखती होगी?

"तुम सोए नहीं अभी तक?" माँ ने पूछा।

"नींद नहीं आ रही है।"

हम दोनों की आवाज़ इस ताँगा घर में गूँज रही थी। माँ की आवाज़ में थकान थी और मेरी आवाज़ रिरियाती हुई मेरे होंठों से बाहर टपक रही थी।

"मैंने तुम्हारी सारी चीज़ों को एक पेटी में रख दिया है। कुछ और चाहिए तुम्हें तो बता देना।"

मुझे तो सारा कुछ चाहिए था। क्या माँ भी पेटी में समा सकती हैं?

"नहीं चाहिए कुछ।" मैंने कहा।

"मैं भी इस घर में नहीं रहूँगी।"

"क्यों?"

"इस घर में अकेले रहना मुश्किल होगा मेरा।"

"तो आप कहाँ जाएँगी?"

"ग़ज़ल के घर का ऊपरी हिस्सा ख़ाली रहता है, कुछ दिनों के लिए उसी को किराए पर ले रही हूँ।"

"आप अपना घर छोड़कर किसी दूसरे के घर क्यों रहोगी?"

"ये घर अपना कभी भी नहीं था। ये पुष्पा की बाई का था सो उन्हें वापस दे रही हूँ।"

ये सुनते ही मैंने करवट बदल ली। पहले ये घर, घर नहीं ताँगा घर निकला, फिर जब मैं वापस आऊँगा कभी तो घर यहाँ नहीं होगा। ये घर यहीं होगा शायद, पर अपना नहीं होगा।

"माँ, क्या मैं कभी वापस आऊँगा?"

मैंने अपने जवाब का बहुत देर इंतज़ार किया, पर दूसरी तरफ़ से मुझे सिर्फ़ माँ की साँसों की थकी हुई आवाज़ आती रही। माताजी का कमरा कभी मुझे अपना नहीं लगा। वो कमरा सबको खा जाता था जो भी उसमें रहने जाता था। मुझे ख़ुशी थी कि माँ उस कमरे से दूर जा रही थीं। लेकिन वो इस घर में नहीं होंगी इसकी कल्पना ही मुझे डरा रही थी। जब बहुत देर तक माँ का जवाब नहीं आया तो मैं करवट बदलकर माँ के क़रीब चला गया। मुझे उनकी ज़रूरत थी, पर मैं उनकी इस थकान में ये कहते हुए डर रहा था। मैंने उनका हाथ पकड़ा और उसे अपने चेहरे के पास लाकर अपने गालों के नीचे उसे दबा लिया। उनके हाथ में अजीब-सी नमी थी। कमरे के इस चुप अँधेरे में पहली बार मुझे माँ बूढ़ी लग रही थीं। मैं अपने पूरे कमीनेपन में इस बात से थोड़ा ख़ुश था।

*प्रिय चित्रलेखा,*

*जब भी मैं तुम्हारे ख़त पढ़ता हूँ तो लगता है कि मैं बड़ा हो गया हूँ। पर जब भी ख़तों के जवाब लिखने बैठता हूँ तो फिर ख़ुद को बच्चा ही पाता हूँ। मैं अपने बड़े होने के इंतज़ार में, तुम्हें ख़त लिखने को भी टालता जा रहा था।*

*मैं आजकल गाँव की गलियों में देर तक अकेले चक्कर काट रहा होता हूँ। कभी-कभी किसी ठंडी-सी गली में मैं ख़ुद से ही बातें करता पाया जाता हूँ। ऐसी*

बातों में जब 'तुम' जैसा संबोधन मेरे मुँह से निकलता तो मैं सोचने लगता हूँ कि वो 'तुम' असल में कौन है? ठीक अभी इस ख़त में मैंने 'तुम' लिखते ही पाया कि वो हमेशा से तुम थीं, प्रिय चित्रलेखा। मैं अपने अकेलेपन में किस बेशर्मी से अकेला हूँ, ये मैं तुमसे नहीं कहता हूँ। उसके बदले मैं कहता हूँ तुम्हारे बालों से कि खुले रहा करो, वो जब बँधे रहते हैं तो मैं उनकी ख़ुशबू को तरस जाता हूँ।

फिर कभी किसी दूसरी अँधेरी गली में मेरे मुँह से अचानक 'मैं' शब्द निकलता है। 'मैं' कहते ही मैं ख़ुद को किसी गहरे अँधेरे कुएँ में झाँकता हुआ दिखता हूँ। मैं उस कुएँ में बहुत ज़ोर से 'मैं' कह रहा होता हूँ। वो कुआँ मेरा पूरा 'मैं' खा जाता है। बहुत इंतज़ार के बाद जब कुछ भी वापस नहीं आता तो मैं उस गहरे अँधेरे कुएँ में 'तुम' कहता हूँ। और तुम्हें कहते ही मुझे उस कुएँ से 'मैं' की प्रतिध्वनि गूँजती हुई सुनाई देने लगती है।

मैं तुम्हारे सारे ख़तों को अपने साथ लिए घूमता रहा हूँ। मैंने इस गाँव की हर सुंदर जगह पर बैठकर वो ख़त पढ़े हैं। बहुत माफ़ी चाहता हूँ कि मैं उनके जवाब नहीं दे पाया। पर जब तुमने आख़िरी ख़त की बात कही तो मैं देर तक अपने आख़िरी ख़त के बारे में सोचने लगा कि अगर मुझे तुम्हें आख़िरी बार ख़त लिखना हो तो वो क्या होगा?

मैं शायद अपने आख़िरी ख़त में तुम्हें अपनी शर्ट का गुलाबी तीसरा बटन भेज दूँगा। मुझे पता है वो तुम्हारे पास सुरक्षित रहेगा। मैं अपनी वो वाली शर्ट मज़ार पर छोड़ आया था।

या शायद अपने आख़िरी ख़त में मैं तुमसे आग्रह करूँगा कि जब तुम उस ख़त को पढ़ो तो पीली साड़ी पहनकर पढ़ना। पीली साड़ी के साथ सफ़ेद पेटीकोट हो और कत्थई ब्लाउज़। तुम्हारे बाल खुले हों और तुम उसे क़िले की टूटी दीवार के पीछे बैठकर पढ़ रही हो। काश मैं तुम्हें बरगद के पीछे छुपकर पढ़ता हुआ देख सकता।

या शायद मैं अपने आख़िरी ख़त को लिखने नाना की क़ब्र के पास जाऊँगा और पूरे ख़त में सिर्फ़ एक शब्द लिखूँगा–'माफ़ी'।

हम कैसे हमेशा से मानकर चलते हैं कि हमारे अपनों का जीवन एकदम ठीक है। उनके भीतर कुछ भी गड़बड़ी नहीं चल रही है। हम अपने भीतर चल रही गड़बड़ी में अपनी माँ के भीतर सपने देख रही 'आशा' को कभी देख नहीं

पाते हैं। नाना के भीतर भी आशा थी। ग़ज़ल के भीतर भी आशा थी। मुझे लगा था कि आशा सिर्फ़ मैं ही पाले बैठा हूँ। शायद इसलिए पहली बार मुझे बड़े होने से डर लग रहा है। नाना की क़ब्र में नाना नहीं हैं, उनकी सारी आशाएँ दफ़्न हैं। मैं अपने आख़िरी ख़त में आशा लिखना चाहता हूँ।

रस्कोलनिकोव ने जब हत्या की थी तो वो स्वयं मरा था, पर पूरा का पूरा रस्कोलनिकोव नहीं मरा था। वो आधा बचा रह गया था। बाक़ी की सारी कहानी उस अधूरे बचे पड़े रस्कोलनिकोव की है जो अपने मरे हुए आधे शरीर को ढोता फिर रहा था। और वो बचा हुआ शरीर सड़ता जा रहा है। चोटी की मृत्यु से सिर्फ़ वो अकेला नहीं मरा था।

तुमने सही कहा कि शायद सोनिया ये ख़त हैं। लेकिन जब मैं इस गाँव की हर सुंदर जगहों पर बैठकर ये ख़त पढ़ रहा था तो मुझे लगा कोई इन्हें सुन रहा है। कोई है जो मेरे सारे भेजे ख़त और उनके जवाब भी सुनता है और समझता है। वो कोई, शायद ये गाँव है। मेरी सोनिया और कोई नहीं ये पूरा का पूरा गाँव है। मैंने इससे प्रेम किया है। मेरे पहले चुंबन का साक्षी ये गाँव है, मेरे पहले प्रेम का साक्षी भी यही है। जब मैं कभी वापस आऊँगा तो ये गाँव बड़ा हो चुका होगा, शायद मैं भी शहर में बड़ा हो गया होऊँगा। मुझे नहीं पता उस वक़्त धोखा खाया हुआ कौन महसूस करेगा, मैं या ये गाँव! शायद इसलिए लोग बूढ़े होकर अपने गाँव की तरफ़ जाते हैं।

मैं शायद इतना सारा तुम्हें इसलिए लिख रहा हूँ कि मैं ये वाक्य नहीं लिखना चाहता हूँ कि तुम इन ख़तों की यात्रा से आज़ाद हो अब। क्या हमारा भागना आज़ाद होने की तरफ़ होता है? जब हमारे भीतर आज़ाद होने की इच्छा जागती है तो उस इच्छा के बहुत भीतर कहीं और मोटी बेड़ियों की प्रार्थना भी हरकत कर रही होती है। क्या हम जिससे आज़ाद होना चाहते हैं, उसी के भीतर और भी उलझनों के बराबर इच्छा भी रखते हैं? ये सारे सवाल मैं तुमसे नहीं कर रहा हूँ। इन सारे सवालों में महज़ मेरे आख़िरी ख़त की कल्पना है।

अगर मैं तुम्हें आख़िरी ख़त लिख रहा होता तो वो क़तई ये ख़त नहीं होता।

उस ख़त की ख़ुशबू भी अलग होती। उस ख़त के तुम तक पहुँचने के बहुत पहले वो ख़त तुम्हें मिल चुका होता और मेरे लिखने के पहले ही वो ख़त मैं लिख चुका होता।

*मैं कल स्टेशन की तरफ़ जाते हुए अगर तुम्हारी गली के मोड़ पर तुम्हारा खड़े रहना न देख पाऊँ तो मुझे माफ़ कर देना।*

*तुम्हारा,*

*रस्कोलनिकोव*

सुबह उठा तो एक भी चिड़िया नहीं बोल रही थी। माँ ने अपने आपको किचन के काम में व्यस्त कर लिया था, पर वहाँ से भी मुझे कोई आवाज़ नहीं आ रही थी। टार्ज़न दादा घर में यहाँ-वहाँ कुछ तलाशते हुए दिख जाते। एक पेटी दरवाज़े के पास रख दी गई थी, जिसमें मेरा सामान बँधा हुआ था। आज सूरज की रोशनी घर के भीतर तक प्रवेश कर चुकी थी। पूरा घर उस रोशनी में नंगा लग रहा था। आज की सुबह बाक़ी सारी सुबहों से अलग थी, मानो ये समय और जगह से आज़ाद हो। किसी कहानी के उस पैराग्राफ़ की तरह जिसका कहानी से कोई ताल्लुक़ न हो। कुछ देर में माँ किचन से निकली और बाहर के कमरे में बैठकर मेरा दूसरा बैग जमाने लगी। सारा कुछ इतनी धीमी गति से चल रहा था कि मुझे आश्चर्य हो रहा था इसके होने पर। क्या सच में ये सुबह घट रही है या मैं अभी भी सो ही रहा हूँ! मैंने बाथरूम में जाकर अपने सिर पर बहुत सारा पानी उड़ेल दिया। आज की सुबह सच में खिंची हुई चिपचिपी-सी किसी केंचुए की रफ़्तार-सी घट रही थी। कोई भी किसी से आँखें नहीं मिला रहा था, मानो घर में हम तीनों अपने अलग समय और अपने अलग दायरों में अकेले हों। मैं भी किसी स्वचालित मशीन-सा घर में मँडरा रहा था। मैंने ख़ुद को नाना के कमरे में पाया, ये स्वचालित था या मैं यहाँ आना चाहता था इसकी मुझे ख़बर नहीं थी। माताजी के कमरे से वो मेरे दिमाग़ में नाना का कमरा हो चुका था। उस कमरे की दीवारों में सीलन आ गई थी। एक अजीब-सी तीखी गंध थी। टार्ज़न दादा कैसे इस गंध के बीच सोते होंगे, मैं इसकी कल्पना नहीं कर सकता। मेरी इच्छा हो रही थी कि जाने से पहले इस कमरे की सारी दीवारों को धक्का मार-मारकर गिरा दूँ। मुझे पूरा यक़ीन था कि इन दीवारों के दूसरी तरफ़ जीवन क़ैद होगा। एक छुटकारा-सा मिलेगा मृत्यु को जो इस कमरे की सीलन और तीखी गंध में रेंगती फिरती है। मैं नाना के बिस्तर पर लेट गया। मैं देखना चाहता था कि माताजी और नाना इस कमरे की छत में क्या ताकते

रहते थे? क्या मैं भी वो देख सकता हूँ जो उन्हें इस कमरे में लिटाए रखता था? मैं देर तक कोशिश करता रहा, पर मुझे उस सीलन भरी छत में कुछ भी नहीं दिखा। फिर मुझे लगा कि मुझे नींद आ रही है। धीरे-धीरे मैं उस बिस्तर में धँसता चला जा रहा था। मैंने जैसे-तैसे उस बिस्तर से ख़ुद को बाहर निकाला और सीधा किचन में चला आया।

कुछ देर में मैं चाय बनाने लगा। किसी ने मुझसे कोई सवाल नहीं किया। मैं गिलास भर चाय लेकर घर के पीछे वाली गली में चल गया।

मुझे पहली बार ऐसा लगा, मानो मैं ये दृश्य जी नहीं रहा हूँ; मैं इसे चित्रलेखा को लिख रहा हूँ। मैंने सबसे पहला शब्द लिखा 'प्रिय'। प्रिय लिखते ही मुझे चबूतरे पर बैठे हुए राधे के पिता दिखे। उनकी गिलास भर चाय मेरे हाथों में थी। क्या ये चाय सच में मेरे हाथों में है? या मैंने इसे महज़ ख़त में लिख दिया था कि 'मैंने चाय बनाई थी'? राधे के पिता मुझे चबूतरे पर बैठे दिख रहे थे–इस पर मुझे यक़ीन था, पर चाय असल है कि नहीं ये मैं नहीं जानता था। ये चाय अगर ख़त की चाय हुई तो वो इसे कैसे पिएँगे? वो मुझे देखते ही मुस्कुरा दिए। मुझे लगा मैं उनका नहीं, वो मेरा इंतज़ार जाने कब से कर रहे थे। उनकी दाढ़ी बढ़ी हुई थी और वो बहुत कमज़ोर दिख रहे थे। मैंने चाय का गिलास उन्हें पकड़ाया और उनके बग़ल में उकड़ूँ बैठे हुए उन्हें चाय का पहला सिप लेते हुए देखता रहा। या तो चाय, राधे के पिता की तरह असल थी या यहाँ कुछ भी असल नहीं था।

"आप कहाँ थे इतने दिनों?"

"यहीं था।"

"आप सोना बीनने नहीं आ रहे थे?"

"अब सोना बीनना मना है, इस गली में।"

"क्यों?"

"अब हर साल यहाँ इस सुनार गली की धूल का ठेका बँटेगा। अब सोना सबका नहीं होगा, वो उसी का होगा जिसके पास पहले से ही बहुत सोना है।"

वो ये कहते ही उस गली में पड़ी धूल को देखने लगे।

"मैं पान की दुकान पर आपसे मिलने गया था।" मेरे यह कहते ही उन्होंने मुझे ऐसे देखा, मानो मैंने अपनी सीमा लाँघी हो। उनकी आँखों में विस्मय था।

क्या मुझे उन्हें खोजते हुए पान की दुकान पर नहीं जाना चाहिए था? फिर उन्हें खोजने कहाँ जाता? क्या मेरा खोजना ही ग़लत था?

"ऐसा कहते हैं कि एक बार एक बहुत ज्ञानी साधु अपनी यात्राओं में भटकते हुए एक गाँव पहुँचा।" उन्होंने धूल में बिखरे सोने को अपनी आँखों से टटोलते हुए कहना शुरू किया, "उस गाँव में पहुँचते ही उसे पता चला ये गाँव तो पाखंडियों से भरा पड़ा है। सारे बदमाश, क्रूर लोग उस गाँव में वास करते थे। किसी ने उस साधु को पानी तक नहीं पूछा। लूट, चोरी और धर्म के नाम पर एक-दूसरे की हत्या उस गाँव के लिए आम बात थी। उसे एक घर भी नहीं दिखा जिसमें वो कुछ दिनों के लिए टिक सके। उस साधु ने तुरंत उस गाँव को छोड़ना तय किया। जब वो उस गाँव से जा रहा था तो उसने उस गाँव को आशीर्वाद दिया कि ये गाँव ख़ूब फूले-फले, यहाँ बहुत तरक़्क़ी हो; यहाँ की मिट्टी इतनी उपजाऊ हो कि इस गाँव के किसी भी व्यक्ति को बाहर जाने की ज़रूरत न पड़े... और वो वहाँ से चला गया। फिर कई दिनों की यात्रा के बाद वो थका-हारा एक दूसरे गाँव पहुँचा। साधु को गाँव में क़दम रखते ही आश्चर्य हुआ कि यह गाँव तो भले आदमियों से भरा पड़ा है। हर घर में संगीत और कला का उत्सव-सा लगा हुआ था। हर व्यक्ति में एक सहज ख़ुशी देखी जा सकती थी। उस गाँव में प्रवेश करते ही अच्छा भोजन उसे प्राप्त हुआ। वो हर घर में कुछ दिनों रहा। बहुत खोजने पर भी उसे एक व्यक्ति नहीं मिला जिसे वो पाखंडी या क्रूर कह सके। वो साधु बहुत लंबे समय तक उस गाँव में टिक गया। जब उसके जाने का वक़्त आया तो उसने उस गाँव को शाप दिया कि ये गाँव उजड़ जाए और यहाँ के हर व्यक्ति को यहाँ से भागना पड़े।"

उन्होंने मेरी तरफ़ देखा। मैं मंत्रमुग्ध था, मैं राधे के पिता को एकटक देखे जा रहा था। उन्होंने चाय का एक गहरा घूँट लिया और वापस सामने पड़ी धूल को देखने लगे।

"मैं जब तुम्हारी उमर का था तब मुझे ये क़िस्सा एक मल्लाह ने सुनाया था। मैंने उस मल्लाह से पूछा था कि साधु ने ऐसा क्यों किया तो उसने कहा कि अच्छाई फैलनी चाहिए और बुराई अगर एक जगह ही सिमटकर रहे तो बेहतर है। मैं हमेशा अपने गाँव को देखकर यही सोचता हूँ कि हमारे गाँव की ये हालत आशीर्वाद ने की या ये स्थिति किसी के शाप की वजह से है!"

इस आशीर्वाद और शाप के बारे में सोचते हुए जाने क्यों मेरे भीतर से इच्छा हुई कि मैं अभी राधे से मिलूँ। मैं उससे क्यों नहीं मिला? क्यों मैंने मज़ार पर उसका कुछ और देर इंतज़ार नहीं किया? राधे इस सुबह में कहाँ होगा? क्या उसे पता है कि मैं आज सुबह की पंजाब मेल से जा रहा हूँ?

"क्या शहर में भी लोग सोना बीनते हैं?" मेरे इस सवाल का उन्होंने कोई जवाब नहीं दिया। मुझे लगा उन्होंने सवाल सुना ही नहीं।

"जब मैं वापस आऊँगा तो आपको कहाँ खोजूँगा? क्या आप यहीं मिलेंगे?"

"पंजाब मेल समय पर है, अगर वो चूक गई तो पूरा जीवन इस गाँव में फँसकर रह जाओगे।"

"आपने बताया नहीं कहाँ मिलेंगे?"

"नदी के उस पार, बिना देवता वाले मंदिर के आस-पास कहीं।"

जब हम सामान लेकर बाहर आए तो ग़ज़ल के अब्बू बाहर खड़े थे। ग़ज़ल नहीं थी। वो ताँगा लेकर आए थे। माँ, ग़ज़ल के अब्बू के पास जाकर खड़ी हो गईं और टार्ज़न दादा ने हम दोनों का सामान ताँगे में चढ़ाया। माँ ने सुबह चाय पीते हुए मुझसे कहा था कि वो स्टेशन नहीं आएँगी, उन्हें जाते हुए लोगों को देखना कठिन लगता है। मैंने उन्हें जवाब में गले लगा लिया था।

जब मैं और टार्ज़न दादा जा रहे थे तो ताँगे से मैंने माँ और ग़ज़ल के अब्बू को, घर के सामने साथ खड़े देखा। ग़ज़ल के अब्बू ने माँ के कंधे पर अपना एक हाथ रखा हुआ था। माँ अकेली नहीं हैं, इस बात की तसल्ली ने मेरे चेहरे पर हल्की मुस्कुराहट ला दी, मेरा मुस्कुराना शायद माँ को भी दिख गया होगा। हम दोनों ने एक साथ हाथ हिलाकर एक-दूसरे को विदा कहा।

जैसे-जैसे ताँगा स्टेशन की तरफ़ बढ़ रहा था गाँव पीछे की तरफ़ भागता जा रहा था। स्टेशन का रास्ता चोटी के अब्बू की दुकान के सामने से होता हुआ जाता था, पर मेरा ध्यान उस दुकान के सामने की गली में था। शायद झरना दिख जाए! लेकिन गली ख़ाली पड़ी हुई थी। वहाँ कोई भी नहीं था। क्या अब तक का सारा जिया हुआ काल्पनिक था? मुझे उस ख़ाली गली में बस उदासी पड़ी दिखी। मैं किसी को पकड़ना चाहता था, मैं चाहता था कि कुछ तो हो जो सच हो। मेरा सच्चा दोस्त। मैंने टार्ज़न दादा का हाथ कसकर पकड़ लिया।

"क्या हुआ?" टार्ज़न दादा ने पूछा।

"आप स्टेशन पहुँचिए, मैं वहीं मिलता हूँ आपको।"

"कहाँ जा रहे हो?"

"अपने पक्के दोस्त के पास।"

मैं चलते ताँगे से कूद गया। लड़खड़ाते हुए जब मैं गिरा तो मेरे घुटने और कोहनी छिल गए और मैं रोड पर कुछ दूर लुढ़कता चला गया था। मैं तुरंत उठा और राधे के घर की तरफ़ दौड़ना शुरू कर दिया। राधे का घर घाट की तरफ़

था, जो स्टेशन के एकदम विपरीत था। मैं अपनी पूरी ताक़त से उस ओर भाग रहा था। अभी-अभी छिले घुटने और कोहनी पर पसीने की वजह से अजीब-सी तिरतिरी जलन महसूस हो रही थी।

जब मैं राधे के घर पहुँचा तो वहाँ बाहर ही एक औरत खड़ी थी। मैंने राधे के बारे में पूछा तो पता चला कि वो तो सुबह से ही कहीं गया हुआ है। मैं कचहरी की तरफ़ भागा, पर सुबह-सुबह पान की टपरी पर ताला लगा हुआ मिला। मैंने अपने दोनों हाथ अपने घुटनों पर रख दिए और हाँफते हुए रोने लगा। पसीने और आँसुओं के बीच मैं अपनी साँस खींचने की कोशिश कर रहा था। मुझे राधे के पिता की बात याद आई, "अगर पंजाब मेल चूक गई तो पूरा जीवन इसी गाँव में फँसकर रह जाओगे।" मेरे पास वक़्त बहुत कम था। मैं वापस स्टेशन की तरफ़ भागा और वापसी का रास्ता मैंने मज़ार वाला चुना जो थोड़ा लंबा था, पर बिना मज़ार पर गए; मैं स्टेशन नहीं जाना चाहता था। मुझे डर था कि कहीं राधे मज़ार पर मेरा इंतज़ार न कर रहा हो। मज़ार ख़ाली पड़ी थी। मैंने कई बार राधे को आवाज़ लगाई, पता नहीं क्यों! एक रिरियाती-सी इच्छा थी कि कहीं राधे मेरी पुकार सुन ले, पर मेरी पुकार का कोई जवाब नहीं आया। मैं तुरंत स्टेशन की तरफ़ भागा। मुझे साँस लेने में तकलीफ़ हो रही थी और जो घुटना छिल गया था उसमें दर्द भी बढ़ने लगा था।

मैं लँगड़ाते हुए स्टेशन पहुँच गया था और मुझे प्लेटफ़ॉर्म नंबर एक पर पंजाब मेल खड़ी हुई दिखी। मैं भागते हुए स्टेशन में घुसा और ब्रिज से होता हुआ प्लेटफ़ॉर्म नंबर एक पर उतरने लगा। टार्ज़न दादा अपने सामान समेत ट्रेन के सामने खड़े थे, उनकी आँखें ब्रिज पर ही थीं। जैसे ही उन्होंने मुझे देखा वो ट्रेन में सामान चढ़ाने लगे। मैं भागते हुए उनके पास पहुँचा ही था कि मुझे पीछे बेंच पर ग़ज़ल बैठी दिखी। उसे देखते ही मेरे हाथों ने फिर घुटने पकड़ लिए, मैं साँस नहीं ले पा रहा था। कुछ लंबी गहरी साँस खींचने के बाद मैं सीधा खड़ा हुआ। तब तक ग़ज़ल भी मेरी तरफ़ बढ़ चुकी थी।

"तुम्हारे घुटने क्यों छिले हैं? तुम्हें तो ख़ून आ रहा है!" ग़ज़ल ने कहा।

जब तक मैं उसका जवाब देता मुझे ग़ज़ल के पीछे राधे खड़ा दिखा। वो मेरी शर्ट पहने हुए था जिसका तीसरा बटन गुलाबी था। मैं ये शर्ट मज़ार पर छोड़ आया था। उसे देखते ही मैंने कहना चाहा कि मैं उसे देखने उसके घर गया

था, पर मैं हाँफ रहा था, मेरे मुँह से शब्दों के बजाय बस घौं-घौं की आवाज़ निकल रही थी।

"मैं तो सुबह ही स्टेशन आ गया था, अगर तू समय पर आता तो कचौरियाँ गर्म मिलतीं।"

उसने काग़ज़ की पुड़िया खोली जिसमें तीन कचौरियाँ और कुछ जलेबियाँ थीं।

"ये क्या हालत बना रखी है?" राधे ने कहा और वो मेरे गले लग गया। ग़ज़ल ने हम दोनों के कंधों पर अपना हाथ रखा। मैं बस मुस्कुराता रहा।

"जब मैं चोटी से मिला था तो उसने कहा था कि तू तो..." राधे कह ही रहा था, तभी...

"ट्रेन चलने लगी।" ग़ज़ल ने कहा।

ट्रेन धीमे-धीमे सरकना शुरू हो चुकी थी। हम तीनों ने अपने-अपने हिस्से की कचौरी-जलेबी उठाई और मैं ट्रेन में चढ़ गया।

"क्या कहा था चोटी ने?" मैंने ट्रेन के दरवाज़े पर खड़े होकर पूछा। राधे मुस्कुराता रहा। मैंने फिर पूछा, ट्रेन आगे सरकती जा रही थी, इस बार मुझे चिल्लाना पड़ा, "क्या कहा था चोटी ने?"

"तू जब वापस आएगा तो बताऊँगा।" राधे ने चिल्लाकर कहा।

ट्रेन हल्की गति ले चुकी थी और ग़ज़ल और राधे मुझसे ठीक उसी गति में दूर होते जा रहे थे।

"कब आएगा वापस?" राधे ने चिल्लाकर पूछा।

"बहुत जल्द..." मैं चिल्लाया था, पर मुझे नहीं पता मेरी आवाज़ उन दोनों तक पहुँची भी थी कि नहीं। राधे मेरी शर्ट में बिल्कुल चोटी जैसा लग रहा था और उसके बग़ल में ग़ज़ल सोनिया जैसी।

कुछ देर में सारा कुछ ओझल हो गया। स्टेशन पीछे छूट गया था।

ट्रेन अचानक धीमी हुई, क्योंकि नदी के ऊपर बना पुल सौ साल पुराना था; वहाँ से ट्रेनें बहुत धीमी गति में ही निकलती थीं, मानो अगर ट्रेन धीमी गति से निकल जाए तो पुल को पता भी नहीं चलेगा। चोटी जब ये पुल पार कर रहा होगा तो उसकी मन:स्थिति क्या रही होगी? मैं टार्ज़न दादा की सुरक्षा में जा रहा था और वो गया था अपने चचा के साथ नरक की तरफ़।

मैं अपने सारे ख़तों के साथ ट्रेन के दरवाज़े पर खड़ा था। मैं जितना इन्हें नदी में सिरा देना चाहता था, उतना ही उन्हें पकड़े रहना भी चाहता था। जब ट्रेन पुल के ठीक बीच में पहुँची तो मैंने वो सारे ख़त नदी में उड़ा दिए। चित्रलेखा, रस्कोलनिकोव, बीजगुप्त, कुमारगिरि, रत्नांबर और उनके दोनों शिष्य, ग़ज़ल, सोनिया, वो बरगद जिसकी जड़ें पानी छूती थीं, बिना देवता का मंदिर और जाने क्या-क्या, उड़ते पन्नों में इन सबकी झलक दिख जा रही थी। सारे ख़त, नीचे तेज़ बहती नदी की तरफ़ चले जा रहे थे। मैं उन्हें तब तक देखता रहा, जब तक हमने पुल पार नहीं कर लिया। पुल पार करते ही मैं गाँव की सीमा के बाहर पहुँच गया था। गाँव पीछे छूट चुका था।

टार्ज़न दादा ऊपर की बर्थ पर आसन जमाए हुए थे। नीचे बैठने की जगह नहीं थी। उन्होंने इशारे से मुझे ऊपर बुलाया। कुछ देर में एक चायवाला गुज़रा। टार्ज़न दादा ने हम दोनों के लिए चाय ले ली। चाय पीते हुए उन्होंने एक लिफ़ाफ़ा मेरे हाथ में रख दिया।

"ये ग़ज़ल के अब्बू ने तुम्हें देने को कहा था।"

मैंने वो लिफ़ाफ़ा खोला तो देखा उसमें वही श्वेत और श्याम तस्वीर है जिसमें टार्ज़न दादा, ग़ज़ल के अब्बू, माँ और वो सूटवाला आदमी था जिसका चेहरा धुँधला पड़ चुका था। उस तस्वीर के पीछे बेहद धुंधले पड़ चुके अक्षरों में लिखा हुआ था :

'इस दिन के पीछे कई दिन झोले में पड़े होंगे  
इस दिन के आगे ढेरों दिनों की सीढ़ियाँ उतरती-चढ़ती दिखेंगी।  
पर ये दोपहर, न झोले में पड़ी मिलेगी,  
न ही चढ़ती-उतरती सीढ़ियों में ही कहीं टकराएगी।  
ये यहीं क़ैद है,  
ये यहीं जम चुकी है।  
हमें सब छोड़कर इसके पास आना होगा  
क्या तुम आओगी इसे पिघलता हुआ देखने ?  
क्या ये कभी आज़ाद होगी ?'

नीचे दस्तख़त की जगह लिखा था–'तुम्हारे लिए'

हम दोनों की चाय ख़त्म हो चुकी थी। वो तस्वीर अभी भी मेरे हाथों में ही थी। मैं बार-बार उसके पीछे लिखे अक्षरों को पढ़ता और फिर पलटकर तस्वीर को देखता।

"तुम्हें इस तस्वीर के पीछे की कहानी पता है?" टार्ज़न दादा ने पूछा।

"नहीं।"

उन्होंने मेरे हाथों से तस्वीर अपने हाथों में ली। उनकी आँखों से मुस्कुराहट छलकने लगी। तभी हमारी ट्रेन ने एक टनल में प्रवेश किया और सब तरफ़ अँधेरा छा गया। उस अँधेरे में टार्ज़न दादा की आवाज़ आई, "अब ऐसा कहते हैं कि..."

जब उन्होंने क़िस्सा शुरू किया तब ट्रेन टनल के बाहर निकल रही थी। चारों तरफ़ रोशनी फैल गई थी। इस उजाले में जो जैसा था, वैसा का वैसा दिखाई देने लगा था। मैं उस उजाले में एक पोटली बन लुढ़कता रहा था।

***